할미 서사의 원형과 갈래별 전개 양상

– 가면극, 판소리 등 전승 서사물을 중심으로 –

민족문화 학술총서 67

할미 서사의 원형과 갈래별 전개 양상

– 가면극, 판소리 등 전승 서사물을 중심으로 –

초판 인쇄 2019년 5월 10일
초판 발행 2019년 5월 20일

지은이 김국희 **❙ 펴낸이** 박찬익 **❙ 편집장** 황인옥 **❙ 책임편집** 정봉선
펴낸곳 ㈜ **박이정 ❙ 주소** 서울시 동대문구 천호대로 16가길 4
전화 02) 922-1192~3 **❙ 팩스** 02) 928-4683 **❙ 홈페이지** www.pjbook.com
이메일 pijbook@naver.com **❙ 등록** 2014년 8월 22일 제305-2014-000028호

ISBN 979-11-5848-439-2(93810)

＊책값은 뒤표지에 있습니다

김국희 지음

민족문화 학술총서 67

가면극,
판소리 등
전승 서사물을
중심으로

할미 서사의
원형과 갈래별 전개 양상

嫗

敍事

(주)박이정

21세기의 새로운 미래를 향해 나아가는 현 시점에서 한국학 연구는 새로운 전기를 맞이하고 있다. 한국은 물론이고 아시아·구미지역에서도 한국학에 대한 관심은 고조되고 있으며 여러 분야에서 다각도로 심층적인 분석이 이루어지고 있다. 이러한 추세에 발맞추어 우리나라의 한국학 연구자들도 지금까지의 연구를 기반으로 하여 방법론뿐 아니라, 연구 영역에서도 보다 심도 있는 연구가 요청되고 있는 형편이다. 따라서 우리는·동아시아 속의 한국, 더 나아가 세계 속의 한국이라는 관점에서 민족문화의 주체적 발전과 문화와의 상호 관련성을 중시하는 방향에서 연구를 진행하여야 할 것이다.

본 한국민족문화연구소는 한국문화연구소와 민족문화연구소를 하나로 합치면서 새롭게 도약의 발판을 마련한 이래 지금까지 민족문화의 산실로서 중요한 역할을 수행해 왔다. 그런 중에 기초 자료의 보존과 보급을 위한 자료총서, 기층문화에 대한 보고서, 민족문화총서 및 정기학술지 등을 간행함으로써 연구소의 본래 기능을 확충시켜 왔다. 이제 이러한 성과를 바탕으로 한국학 연구자의 연구 성과를 보다 집약적으로 발전시켜 나아가기 위해서 민족문화학술총서를 간행하고자 한다.

민족문화학술총서는 한국 민족문화 전반에 관한 각각의 연구를 체계적으로 정리함으로써 본 연구소의 연구 기능을 극대화하는 역할을 할 것으로 기대한다.

또한 본 학술총서의 간행을 계기로 부산대학교 한국학 연구자들의 연구 분위기를 활성화하고 학술 활동의 새로운 장이 되기를 바란다.

아울러 본 학술총서는 한국학 연구의 외연적 범위를 확대하는 의미에서 한국한 관련 학문과의 상호 교류의 장이자, 학제간 연구의 중심 기능을 수행함으로써 명실상부한 한국학 학술총서로서 자리잡을 수 있도록 해야 할 것이다.

부산대학교 한국민족문화연구소

　대학시절 전통예술연구회에서 탈춤을 배웠다. 선배들이 학내 교수님과 함께 수영야류 대사를 채록할 만큼[서국영본] 자부심이 강한 동아리였기에, 매일 두 시간씩 연습하고 방학이면 전수관을 찾아가는 강행군을 벌였었다. 그때 주로 맡았던 역이 할미와 영감이었는데, 그러다 보니 수영야류·봉산탈춤·고성오광대 할미과장의 대사와 동작이 지금도 눈에 선하다. 당시 우리들에게 할미는 한량인 영감과 간사한 첩에게 핍박과 설움을 받는 본처였고, 자식을 잃고 남편에게 맞아 죽는 애잔한 여성이었다. 관련된 책을 읽고 세미나를 하고 토론을 했지만, 우리의 결론은 갈등과 대립과 억울한 죽음에 머물렀고, 대학원에 진학하고 학문으로서의 가면극을 접하면서도 그런 생각은 별로 달라지지 않았다.

　박사논문을 준비하며 다시 할미와 맞닥뜨렸을 때에야 문득 이런 의문이 들었다. 우리는 할미를 제대로 알고 있었을까. 할미를 가부장제 하의 불행한 여인으로 만든 것은 갈등과 대립의 시대가 낳은 독법(讀法)이 아닐까. 그렇다면 할미의 본질은 무엇일까. 그때쯤 결혼을 하고 아이가 있어서인지, 아니면 닥치는 대로 열심히 읽고 공부했던 박사과정의 결실인지는 몰라도 나의 시각은 더 여유로워지고 넓어져 있었다. 선학들이 언급한 풍요제, 쇠퇴하는 여신, 지모신이 확연하게 와 닿았고, 할미과장의 해학과 풍자의 무게감이 새롭게 느껴졌다. 할미과장을 비롯한 가면극의 출발을 농경의 풍요의식에서 다시 생각했고, 거기에서 여신 할미를 발견하게 되었다.

학위 논문에서는 먼저 할미의 원형이 창조 여신이고, 여신 할미가 민속의 '할미'가 되기까지 그 위상이 쇠퇴했음을 밝혔다. 할미의 원형적 특성을 창조와 파괴, 풍요다산, 죽음과 재생에 두고, 이를 바탕으로 조선후기 성행한 서민문학에서 할미가 형상화된 양상을 극과 서사로 나누어 분석했다. 극에서는 가면극 할미과장, 동해안별신굿의 탈굿, 꼭두각시놀음을 서사에서는 서사민요 꼬댁각시, 판소리 변강쇠가, 소설 꼭두각시전을 텍스트로 했다. 마지막으로 할미의 문학사적 의의를 통시적 · 공시적 관점에서 서술했다.

논문을 보완해서 이 책을 내기까지는 서사에 더 집중했다. 소설뿐만 아니라 놀이와 극을 이루는 바탕은 사건 즉 서사이다. 서사가 어떻게 연결되느냐에 따라 의미가 달라지듯이, 할미 서사 또한 역사적 상황, 장르, 담당층, 전승 공간과 만나면서 다르게 읽히고 형상화 되었다. 시대와 주체에 따라 할미 서사를 읽는 독법이 변하는 것이다. 할미 서사를 중심으로 할미의 위상이 변해가는 단계를 첨가했고, 다른 장은 근거자료를 더 넣고 자세한 설명을 덧붙였다. 마지막 할미서사의 문학사적 의의에서는 세속화 과정 및 담당층과 관련하여 문학적 · 사회적 의미를 도출했다. 분명 할미의 원형을 찾고 그것이 변화해간 양상을 밝히고자 했는데, 책을 다 쓰고 보니 부지불식간에 지금의 한국 사회가 요구하는 독법으로 할미를 읽었음을 인정하지 않을 수 없다. 그렇다면 그것은 순환, 공존, 공생, 풍요라고 말하고 싶다.

논문을 쓰면서 엘리야데를 다시 만났고, 책을 쓰면서 마리야 김부타스를 처음 만나는 기쁨을 누렸다. 당분간은 여신을 중심에 두고 공부하겠지만, 서사의 선이 어디로 확장될지 모르듯, 앞으로의 공부의 길에서 누구를 만날지 어디로 나아갈지 확언할 수 없다. 그래서 부족한 실력에도 공부가 즐겁고 여전히 가슴 설레는 일인가 보다.

글을 쓸 때는 어느 부분은 신명나게 썼고, 어느 부분은 풀리지 않아 곤혹스러웠다. 이헌홍 선생님께서 조감도를 보듯 생각의 전체를 읽어주시고 따뜻한 격려와 지도를 해주셨기에, 책의 모양새를 갖출 수 있었다. 이 글에서 한 줌의 학문적 가치라도 건질 수 있다면 그건 선생님의 덕분이고, 여전히 엉성한 모래밭은 부족한 저자의 탓이다.

고령에도 진정한 학자의 모습을 보여주시는 김승찬 선생님께, 선생님의 병세가 호전되면 이 책을 직접 드리고 싶다. 조태흠 선생님, 한태문 선생님 덕분에 어수룩한 학생의 티를 벗었고, 최귀묵 선생님께 우물을 넓게 파는 법을 배웠다. 박진태 선생님께서는 논문 심사 때 따로 시간을 내셔서 자세한 지도와 조언을 해주셨다. 선생님들께는 감사한 마음뿐이다. 교정을 도와 준 박양리 박사와 김현주 후배, 그리고 예쁜 책으로 만들어 준 박이정에 고마운 마음을 전한다.

무엇보다 늘 곁에서 든든한 지원군이 되어주는 남편과 아들에게, 글을 빌려 사랑하고 감사하는 마음을 전한다.

2019년 4월

김국희

| 차 례 |

Ⅰ. 할미 서사를 보는 통합적 시각

할미 서사를 보는 통합적 시각

1. 할미 서사의 갈래적 다양성

이 글은 할미에 대한 연구서이다. 할미 또는 할매는 할머니의 비속어로, 친인척 관계에서 부모 윗세대의 여성 또는 일반적인 늙은 여성을 가리키는 명칭이다.

우리 문화사에서 할미는 크게 주목받거나 부각된 인물형은 아니다. 전근대 사회에서 여성과 늙음이라는 두 가지 요소는 존재의 신분이나 역할과 상관없이 '할미'를 역사의 앞마당[1]에서 소외시켰다. 『삼국사기』, 『고려사』, 『조선왕조실록』 등의 사서에서 할미를 언급하고 있지만, 그들의 행적은 그들이 사회에 미쳤을 영향력에 비해 놀라울 만큼 간단하게 서술되어 있다.[2] 그럼에도 불구하고 기실 우리들 삶과 놀이와 이야기에서 할미는 결코 소홀히 할 수 없는 존재로 자리매김해 온 것도 사실이다. 가정에서는 소속과 애정의 심리적 구심체였

---

1) 역사의 앞마당은 통치이념이나 제도적 명분으로서의 역사의식을 말한다.
2) 김국희는 「사서를 통해 본 노구의 특성과 변이양상」(『어문연구』75집, 어문연구학회, 2013)에서 사서에 나타난 노구의 양상을 고찰하고 이를 역할 별로 분류해 놓았다. 내용을 보면 사서에 언급된 할미의 행적은 단출하지만, 이면에 숨겨진 역할과 의미는 결코 작지 않음을 알 수 있다.

고, 종교적으로는 당산할매, 골매기할매, 할매단지, 삼신할미 등으로 불리며 가정을 비롯한 지역공동체의 수호신으로 좌정했다. 전승되는 설화에서는 설문대할망, 마고할미, 갱구할미로 불리며 대모신(Great Mother)의 원형을 보여주었으며, 가면극 할미과장과 〈탈굿〉에서는 숭고하면서도 비속하고 활달하면서도 위축되는 모습의 비극적 캐릭터로 놀이의 중심에 섰다.

이 글에서 다루고자 하는 할미는 인간관계 내의 실재하는 존재가 아니라, 문화 전반에서 특별한 의미를 지니는 존재이다. 이를테면 앞서 마을 신앙의 대상인 당산할매나 출산 및 육아를 관장하는 삼신할미, 설화 속의 설문대할망, 마고할미, 갱구할미, 그리고 민속극의 할미 같은 여성을 말하는 것이다. 이들 '할미'는 단순히 늙은 여성이 아닌 창조와 생산 및 인간 수호의 신성한 여신이나, 해당 사회의 특성을 반영하는 전형적 인물상을 의미한다. 따라서 이 글의 궁극적인 연구 대상은 '상징화된 할미'인 것이다.

'상징화된 할미'에 대한 연구의 출발은 민속극 할미과장에 대한 반성과 문제의식에서 비롯되었다. 민속극은 연원이 깊고 의례와 관련되며, 현재까지 활발히 전승되고 있는 장르이다. 그 중 할미과장은 할미의 해학적인 엉덩이춤과 명료하고 단출한 이야기 구조 때문에 많은 인기를 누려 왔다. 그런데 그간의 연구를 보면 할미를 쇠퇴하는 여신이나 겨울의 상징적 존재로 보면서도 정작 할미과장의 내용을 분석할 때는 서구의 연극이론에 입각하여 부부간의 대립과 처첩간의 갈등에만 초점을 두고 있다. 그러다보니 할미가 보여주는 신명과 풀이의 놀이적 특성과 의례적 의미는 제대로 드러나지 못하고 비극적 여성상만이 부각되었다. 즉 할미의 연원을 상징적 의미에 두면서도 극의 내용을 분석할 때는 실재하는 할미에 집착했고, 그러다보니 할미를 극의 중심으로 보지 못한 채 갈등의 한 축으로만 간주했던 것이다.

그런데 실상 할미과장을 비롯한 가면극 전반을 면밀히 살펴보면 할미는 극속에서 신적인 위상을 지니며, 그러한 할미를 중심으로 등장인물의 관계와 놀이의 내용이 형성되는 것을 알게 된다. 그렇게 보는 이유는 다음과 같다.

첫째, 할미는 조선시대 전형적인 늙은 여성의 모습을 탈피한 개성적 인물이다. 할미의 얼굴은 추하고, 가슴과 배를 훤히 드러낸 복색은 축 늘어진 젖과 겹겹이 쌓인 뱃살을 연상하게 한다. 아무데서나 오줌을 싸고 이를 잡으면서도, 한편으로 젊은 여성처럼 실을 말아 얼굴의 털을 뽑고 화장을 한다. 허리는 굽었지만 지나치게 흔드는 엉덩이는 색욕을 발산하고, 영감을 만나면 어울려 정욕부터 푸는 모습은 속되게 표현하면 주책이 없다. 영감과 제대각시(또는 돌머리집)가 조선 후기 전형적인 남편과 첩의 모습을 반영하는 데 비해 할미는 전형적인 본처로 간주하기에는 독특한 면이 다분하다.

둘째, 할미과장의 구조를 살펴보면, 사건의 중심에 할미가 있는 것을 보게 된다. 〈양주별산대〉나 〈송파산대놀이〉 등의 일부 가면극을 제외하면, 할미는 대체로 극의 처음에 등장하여 영감을 찾아다니거나, 아니면 자신의 터전을 지키며 남편을 기다리는 능동적인 모습을 보인다. 또 극의 결말에서 할미는 영감에게 죽음을 당하는데, 이 때도 영감이 할미를 죽였다가 아니라, 할미가 영감에게 살해되었다는 점이 부각된다. 영감이 할미를 때려죽인 원인이나 행위에 대한 비판보다 할미가 불쌍하게 죽었다는 사실과 그의 넋을 천도해 주기 위한 굿판이나 상여놀이에 시선이 집중되는 것이다. 이처럼 가면극의 주요 사건은 할미를 중심으로 만남과 갈등 그리고 죽음이 이어지고 있다. 게다가 할미의 죽음은 할미과장 뿐만 아니라 가면극 전반에서 차지하는 의미 또한 크다.[3]

한편 할미는 등장인물과의 관계에서도 중심에 있다. 할미과장의 주된 갈등은 할미가 주축이 되어, 할미와 영감 또는 할미와 첩 사이에서 발생하는데 이

---

3) 여기에 대해서는 이후 3장에서 자세하게 언급하고자 한다.

러한 갈등 양상은 팽팽한 극적 긴장감을 연출한다. 양주나 송파의 가면극에서 할미는 극의 초반에 죽어버리지만, 여전히 남은 가족들 즉 영감과 자식 사이의 갈등의 원인이자 화해의 계기로 존재한다. 특히 하회의 탈놀이에서는 할미 혼자 등장하여 가난한 살림을 토로하면서 남편과의 갈등을 암시하기도 한다.

셋째, 가면극 전체에서 볼 때, 할미는 평범한 여성이 아닌 권력화 된 인물로 추정할 수 있다. 현전하는 가면극의 과장 중 지역에 관계없이 두루 전승되는 것으로 할미과장과 함께 노장과장과 양반과장이 있다. 노장과장은 파계한 승려를 통해 불교적 윤리의식의 타락을 고발하고 있고, 양반과장은 무능한 양반을 통해서 당대 위정자의 위선을 보여주고 있다. 즉 이들 과장은 종교적 권위 및 사회적 권위가 현실의 실정과 모순되는 지점을 풍자와 해학으로 승화시킨 것이다. 그렇다면 할미과장 또한 할미의 권위와 실상이 모순되는 점을 풍자한 것으로 봐야 하지 않을까. 유독 할미과장의 주제만 가정사의 비극과 서민 스스로의 반성으로 보는 것은 가면극 전체의 주제의식에서 벗어난다.

게다가 일부 할미의 경우 복색과 대사로 미루어 보건대 신분이 무당인 것으로 추정된다. 그런데 천역(賤役)인데다 특수직이었던 무당이 평범한 여성이 겪는 가정사의 어려움을 대변하는 것도 어불성설이지만, 그러한 내용이 관중들에게 비극으로 다가오고 반성으로 이어졌는지도 의문이다. 따라서 할미과장 또한 할미의 비극적인 삶을 반영한다기보다 그가 가진 권위를 풍자한 것으로 보는 것이 타당할 것이다. 물론 이때 할미가 가진 권위는 양반이나 노장의 것과는 그 성격이 다르다고 본다.

넷째, 조선후기 사료를 보면 할미가 가면극 전체에서 큰 비중을 차지하고 있음을 알 수 있다. 미국 피바디 에섹스 박물관에 소장된 〈평양감사환영도〉는 19세기 초에 그려진 것으로 추정되는 작가 미상의 작품이다. 총 8폭 병풍에 그려진 이 그림은 부임하는 평양감사를 환영하기 위해 감영을 비롯하여 대동강과

부벽루 등지에서 거행된 연희를 묘사하고 있는데, 그 중 제1폭에서는 탈춤패의 공연현장을 생생하게 보여주고 있다.[4] 그림 속 공연현장에는 네 명의 상좌와 샌님 및 소무로 보이는 인물이 등장하여 춤을 추고 있는데, 이는 현재의 노장 과장으로 추정된다. 그런데 놀이판 뒤 왼쪽으로 시선을 돌리면 거대한 천에 할미탈을 붙이고 긴 한삼 자락의 소매를 달아, 바람이 불면 마치 할미가 춤추듯이 보일 것 같은 무대장치가 있다. 이 장치가 놀이패의 전문성을 나타내는 광고물인지 아니면 극의 배경인지는 명확하지 않다. 그러나 여러 인물 중에서도 할미가 부각된 것을 보면, 탈놀이에서 차지하는 할미의 중요성과 대중적 인기를 짐작할 수 있다.

마지막으로 기존의 연구에서 할미의 원형을 쇠퇴한 여신으로 보는 점도 되짚을 필요가 있다. 극이 제의에서 출발했다는 설[5]에 근거하여 선행연구에서는 할미의 원형을 생산력이 쇠퇴한 여신으로 보았고, 반면 첩은 할미와 대립하는 생산이 가능한 여신으로 파악했다.[6] 그 결과 할미와 첩의 싸움 및 할미의 죽음은 늙은 여신과 젊은 여신의 대립 및 젊은 여신의 승리로 보았고, 한편에서는 쇠퇴하는 겨울과 생성하는 봄의 교체의례로 보았다. 이처럼 가면극의 연원을 생산성과 계절제에 둔 것은 연극의 기원에 대한 세계적인 동향과 맥을 같이 한다는 점에서 공감할 만하다. 그러나 가면극을 대립과 갈등으로만 파악하는 것은 서구 이론의 연장이라는 아쉬움을 남긴다. 오히려 늙은 할미와 젊은 첩, 두 여성은 별개의 존재가 아니라 하나의 신이 지닌 양면으로 볼 수 있지 않을까. 즉 신이 지닌 이중적 면모가 극 속의 인물들에게 분할되어 나타난 것은 아닐

---

4) 사진실, 『공연문화의 전통』 (태학사, 2002)의 175쪽과 원색도판 9쪽의 그림 참조.
5) Harrison은 식량공급에 중요한 의미를 가졌던 정기적인 의례(주로 봄의 의례)가 드라마로 전환된 것으로 보고, 그 이유에 대해 아테네의 경우 종교적인 쇠퇴와 해외로부터의 새로운 문화 유입을 들었다.(Jane Harrison, 오병남 · 김현희 공역, 『고대 예술과 제의』, 예전사, 1996. 56~147쪽)
6) 이 점에 대해서는 뒤의 선행연구에서 자세하게 검토할 것이다.

까. 만약 그렇다면 가면극의 중심은 극의 시작부터 끝까지 등장하는 할미가 되어야 한다. 물론 이때의 극은 비단 할미과장에만 한정되는 것이 아니다. 양반과장이나 노장과장에도 생산과 풍요를 상징하는 여성인 애사당, 소무, 부네 등이 있으므로 이들을 할미와 같은 부류의 인물로 본다면, 할미는 가면극 전체에서도 중심적 존재가 되는 것이다.[7]

가면극에서 출발한 할미에 대한 문제의식은 '가면극의 할미는 쇠퇴하는 여신인가, 아니면 생성과 쇠퇴의 양면을 가진 여신인가', '이러한 여신의 원형은 무엇이고, 다른 장르에서 어떻게 나타나는가'로 이어졌다. 그리고 고민의 범위는 문학 전반으로 확대되어 '할미 서사의 원형과 갈래별 전개 양상'이라는 주제로 귀결되었다.

본격적인 논의에 앞서 할미 서사의 개념과 갈래를 살펴보면 다음과 같다. '할미 서사'는 할미에 대한 사건 및 사건의 연결과, 사건의 의미인 담론에 초점을 둔 용어이다. 전근대 사회에서 서사는 정보전달을 위한 주된 표현 양식이면서, 동시에 상상적 재현의 수단이었다. 서사는 실재적인 것이든 허구적인 것이든 연속적인 사건들이 담론의 주제가 된 것을 가리키거나 그 사건들이 연결되고 대립되고 반복되는 여러 관계들을 가리킨다.[8] 따라서 서사의 핵심은 사건이며 여러 개의 사건이 어떻게 연결되는가 또는 무엇과 결합하는가에 따라 서사의 방향은 각도를 달리하고, 장르의 변화를 불러오며, 다양한 의미를 창출한다. 할미가 누구인지, 그가 문학 장르에 따라 어떤 모습으로 나타나는지를 밝히기 위해 '할미 서사'에 집중하는 이유가 여기에 있다.

할미 서사를 고찰하기 위해 먼저 해야 할 작업은 할미 서사의 원형을 찾는

---

7) 물론 첩, 애사당, 소무, 부네를 할미와 연관시키기 위해서는 할미의 원형을 밝히는 것이 필요하다.
8) 한국문학평론가협회, 『문학비평용어사전』, 국학자료원, 2006, 175쪽.

것이다. 우리 문학에서 할미는 가면극을 비롯하여 신화, 전설, 민담, 소설, 민요 등에 두루 등장하는데, 이중 할미가 주체가 되어 전승되는 장르는 단연코 신화이다. 할미 신화는 자연 현상에 대한 인식에서 출발하며 의례와 밀접한 관련을 가지고 있어 할미에 대한 가장 원초적인 서사라고 할 수 있다. 물론 시대의 흐름과 상황에 따라 서사의 방향과 폭이 변화하고 그와 함께 의례도 쇠퇴하거나 변형되었지만, 전승되는 신화들을 비교 분석하고 의례를 참고한다면 할미의 원형에 구체적으로 접근할 수 있을 것이다. 뿐만 아니라 할미라는 칭호나 나이에 연연해하지 않고 할미의 '원형'에 초점을 둔다면, 다양한 문학 장르에서 할미의 아바타(avatar)를 만나게 될 것이다.

다음 작업은 할미 서사의 원형이 문학 장르별로 어떻게 나타나는가를 살피는 것이다. 할미 서사를 동반하는 문학 장르는 민속극, 서사민요, 판소리, 소설을 들 수 있다. 민속극 중 가면극 할미과장의 할미는 대표적인 할미 서사의 주인공이며, 인형극의 꼭두각시는 성격이나 내용에서 가면극의 할미와 동류로 볼 수 있다. 꼭두각시 계열의 인물로 서사민요의 꼬댁각시와 소설의 쏙독각시나 고독각시를 들 수 있으며, 명칭은 달라도 할미의 특성을 갖춘 인물로 판소리 〈변강쇠가〉 옹녀를 포함시킬 수 있다. 그런데 민속극은 서사를 비롯하여 놀이, 의례, 음악, 무용, 연극 등이 합쳐진 독특한 양식의 종합예술이므로, 그 속에 드러난 할미 서사는 극적 형상화의 측면에서 다루는 것이 적합하다. 한편 서사민요의 경우 할미 서사가 중심이 되어 노래 및 여성들의 놀이가 결합한 것이고, 판소리는 서사를 비롯한 여러 장르가 결합하여 공연물로 발전한 것이며, 소설은 사건이 확대되고 주제의식이 심화된 것이다. 따라서 이들 세 장르는 서사의 확대와 변이라는 측면에서 함께 다루어야 한다.

먼저 할미 서사와 민속극의 관계를 살펴보면, 할미 서사의 원형이 놀이와 만나는 지점에서 의례가 발생하고, 이것이 극으로 발전한 것으로 추정된다. 놀이는 특정의 이해관계에 구애받지 않고 자발적으로 이루어지는 인간 활동, 또는 삶의 재미를 적극적으로 추구하고 즐기고자 하는 의지적인 활동[9]을 가리킨다. 즉 놀이는 재미, 즐거움, 흥겨움, 휴식과 연관되는 감각적 활동인 것이다. 호이징가는 원시사회의 신성한 의례의 근원을 놀이에서 찾았는데, 고대 사회의 성스러운 의례는 자연세계의 사건을 신비하게 반복하거나 재현하는 의미에서 놀이가 발전한 것으로 해석했다. 자연세계의 사건에는 계절의 변화, 별들의 나타남과 사라짐, 곡식의 성장과 수확, 인간과 동물의 탄생·삶·죽음 등이 있는데, 원시인의 의례는 그들의 정신 속에 새겨진 이러한 자연 질서를 놀이화 한 데서 출발했다는 것이다.[10]

그런데 자연현상의 재현과 그에 따르는 놀이에는 자연의 원리를 구연하는 서사가 따를 수밖에 없으므로, 의례는 서사와 놀이가 결합된 지점에서 출발하게 된다. 그렇다면 의례와 밀접한 관련을 지닌 우리의 민속놀이와 민속극 또한 계절의 변화, 곡식의 성장과 수확, 삶과 죽음 등의 자연현상에 대한 서사와 놀이에서 출발했다고 볼 수 있다.[11] 즉 현전하는 민속극(drama)의 이면에는 의례가, 밑바탕에는 놀이와 서사가 자리 잡고 있는 것이다. 관점을 달리하여 사건과 서사 중심으로 보면 할미와 관련한 민속극은 우주적 차원의 사건들이 놀이로 재현되고 의례로 발전하면서 서사의 내용이 풍부해지고, 이후 의례의 제의성이 쇠퇴하고 유희성이 두드러지면서 서사의 방향이 바뀌어 극으로 발전한 것이 된다. 가면극의 할미과장, 무속의 〈탈굿〉, 인형극 꼭두각시놀음은 바로 이러한 관점에서 볼 수 있다.

---

9) 한국문학비평가협회, 앞의 책, 411~412쪽.

10) Johan Huizinga, 이종인 역, 『호모루덴스』, 연암서가, 2010, 52~57쪽.

11) Huizinga는 모든 문화의 바탕을 놀이에서 찾고 있다. 여기서 그의 이론에 기반하여 놀이와 의례 그리고 민속극을 연계지은 것은 민속극이 놀이적인 성격을 다분히 가지고 있으므로, 그러한 측면에서 분석할 필요성이 있음을 강조하기 위해서이다. 실제 가면극을 우리말로 '탈놀이'라고 명명하는 것은 놀이적인 성격이 농후함을 나타낸다.

서사는 상황에 따라 다양한 모양으로 뻗어갈 수 있는 유연한 선이다. 사실이 지시대상을 담론에 일치되는 점으로 보는 형식이라면, 사건은 지시대상을 공동체 내에서 의미를 갖는 선의 생성으로 보는 형식이다.[12] 그리고 이 선은 사회적 환경 즉 이데올로기, 담당층, 다른 사건 또는 이질적인 장르와의 연결에 따라 다양한 양상으로 변이되거나 확장되기도 한다. 할미 서사의 원형이 중세 여성들의 고단한 삶과 만나 노래로 연결되면 서사민요가 되고, 광대의 사설 및 음악과 만나 공연물로 굳어지면 판소리로 발전한다. 한편 중세의 이데올로기와 만난 지점에서 다양한 사건들과 결합되면 소설로 발전하기도 한다. 서사민요 〈꼬댁각시〉, 판소리 〈변강쇠가〉, 그리고 소설 〈로처녀 고독각시전〉은 바로 할미 서사의 원형이 확장되고 변이된 유연한 선의 결과물인 것이다.

이처럼 할미 서사의 관점에서 볼 때, 할미를 꼭 나이든 여성으로 한정할 필요는 없다. 민속극의 할미와 꼭두각시, 민요의 꼬댁각시, 판소리의 옹녀, 소설의 고독각시는 할미 서사가 다양한 양상으로 뻗어가면서 창출한 인물들이다. 이들 할미의 아바타는 신분과 처지는 다르지만 조선후기 서민 문화의 공간에서 집중적으로 부각되며, 현실적이면서 신화적이고 비속하면서 성스러운 특성을 보여 준다. 이런 점에서 할미 서사의 변이된 양상과 더불어 그러한 변이가 일어난 원인 및 특정한 시대에 집중적으로 등장하는 이유도 밝힐 필요가 있다.

그동안 할미 및 그에 준하는 여성들에 대한 개별적 연구는 있었지만, 이들 모두를 대상으로 하는 통합적 연구는 다루어지지 않았다. 따라서 할미서사의 원형에 뿌리를 두고, 놀이와 이야기로 확장되는 양상과 의미를 밝혀나가는 연구는 할미로 불리는 여신이 우리의 문화에서 어떻게 전승되고 변이되었는가, 그리고 어떻게 부각되고 폄하되었는가를 밝히는 의미 있는 작업이 될 것이다. 덧붙여 오랜 시간 가부장적 질서 하에서 왜곡되어 온 여성성을 성찰하는 계기도 될 것이다.

---

12) 나병철, 『소설과 서사문화』, 소명출판, 2006, 40~41쪽.

2. 할미 서사의 연구 성과 검토와 연구 방향

할미 서사 연구는 민속극 중심의 극적 텍스트와 서사 중심으로 확장된 텍스트를 대상으로 진행하고자 한다. 전자는 가면극의 할미과장 및 그와 유사한 내용인 동해안별신굿 중 〈탈굿〉과 인형극 〈꼭두각시놀음〉의 꼭두각시거리이며, 후자는 서사민요 〈꼬댁각시〉와 판소리 〈변강쇠가〉, 그리고 소설 꼭두각시전이다.

이들 작품의 연구 성과를 살펴보면 다음과 같다. 가면극 할미과장의 경우 기원과 주제 및 문학적 형상화에 대한 연구가 활발하게 이루어졌다. 먼저 할미과장의 기원에 대해서는 조동일의 여름과 겨울의 싸움[13] 이래로 황루시의 생산력을 중심으로 한 늙은 신과 젊은 신의 교체제의,[14] 정승희의 신력이 쇠퇴한 지모신의 갱신과 부활[15] 등의 주장이 제기되었다. 이들 견해는 할미과장이 풍요제에서 출발하여 연극적 발전을 거쳐 현전하는 모습을 갖추었다는 데 공통점을 둔다. 다음으로 주제 면에서는 영감의 횡포, 부부 갈등, 처첩의 갈등, 본처의 죽음이라는 극적 구성에 주목하여 통상 가부장제 하의 처첩간의 갈등으로 인한 가정의 비극으로 보고 있다. 다만 논의의 각도와 깊이에 따라 발전단계를 추정하거나,[16] 연희집단의 의식을 반영한 것으로 보거나,[17] 주인공의

---

13) 조동일, 『탈춤의 역사와 원리』, 홍성사, 1979.
14) 황루시, 「무당굿놀이 연구」, 이화여대 박사, 1986.
15) 정승희, 「한국민속극 할미마당의 비교 연구」, 이화여대 석사, 1990.
16) 박진태, 「한국가면극의 발전원리(1)-현전 가면극의 할미마당의 경우-」, 『난대이응백박사 화갑기념논문집』, 보진재, 1983 ; 『한국가면극 연구』, 새문사, 1985.
17) 임재해(「민속극의 전승집단과 영감 할미의 싸움」, 『여성문제연구』13집, 대구효성카톨릭대 사회과학연구소, 1984)는 가면극의 할미마당은 연희집단의 가부장적 의식이 반영되어 할미가 죽는 결말을, 무극의 할미마당은 무속집단의 여성우위 의식이 반영되어 영감이 죽는 결말을, 꼭두각시놀음에서 꼭두각시의 가출은 연희집단인 남사당패의 자유분방한 의식이 표출된 것으로 보았다. 또한 이은경(「가면극의 주제의식과 연희집단의 상관성 연구」, 『한국연극연구』5집, 한국연극사학회, 2003)은 가면극 할미과장에 연희층인 이서집단의 유교적 의식이 반영되었다고 보았다.

성격 창출에 집중하거나,[18] 미학적 관점에서 할미과장의 극적 짜임새를 논의하는[19] 등 다양한 연구들이 이어지고 있다.

할미과장과 유사한 내용인 동해안별신굿의 〈탈굿〉은 동해안지역 무극의 전반적인 연구에서 다루어진 이래,[20] 변화양상과 요인,[21] 여성인물의 욕망,[22] 가면극과 무속극의 비교 등이 연구되었다. 특히 가면극 할미과장과 〈탈굿〉의 비교에서는 연희 안팎의 유사성과 차이성 및 영향관계가 다루어졌다.[23]

인형극 〈꼭두각시놀음〉의 꼭두각시거리는 인형과 탈이라는 매체의 차이가 있을 뿐 극의 내용은 할미과장과 상당히 유사하다. 따라서 발생과 특성 및 인형극의 독특한 연행양식에 대한 연구[24]를 제외하면, 연구 성과에 있어 가면극

---

18) 성병희(「한국가면극의 여역」, 『여성문제연구』8집, 대구효성카톨릭대 사회과학연구소, 1979)는 할미의 인간상을 봉건제 하에서 희생당하는 여성, 곤궁한 생활고에 시달리는 가련한 여성으로 보았다. 반면에 전신재(「할미마당의 갈등구조와 할미의 인간상」, 『구비문학연구』9집, 한국구비문학회, 1999)는 할미를 생존자체를 위협받는 절망적인 상황에서도 좌절하지 않고 발랄하게 대처해 가는 건강한 여성으로 보았다.

19) 신동흔(「들놀음 할미마당의 극적 짜임새와 구조」, 『한국극예술연구』1집, 한국극예술학회, 1991)과 심상교(「민속극에 나타난 비극적 특성 연구(Ⅱ)」, 『한국민속학』29호, 한국민속학회 1997)는 할미마당을 민중의 간고한 삶을 표현한 비극으로 보았다. 한편 김명준(「할미·영감과장의 지역적 변이 양상」, 『우리문학연구』17집, 우리문학회, 2003)은 지역별 할미과장에 따르는 극적 긴장과 반전의 차이를 살폈다.

20) 이균옥, 『동해안지역 무극연구』, 박이정, 1998.

21) 김신효, 「동해안 탈굿의 변화양상과 요인」, 『한국무속학』16집, 한국무속학회, 2008.

22) 허용호, 「동해안탈굿의 여성과 욕망」, 『한국고전여성문화연구』16집, 한국고전여성문화학회, 2008.

23) 김신효, 「굿놀이와 탈놀이의 공통성과 독자성—동해안 탈굿과 가산오광대 할미·영감과장을 중심으로—」, 『한국무속학』21집, 한국무속학회, 2010 ; 이미원, 「굿 속의 탈놀이:〈영산 할아뱜 할맘굿〉과 〈탈굿〉」, 『한국연극학』40호, 2010.

24) 김재철, 『조선연극사』, 조선어문학회, 1933; 송석하, 『한국민속고』, 일신사, 1960; 이두현, 『한국가면극』, 문화재관리국, 1969; 심우성, 『남사당패 연구』, 동문선, 1974; 최상수, 『한국인형극의 연구』, 성문각, 1988; 유민영, 「꼭두각시놀음의 유래」, 『예술원 논문집』14집, 예술원, 1975; 김청자, 「한국전통인형극의 새로운 접근」, 『한국연극학』2권1호, 1985; 조동일, 『한국문학통사』1, 지식산업사, 2005; 서연호, 『꼭두각시놀음의 역사와 원리』, 연극과 인간, 2001; 임재해, 『꼭두각시놀음의 이해』, 한국학술정보(주), 2002; 전경욱, 『한국의 전통연희』, 학고재, 2004; 박진태, 『한국인형극의 역사와 미학』, 민속원, 2017.

과 궤를 같이 하는 부분이 많다.

〈꼬댁각시〉는 주인공의 이름이 꼭두각시와 유사하여 인형극과의 영향관계를 밝히려는 시도가 있었으나 내용이나 인물의 성격이 다르고 자료가 부족하여 명쾌한 논의를 보여주지 못했다.[25] 이후 〈꼬댁각시〉의 서사민요적 성격,[26] 무가와의 관련성,[27] 시집살이 민요와의 구조적 연관성,[28] '춘향이놀이'와의 연관성,[29] 그리고 지역별 의례 및 노래의 내용[30]에 대한 연구 등이 이어지고 있다. 꼬댁각시와 유사한 명칭을 인형극을 제외하고는 보기 드문데다, 무엇보다도 꼬댁각시라는 여성의 인생 서사가 의식 및 놀이와 결합되어 독특하게 연행된다는 점에서 인형극이나 가면극의 여성과 관련한 논의가 지속되어야 할 것이다.

〈변강쇠가〉의 경우 옹녀를 중심으로 그간의 연구를 살펴보면, 신화적 인물과 연관하여 옹녀의 성격을 밝히거나,[31] 사회적으로 유교적 가부장제 하에서 고난의 삶을 사는 하층여성의 관점에서 보거나,[32] 여성주의적 입장에서 옹녀

---

25) 이현수, 「'꼬댁각시요' 연구」, 『한국언어문학』33집, 한국언어문학회, 1994.

26) 서영숙, 「서사민요의 연행예술적 서술방식」, 『한국민요학』7집, 한국민요학회, 1999.

27) 서영숙, 「〈꼬댁각시 노래〉의 연행상황과 제의적 연구」, 『우리민요의 세계』, 역락, 2002.

28) 황경숙, 「부산지방 설화성 민요에 나타난 여성의 의식세계」, 김승찬 외, 『부산민요집성』, 세종출판사, 2002.

29) 정형호, 「'춘향이놀이'와 '꼬댁각시놀이'에 나타난 주술적 놀이적 성격과 여성의 의식」, 『중앙민속학』11집, 중앙대 한국문화유산연구소, 2006.

30) 최자운, 「꼬댁각시요의 유형과 의례」, 『한국민요학』18집, 한국민요학회, 2006.

31) 강진옥, 「변강쇠가 연구 I —여성인물의 성격을 중심으로—」, 『새터강한영박사 팔순송수기념논문집 동리연구』 창간호, 동리연구회, 1993 ; 강진옥, 「변강쇠가 연구2—여성인물의 쫓겨남을 중심으로—」, 『이화어문논집』13집, 이화여대 이화어문학회, 1994 ; 차가희, 「옹녀를 통해 본 변강쇠가의 신화성 고찰」, 『동남어문논집』10, 동남어문학회, 2000.

32) 윤분희, 「변강쇠전에 나타난 여성인식」, 『판소리연구』9집, 판소리학회, 1998 ; 최혜진, 「변강쇠가의 여성중심적 성격」, 『한국민속학』30집, 한국민속학회, 1998 ; 박경주, 「여성문학의 시각에서 본 19세기 하층 여성의 실상과 의미」, 『국어교육』104호, 한국국어교육연구회, 2001 ; 최원오, 「조선후기 판소리 문학에 나타난 하층 여성의 삶과 그 이념화의 수준」, 『한국고전여성문학연구』6집, 한국고전여성문학회, 2003 ; 박일용, 「변강쇠가의 사회적 성격」, 『조선시대의 애정소설』, 집문당, 1993 ; 정출헌, 「판소리에 나타난 하층 여성의 삶과 그 문학적 형상—변강쇠가의 여주인공 옹녀를 중심으로—」, 『구비문학연구』9집, 한국구비문학회, 1999.

를 삶의 질곡에 당당하게 맞서는 여성으로 파악한 연구33)가 있으며, 이밖에 민속극과 비교하여 공통점을 밝힌 연구들34)이 있다.

꼭두각시전은 작품의 형성과정이 논의의 쟁점이 되었는데, 가사 〈노처녀가〉가 소설화한 것이라는 견해가 주류를 이루고 있고, 여기에 조선후기 노처녀·노총각 사혼사건을 중심으로 형성된 노처녀 담론이 소설로 형상화되었다는 견해도 제시되고 있다.35) 내용에 대해서는 평민의 현실주의적 의식 성장,36) 등장인물이 보여주는 조선후기 정치·사회적 상황의 총체성,37) 그리고 인형극 속 꼭두각시와의 영향관계38)에 대한 연구가 있다.

한편 꼭두각시전의 이본인 〈복선화음가〉의 괴똥어멈과 〈심청가〉의 뺑덕어멈을 대상으로 이들의 일탈적 행위인 애욕, 식욕, 수면욕, 게으름 등을 본능적 욕구의 발현으로 본 견해도 있는데,39) 할미에 대한 언급은 없지만 인물들의 성격이 앞으로 밝힐 할미의 원형적 특성과 맥락을 같이 한다는 점에서 재고해 볼 필요가 있다.

---

33) 정미영, 「변강쇠가의 여주인공 옹녀의 삶과 왜곡된 성」, 『여성문학연구』13호, 한국여성문학회, 2005 ; 서유석, 「판소리 몸 담론 연구」, 경희대 박사, 2009; 김승호, 「변강쇠가에 나타난 반열녀담론의 성향」, 『국어국문학』152호, 국어국문학회, 2009; 신경남, 「변강쇠가의 구조와 애정양상」, 『한국고전여성문학연구』18집, 한국고전여성문학회, 2009; 김정은, 「옹녀의 상부살풀이 과정으로 본 변강쇠가 연구」, 『겨레어문학』44집, 겨레어문학회, 2010.

34) 박진태, 「꼭두각시놀음·변강쇠가·봉산탈춤의 동시대성」, 『한국고전희곡의 역사』, 민속원, 2001; 사진실·사성구, 「〈변강쇠가〉의 가면극 수용 양상과 연희사적 의미」, 『어문연구』55집, 어문학회, 2007.

35) 김국희 「꼭두각시전의 혼성텍스트적 성격」 (『한국문학논총』52집, 한국문학회, 2009, 89쪽)에서 그간의 선행연구를 가사의 소설화와 담론의 소설화로 나누어 정리한 것을 참조.

36) 최원식, 「가사의 소설화 경향과 봉건주의의 해체」, 『창작과 비평』46호, 1997 겨울; 『민족문학의 논리』, 창작과 비평사, 1982..

37) 김응환, 「꼭두각시전에 나타난 인물의 기능과 의미」, 『한국학논집』23집, 한양대한국학연구소, 1993.

38) 김국희, 앞의 글, 102~105쪽.

39) 길진숙, 「뺑덕어미와 괴똥어미의 일탈과 그 성격」, 『한국고전연구』19, 한국고전연구학회, 2009.

'할미'만을 대상으로 한 연구를 찾는 것은 쉽지 않다. 할미를 구체적으로 언급한 것은 아니지만 한국 민속에 나타난 여성상을 논하면서, 서사무가 속의 여성은 자기부정과 희생을 통해 생산성, 종교적 성찰, 유교적 가족주의로 발전한 데 비해 민속극의 할미는 생산성을 거세당한 점에서 무속적 여인상을 부정적으로 계승한 것으로 본 견해가 있다.[40] 그러나 민속극의 할미가 생산성을 거세당했다고 단정할 수 있는지는 더 고민해야 할 부분이다. 한편 조현설은 마고할미 신화 연구[41]에서 국내 거인 여성 신화를 마고할미 유형으로 묶어 자료를 소개하고, 마고할미의 창조신으로서의 성격과 희화화된 원인을 고찰했다. 이 연구에서는 할미를 창조 여신의 위상으로 규정하고, 창조의 성패와 형상에 따라 여신의 유형을 분류한 점이 주목된다.

마지막으로 가면극 할미의 현실적 표본으로 추정되는 노구에 대한 선행연구도 살펴볼 필요가 있다. ≪삼국사기≫의 노구를 선사시대의 거모(巨母) 신앙의 잔존으로 보고 왕권과 관련을 가지는 신모(神母)적 존재로 간주하는 주장이 대두된 이래,[42] 중국에서 전래한 양육신으로 보거나,[43] 무당이나 일관과 함께 토착신앙의 담당자로 보는 견해가 잇따르고 있다.[44] 이들 연구는 양적으로 소략하나마 할미의 본질을 문헌에서 찾은 점에서 의의가 크지만, 연구의 범위가 고대사에 국한되어 있어 그 전모를 밝히지 못한 한계가 있다. 근래에는 노구에 대한 문학적 접근을 통해 중세 노구의 실체에 접근하고 있다.[45]

---

40) 강진옥, 「한국 민속에 나타난 여성상의 변모양상」, 『한국민속학』27, 한국민속학회, 1995.
41) 조현설, 『마고할미 신화 연구』, 민속원, 2013.
42) 최광식, 「삼국사기 소재 노구의 성격」, 『사총』25집, 고대사학회, 1981.
43) 송화섭, 「한국고대사회에서 성모와 노구」, 『백산학보』64호, 백산학회, 2002.
44) 박은애, 「한국 고대 토착신앙의 담당자」, 『신라문화』 38집, 동국대신라문화연구소, 2011.
45) 김국희는 「사서를 통해 본 노구의 특성과 변이양상」(『어문연구』75, 어문연구학회, 2013), 「조선후기 애정소설 속 노구의 의미」(『어문학』121, 한국어문학회, 2013), 「조선후기 야담에 나타나는 노구의 특징과 의미」(『한국문학논총』70, 한국문학회, 2015)에서 중세 노구의 실재적 모습을 언급했다. 특히 조선 후기 노구는 요귀나 조력자, 불륜을 조장하는 여인 등으로 인식되었는데,

이상을 살펴보면, 그간의 할미과장 및 할미에 대한 선행 연구에서 몇 가지 과제를 발견하게 된다. 첫째, 할미과장의 풍자성에 대한 고찰이 이루어져야 한다. 할미과장은 영감을 찾아다니는 할미의 못생긴 모습과 비속한 행동이 연행된 후, 이어 영감과 첩이 등장하면서 부부간 또는 처첩 간의 갈등이 극화된다. 이렇게 보면 할미과장의 주제는 크게 할미에 대한 해학적 표현과 풍자, 그리고 가부장적 가족관계의 모순에 대한 비판으로 나눌 수 있다. 그런데 대부분의 연구는 후자에 초점을 둘 뿐, 전자가 가진 의미에 대해서는 주시하지 못하고 있다. 따라서 할미과장의 중심인물인 할미가 '왜', 그리고 '어떻게' 풍자되었는지에 대한 논의가 필요하다. 특히 할미의 성적인 측면뿐만 아니라 전체적인 성격이 풍자된 양상을 살펴야 할 것이다.

둘째, 할미의 성격을 온전히 파악하여 작품 전반의 의미를 밝혀야 한다. 할미과장의 기원을 계절제, 신년제 등의 세시의례에 두는 기존의 견해는[46] 할미를 쇠퇴해가는 여신으로만 보고 있어, 이 여신이 가지는 성격을 온전하게 밝히지 못하고 있다. 특히 극적 장치인 자식의 죽음, 영감의 죽음, 그리고 재산분배의 경우 여신 할미와 연결 짓지 못하고 단지 극으로 발전하는 과정에서 사회적 문제를 반영한 것으로만 보고 있다. 따라서 할미의 원형을 밝혀 작품 속 세부적인 사건과의 관련성은 물론 작품 전반을 아우르는 의미를 밝히는 것이 필요하다.

셋째, 할미를 표현하기 위한 구체적인 인물상이 제시되어야 한다. 가면극의 양반은 권위만을 내세울 뿐 실제 무능한 지배층을 묘사하고 있고, 여기에 꾀 많고 지혜로운 하인 말뚝이가 등장해서 양반의 허위를 폭로한다. 노장은 현실

_____

신분은 기생, 의녀, 다모, 사당, 무속인 등 주로 천민 계층이었다.
46) 조동일의 여름과 겨울의 싸움, 황루시의 늙은 신과 젊은 신의 교체제의, 정승희의 지모신의 갱신과 부활은 결국 풍요로운 생산의 가능 여부로 해석되므로 계절제 및 신년제와 관계된다.

을 초월하여 불도에 정진해야 할 인물이지만 소무에게 빠져 파계하는 승려이며, 소무를 가운데 두고 젊고 건장한 취발이와 대립하는 추태를 보인다. 이들은 벽사와 생산력을 상징하는[47] 동시에 당대 현실에서 각각의 계층에 대한 비판적 시각을 반영하는 전형적 인물이기도 하다. 그렇다면 할미 또한 상징적 의미와 함께 현실 속의 어떤 여성을 표본으로 하여 어떠한 문제의식을 반영하고 있는가에 대한 연구가 필요하다.

넷째, 현전하는 형태의 민속극과 타 장르, 특히 서사장르와의 연관성을 고찰할 필요가 있다.[48] 민속극의 경우 변천에 대한 자료가 소략하고, 1930년대 이후에는 전승마저도 소강상태에 접어들다가 60년대 부흥기를 맞아서야 재현되었으므로, 그동안은 민속극 자체 및 인접 학문과 관련한 연구만으로도 녹록치 않은 시간이었다. 게다가 민속극과 서사를 비교할 공시적인 기준을 정하는 것 또한 쉽지 않다.

그런데 여기서 60년대 민속극 발굴의 목적이 '재현'이었던 점을 상기할 필요가 있다. 당시 생존 연희자들의 목적은 복고였고, 기억력의 한계로 가감되는 부분은 있었겠지만 재현된 민속극에서 담아내고자 한 것은 마지막 행했던 연희의 모습, 즉 1930년대의 연희였다. 그런데 당시 연희의 극적 완성도나 가면극과 함께 전승된 설화 및 문헌자료를 볼 때, 이러한 모습의 연희가 성행한 시기는 적어도 18~19세기로 소급할 수 있다.[49] 그렇다면 현전 가면극과 조선 후기

---

47) 말뚝이 탈이 가진 벽사적 생김새와 양반과장의 쫓아내는 자와 쫓겨나는 자의 대립을 볼 때, 벽사의례와 관련하여 생각할 수 있다. 이에 대한 자세한 논의는 황경숙, 『한국의 벽사의례와 연희문화』, 월인, 2000, 126~179쪽 참조. 한편 중은 생산신, 벽사주재신, 방위신을 의미하는 것으로 볼 수 있다. 여기에 대해서는 정형호, 「가면극에 나타난 '중'의 성격 고찰」, 『한국민속학』27집, 한국민속학회, 1995, 463~478쪽 참조.

48) 민속극의 각 과장과 설화를 비교한 연구는 있으나, 소설이나 판소리와 비교한 경우는 드문 편이다. 선행연구에서 언급한 박진태와 사진실·사성구의 논문이 대표적이다.

49) 이것은 각 가면극의 발생과 관련한 설화를 봐도 알 수 있다.

서사문학과의 비교는 충분한 개연성을 지니며, 연희와 서사를 넘나드는 문화 현상50)을 설명하기 위해서도 필요한 작업이 될 것이다.

연구에 따르는 텍스트는 크게 세 부분으로 나누고자 한다. 먼저 할미 서사의 원형을 도출하는 과정에서는 여신 관련 신화인 〈설문대할망〉, 〈삼승할망본풀이〉, 〈바리데기〉, 〈당금애기〉 등을 주요 텍스트로 하며, 그 밖에 외국의 여신 신화도 참고할 것이다.

할미 서사의 원형이 극으로 발전한 텍스트는 가면극 할미과장, 동해안별신굿의 〈탈굿〉, 인형극 〈꼭두각시놀음〉을 대상으로 한다. 구체적으로 언급하면, 가면극은 이두현과 전경욱의 가면극 대사 채록집51)에 수록된 〈양주별산대〉, 〈송파산대놀이〉, 〈봉산탈춤〉, 〈은율탈춤〉, 〈강령탈춤〉, 〈통영오광대〉, 〈고성오광대〉, 〈가산오광대〉, 〈수영야류〉, 〈동래야류〉, 〈하회별신굿탈놀음〉이다.52) 인형극 〈꼭두각시놀음〉의 텍스트는 김재철, 최상수, 박헌봉, 이두현, 심우성의 채록본 중 채록시기가 가장 오래된 김재철본을 중심으로 하고 그 밖의 것을 참고할 것이다.53) 〈탈굿〉의 이본은 총 7개로 최길성, 김태곤, 김석출, 이두현, 임재해, 이균옥이 채록했다. 이들 이본은 크게 송동숙 구술과 김석출 구술로, 또는 연희자의 구술과 연행상황의 기록으로 나눌 수 있는데 내용상의 큰 차이는 없다.54) 이 글에서는 굿의 현장성을 감안하여 가장 오래된 현장 연행본인

---

50) 특히 꼭두각시전은 판소리 사설, 시조, 민요, 민속 인형극 등을 수용하고 있어 연희와 서사의 만남을 잘 보여주고 있다.

51) 이두현, 『한국가면극선』, 교문사, 1997 ; 전경욱, 『민속극』, 고려대 민족문화연구소, 1993.

52) 지역별로 전승되는 민속극과 그에 따른 채록본은 현재 50종이 넘지만, 각각의 채록본들이 큰 차이를 나타내지는 않는다. 또 여기서 다루고자 하는 것은 미세한 차이가 아닌 전반적인 내용이라는 점에서 모든 채록본을 다룰 필요는 없다고 본다.

53) 심우성, 『남사당패연구』, 동문선, 1989, 189~281쪽. 이 중 지역에 정착하여 전승된 인형극의 경우 꼭두각시거리의 내용이 없어 연구대상에서 제외한다.

54) 〈탈굿〉의 이본은 등장인물 중 할미의 자식이 1명인가 3명인가에 따라 투전놀음의 존재여부가 다르지만, 그것이 극 전체의 구조에 미치는 영향은 크지 않다. 한편 이균옥본은 앞서의 이본들보다 거의 20여 년 후인 1995년에 채록되었고, 연행담당층도 송동숙과 김석출의 다음 세대들로 바뀌었

이두현 채록본을 중심으로 하되 필요에 따라 다른 이본들을 살펴 볼 것이다. 더불어 남해안별신굿의 〈해미광대탈놀이〉[55]도 참고하고자 한다.

서사가 확장된 텍스트는 ≪한국구비문학대계≫[56]와 문화방송 ≪한국민요대전≫[57]에 수록된 서사민요 〈꼬댁각시〉, 신재효본 〈변강쇠가〉[58] 그리고 소설 '꼭두각시전'을 논의의 대상으로 한다. 꼭두각시전의 경우 총 9개의 이본이 있는데, 각각의 이본을 비교해 보면[59] 몇몇 화소가 가감되는 것을 제외하고는 큰 차이를 발견하기 힘들다. 여기서는 되도록 많은 화소를 담고 있는 광명서관본 〈로처녀 고독각시〉를 주요 텍스트로 하고 다른 이본들은 참고할 것이다.

논의 과정은 다음과 같다. 2장에서는 논의의 기초를 다지기 위해 할미의 개념을 정립하고 원형적 특성을 찾아 할미의 본질을 규명할 것이다. 먼저 할미와 꼭두각시의 어원을 찾아보고, 또 할미의 한자어들을 비교하여 우리말 할미와의 관계를 살펴볼 것이다. 이어서 설문대할망, 마고할미, 갱구할미 등[60]의 설화와 무가 바리데기, 당금애기 등을 분석하여 할미의 원형적인 모습을 추론할 것이다.[61] 오랜 세월과 유교적 사회이념으로 인해 신화에서 소략해진 부분들

　　으며, 내용 또한 오락성이 강화된 면이 있다. 그러나 전체적인 내용은 앞서의 이본들과 유사하다.
55) 김선풍, 『남해안별신굿』, 박이정, 1997.
56) 한국학중앙연구소, 『한국구비문학대계』, 1980~1988.
57) 문화방송, 『한국민요대전─충북편』, 1995.
58) 강한영 교주, 『신재효 판소리 사설집』, 민중서관, 1971.
59) 꼭두각시전의 이본에 대한 연구는 김현영의 「〈꼭두각시전〉 이본연구」(『청계논총』5ㆍ6합집, 한국정신문화연구원 한국학대학원, 2004)와 최명자의 「1910년대 고소설의 대중화 실현양상 연구」(아주대 박사, 2005, 34~44쪽)에서 상세하게 다루었다. 다만 최명자의 경우 ≪삼설기≫의 〈노처녀가〉와 박순호 소장본 〈노처자전이라〉도 꼭두각시전의 이본으로 보았으나 하성래본에 대해서는 언급하지 않았다.
60) 논의의 대상은 창조, 생산, 그리고 죽음의 원초적 의미를 담고 있으면서 할미로 불리는 여신을 우선으로 하였다.
61) 이들을 수록하고 있는 책은 다음과 같다. 진성기, 『신화와 전설』, 제주민속연구소, 1959 ; 현용준, 『제주도 신화』, 서문당, 1996 ; 한국학중앙연구소, 『구비문학대계』, 1980~1988 ; 임석재, 『한국 구전설화』1~12, 평민사, 1987~1992 ; 김태곤, 『한국무가집』4, 집문당, 1980.

은 일본, 중국, 인도, 이집트, 몽골, 게르만, 그리스·로마 등 다른 나라의 신화와 비교하여 그 의미를 재구하고자 한다. 이를 통해 할미가 인류 초기 신앙의 대상인 여신이며, 창조신, 지모신, 생명신의 특징을 지니고 있음을 규명할 것이다.

3장은 할미의 위상 변화 및 그 원인을 살펴보고자 한다. 위상 변화의 흐름은 고대, 중세, 근대전환기의 세 시기로 나누어 살피되, 특히 근대전환기에 할미와 같은 여성이 서민문화에서 집중적으로 등장하는 상황을 주목할 것이다. 또 할미의 위상이 변화된 원인에 대해서는 여신의 위상이 추락하는 동향과 함께, 당대의 특수한 사회적 현실을 중심으로 짚어볼 것이다.

4장과 5장은 2장에서 살펴본 할미의 원형적 서사가 놀이성이 강한 문학 장르와 이야기가 확장된 문학 장르에서 어떻게 형상화되는가를 살펴보고자 한다. 먼저 4장에서는 2장에서 밝혀낸 할미의 원형인 창조신, 지모신, 생명신의 모습이 놀이성이 강한 가면극 할미과장과 〈탈굿〉, 꼭두각시거리에 형상화 되는 양상을 고찰할 것이다. 여기서 할미의 특성은 질서와 혼란의 반복, 욕망의 거침없는 발양, 죽음과 재생의 주기적 순환 및 할미 신앙의 세속화된 표상인 노구 및 무당으로 나눌 수 있다. 이와 함께 가면극과 〈탈굿〉, 인형극에서 형상화된 할미의 공통점과 차이점은 무엇이며, 그러한 양상의 원인이 무엇인지 논의할 것이다.

다음으로 5장에서는 할미의 서사가 노래, 판소리, 소설 장르와 만났을 때, 어떻게 확장되고 변이되었는가를 짚어보고자 한다. 여기서 다루는 서사민요 〈꼬댁각시〉와 판소리 〈변강쇠가〉, 소설 꼭두각시전은 신화 또는 민속극과의 직·간접적 영향 하에 형성되면서 할미 서사의 확장되고 변이된 모습을 드러내고 있다. 이 장에서는 이들의 특성을 정착과 유랑의 반복, 욕망의 억압과 뒤틀림, 죽음과 재생의 현실적 변주, 수단으로서의 무속으로 나누어 각 작품에서 드러나는 양상과 그 의미를 고찰할 것이다.

마지막으로 6장은 할미가 우리 문학에서 가지는 의의를 통시적인 관점과 공시적인 관점으로 나누어 고찰하고, 특히 할미 서사가 조선후기 문학사에서 가지는 의의와 이후의 여성 문학에 미치는 영향을 짚어볼 것이다.

Ⅱ. 할미의 연원과 할미 서사

할미의 연원과 할미 서사

우리말 중에서 널리 사용되는 '영감'이라는 말은 조선시대 정3품 이상 종2품 이하의 관원을 칭하던 명칭이지만, 현재는 그에 준하는 고위 공무원이나 유명 인사뿐 아니라 늙은 남성을 칭하는 보편화된 개념으로 쓰이고 있다. 마누라 또한 윗사람의 직합 뒤에 붙여 사용되는 존칭어였지만 현재는 아내를 속되게 가리키는 말이며, 계집의 경우 아내를 가리키는 말에서 여자를 낮잡아 이르는 말로 변했다. 이처럼 우리말에는 표현은 그대로지만 가리키는 범위가 확대되거나 그 품격이 하향된 경우가 있는데, '할머니'나 '할미'도 마찬가지이다. 어원을 찾아보면 위대한 여성을 가리켰던 것 같은데, 현재는 일반적인 늙은 여성을 가리키는 말로 정착되었다.

연구의 출발은 대상에 대한 개념 정립이다. 이 장에서는 할미라는 존재가 무엇에서 시작되었는지, 그리고 우리 문화에서 어떻게 변화되었는지를 알기 위해, 할미의 뜻과 원형을 살펴보고자 한다.

할미의 뜻에 대해서는 먼저 우리말인 '할미'의 개념과 어원을 밝히고, 이어 인형극 '꼭두각시'[62]의 개념과 어원을 통해 할미와의 관련성을 따질 것이다. 다

---

62) 가면극 할미과장과 인형극의 꼭두각시거리는 상당히 유사한 내용인 만큼 주인공의 명칭도 함께

음으로 할미에 해당하는 한자의 의미를 살펴볼 것이다. 특히 한자어 중에서도 사서는 물론 야담과 소설에서 자주 언급되는 '노구'의 의미와 특징을 고찰하여, 텍스트 속 할미와의 연관 지점을 찾아보고자 한다. 마지막으로 우리 민속에서 '할미'가 어떻게 인식되고 있는지를 찾아, 할미의 의미를 정립해 볼 것이다.

할미의 원형적 특성을 찾기 위해서는 할미와 관련한 신화를 찾아보고자 한다. 중국이나 인도—유럽권의 신화가 유려한데 비해 우리에게 전승되는 신들의 이야기는 소략한 편이다. 더구나 여성 신화의 경우 오랜 유교 사회를 거치면서 내용의 마모가 심하여, 질이나 양의 측면에서 소박할 수밖에 없다. 그러나 이러한 신화를 끌어 모으고 여기에 다른 신화와의 비교를 더한다면, 할미의 원형적 특성이나 의미를 밝혀내는 데 큰 어려움은 없을 것이다. 비교적 내용이 구체적이면서 할미라는 이름이 언급되는 신화로는 〈설문대할망〉과 〈삼승할망〉, 그리고 무당의 조상신인 〈바리데기〉와 삼신인 〈당금애기〉 등을 들 수 있다. 이들을 중심으로 할미의 원형이 가지는 특성을 찾아보고, 아울러 이러한 특성이 후대에 어떻게 변질될 수 있는가를 살펴보고자 한다.

1. 할미의 용례와 개념

할미와 꼭두각시의 어원을 보면, 할미는 '큰 여성, 위대한 여성'을, 꼭두각시는 '최고 각시', '우두머리 각시'를 지칭한 것으로 보인다. 고대 사회의 크고 위대한 이는 바로 신 또는 신과 상통하는 사람이다. 우리말 할미뿐만 아니라 한자어인 노구, 노온, 노파 또한 어원을 보면 늙은 여성이나 어머니를 기본 뜻으로 하면서 여기에 신과 관련한 의미가 더해져 있다.

논의할 필요가 있다.

특히 우리 문헌에서 노구는 고대 왕권의 배후 인물에서 중세의 남녀 불륜을 조장하는 포주에 이르기까지, 신성과 비속을 아우르는 의미를 가지고 있다. 이런 점에서 노구는 할미와 상통하며, 할미 서사와 관련하여 면밀하게 검토할 필요가 있다.

한편 할미는 우리 민속에서 여성 신의 호칭으로 주로 쓰인다. 제주도를 만든 설문대할망부터 마고할미, 정포할미, 삼신할미, 골매기할미 등 여신의 이름에는 주로 할미 유의 호칭이 붙여져 있고, 현재도 마을 수호신이나 무당이 받드는 신의 경우 성별이 여성일 때는 할머니로 불린다. 그런데 이들 할미신은 창조와 풍요 및 생사와 관련되며 그 역할에 따라 창조신, 지모신, 생명신의 모습을 보여준다.

우리 문화사에서 원래 크고 위대한 존재, 신성했지만 후대로 올수록 비속해진 존재, 여성 신을 가리키는 고유명사로 쓰이는 존재, 그가 바로 할미이다.

1) 할미와 꼭두각시

할미와 같은 범주의 우리말에 할머니, 할멈 등이 있다.[63] 할머니의 사전적 의미는 늙은 여성에 대한 존칭이며 부모의 어머니, 또는 그와 같은 항렬의 여성을 통칭하는 말이다. 할멈은 지체가 낮은 늙은 여자를 대접하여 이르는 말, 그리고 할미는 할머니나 할멈을 대수롭지 않게 부르는 말이다.

할머니의 어원에 대해서는 '큰'의 의미를 갖는 '한'에 어머니를 가리키는 '엄'과 접사 '이'가 합쳐진 '한+엄+이'에서 '한'이 '할'로 바뀌어 할머니 또는 할멈이 된 것으로 보고 있다.[64] 비교언어학적인 측면에서 할은 드라비다어

---

63) 할머니의 사투리에 해당하는 할매, 할망, 할마이 등은 제외한다.
64) 고려대 민족문화연구원, 『한국어대사전』, 2009.

의 'kari, paru, hari'에 뿌리를 두고 있는데, 그 뜻 또한 '큰, 위대한'이며 존대접사로 쓰인다.[65] 따라서 할머니의 어원은 '큰 어머니, 위대한 어머니' 가 된다.

'할미'는 한+어미〉한아미〉한ᄋ미〉한미〉할미로 변천된 것으로 추정된다. 우리 문헌을 살펴보면, 15세기에서 18세기까지 할머니보다는 할미가 쓰였고, '할마님, 한마님, 한마니' 등의 단어는 17세기 이후부터 나타나며, '할머니', '할멈'이나 '할맘'은 19세기부터 쓰이기 시작한다.[66] 이렇게 보면, 원래 늙은 여성을 존중하는 말로 먼저 '할미'가 쓰이다가 그 의미가 비속해지면서 할머니 유의 단어가 등장하여 존중의 의미를 대신하지 않았나 싶다. 따라서 가정과 마을의 신앙 대상, 무속의 여신, 생산과 양육의 신에게 붙여진 '할미'는 역사적으로 존칭과 비칭의 복합적 의미를 지닌다고 볼 수 있다.[67]

할머니 유의 단어들은 애초 '큰 어머니', '위대한 어머니'를 의미하는 한 어원에서 출발하여 할미로 먼저 쓰이다가 지역과 상황에 따라 발음이 분화된 것으로 보인다. 따라서 실제의 쓰임에서는 할머니와 할미, 할멈 등을 구분해서 사용해야 하지만, 심층적 의미 분석에서는 이들 단어들을 같이 묶어 논의할 수 있다. 그리고 그 대표적 단어는 오랜 연원을 가지며 존경과 비하의 의미를 동시에 지닌 할미가 적합할 것이다.

할미와 함께 살펴보아야 하는 말에 꼭두각시가 있다. 할미와 꼭두각시는 각각 가면극과 인형극의 주인공이며, 두 극의 내용이 유사하다는 점에서 함께 논의되어 왔다. 그런데 이 두 단어는 어원에 있어서도 다분히 비슷한 면이 있다. 꼭두각시의 어원에 대해서는 토착설과 외래설이 있는데, 먼저 토착설을 보

---

65) 강길운, 『비교언어학적 어원사전』, 한국문화사, 2010.
66) 국어어휘역사, 국립국어원, http://www.korean.go.kr.
67) 할미는 원래 존칭의 의미였으나, 토속신앙 또는 무속신앙의 대상인 만큼 조선시대 유교문화를 거치면서 비속한 의미로 전락한 것이 아닐까 싶다.

면 '꼭두'는 '최고' 또는 '우두머리'를 뜻하며, '꼭두머리, 꼭두표, 꼭두새벽, 꼭두마리, 꼭두쇠' 등에 쓰인다. 각시는 일반적으로 혼인한 여성을 가리키므로, '꼭두각시'는 '우두머리 각시' 즉 '큰마누라'를 의미한다. 그러나 실제 꼭두각시 놀음에서는 하층계급의 못생긴 여자를 희화적으로 일컫고 있다.[68] 한편 외래설에서 꼭두는 인형을 의미하며, 인도의 'kukli'와'kukula'가 중국의 '곽독(郭禿)'을 거쳐 우리나라에 들어오면서 꼭두로 변한 것으로 보고 있다.[69] 그런데 여기에 동일 어원의 범위를 지중해로 넓혀 범지중해문화에서 신성(神聖)및 매음녀를 뜻하는 'qdš'와 '신의 사람' 또는 '신상을 운반하는 사람'인 'qadečim'과 관련짓기도 한다.[70]

주목할 점은 토착설이나 외래설에서 말하는 꼭두각시의 의미들이 할미의 것과 유사하다는 점이다. 이 점을 자세히 언급하면 첫째, 할미와 꼭두각시는 말의 발생과 변천의 내력은 다르지만, '큰, 위대한, 신성한'을 의미한다는 점에서 공통점이 있다. 둘째, 두 용어 모두 어원과 달리 실생활에서 의미가 축소·격하 되었는데, 할미는 본래의 어원에서 멀어져 늙은 여성을 홀대하여 부를 때 쓰이고, 꼭두각시 또한 인형극의 비속한 여성 인물을 가리키면서 동시에 인형처럼 주체성 없이 남에게 휘둘리는 사람을 비난할 때 쓰인다. 셋째, 둘 다 극에 사용되는 인형이나 탈을 가리키는데, 꼭두는 인형을 의미하고 할미는 할미광대, 할미탈처럼 가면의 이름으로 쓰인다. 가면이 신을 나타내는 용도로 사용되었던 사실을 참고하면, 꼭두인형과 할미탈은 여신의 신격과 관련하여 생각할 수 있다.[71] 마지막으로 꼭두각시와 할미의 어원을 볼 때, 둘이 원래부터 늙은

---

68) 임재해, 『꼭두각시놀음의 이해』, 한국학술정보(주), 2002, 203~204쪽.
69) 여기에 대해서는 유민영, 「꼭두각시놀음의 유래」, 『예술원 논문집』14집, 예술원, 1975, 42~44쪽에 잘 정리되어 있다.
70) 이외에도 꼭두각시놀음의 피조라는 신성한 여성을 의미하는 pidray(pdr·pidar·pidry)와 발음소와 의미소가 일치하며, 신받이는 성인(成人)인 saniyy와 관련지어 볼 수 있다. (김청자, 「한국 전통인형극의 새로운 접근」, 『한국연극학』2집1호, 1985, 100~104쪽)

여성만을 의미한 것이 아님을 알 수 있다. 그렇다면 할미의 원형적 특성을 밝히고 그것이 적용되는 문학적 사례를 논할 때, 굳이 여성의 나이에 얽매일 필요는 없게 된다.[72]

할미나 꼭두각시가 본래의 의미에서 축소·격하된 것이 언제부터인지, 그 원인이 무엇인지는 명확하지 않다. 통상 외부적 요인으로 남성 중심 사회로의 변화와 유교의 영향에 따른 여성 폄하의식을 들 수 있다. 그런데 여기서 생각해야 할 점은 할미의 의미 변화를 사회적 환경의 탓으로만 돌릴 수 없으며 외부적 요인에 부응하는 내재적 요소에도, 달리 말하면 의미가 격하되는 데 빌미를 제공하는 할미의 본질적 특성에도 책임이 있다는 것이다. 이를테면 꼭두의 어원으로 보는 'qdš'는 신성과 함께 매음녀를 뜻하는데, 이것은 생산을 위한 신성한 성행위가 성적 문란 즉 매음과 상통하기 때문일 것이다. 이 점은 할미에게도 적용되어 할미가 가진 신성한 본성이 후대에는 비속하게 인식되기도 한다.[73]

덧붙여 생각할 것은 꼭두각시놀음의 '꼭두각시'와 민요의 '꼬댁각시', 소설의 '쏙독각시', '쏙쏙각시' 또는 '고독각시(孤獨閣氏)'의 관계이다. 장르와 내용은 다르지만 어휘의 유사성을 보건대, 이들은 '꼭두각시'에서 파생된 것으로 추정

---

71) 《삼국유사》권2 기이편 '처용랑 망해사'조에 따르면 헌강왕이 포석정에서 남산의 신을 보고 그 형상을 흉내 내고 따라서 춤을 추었는데, 신의 모습을 본떠 공인에게 명하여 모습에 따라 새겨 후세 사람들에게 보이게 했으며, 혹은 그 형상의 이름을 상심(象審)이라고 일컬었다고 한다.(이재호 역, 『삼국유사』, 솔, 2002, 268쪽) 이 이야기는 신의 빙의와 가무의 오르기적 상황, 그리고 신의 모습을 새긴 탈로 해석할 수 있다. 한국연극사 연구의 선구자적 역할을 했던 이두현은 가면의 개념을 면상을 덮을 뿐만 아니라 본래의 얼굴과는 다른 인물이나 동물 또는 초자연적 존재인 신 등을 표현하는 가장성(假裝性)을 갖춘 것으로 규정했다.(이두현, 『한국가면극』, 서울대출판부, 1994, 17쪽)

72) 본고의 '4장 할미 서사의 확장과 변이'에서 다룰 꼬댁각시, 옹녀, 고독각시 등이 젊은 여성임에도 할미의 범주에 들 수 있는 이유 중의 하나가 이처럼 할미 서사를 논할 때 나이에 얽매일 필요가 없기 때문이다. 중요한 것은 이들 여성의 이야기가 할미의 원형적 특성을 어떻게 담고 있는가이다.

73) 이 점은 다음의 '할미서사의 원형'에서 자세하게 다룰 것이다.

된다. 특히 '꼬댁각시'는 가창의 편의를 위해 음소가 변형된 것으로 보이는데, 구비문학에서 이러한 음소의 변화는 으레 있는 현상이다. 예를 들어 소설 꼭두각시전과 동일한 이야기가 '꼴뚝각시'로 구비 전승되는 데서도 찾을 수 있다.[74] 또 소설의 경우 필사본의 '쏙독각시' 및 '쏙쏙각시'와 '꼭두각시'의 언어적 유사성은 말할 것도 없거니와, 활자본 '고독각시'의 경우 서두에서 '성은 고독이오 명은 각시'라고[75] 명명하고 있어 '꼭두각시'를 염두에 두고 있음을 알 수 있다. 따라서 꼭두각시, 꼬댁각시, 고독각시는 그 명칭이 같은 곳에 뿌리를 두고 있다는 점에서 함께 논의할 필요가 있다.

2) 할미와 노구

우리는 오랜 시간 한자를 주요 표기 수단으로 사용해왔다. 따라서 '할미'의 개념을 설명하기 위해서는 우리말 '할미'를 문헌에 기록할 때 어떤 한자를 선택했는가를 살필 필요가 있다. 특히 표기 수단인 한자가 중국에서 유입되어 상층 지식인의 전유물로 사용된 점을 고려할 때, 할미의 한자어 및 그에 따르는 어원은 할미에 대한 당대 사람들의 인식을 합리적으로 반영했다고 할 수 있다.

할미를 번역한 사례를 보면, ≪증보문헌비고≫에서는 〈용비어천가〉 19장을 한역하면서 '할미'를 '老孃'로 번역하고 있으며, 역으로 18·19세기 낙선재 번역소설에는 중국어 '孃, 婆婆, 老婆子, 娘, 婆子'를 '한미' 즉 할미로 번역하고 있다.[76] 따라서 노구, 노파, 노온은 우리말의 '할미'와 상통했음을 알 수 있다.

---

74) 정상박·류종목 『구비문학대계』8-2(한국학중앙연구소, 1980, 288~294쪽)에는 '꼴뚝각시와 골생원'이 실려 있다. 좀 더 세밀한 분석이 필요하겠지만, 내용이나 분량을 볼 때 소설이 설화화된 것으로 보인다.

75) 『로쳐녀 고독각시』, 광명서관, 1916년, 1쪽. 이 책의 경우 표지 제목은 '로쳐녀 고독각시'이지만, 매 쪽의 상단에는 '고독각씨'가 찍혀있다.

76) 박재연, 『고어ᄉ뎐』 낙선재 번역소설 필사본을 중심으로, 선문대학교 중한번역문헌연구소, 2001,

이 외에도 늙은 여성을 가리키는 한자어는 다양하지만, 그 뜻이 특별한 경우로 한정되어 있거나 사용되는 빈도가 적으므로,[77] 여기서는 '노구, 노파, 노온, 노고'에 대해 집중적으로 알아보고자 한다.

≪강희자전≫[78])에서 '老'는 나이 70을 뜻하며, 그 외에 존칭의 의미로 쓰이거나 대부나 가신을 가리키고 있다.[79] 老가 嫗, 婆, 姑, 媼과 결합할 때는 늙은 여성에 대한 존칭의 뜻을 지니게 되는데, 가리키는 대상은 다소 차이를 보인다. '嫗'와 '媼'은 어머니를, '姑'는 시어머니나 남편의 여형제를, 그리고 '婆'는 어머니와 함께 지역에 따라 시어머니나 시아버지 또는 남편이 아내를 부르는 호칭으로 쓰인다.

그런데 이들 한자어는 공통적으로 여성 신격을 의미하기도 한다. '嫗'에 대해서는 〈예악기〉'煦嫗覆育萬物'의 주석에서 '하늘이 기로써 그것을 따뜻하게 하고, 땅이 형질로써 그것을 기르니 역시 노모를 뜻한다'[80])고 풀이하여 '만물을 길러낸다'는 의미로 해석하고 있다. '婆'는 황파와 맹파처럼 비신과 풍신을 가리키는데,[81] 비신의 비는 오장의 하나인 지라를 뜻하며 풍신은 우리의 영등할미에 빗댈 수 있다. '姑'는 '麻姑(마고)'처럼 산의 이름이면서 도가에서 신선이 사는 삼십육 동천(洞天)의 하나[82])를 가리키며, 마고신앙과도 관련된다. 끝으로

522쪽, 1097쪽.

77) 조모는 친족을 가리키는 말로 한정되므로 굳이 언급할 필요가 없다. 이밖에도 ≪조선왕조실록≫에는 담모(妽姆), 촌구(村嫗), 야구(野嫗) 등이 언급되고 있으나, 쓰이는 경우가 적어 논의에서 제외한다.

78) 『교정강희자전』, 예문인서관, 1973.

79) [說文]考也. 七十曰老. [周禮地官鄕老註]老尊稱也. 又[儀禮聘禮]授老幣. [註]老賓之臣. [疏]大夫家臣稱老

80) 嫗 -[說文]母也.[前漢嚴廷年傳廷年兄弟.五人皆大官.母號萬石嫗. [禮樂記]煦嫗覆育萬物.[註]天以氣煦之.地以形嫗之.亦訓老母.

81) 婆 -[說文]奢也. 一曰老母稱. 方俗稱舅姑曰公婆. 又廣西猺俗男子老者. 一寨呼之曰婆. 其老婦則呼之曰公. 又黃婆軸也. 養生家. 以脾能母養錬藏 名曰黃婆. 又孟婆風神也. [楊愼曰]孟婆. 宋汴京勾欄謡曰閼風也. 又鞞婆琵琶名. 見[搜神記].

'媼'의 경우 지신(地神)을 가리키는데 이는 땅이 곧 어머니이기 때문이다. 〈전한교사가〉에서는 온신이 제사에 쓰이는 고기를 번성하게 하고, 〈안세가〉에는 후토 즉 국토를 맡은 신이 온을 부유하게 한다고 나와 있다.[83] 따라서 온은 지신 또는 지신에 대한 제례 및 그 제물의 번성과 관련된다고 볼 수 있다.

이처럼 할미의 한자어 역시 우리말 할미처럼 늙은 여성뿐만 아니라 신격을 의미하고 있다. 물론 그 용례가 중국에 해당하는 만큼 우리의 할미와 동일한 의미로 볼 수는 없지만, 지모신 할미나 영등할미, 마고할미와 충분히 연관 지을 수 있다는 점에서 비교할 만한 가치를 가진다.

그렇다면 우리 문헌에서 이들 할미의 한자어들이 어떻게 사용되었는지 살펴보자. 사서(史書)인 ≪삼국사기≫, ≪고려사≫, ≪조선왕조실록≫를 찾아보면 '노파', '노온', '노구'라는 용어가 주로 등장하는데, 그 의미나 쓰이는 상황은 다르다. 노파는 ≪고려사≫ 〈악지〉 '목주'에서 노래의 유래를 설명할 때 한번 언급된 후, ≪조선왕조실록≫ 세종 대에 술 만드는 늙은이를 가리킬 때와[84] 단종 대에 최사의 생김새를 묘사할 때,[85] 선조 대에 명나라 장수 유제독이 본국에서 데려온 한족 늙은이를 가리킬 때에 쓰인다.[86] 그러다가 정조 대부터는 본격

---

82) 姑 -[爾雅釋親]婦稱夫之母曰姑. 父之姉妹曰姑. 王父之姉妹曰王姑[詩北風]問我諸姑. 又嬸謂夫之女妹曰小姑[新婦詩]未諳姑食性. 先遣小姑嘗. 又[禮檀弓]細人之愛人以姑息[註]姑且也. 息休也. 又星名歲時記黃姑牽牛星. 一日河鼓也. 又山名. 麻姑在建昌南旴瓈西南. 道書三十六洞天之一.

83) 媼 -[說文]女老稱. [前漢高帝記]高祖常從王媼武負貰酒. 此兩家常折券棄責. 又母之別稱.[史記趙世家]左師觸龍說太后曰 媼之愛燕后賢于長安君. 又地神曰媼. 長安曰. 坤爲母. 故稱媼. [前漢郊祀歌]媼神蕃釐. 又[安世歌]后土富媼.

84) 저번에 중국 조정의 사신이 술 만드는 법을 요구하여 왔을 때, 대개 술이란 본래 국가에서 양조하는 것이나 내자시·내섬시의 늙은 주파에게 반드시 물어서 그 술 만드는 방법을 찬술하였습니다.(曩朝廷使臣 有求造酒方者 夫酒固國家之所釀也 然國家必問內資內膽酒婆之老者 乃撰其說) - ≪조선왕조실록≫ 세종 10년 4월 을해일

85) 판돈녕부사 최사의가 졸하였다. 수염이 없고 얼굴이 노파와 비슷하여 세상 사람들이 원숭이 재상이라 일컬었다.(判敦寧府使崔士儀卒...無髭鬚 貌以老婆 世謂彌猴相) - 단종즉위년 9월 을미일

86) 요즘 제독이 가정으로 하여금 나이 어린 여인을 신문 밖에서 구해 오게 하여 아문에 머물려두고

적으로 늙은 여성을 가리키게 되는데,[87] 이들 용례를 살펴보면 주로 비천한 늙은이였음을 알 수 있다.[88] 한편 노온은 ≪조선왕조실록≫에만 등장하며 온이나 유온(乳媼)으로 쓰여 왕자를 모시는 상궁 또는 궁궐의 여종을 가리키거나[89] 실존 인물인 이현로의 어머니 또는 유모,[90] 그리고 무온(巫媼)이라 하여 항간의 무당을 가리키고 있다.[91] 즉 노온은 어머니의 의미가 강해서 어머니나 어머니의 역할을 대신해 주는 사람, 그리고 신어미인 무당을 의미할 때 쓰였던 것이다.

이들에 비해 노구는 고대 사회부터 근대에 이르기까지 여러 문헌에 꾸준히 등장하며, 그 뜻 또한 일정한 범주 내에서 변화를 보이는 특징이 있다. 특히 노구는 조선 후기 야담과 소설에서 자주 언급되고 민속극의 할미와도 연관 지을 수 있어 면밀한 고찰이 요구된다.

있으며, 또 중국에서 나올 때 은 3백 냥을 내어 중국인 노파를 사서 함께 살고 있는데 왜영에 왕래할 때에도 데리고 다녔고 지금도 모두 거느리고 있다고 합니다.(近都是瞽, 使家丁 尋得年少女人於新門外 留置衙門 且自天朝出來時 發銀三百兩 買養漢老婆 往來倭營時帶去 今方拉蓄云) － 선조32년 3월 갑진일

87) 노파가 그 아들을 위해 붙잡고 말리는 통에 상처를 입게 된 것도 사세로 보아 그럴 법하다. 죽지 않은 것만도 다행이다.(老婆之爲其子挽救之際 致傷 勢所使然 不致命 幸耳 － 정조14년 12월 병진일

88) 노파는 중국소설인 ≪금병매≫와 ≪홍루몽≫에서 계집종이나 늙은 여종을 가리키고 있어 다른 단어에 비해 대상의 격이 떨어진다.(단국대학교 동양학연구소, 『한한대사전』, 단국대출판부, 2007, 219쪽 참조)

89) 또 세자의 유모가 죽었으므로 이름이 고미라고 한 늙은 궁궐 여종으로 하여금 궁중의 일을 대신 맡게 했는데, 봉씨가 밤마다 고미를 불러 말하기를, '할미는 어찌 내 뜻을 알지 못하오.' 하니, 대개 이 노파로 하여금 세자를 불러 오도록 하고자 함이었다.(又世子乳媼死 使老宮婢名古未者代幹宮事 奉氏每夜呼古未日 媼何不識吾之意乎 蓋欲此媼呼世子而來也) － 세종18년 11월 무술일

90) 현로가 성품이 간사하여 꾀가 많고… 방약무인이었다.……그 동료 강희안이 자제를 경계하여 말하기를, "……내가 일찍이 이 녀석의 골통을 보니, 피에 얼룩진 형상인데, 어떻게 생긴 노파가 이 녀석을 낳고 길러냈을까?" 하였다.(賢老性姦詐多謀……傍若無人……其僚姜希顏戒子弟日……吾嘗見此子髑髏有血糢糊之狀 何物老媼卵育此子歟) － 단종 1년 10월 계사일

91) 시골의 무뢰배들이 대궐의 섬돌에 꼬리를 물고 드나들며 항간의 무당 할미 따위들이 대궐에 마구 들어갑니다.(鄉曲無賴之徒, 接踵於瑤陛 委巷巫媼之流, 攔入于宮掖) － 고종 41년 9월 2일

≪삼국사기≫에서 노구는 왕가를 중심으로 왕이 될 자를 양육하거나,[92] 왕의 연분에 관계하거나,[93] 왕에게 정치적인 간언을 하는 여성[94]으로 등장한다. 더불어 노구는 신을 모시는 신성한 사제의 면모를 보이는데, 일례로 혁거세왕대의 기사를 보면 다음과 같다.

> 봄 정월에 용이 알영 우물에 나타나 오른쪽 옆구리로 여자 아이를 낳았다. 한 노구가 이것을 보고 기이하게 여겨 데려다 길렀다. 우물 이름으로 그 아이의 이름을 지었다. 그녀는 자라면서 덕스러운 용모를 갖추었다. 시조가 이를 듣고 그녀를 왕비로 받아들였다. (五年 春正月 龍見於閼英井 右脇誕生女兒 老嫗見而異之 收養之 以井名 名之 及長有德容 始祖聞之 納以爲妃)
> － ≪삼국사기≫ 신라본기1 혁거세왕 5년

노구가 용을 보았다는 것은 용신이 빙의했거나 현현(顯現)한 모습을 목격했음을 의미한다. 그렇다면 노구의 실체는 용신을 모시는 사제이거나 받드는 집단의 여성이라고 할 수 있으며, 용신이 수신인 점을 볼 때[95] 지신 숭배와도 관련지을 수 있다. 게다가 노구는 용신의 자손을 양육하여 천신의 자손인 혁거세왕의 배필이 되게 했으니, 왕가의 양육과 중매를 담당하는 자이면서 동시에 천신 및 지신 숭배 집단의 사제로 볼 수 있다.

고려시대로 접어들면 노구의 신성함은 보이지만 그 역할은 축소된다. 태조 왕건의 조부인 작제건은 용왕을 도와 늙은 여우를 물리치고, 답례로 용궁에 초대되어 소원을 성취할 기회를 얻게 된다. 이때 용왕의 곁에 있던 노구가 그에게 용녀와 혼인할 것을 권한다.

---

92) ≪삼국사기≫신라본기1 탈해이사금 원년, 고구려본기 제5 미천왕 원년
93) 신라본기3 소지마립간 22년 9월
94) 신라본기1 유리왕 5년 겨울 11월, 고구려본기1 유리명왕 28년 8월
95) 이은봉, 『증보 한국고대종교사상』, 집문당, 1999, 179~203쪽.

작제건은 그 말을 듣고 임금이 될 때가 아직 오지 않았다는 것을 알고 주저하여 대답을 하지 못하는데 그 뒤편에 있던 어떤한 노구가 농담 삼아 말하였다. "왜 그 딸에게 장가를 들지 않고 가는가?" 작제건은 그제야 사위되기를 청하니 늙은이는 장녀 저민의를 그에게 처로 주었다.(作帝建聞其言, 知時命未至, 猶豫未及答, 坐後 有一老嫗 戲曰 何不娶其女而去 作帝建 乃悟 請之 翁以長女翥旻義 妻之) - ≪고려사≫ 세계 작제건

용궁에 있는 노구는 앞서 알영의 경우처럼 용신을 받드는 사제일 것이다. 다만 노구의 태도가 '농담 삼아' 혼인을 권유할 만큼 소극적이라는 데서 고려시대 노구의 입지가 축소되었음을 짐작할 수 있다. 이후의 노구를 봐도 왕의 여흥을 도울 미인을 구하는 일에만 관계하며,[96] 왕에게 직접 올렸던 정치적인 간언도 우회적인 방법으로 실행하는 등 영향력이 약화된 모습을 보여 준다.[97]

조선시대의 노구는 더 이상 전대의 위상을 가지지 못한다. 〈용비어천가〉 19장[98]에 태조 이성계의 조상인 익조를 돕는 자로 노구가 등장하지만, 말 그대로 '늙은 여성'을 의미할 뿐 신성한 모습을 찾기는 어렵다. 태조와 세조 대에는 왕을 알현하여 축수하거나 명주를 바치는 노구의 기사를 볼 수 있는데,[99] 매우 단편적이라 저간의 사정을 헤아리기에는 내용이 부족하다. 다만 노구, 여승, 소경이 함께 왕을 하례하는 기사에서[100] 여승을 불교, 소경을 무속의 독경무로 본다면 노구 또한 종교의 사제로 짐작할 수 있는 정도이다. 이외에도 왕에게

---

96) ≪고려사≫세가36 충혜왕 후4년 4월 갑인일

97) ≪고려사≫열전19　박유

98) 구든 城을 모·ᄅ·샤·ᄀ·갈히 :압더사니, :셴·하나바롤 하ᄂ·히·브·리사니·한 도ᄌ·굴 모·ᄅ·샤 :보라라 가ᄃ·리사니 :셴·할마롤 하ᄂ·히 보·내사니 [不識堅城/ 則迷于行/ 皤皤老父/ 天之命兮/ 靡知黠賊/ 欲見以竢/ 皤皤老嫗/ 天之使兮] - ≪증보문헌비고≫ 101권 악고12 용비어천가 19장

99) ≪조선왕조실록≫태종6년 3월 계사일, 태종10년 10월 신유일, 세조6년 10월 갑인일

100) 태종6년 3월 계사일

신원(伸冤)하는 여성을 노구라고 칭하고 있는데,[101] 스스로의 신변이나 자식의 죄 때문에 선처를 바라고 있지만, 이들의 사정이 정치적 사건이나 사회적 문제 또는 중요 인물과 얽혀 있는 것을 볼 수 있다. 노구에 대한 기사는 영조 대 이후로 사서에서 보이지 않으며, 노파만이 간간이 언급된다.

조선후기 노구와 관련하여 주목할 점은 19세기 송사 사례를 기록한 ≪율례요람≫의 기사이다.

> '아무개 저는 살아갈 길이 없어서 노구〈여기에서는 음란한 행위를 중개하는 뜻으로 사용하고 있다.〉로 업을 삼아, 부자집의 자제와 남편 있는 양가집 여인을 유인하여다가 어지럽게 음란한 행위를 하게 하여 파산하는 지경에 이르게 하였습니다.' 라고 하였다. 사목 내에 이르기를 '노구의 노릇을 하는 자는 매를 쳐서 추문하고 섬으로 귀양보낸다' 라고 하였다.(某矢矢身 生涯無路 或以老嫗爲業 以誘取富家子弟 及有夫良女 狼藉行淫 而至於敗散之境云云 事目內 老嫗者 刑推島配云云) – ≪율례요람≫171 초인행음(招引行淫)[102]

위의 글에서 노구는 유부녀와 양반 자제의 음란한 행위를 조장하는 매파를 의미한다. 소설 〈절화기담〉과 〈포의교집〉[103]에 등장하는 할미[媼]처럼, 신분은 낮지만 예쁜 여염집 여자와 그녀에게 반한 양반 남성의 매춘을 알선하고 소개비를 받는 일을 했을 것이다. 고대 왕가의 연분을 맺어주던 노구의 위상이 조선후기에는 매춘을 알선하는 포주로 격이 낮아진 것이다.

---

101) 이계충의 문권 위조, 취라치의 군대 이탈, 유자광의 재산 탈취와 관련된 일이다. – 세종17년 1월 병술일, 세조14년 3월 무인일, 성종19년 10월 임인일
102) 『수교정례·율례요람』, 법제처, 1970, 272쪽.
103) 〈절화기담〉과 〈포의교집〉은 19세기 서울을 배경으로 젊고 아름다운 천민 유부녀와 양반 남성의 불륜을 다룬 소설이다.

그러나 ≪삼국사기≫를 시작으로 ≪고려사≫와 조선의 실록에 등장하는 '늙고 내세울 지위도 없는 여성이지만 왕 및 왕가와 밀접한 관련을 지니는' 노구를 생각하면, 조선후기의 변화된 모습도 예사로 볼 것은 아니다. 박혁거세 신화에서 시작된 노구라는 이름이 내포하는 신화적 색채와 권위는 시대가 흐르면서 변질되지만 그래도 여전히 유효한 면을 지닌다. 조선후기 야담이나 애정소설에서 노구는 할미로 둔갑한 요괴나 삼신할미로 인식될 만큼 은폐된 신성함과 위력을 지니고 있다.[104] 비록 〈율례요람〉의 노구는 음란한 풍속을 조장하는 죄인이지만, 음란함은 인간의 자연스러운 본능인 성욕과 그에 따르는 생산과 연결되므로, 이전 노구가 지닌 명맥을 잇는다고 볼 수 있다.

따라서 노구는 신을 모시는 사제도 매춘을 일삼는 비속한 여성도 될 수 있는 인물, 신성과 속계 모두에서 의미를 가지는 복합적인 인물로 봐야 한다. 할미를 가리키는 한자어 중 노구에 주목하는 이유가 여기에 있다.

3) 여신 할미

이 글의 대상인 혈연이나 지연으로 얽힌 실제 생활을 떠나, 문화적 범주에서 상징화된 할미를 찾아보면 다양한 인물상을 만날 수 있다. 할머니 유의 이름이 붙은 경우만 해도 설문대할망, 마고할미, 서구할미, 개양할미, 골매기할매, 당산할매, 다자구할미, 영등할미, 시준할매, 삼신할미, 조왕할미 등이 있고, 그렇지 않은 경우 '바리데기'와 '당금애기' 등 무속의 할미가 있다. 산의 수

---

104) 야담의 노구는 성과 속의 양면을 가지고 있어 비천하면서도 경외의 대상이 되는 인물이고,(김국희, 「조선후기 야담에 나타나는 노구의 특징과 의미」, 『한국문학논총』70집, 한국문학회, 2015, 60쪽) 애정소설에서는 월하노인의 신성함과 비윤리적인 애정 행각을 조장하는 저속함을 지닌 인물이다.(김국희, 「조선후기 애정소설 속 노구의 의미」, 『어문학』121집, 한국어문학회, 2013, 158쪽)

호신을 모신 노고단(老姑壇)이나 고당(姑堂)의 신도 세간에서는 할미라 불렀을 것이다.

이들은 신앙의 대상인 여신이라는 점에서 공통점을 가진다. 설문대할망은 제주도의 창조신을, 마고는 특정한 지형이나 바위와 관련된 신을, 서구와 다자구는 산신을, 영등은 풍신을, 개양 및 골매기와 당산은 마을 수호신을, 시준과 조왕은 가정 수호신을, 그리고 삼신은 생명 탄생과 관련된 신을 일컫는 말이다. 또 무속의 바리데기는 무당의 조상신이, 당금애기는 삼신이 되었으며,[105] 노고는 바로 산신이다.

이렇게 보면 앞서 할미의 어원인 '크고 위대한 여성'은 바로 여신과 같은 신성한 존재를 가리키는 데서 출발한 것이 되며, 이는 노구의 어원인 '만물을 길러내는 존재'와 일맥상통한다. 그렇다면 역사 속에 실존했던 '노구'가 고대에서는 신을 모시는 사제의 역할을 하다가, 중세에서는 요괴로 인식되거나 남녀의 불륜을 맺어주는 업에 종사한 여성을 칭했던 것도 여신 할미 신앙의 관점에서 설명이 가능해진다. 또 민속극의 할미와 꼭두각시는 여신에 대한 의례나 놀이로 볼 수 있으며, 근대이행기의 민속극에서 할미가 풍자되는 것 또한 여신 신앙의 쇠퇴와 관련지을 수 있다. 즉 조선시대 유교이념 아래서는 여신의 존재가 폄하되듯, 사제인 노구도 민속극의 할미도 희화되고 풍자되며 경시될 수밖에 없었던 것이다.

그렇다면 여신 할미의 신격은 무엇이고, 남신과는 어떤 관계에 있을까?

엘리아데는 최초의 신은 곧 하늘을 가리키는 신과 상통한다고 말한다.

---

105) 무속에서 바리데기는 망인의 저승길을 인도하는 신이 되고, 당금애기는 자식을 점지하고 수명을 관장하는 삼신할미가 된다.(김태곤, 『한국무가집』4, 집문당, 1980, 60~61쪽, 190~191쪽)

세계에서 가장 대중적인 기도는 하늘에 계신 우리 아버지로 시작하는 기도일 것이다. 아마 인간의 최초의 기도 역시 하늘에 계신 아버지에 대한 기도였을 것이다. 아프리카의 에웨족의 "하늘이 있는 곳에는 신도 계신다"는 증언이 이를 설명해준다.……천공의 초월성의 상징은 그 무한한 높이의 단순한 실현으로부터 생긴 것이다. '가장 높음'은 당연히 신의 속성이다. 인간이 도달할 수 없는 곳, 초월, 절대적 실재, 영원성의 시작인 위엄을 획득한다.[106]

미개의 사람들에게 하늘은 가장 높은 곳에 있고, 기상과 기후의 변화를 불러오는 두려운 존재이다. 하늘은 창공이고 광활한 우주이며, 세상 만물이 시작된 곳, 그리고 모든 것을 관장하는 신이 있는 곳이다. 이렇게 하늘신으로 출발했던 신은 문명이 발달하고 인간의 삶이 복잡해지면서 다양한 지위나 권능을 지닌 여신과 남신으로 분화되었을 것이다.

그런데 여기서 의문을 던지게 된다. 최초의 신으로 하늘을 섬긴 것은 공감하지만 과연 엘리아데의 말처럼 처음의 기도가 하늘에 계신 '아버지'에게 바친 기도였을까. 그렇게 단정하는 근거는 무엇일까. 바꿔 말하면 선사시대 사람들은 하늘신을 남자로 인식했을까, 혹시 여자로 인식하지는 않았을까. 지금은 하늘을 가리키는 대부분의 신이 남성성을 나타내지만,[107] 이는 수백만 년 인류 역사에 비한다면 극히 최근에 형성된 인식일 뿐이다. 이치적으로 따지자면 먹거리 즉 생산이 중요했던 선사시대 사람들에게 세상을 창조하고 만물을 만든 신을 인식하고 상상하는 데는, 아이를 '만들어 낳는' 여성이라는 존재가 큰 역할을 했을 것이다.

---

106) Mircea Eliade, 이은봉 역, 『종교형태론』, 한길사, 1996, 94~95쪽.
107) 널리 알려진 바와 같이 인도의 인드라, 북유럽의 오딘, 그리스·로마의 제우스를 비롯해서 기독교의 여호아, 도교의 옥황상제 등 대부분 하늘과 관련한 신은 남신이다.

여기에 대해서 마리야 김부타스의 실증적인 견해를 주목할 필요가 있다. 그는 고고학적 유물을 근거로 인류 최초의 신앙의 대상은 여신이라고 주장하는데,[108] 구석기와 신석기에 새겨지거나 만들어진 유물 중 자궁 모양을 나타내는 △형에서 출발한 V형과 나선형을 비롯하여 원, 새의 모양 등을 여신 숭배의 상징적 이미지로 해석한다. 그의 견해는 비록 선사시대 유럽을 대상으로 한 한계는 있지만, 구석기부터 청동기에 이르는 수많은 유물에 대한 체계적인 해석은 신뢰하지 않을 수가 없다.

신화에서도 여신의 존재는 남신과 다를 바 없는 —때로는 더한— 무게감을 보여준다. 그리스·로마 신화의 만물의 어머니 가이아, 중국의 여와, 일본의 이자나미, 수메르의 남무는 신을 낳고 세상을 창조하는 등 만물 창조의 원천이 되는 대표적인 여신이다. 그리스·로마 신화의 우주창조설에 따르면 최초에 대지의 여신인 가이아와 천공의 신인 우라노스가 있었고 이들로부터 크라노스를 비롯한 제우스 등의 제 신들이 태어났다고 한다.[109] 중국의 여신 여와는 혼자 인류를 창조했으며 신들의 다툼으로 기울어진 세상을 바로잡아 인류의 생존을 가능하게 한 여신으로, 후대에는 복희와 부부로 등장하기도 한다.[110] 일본의 이자나미는 남편 이자나기와 함께 혼돈의 바다를 저어 일본 국토를 만든다.[111] 메소포타미아의 티아마트는 모든 신들의 어머니로, 셈 족의 신 마루두크에게 살해되어 상체는 하늘이 되고 하체는 심연이 된다.[112] 여신의 시체가 창

---

108) Marija Gimbutas, 고혜경 역, 『여신의 언어』, 한겨레출판, 2016.
109) 한편으로 태초의 혼돈인 카오스에서 하늘과 땅이 태어났고, 여기에서 크로노스를 비롯한 티탄 신족이 생겼다는 설도 있다. (Thomas Bulfinch, 최혁순 역, 『그리스·로마신화』, 범우사, 1980, 24쪽) 두 설을 고려해보면, 어쨌든 그리스·로마 신화에서 최초의 신을 남성으로 단정할 수는 없게 된다.
110) 위앤커, 전인초·김선자 역, 『중국신화전설』1, 민음사, 1999, 65~74쪽.
111) 요시다 아츠히코, 후루카와 노리코, 양억관 역, 『일본의 신화』, 황금부엉이, 2005, 35~44쪽.
112) Joseph Campbell, 구학서 역, 『여신들』, 청아출판사, 165쪽.

조의 바탕이 된 셈이다.

물론 우리에게도 최초의 창조신에 해당하는 여신이 존재한다.[113] 혼돈 속에서 하늘과 땅을 만들고, 치마에 흙을 담아 제주도를 만든 설문대 할망은 대표적인 창조신이다. 비록 창조의 범위가 제주도로 한정되지만, 제주도가 고립된 섬이라 전승이 잘 되었을 뿐 육지에도 그에 버금가는 여신들이 존재했을 것이다. 마고할미나 개양할미의 이야기가 단편적으로나마 본토에 전승되는 것은 한반도 본토 신의 시작이 여신이 될 수 있음을 말해주고 있다. 다만 유교적 문화의 영향 아래 괴력난신(怪力亂神)을 멀리했던 만큼 창조 할미신의 이야기는 전승이 단절되거나 그 규모가 축소되었을 것이다.

만물의 창조로 시작된 여신은 다면적 특성을 보여주는데, 그것은 바로 여성의 생득적인 특질과 맥을 같이한다. 그 특성은 첫째 창조신의 모습이다. 앞서 가이아나 여와처럼 세상 시작의 처음을 연 것은 여신이다. 하늘과 땅을 가르고 인간을 창조하는 것도 여신이라 볼 수 있다. 우리의 경우 설문대할망의 천지분리와 제주도 창조 및 마고나 개양 할미의 지형 창조에서 그 흔적을 볼 수 있다.

둘째, 대지의 여신 즉 지모신이다. 가이아는 창조의 여신이면서, 천공의 신에 상응하는 대지의 여신이기도 하다. 지모신으로서의 여신은 풍요다산을 기원하는 대상이며, 그럴 때의 그는 성적 대상이 되기도 한다. 우리의 경우 설문대할망과 설문대하르방의 수렵과 어로행위에서 그런 면을 볼 수 있다. 아울러 가정과 마을의 조상할매나 골매기할매, 당산할매도 자손의 번성과 풍요다산을 기원하는 여신이다.

셋째, 생명을 관장하는 신이다. 여와가 인간을 창조했듯이 신은 인간을 창조

---

113) 톰슨은 민속의 문학의 다양한 할머니 모티프 중 창조의 과정에서 등장하는 창조자 할미를 언급했다. Ceator's grandmother. Casually mentioned in the course of the creation myth(Stith Thompsonm, Motif-Index of Folk-Literrature A, Indiana University Press,1955)

하고 그 수명을 관장한다. 본토의 삼신할미 및 제주도의 삼승할망은 생명의 탄생과 죽음을 관장하는 여신이다. 또 삶과 죽음의 세계를 오가며, 죽음의 세계에서 자식을 생산하고 자식과 함께 귀환하는 바리데기와 당금애기에게서도 생명신의 모습을 볼 수 있다.

물론 이러한 다면적인 성격은 하나의 여신에게서 두루 나타나기도 하고, 한두 개의 특성만이 두드러지게 드러나기도 한다. 문화적으로 상징화된 할미는 바로 여신을 의미한다. 그리고 할미의 서사를 제대로 이해하기 위해서는 이러한 여신의 특성을 고려할 필요가 있다.

2. 할미 서사의 원형

할미에 대한 서사, 그 중에서도 신화를 찾다 보면 결국 선사시대 여신 신앙을 만나게 된다. 고고학과 인류학의 많은 증거들이 말해주듯 인류 최초 신앙 대상의 성별은 여성으로 추정된다. 그리스·로마신화를 통해 우리에게 익숙한 서구의 여신은 만물을 창조하고 양육하는 원초적인 신에서 출발하여 헤라, 아테네, 아미테라스, 아프로디테 등과 같이 다양한 역할을 담당하는 신으로 분화되었다. 우리의 여신도 창조여신에서 가정과 마을을 지키는 다양한 여신으로 분화되었을 것이다.

이러한 여신의 특성을 크게 묶으면, 세상 창조와 관련한 창조신, 만물의 양육과 관련한 지모신, 생명을 관장하는 생명신으로 나눌 수 있다. 이들 성격은 별개라기보다 서로 연관된다. 창조신의 면모는 하늘과 땅은 물론 생명이 있는 만물로 이어지고, 이는 지모신인 대지의 생산 및 양육과 관련된다. 이러한 생산은 바로 생명신의 창조활동이기도 하다. 이 세 가지 성격은 원래 여신이 다면적으로 지녔던 특성이지만, 여신에 관한 서사에서는 구체적인 사건을 통해 분리되어 나타나기도 하다. 한편 창조는 파괴를 대지의 풍요는 불모를, 생명은 죽음을 수반한다는 점에서 여신의 모습은 이율배반적이면서 동시에 대립적 요소를 통합하는 특성을 지닌다.

우리에게 전승되는 할미와 관련한 신화에서도 이러한 특징이 발견된다. 여기에서는 대표적 할미 여신인 설문대할망, 바리데기, 당금애기 등을 통해 창조와 파괴, 풍요와 불모, 생명과 죽음의 양상을 살펴 할미 서사의 원형을 구축하고자 한다. 덧붙여 이러한 원형적 특성이 세속화된 양상도 언급할 것이다.

1) 창조신 ; 창조와 파괴의 길항적 대립과 세속화

할미의 원형적 특성을 찾아가는 노정에서 신화는 중요한 길잡이이지만, 할미를 언급한 신화의 수가 소략하고 내용이 단편적이라는 한계를 가지고 있다. 따라서 할미의 원형을 찾는 것은 작은 조각을 모아서 전체적인 모양을 구축하는 작업이 될 수밖에 없고, 부족한 조각들은 다른 여성 신화의 도움을 받아 완성할 수밖에 없다. 우리나라의 대표적인 할미 설화로는 제주도의 거인 여성인 설문대할망[114])의 신화를 들 수 있다.

> 가) 옛날에는 여기가 하늘광(하늘과) 땅이 부떳다(붙었다). 부떳는디 큰
> 사름이 나와서 떼여 부럿다(버렸다). 떼연(떼어서)보니, 여기 물바닥이라 살
> 수가 읎으니 ᄀᆞ디로 (가로) 물을 파면서, 목포(木浦)ᄭᅡ지 아니 파시민(팠으

---

114) 할미와 같은 여성이 지형을 창조한 예는 많다. 그러나 그 이야기가 구체적으로 표현된 것은 설문대할망 설화이다. 이러한 신화의 경우 이 세상의 땅덩어리를 처음 형성시킨다는 관념은 약하고, 인간의 삶의 공간이 되는 특정 지역의 지형을 형성시킨다는 관념이 강하다. 때문에 창조신화적 성격이 약하고 특정지역의 지형이 형성되는 이야기로 전설화된 자료가 많다.(권태효, 『한국의 거인설화』, 역락, 2002, 57쪽)

면) 질을(길을) 그냥 내불테인디(버릴 터인데) 그끄지 파부니(파 버리니) 목포도 끊어졌다……기연디(그런데) 설문대할망이 흑(흙)을 싸다가, 거길 메울려고 싸다가 걸어가당(걸어가다가) 많이 떨어지민 큰 오롬이 뒈곡, 족게 떨어지문 족은 오롬이 뒈엿다, 그건 엿말입니다……치매에 흑(흙)을 싸다가 많이 떨어지민 한라산이 뒈곡, 족게(적게) 떨어지민 도돌봉이 뒈엿다, 그건 엿날 전설이곡.[115]

나) 설문대할망은 옥황상제의 말잿딸이었다. 할망은 워낙 호기심도 많고 활달한 성격이라 천상계에서의 생활이 무료하고 갑갑했다……설문대할망은 하늘과 땅을 두 개로 쪼개어 놓고, 한 손으로는 하늘을 떠받들고 다른 한손으로는 땅을 짓누르며 힘차게 일어섰다. 그러자 맞붙었던 하늘과 땅 덩어리가 금세 두 쪽으로 벌어지면서 하늘의 머리는 자방위(子方位)로, 땅의 머리는 축방위(丑方位)로 제각기 트였다. 이 사실을 안 옥황상제의 진노는 이만저만이 아니었다……설문대할망은 속옷 챙겨 입을 겨를도 없이 오직 바깥 세계를 갈라놓을 때 퍼놓았던 흙만을 치마폭에 담고 인간세상으로 내려왔다.[116]

가)에서 설문대할망은 붙어 있던 하늘과 땅을 떼어서 세상을 만드는데, 이것이 나)에서는 마치 중국의 반고처럼 한 손으로 하늘을 받들고 다른 한손으로 땅을 짓누르며 힘차게 일어서는 모습으로 형상화된다. 하늘과 땅을 분리한 설문대할망은 바닷물을 퍼내고 치마에 흙을 싸서 제주도를 만든다. 제주의 한라산과 많은 오름은 할망이 제주도를 만드는 과정에서 흘린 부산물이다.

이처럼 하늘과 땅을 만드는 할망의 역동적이고 웅장한 모습은 혼돈을 끝내고 만물의 질서를 만드는 창조신의 모습이다. 선사시대 최초의 신이 여신인

---

115) 한국학중앙연구소, 『구비문학대계』(이하 『대계』) 9-2, 711~712쪽.
116) 진성기, 『신화와 전설』, 제주민속연구소, 1959, 27~28쪽.

것처럼[117] 창조신은 주로 여성으로 인식되었다. 이를테면 중국의 여와와 일본의 이자나미, 그리스·로마의 가이아 등은 태초의 혼돈에서 하늘과 땅을 만들고 이어 인간을 비롯한 동·식물을 만든 여성 신이다.[118] 여성의 몸에서 아이가 만들어지듯 고대인들에게 이 세상의 형태는 여신이 창조한 것으로 인식되었던 것이다.

비록 설문대할망의 역할은 제주도를 만드는 데 그치지만, 육지의 마고할미나 갱구할미와 유사하다는 점에서 그의 하늘과 땅의 분리로 시작되는 창조 이야기를 굳이 특정 지역에 국한할 필요는 없을 것이다. 한편 구전되는 것은 지형뿐이지만, 동식물이나 인간 같은 생명 창조의 가능성도 열어둘 필요가 있다.[119] 왜냐하면 현전하는 이야기가 소략하고 파편화된 것은 오랜 전승기간을 거치면서 내용이 누락되었거나, 신격이 분화되면서 그 영역이 좁아진 것으로 볼 수 있기 때문이다.[120]

그런데 여신의 창조는 파괴를 수반한다. 설문대할망은 제주도를 만들지만 그 온전한 모습을 깨트리기도 한다.

다) 이 할망의 키가 어찌나 크던지 한루산(漢挐山)에 걸터앉아(걸터앉아서) 한 발은 쇠섬(제주도 동쪽에 있는 섬, 牛島)에다 뻗고 또 한 발은 西歸浦

---

117) Marija Gimbutas, 고혜경 역, 앞의 책, 3~4쪽.
118) ≪회남자≫, ≪보사기·삼황본기≫, ≪박물지≫에서 여와는 태초에 인류와 우주를 창조한 여신으로 하늘의 빈 곳을 매우고 기둥을 세워 지금의 천지를 만들었다고 전한다. 이자나미는 남편 이자나기와의 결합으로 일본 국토를 만들었다. 한편 혼돈 속에서 모든 것의 어머니 가이아가 탄생했고 이후 신들이 창조되었다. 여성신의 창조에 대해서는 육완정의 「여와신화」(『동아시아 여성신화』, 집문당, 2003, 13~30쪽)와 김화경의 『신화에 그려진 여신들』(열린시선, 2009, 86~105쪽)에서 구체적으로 설명하고 있다.
119) 우주를 만든 천공신은 바로 번식자이자 생식자이다.(Mircea Eliade, 이은봉 역, 앞의 책, 163쪽)
120) 지고의 천공신은 자기의 역할을 다른 종교적 형태들에 양보한다.(엘리아데, 이은봉 역, 앞의 책, 111~115쪽 참조) 설문대할망 또한 그 역할이 분화되어 지모신과 생명신의 지위는 위축되거나 빼앗기고 제주도를 만든 창조신의 지위만 유지했다고 볼 수 있다.

앞으 범섬에다 뻗고 城山峯을 팡돌(빨랫돌)로 삼어서 빨래를 했다고 합니다.......설문대 할망은 흔쪽 발을 성산멘 五照里으 식산봉에 띠디고 흔쪽 발은 성산멘 日出峯에다가 띠디고 앚어서 소매(小便)을 보는디 오좀 줄기가 어찌나 심이 쎄게 나오던지 땅이 패어서 땅으 일부가 떨어저서 그리서 쇠섬이 되고 쇠섬꽝 성산 사이에는 오즘 줄기가 세게 흘러서 지금도 그 사이으 바당 물은 세게 흐른다고 흡니다. 그 사이으 바당을 지내가는 배는 쎈 潮流에 휩쓸려서 파선되고 파선된 선체는 춫일 수가 엇다고 흡니다.[121]

다)는 할망이 눈 소변 때문에 땅이 분리되어 우도가 생성되었다는 내용이다. 제주도를 중심으로 보면 할망이 막강한 오줌발로 제주도 땅을 잘라 떠밀어내는 것은 대파국 즉 파괴행위이다. 그런데 결과적으로 존재하지 않던 섬과 해협이 생성되었으니 파괴는 새로운 창조의 순간이기도 하다.[122]

우주의 여신은 여러 가지 가면을 쓴 모습으로 인간에게 나타나는데, 그것은 때로 상호 모순적이다. 생명의 어머니는 동시에 죽음의 어머니가 되며 그 때는 기근과 질병이라는 추악한 마귀의 가면을 쓴다.[123] 마찬가지로 세상만물을 창조한 여신은 동시에 그것을 무너뜨리는 파괴의 여신이 된다. 이러한 창조와 파괴는 서로 순환 관계에 있으며, 하나의 신격 속에 내재하여 양면을 이룬다. 인도 신화에서 세계는 브라흐만이 창조하고 비슈누가 유지하며 시바가 파괴한 후, 또 다시 새롭게 창조된다고 한다. 고대의 순환적 세계관에서는 창조와 파괴, 생성과 종말이 반복되고 있는 것이다. 게다가 이 세 신이 삼위일체를 이루는 하나의 신이라는 점에서, 창조와 파괴는 하나의 신격이 가진 양면임을 알 수 있다.[124]

---

121) 임석재, 『한국구전설화』9, 평민사, 1992, 278쪽.
122) 고혜경, 『태초에 할망이 있었다』, 한겨레출판, 2010, 89쪽.
123) Joseph Campbell, 이윤기 역, 『천의 얼굴을 가진 영웅』, 민음사, 1999, 380쪽.
124) 김형준, 『이야기 인도신화』, 청아출판사, 1994, 126쪽, 219~220쪽.

여신이 가진 창조와 파괴의 양면은 설문대할망의 본토형이라 할 수 있는 마고할미 설화에도 나타난다. 천태산 마고할미가 방귀를 뀌어 옥계바위가 들어갔다거나,[125] 마고할미가 폐왕성을 쌓은 후 오줌을 누었는데 그것이 성 밑으로 흘러가는 개울이 되었다는 이야기[126]는 파괴가 새로운 지형의 창조로 이어지는 예라고 하겠다.

그런데 할미의 창조와 파괴에는 필연적인 이유가 없다. 설문대할망이 천지를 분리하고 제주도를 만든 것은 무료함과 갑갑함 때문이었고, 육지가 떨어져 나가 우도가 만들어진 것도 단순한 생리 현상이 원인이었다. 이는 마고할미의 경우도 다르지 않아 그의 행동에서 창조로 이어지는 그럴 듯한 이유를 찾기는 힘들다. 마치 움직이는 산을 보고 '산이 움직인다'고 외치자, 산이 그 자리에 멈춰 하나의 지형으로 굳어졌다는 설화처럼 창조는 우연의 작용일 뿐이다. 그런데 달리 생각해보면 필연적 이유가 없는 것이 당연하기도 하다. 창조는 세상 만물의 시작을 말하는데, 인간이 자연 만물의 변화에 인위적인 이유를 붙일 수도 없거니와, 신의 창조로 보더라도 그 섭리를 헤아리는 것은 불가능하기 때문이다. 오히려 합리적이고 필연적인 이유가 붙는다면 그야말로 신의 창조가 아닌 인간의 창작인 것이다.

한편 신의 창조와 파괴가 인간의 삶에 국한될 때, 그것은 삶과 죽음의 형태로 전환된다. 제주도 신화 중 삼승할망 설화는 삼승할망이 어떻게 출산과 죽음을 관장하게 되었는가를 말해주고 있다. 이야기를 간추려 보면 다음과 같다.

라) 동해용왕에게 늦게 얻은 딸이 있었다. 너무 귀엽게 키운 나머지 버릇 없는 자식이 되고 말았다. 동해용왕이 자식을 죽이려 하자 이를 눈치 챈 부인

125) 『대계』7-6, 658쪽.
126) 『대계』8-2, 409쪽.

이 무쇠 석갑에 넣어 멀리 띄워 보내자고 한다. 부인은 딸에게 인간세상에서 삼신이 되라고 하며 아이가 만들어지는 과정을 알려준다. 그런데 아이가 나오는 장소를 말해주기 전에 아버지의 불호령으로 딸은 인간 세상으로 나가게 된다. 인간 세상에 이른 동해용왕 딸은 임박사 내외에게 아이를 점지해주지만 해산일이 되어도 방법을 몰라 아이를 꺼내지 못한다. 애가 탄 임박사가 옥황상제에게 하소연 하니 옥황상제는 자질을 갖춘 명진국 따님을 삼승할망으로 내려보낸다. 명진국 따님과 동해용왕 따님은 서로가 삼승이라며 싸우게 되고 결국 꽃 피우기 경합에서 이긴 명진국 따님은 생명을 만드는 삼승할망이, 패배한 동해용왕 따님은 아이의 죽음과 관련한 저승할망이 된다.[127]

위의 이야기에서 명진국 따님처럼 아이의 출산을 도와 생명을 탄생시키는 일은 창조 행위이고, 동해용왕 따님처럼 아이를 죽음으로 내모는 것은 파괴 행위이다. 이처럼 삼승할망 설화는 생명의 창조와 파괴에 따르는 두 신격의 갈등과 대립을 이야기하고 있다.

그런데 생명 창조의 신과 파괴의 신은 원래부터 별개의 독립된 신일까? 혹두 신은 하나의 신에서 연유한 것은 아닐까? 설화 속 명진국 따님은 훌륭한 자질을 갖추어 칭송받는 인물이고, 동해용왕 따님은 어릴 때부터 말썽을 일으켜 쫓겨난 인물이다. 전자는 온전한 자질을 갖춘 상황에서 직위를 부여받아 임무를 완수하는 반면, 후자는 결정적인 자질을 갖추지 못한 불완전한 상황에서 출발하여 결국 문제를 일으킨다. 이를 분석심리학의 측면에서 보면 하나의 인간이 지닌 양면성 즉 태어날 때부터 집단적인 가치규범에 맞는 긍정적 행동양식을 갖춘 인격체인 페르소나(persona)와 무의식에 억압된 부정적 인격체인 섀도우(shadow)로 볼 수 있다.[128] 그렇다면 동해용왕 따님과 명진국 따님의 긍

---

127) 현용준, 『제주도 신화』, 서문당, 1996, 25~32쪽.
128) 이부영, 『한국민담의 심층분석-분석심리학적 접근』, 집문당, 2000, 17~18쪽.

정과 부정의 양면은 하나의 신 안에 내재된 대립적인 모습이 아닐까. 인간에게 삶과 죽음이 공존하듯 그것을 관장하는 신 또한 야누스의 모습을 지니는 것이다. 따라서 삼승할망은 원래 한 신격이었으나 이후 전승과정에서 삶과 죽음이라는 별개의 신으로 분리되고, 다시 두 인물이 대립되는 이야기로 발전한 것으로 볼 수 있다. 본토의 삼신할미의 경우 삶과 죽음 모두를 관장하는 한 신격인 점은 그 방증이 된다.[129]

제주도의 삼승할망 신화는 두 가지 면에서 의미하는 바가 깊다. 우선 신의 창조 및 파괴가 인간의 삶과 죽음에 연결되듯이 이것이 또 다른 인간사의 원리인 선과 악, 구원과 멸망 등에도 적용될 수 있다는 점이다.[130] 다음으로 한 신격이 지니는 양면성은 시간의 흐름에 따라 두 신격체로 분리되어 나타날 수 있다는 점이다. 그렇다면 가면극에서 갈등과 대립의 관계에 있는 할미와 첩 또한 그 처음은 한 신격으로 볼 수 있는 가능성이 열리게 된다.

창조 뒤에 파괴가 따르고 파괴 후에 다시 새로운 창조가 이어진다면 삶에는 죽음이, 그리고 죽음 뒤에는 재생이 따르기 마련이다. 전통적인 죽음관에서 죽음을 의미하는 '돌아간다'는 말은 저승, 우리가 온 곳, 즉 본향으로 돌아간다는 의미가 내포되어 있다. 여기에 삶은 가치 있고 죽음은 무가치하다는 개념은 적용될 수 없으며, 둘은 어느 하나에 편중된 가치를 부여할 수 없는 양가성을 지닌다. 파괴되어야만 새로운 것을 만들 수 있고 죽어야만 또 다른 생명을 얻을 수 있다. 그러나 신화적 색채가 퇴색하고 중세의 가치관이 개입하게 되면 창조신 할미가 지닌 이러한 양가성은 가치와 무가치 또는 선과 악으로 대립하게 된

---

129) 대립되는 두 여신은 결국 하나의 신격에서 출발한 것이다. 루마니아에서 출토된 B.C. 6000년 말의 '두 개의 머리를 가진 여신'은 우리 삶의 두 형태, 즉 시간과 공간 세계의 삶과 죽음, 그리고 죽음을 넘어서는 신비한 영역들을 관장하는 어머니를 가리킨다.(Joseph Campbell, 구학서 역, 『여신들』, 청아출판사, 2016, 95~96쪽)
130) 이후에 거론될 선과 악의 대립 구조를 가진 여산신 설화는 좋은 예가 될 것이다.

다.[131] 그리고 가치 있고 선한 것은 표창되는 반면 무가치하고 악한 것은 폄하되거나 풍자되며, 때로 왜곡되기도 한다.

그러한 예를 마고할미와 다자구할머니 이야기에서 볼 수 있다. 전승되는 설화에서 마고할미는 단순히 거인 여신[132]일 뿐만 아니라 인간에게 이익을 주는 선신과 피해를 주는 악신으로 나타나며, 다자구할머니 또한 조력자나 배반자로 등장한다. 설화는 이들의 선행과 악행을 극명하게 보여주고 있다.

마) 큰물이 나서 부부가 죽었는데 남자는 구목령 위 성제봉 산신령이 되고 할머니는 마고산 마고봉 신령이 되었다. 산삼 캐는 심마니들이 치성 드리고 나서 꿈에 하얀 할머니만 비치면 아주 삼을 많이 캔다고 한다.[133]

바) 서구할미라고 하는 상서로운 할미다. 취병산 등에 마고할미가 있었는데, 삼척에서 정선으로 가자면 거쳐야 했다. 그 길을 갈 때는 반드시 마고할미에게 선물을 줘야지 그렇지 않으면 안 좋은 일을 당했다. 1650년대에 삼화 입구 미로리에 최 효자가 있었다. 관에서 그에게 마구할멈을 퇴치해달라고 부탁했다. 최 효자가 퇴치하고 보니 꼬리 있는 여우였다.[134]

사) 백월산 중턱 바위굴 앞에 큰 바위가 있다. 서구라는 노파가 이 바위에 앉아 스스로 귀신의 영혼임을 빙자하면서 사람의 정신을 어지럽혔다. 미래

---

131) 이것은 유학에서 말하는 우주창조의 원리인 이기(理氣)와 대응된다. 이와 기는 법칙과 원리, 질료와 에너지라는 존재론적 역할분담 뿐 아니라 가치론적 구분까지 내포하는데, 이기(理氣)는 각각 본말(本末), 천리(天理)와 인욕(人慾), 선악(善惡) 등의 성격으로 대비된다. 이렇게 이분법적 가치론과 결합하는 것은 성리학을 비롯한 전근대적 사유방식의 전형적인 특성 중 하나이다.(한국사상사연구회, 『조선유학의 개념들』, 예문서원, 2002, 59쪽)

132) 『대계』1-7, 756~757쪽과 『대계』6-5, 175쪽에 거인인 할미의 모습이 잘 묘사되어 있다.

133) 강진옥, 「마고할미 설화에 나타난 여성신 관념」, 『한국민속학』25집, 한국민속학회, 1993, 6~7쪽에서 인용.

134) 『대계』2-3, 243~244쪽.

를 예언하고 수 십리 밖의 일까지 알아맞히며, 아이들을 병들게 하고 숫처녀에게 아이를 배게 하며, 지나가는 상인들이 재물을 바치면 통과시키고 그렇지 않으면 해를 입혔다. 생김새는 산발에 낚시코에 기다랗고 앙상한 손톱을 지녔다. 효자 최진후와 장사 김면이 의론하여 잡아들여 죽였는데, 출천의 효자가 벌을 주니 달게 받겠다며 죽었다고 한다.[135]

아) 임진란 때 왜병이 쳐들어올 때 의병이 삼화 문간재 안에 요새를 만들고 그 안에 매복한 채 기다리고 있었다. 왜병이 오는 것을 보고 산중에서 빨래하고 있던 마고할미가 왜병들에게 그 사실을 알려주어서 오히려 의병이 몰살을 당했다. 그때 의병들이 흘린 피로 물빛이 붉었다고 한다.[136]

자) 죽령 이쪽에 매바우라는 동네가 있다. 죽령에 큰 도적떼가 있는데 관에서는 잡지를 못했다. 하루는 다자구 할머니가 단양군수를 찾아와 계책을 내놓았다. 괴수의 생일날 좋은 술로 다 취하게 할 테니 다자구야 들자구야를 신호로 와서 잡아가라는 거였다. 할머니는 괴수에게 잡혀가 괴수의 마누라가 되었다. 그리고는 밤마다 아들들 이름을 부르고 싶다며 다자구야 들자구야를 외쳤다. 괴수의 생일날 술을 잔뜩 먹이고 밤에 다자구야 들자구야를 외치자 관군이 와서 도적떼를 다 잡았다. 그래서 성황당에 다자구 할머니를 모시고 제를 지내고 있다.[137]

차) 경주읍에서 북쪽으로 3리 쯤 떨어진 데 부산성이 있다. 백제는 힘을 다해 신라가 지키는 부산성을 공격했지만 성은 함락되지 않았다. 신라군 앞에 어떤 할머니가 나타나 아들 더자고와 다자고가 군사에 뽑혀간 지 일 년이 넘었는데 만나게 해달라고 간청했다. 할머니의 애원에 군인들이 들여보내 아들을 찾아보라고 했다. 할머니는 더자고야를 외치다 새벽녘에는 다자고

135) 삼척군, 『삼척군지』, 1984, 347~348쪽.
136) 강진옥, 앞의 글, 7쪽에서 인용.
137) 『대계』3-3, 32~34쪽.

야를 외쳤다. 이 소리를 신호로 백제 군사들이 몰려와 성을 함락하고 말았다. 더자고는 신라군이 자지 않고 지킨다는 뜻이고 다자구는 모두 잠들었다는 뜻이었다. 백제 군사는 할머니를 위해 성문 높은 바위에 누각을 짓고 옷과 밥을 바치고 위했다. 지금 신라 사람은 그 할멈을 앙큼할미라 부르고 그 바위를 앙큼방구라고 한다.[138)

마고는 중국 도교의 여신으로, 젊고 아리따운 여인의 모습을 지니고 있으며, 세 번의 상전벽해를 겪을 만큼 장수한 신이다. 우리나라에는 신라시대 도교의 전래와 더불어 유입된 후 할미와 결합하여 마고할미로 불렸는데, 마고와 할미의 결합은 그 공통점인 여산신(女山神)에 기인한 것으로 추정된다.[139) 장한철의 ≪표해록≫에 설문대할망을 '선마고'라고 표기한 것은[140) 우리에게 있던 창조형 여신의 자리 일부를 중국에서 들어온 마고가 대체한 것을 보여준다. 마고할미에 관한 설화 또한 설문대할망처럼 거인의 모습을 형용한 것과 지형을 만들거나 변형시킨 것 등이 단편적으로 전해지고 있다.

마고할미는 서구할미로 불리기도 하는데, 이들이 인간사와 구체적인 관계를 맺게 되면 선신 또는 악신의 이미지로 나타난다. 마)의 마고는 심마니들에게 산삼의 위치를 알려주는 선신이지만, 바)처럼 요구를 들어주지 않으면 인간을 괴롭히는 악신이 되는데, 사)에는 그러한 악행이 얼마나 극심했는지를 구체적

---

138) 임석재, 『한국구전설화』12, 평민사, 1993, 30쪽.

139) 조현설, 『마고할미 신화연구』, 민속원, 2013, 18~19쪽.

140) 어떤 이는 일어나 한라산에 절을 하면서 빌었다. "흰 사슴을 탄 신선이여, 나를 살려주십시오. 설문대 할머니, 나를 살려 주십시오, 나를 살려주십시오!" 대개 제주 사람들이 전해오는 말에, 신선 할아버지가 흰 사슴을 타고 한라산 위에서 노닐었다고 한다. 또 전해오기를 아주 오랜 옛날 초기에 설문대 할머니가 있었는데, 걸어서 서해를 건너와 한라산에서 노닐었다고 한다.[或起拜向漢拏而祝曰 白鹿介子活我舌我 誐麻介婆舌我舌我 盖耽羅之人諺專仙翁騎白鹿遊于漢拏之上 又傳邃古之初有誐麻姑步涉西每而來遊漢拏云]-1771년 정월 초닷새(장한철, 김지홍 역, 『표해록』, 지식을 만드는 지식, 2009, 111~112쪽, 244쪽)

으로 묘사하고 있다. 심지어 아)에서는 마고할미가 왜병을 도와 의병을 죽이는 변절자로 나타난다.

바)와 사)의 경우 기존의 연구에서는 마고를 토착신앙으로 효자를 유교이념을 대표하는 인물로 보고, 마고가 지역민에게 악행을 저지르고 효자에게 퇴치당하는 것은 토착신앙이 유교이념과의 대립 끝에 패배하여 지역 신앙으로서의 위상을 상실한 것을 의미한다고 보았다. 또 아)와 같이 마고가 왜병을 도와 의병을 몰살시킨 행위는, 필연적으로 질 수 밖에 없는 싸움에서 패배한 원인을 전력이나 전술의 한계로 보지 않고 이미 지역민에게 부정적으로 인식되어온 마고의 탓으로 돌리는 것이라고 했다.[141]

한편 다자구할미는 죽령의 산신인데, 지금도 인근 마을의 수호신으로 제의의 대상이 되고 있다. 자)에서 다자구할미는 관군을 도와 도적을 퇴치하는 공덕을 쌓은 후 신으로 좌정한다.[142] 그런데 차)의 이야기에서 할미의 공덕은 아이러니에 빠진다. 할미의 꾀가 백제를 도와 신라의 성을 함락시켰으니, 승전국인 백제에서 할미의 업적은 공덕이 되지만, 패전국인 신라에서는 악덕이 될 수밖에 없다. 일각에서는 다자구할미와 마고할미를 연관시켜, 차)의 전승집단에 따른 다자구할미에 대한 차별화된 인식이 아)의 왜병을 돕는 마고할미로 전환된 것으로 보기도 한다.[143] 그러나 이들 두 이야기에는 핵심 모티프인 '다자구야 들자구야'의 존재 여부가 차이를 보이므로, 한 대상에 대한 인식이 다른 대상으로 전이되었다고 보기는 힘들다. 오히려 창조신인 마고나 다자구할미가 선신과 악신으로 묘사된 데에는, 사회의 변화나 상황에 따르는 할미에 대한 지

---

141) 강진옥, 앞의 글, 28~29쪽과 39~40쪽.
142) 역으로 기존의 죽령 산신제에 이러한 이야기가 부가된 것으로 보기도 한다.
143) 권태효, 「호국여산신설화의 상반된 신격 인식 양상 연구」, 『한국민속학』30집 1호, 1998, 233~236쪽.

역민의 인식이 결정적인 역할을 했을 것이다.

그렇다면 왜 할미는 부정적 인물이 되었는가에 의문이 모아진다. 인간의 이성이 합리적으로 변하면서 여신에게 입혀졌던 신화적 색채가 희석되어서일까, 아니면 유교적 가부장제 하의 남성중심 사회로 변화된 때문일까. 어쩌면 여신인 할미에 대한 인식이 부정적으로 변했다기보다 애초에 할미에게 있었던 삶과 죽음의 양면성이 시대나 상황에 따라 변형되면서 어느 일면이 부각된 것이 아닐까. 앞서 살폈듯이 창조신인 할미는 창조와 함께 파괴를, 삶과 함께 죽음을 의미하는 존재였다. 인간사의 풍요를 기원하거나 그 결과에 감사할 때는 할미의 창조와 생산의 덕을 읊었을 것이고, 기근과 역병 및 도적과 전쟁으로 힘들어질 때면 그 원인을 할미가 지닌 파괴와 죽음의 탓으로 돌렸을 것이다. 마고할미나 다자구할미에 대한 부정적 인식이 전쟁과 도적떼를 배경으로 하는 것은 이러한 추정을 뒷받침해준다.

이상의 할미 설화에서 우리는 할미의 원형으로서 창조신의 면모를 찾을 수 있었으며, 그 속성이 창조와 파괴, 탄생과 죽음, 인간사의 조력과 배반의 길항적 대립관계에 닿아있는 것을 볼 수 있었다. 할미의 이러한 원형적 특징은 민속놀이나 민속극으로 이어진다. 주곡동 서낭제에서 주곡의 여서낭과 가곡의 남서낭은 부부신이지만 각각의 마을을 관장하다가 해마다 서낭제에서 만나는데, 이때 마을 사람들은 여서낭과 남서낭의 치마가 서로 엉기면 그해가 풍년이라고 믿는다.[144] 여서낭와 남서낭의 만남은 풍성한 창조를 불러오지만 헤어짐은 그러한 상황의 파괴와 잠정적인 기다림을 의미하는 것이다. 그렇다면 민속극에서 할미와 영감의 만남과 이별도 그 원류를 창조신 할미의 창조 및 파괴와 연결 지을 수 있을 것이다.

---

144) 조동일, 『탈춤의 원리 신명풀이』, 지식산업사, 2005, 23~24쪽.

2) 지모신 ; 풍요다산의 기원과 욕망의 투사

설문대할망은 제주도를 만들 정도로 거대한 체구를 가진 여신이며, 이는 할망의 남편인 설문대하르방도 마찬가지이다. 이들 두 거인신은 몸집에 맞게 욕망의 크기 또한 거대한데, 식욕, 성욕, 수면욕으로 나타나는 그들의 욕망은 규모가 광대하고 역동적이다.

먼저 식욕부터 살펴보자.

> 가) 설문대 할망은 아덜 오백 성지를 보고(낳고) 스뭇(매우) 괴기가 먹고 싶어서 하루방ㄱ라(보고, 에게) 어서 바당에 네레가서 괴기 심으레(잡으러) 가자 ㅎ고 함께 바당데레 ㄴ레갓수다. 하루방은 할망ㄱ라 "난 절로 강 괴길 다둘리커매(쫓을 터이니) 할망은 소중기(속곳을) 벗엉(벗고서) 하문을 올앙(열고서) 앚아시련(앉아 있거라)" ㅎ고서 바당 쏘곱에 신(바다 속에 있는) 괴길 다울리는디, 셋놈(좆)으로 엉덕마다(바위 굴 속마다) 질으멍(찌르며, 쑤시며) 이 궁기 저 궁기(이 구멍 저 구멍) 들썩들썩 숙대겨 가난(쑤셔서 가니) 바당 쾨기(바다의 고기)들이 흔 어이에(한순간에) 매딱(모두 다) 설문대 할망 하문데레(下門으로) 기여 들어갓수다. 설문대 할망은 괴기들이 거져 믄(모두 다) 들어온 만ㅎ난 하문을 뚝기(따악) 중간에(잠그고) 바당서 나와서 펏 싸놓난(풀어 싸놓으니까) 수수백 섬이 나왔수다. 설문대 하루방광 설문대 할망은 그 괴길 흔때에 믄 끓여묵언 삼천삼백 연을 살엇깽 흡니다.[145]

> 나) 하르방이 잇다가, "궤기(고기)가 꼭 먹고 싶다"고, 할망이 ㄷ는(말하는) 말이 "한라산 꼭대기에 강 잇다가 나 말대로만 흡서(하십시오)." 갓어. 갓는디 하르방 보고, "당신이랑 한라산 꼭대기에 가서 대변 보멍(보면서) 그 것으로 낭(나무)을 막 패어 두드리멍(두드리면서) 오줌을 작작 골기면은 산

---

145) 임석재, 『한국구전설화』9, 평민사, 1992, 279~280쪽.

톳(멧돼지)이고 노루고 다 잡아질 텝쥬(터이지요)." ……이영했더니(이리했
더니) 산톳이고 노루고 막 도망가. 할망은 자빠젼 누워 잇엇댄(있었다고).
비ᄇᆞ룸 피ᄒ젠(피하려고) ᄒᆞ단 그것들은 할망 그디(그곳, 陰部) 간 믄딱(모
두) 곱안(숨었어)……이젠 그것들 잡아단(잡아다가) ᄒᆞ 일년 반찬 ᄒᆞ연 먹엇
댄(먹었다고) ᄒᆞ여.[146]

가)와 나)는 할망과 하르방의 역동적인 수렵 장면을 묘사하고 있다. 가)에서
하르방이 남근으로 물고기를 몰아주면 할망은 속옷을 벗고 앉아 하문으로 받아
들이고, 나)에서는 하르방이 대소변을 바람처럼 뿌려대면 할망은 이를 피하려
고 자신의 음부로 숨어든 짐승들을 가두어버린다. 그 이유에 대해 가)에서는
아들 오백 성지를 낳고 고기가 먹고 싶어서라고 하는데, 다량의 생산으로 기력
이 쇠해진 할망과 하르방이[147] 원기를 충족하기 위해서일 것이다. 출산한 자식
의 수나 먹어대는 양을 보면 둘의 식욕이 예사롭지 않다.

한편 하르방의 남근을 이용한 생동감 넘치는 모습과 할망의 순응적인 자세는
성적 행위의 은유적 표현으로도 해석할 수 있다. 가)에서 하르방의 생식기가
바위굴 속을 쑤셔대는 것이나 할망의 하문을 향해 물고기가 헤엄쳐가는 것은
성행위의 장면을, 나)에서 오줌줄기와 커다란 대변은 성적 욕망의 크기를 나타
낸다.

따라서 가)와 나)의 이야기가 공통적으로 보여주는 '식욕→생산 활동→다량
의 수확물'의 구조는 식욕을 성욕으로 대체하면, '성욕→성적 행위→다량의 생

---

146) 『대계』9-2, 113~114쪽.
147) 온전한 신이 양성이듯 설문대 할망도 본질적으로 할망/하루방 신이다. 이 양성인 할망이 분화를
하면 할망과 하루방이 나타나고 이 둘은 다시 할망의 몸으로 합쳐지는 듯하다.(고혜경, 앞의
책, 160쪽) 그렇다면 할망과 하루방의 분리는 전승되는 과정에서 우리의 의식이 이분화 한
것일 뿐 그 원류는 하나로 볼 수 있으며, 할망의 행위가 가지는 의미도 하루방과 동일하게
볼 수 있다.

산물'의 구조가 된다. 사실 신화에서 식욕과 성욕은 주체에 따라 차이가 있을 뿐 동일한 범주로 볼 수 있다. 인간이 식욕을 채우기 위해 사냥이나 채집으로 얻은 다량의 수확물은, 지모신의 입장에서 보면 성적 행위를 통해 생산한 결과물인 것이다. 즉 할미와 하르방의 행위를 인간적으로 해석하면 식욕이지만, 신 중심으로 해석하면 성욕이 되는 셈이다.

그런데 식욕과 성욕 중 어떤 것으로 보든 그 결과물이 풍성한 수확으로 이어지는 것을 보면, 할망과 하르방의 행위 목적은 풍요다산이라고 할 수 있다. 실제 설화에서 언급되는 500 성지의 자식들, 물고기 수백 섬, 일 년간 반찬거리인 멧짐승들은 풍요다산의 상징물이다. 또 하루방과 할망이 엄청나게 많이 잡은 물고기와 짐승을 한번 혹은 일 년에 걸쳐 먹어 치웠다는 것은, 그들의 생산주기가 1년이고 그 생산량이 풍성함을 의미한다. 따라서 할망은 −하르방을 포함하여− 땅의 생산과 소멸을 주기적으로 관장하는 신으로, 인간들이 풍요다산을 기원하는 지모신인 것이다.

풍요다산을 위한 생산 활동이라는 면에서 할망의 수면욕도 언급할 필요가 있다. 할망의 일화에서 그녀가 구체적으로 잠을 잔다는 표현은 없지만, 한라산을 베고 누워 발끝을 바닷물에 담고 물장구를 치거나 오름을 만들다 쉬고 싶으면 한라산을 베게 삼아 쉬었다고 한다.[148] 물론 이러한 표현에는 할망이 한라산을 베개 삼을 만큼 거구임을 강조한 의도가 다분하지만, 한편으로 베게까지 갖춘 것을 보면 할망의 수면이 그만큼 길고 깊었음을 알 수 있다.

수면은 가상의 죽음과도 같은 상태로, 인간은 수면을 통한 휴식 후에야 활발한 활동을 벌일 수 있다. 마찬가지로 풍요신이자 지모신인 할망 또한 풍성한 수확을 위한 힘을 기르기 위해서는 그만큼의 휴식인 수면이 필요하다. 이러한 수면이 있기에 할망이 거대한 욕망을 분출할 수 있으며, 욕망 분출은 풍요다산

---

148) 진성기, 『신화와 전설』, 제주민속연구소, 2005년 증보판, 31쪽.

이 되고, 이것은 다시 다음 생산을 기약하는 휴면으로 이어진다. 한편으로 생산과 관련된 식욕이나 성욕을 분출하는 시기를 봄과 여름으로, 생산 활동이 정지된 수면욕의 시기를 겨울로 보면, 설문대할망의 욕망은 계절의 순환에 따른 대지의 모습을 반영하는 것이 된다.

지모신이 지닌 거대한 성욕과 식욕, 수면욕은 이후 설화에서 희화화되어 전개되지만, 그 저변에는 여전히 이러한 욕망이 풍요다산과 연결되기를 바라는 인간적 바람이 투영되어 있다.

> 다) 옛날 옛날 갓날 갓적에 영감 할마시가 쌀을 대이 마흔 되요, 떡을 하이 두 납때기, 영감 할마시 실컷 먹고 대문 앞에 똥을 싸니 똥무대기가 커서 올라서니 서울 남대문이 훤하게 보이더란다.[149]

위의 이야기에서 쌀 마흔 대, 떡 두 납때기, 그리고 그것을 먹고 싼 산만한 똥무더기는 영감과 할미가 가져온 풍요다산의 결과물이다. 표현되지는 않았지만 이러한 결과물이 설문대할망이나 하르방처럼 식욕과 성욕의 분출 과정을 전제로 한 것은 쉽게 짐작할 수 있다. 다만 전승과정에서 몇몇 부분들이 생략되어 이야기가 소략해지면서 풍요다산의 결과물만 부각된 것으로 보인다.

한편 할미에 대한 이야기가 생산성마저 상실해버리면 그것은 단순한 해학과 풍자에 그치게 된다.

> 라) 옛날 영감 할멈이 사이좋게 살았다. 하루는 영감이 목욕하러 요강 속에 들어갔는데, 할멈이 요강에 오줌 누러 들어갔다. 할멈이 방구를 끼니, 영감이 진동을 치는구나. 할멈이 오줌을 싸니 영감이 진동이 치니 비가 오는구나 했다.[150]

---

149) 『대계』7-6, 194쪽.

마) 술을 좋아하는 영감 할멈이 살았다. 동네 잔칫집에 가서 술을 먹고 내외가 자는데 할머니가 오줌이 마려웠다. 요강을 찾다가 영감 얼굴이 요강인 줄 알고 거기에 쌌다. 영감이 잠결에 일을 당하자 밖으로 나가 뒷골 저수지가 터져 방에 물이 괸다고 외쳤다. 동네에서는 세간을 옮긴다고 야단이었다. 다음날 사실이 밝혀지자 사람들이 영감 없는 설움을 주려고 할멈이 오줌을 싸 부렸다고 했다.[151]

바) 할머니가 밑술을 팔았다. 10시쯤에 한 머슴애가 술을 사러 왔다. 할머니가 아이에게 갈비불을 때라 하고는 부뚜막 위에서 술맥지를 짰다. 머슴애가 할머니의 고쟁이를 보니 빨간 게가 오물락오물락해서 그것을 콱 찔렀다. 할머니가 비명을 지르자 아이가 빨간 게가 나를 잡아먹으려 해서 무서워서 그랬다고 했다. 할머니가 나무라며 아이를 쫓아냈다.[152]

라)에서 할미가 오줌 누는 요강에서 할아버지가 목욕한다거나 할미의 오줌과 방귀가 천둥과 비에 비유되는 것은 할미의 생식기가 거대하다는 것, 즉 할미가 바로 지모신임을 의미한다. 그런데 할미의 배뇨 및 그것에 대한 영감의 집착을 성적 욕망으로 본다면,[153] 생산의 결과물이 없는 이 이야기는 성적 욕망과 그것에 대한 풍자만 부각시키는 셈이 된다. 마)에서는 라)의 이야기가 좀 더 현실성을 갖추어 전개된다. 할미가 영감 얼굴이 요강인 줄 알고 오줌을 누는 것은 있을 법한 일이다. 그러나 할미의 방뇨를 보가 터지는 것으로 과장한 것은, 배설을 통해 늙은 할미의 욕망과 생산력을 풍자하려는 의도가 다분하다.

바)에서는 할미의 하문이 해학적으로 표현되고 있다. 특히 이 이야기는 〈가

150) 『대계』8-5, 97~98쪽.
151) 『대계』6-4, 272~273쪽.
152) 『대계』7-7, 600~601쪽.
153) 〈하회별신굿 탈놀이〉의 파계승마당에서 부네는 주위의 눈을 피해 오줌을 누고, 중은 오줌 눈 자리의 흙을 움켜쥐고 웃은 후 부네와 통정한다.

산오광대〉의 할미와 아들 마당쇠의 일화와도 상당히 비슷한데, 마당쇠는 할미의 하문을 보고 강생이가 한 마리 붙었다며 까무러치고 할미는 이놈의 구멍이 얼마나 험악한지 자식 죽인다며 탄식한다. 물론 이 이야기에는 출산 후 제대로 산후조리를 못했던 옛날 여성들의 안타까운 상황이 반영되어 있다. 그러나 이처럼 할미의 하문이 웃음거리가 된 것은 생산을 위한 성적 욕망이 왜곡되고 뒤틀려 있기 때문이다.

이외에도 전국적인 분포를 보이는 꼬부랑 할머니, 총각과 관계를 가진 후 그를 따라가 부인이 되는 백발 할머니의 이야기 또한 여신의 욕망과 관련하여 생각해 볼 수 있다. 한편 민속극에서 보이는 할미의 식탐이나 영감과 상봉했을 때의 음란한 춤 또한 지모신 할미의 욕망과 풍요다산의 맥락으로 볼 때 깊이 있는 논의가 전개될 수 있을 것이다.

3) 생명신; 생사의 순환과 영원회귀의 소망

전지전능과 불사의 존재인 신에게 죽음은 없어야 한다. 그런데 설문대할망 이야기 속 주인공들은 모두 죽는다. 설문대하르방은 할망이 죽을 끓이던 가마솥에 빠져 죽고, 오백 명이나 되는 아들들은 아버지가 빠진 죽을 먹은 후 애통해하며 화석으로 굳는다. 할망 자신은 깊이를 알아보려고 한라산 물장오리에 뛰어들었다가 빠져 죽고 만다.

> 성문대 할망은 바당물이 얼마나 짚은가 알어보것다고 여기저기 들어가 봣다고 홉니다. 목안에 잇는 용소에 들어간 보난 물이 할망으 발등밖에 안 닿고 서기포(서귀포)으 서홍리에 잇는 홍리물에 들어간 보난 무릎에꺼지 닿지 안흐고 할루산에 잇는 물장오리가 짚다고 해서 거그 들어가 봣더니 그만

그 물장오리에 빠저서 죽엇다고 흡니다. 물장오리는 한엇이 짚은 물이여서
그 키 큰 설문대 할망이 빠저죽엇다고 흡니다.[154]

할망의 키는 하늘과 땅을 가르고 제주도를 만들 때는 천지간(天地間)을 채울
만큼 컸다. 할망은 하늘과 땅을 분리했고, 치마에 흙을 싸와 제주도를 비롯한
한라산을 만들었으며, 빨래를 할 때는 한라산에 걸터앉아 우도와 서귀포에 한
발씩 걸쳐 놓고 성산봉을 빨랫돌로 삼았다. 빨래나 베짜기 등 현실적인 생활이
등장하면서 할망의 신화적 모습이 축소된 감은 있지만[155] 여전히 할망은 한라
산을 능가하는 거구였다. 그런 할망이 한라산의 물장오리에 빠져 죽을 만큼 작
아진 것은 무엇을 의미할까.

그 의미에 대해 다양한 측면에서 접근해 볼 수 있다. 첫째 신화적으로 할망
의 신격이 삶과 죽음을 아우르는 생명신으로 분화된 것으로 볼 수 있다. 메소
포타미아 신화에서 생명과 창조의 신 인안나는 지하의 여동생을 만나러 가고,
그리스 · 로마 신화의 케레스는 지하 세계로 딸을 찾아가는데, 그들은 동생이
나 딸을 지상세계로 데리고 나오려 한다.[156] 이것은 이들 두 여신이 땅 속 생
명체를 관장하여 이들을 땅 밖으로 인도하는 생명신이 되었음을 의미한다. 할
미가 물장오리를 통해 수직으로 지하 세계에 들어가는 것도 단순한 죽음이 아

---

154) 임석재, 『한국구전설화』9, 평민사, 1992, 278쪽.
155) 할망은 왼쪽 발은 한라산에 오른쪽 발은 산방산에 디뎌 태평양 물에 빨래도 했고, 성산 일출봉
   기암에 관솔불을 켜놓고 길쌈도 했으며, 솥을 걸어 밥도 해먹었다.(진성기, 앞의 책, 29~30쪽)
   특히 길쌈은 세계 신화에서 여신들이 보편적으로 행하는 신성한 일로 (고혜경, 앞의 책, 29~40쪽)
   농경만큼이나 인류 역사에 한 획을 그은 행위이기 때문에 신의 업적으로 승격된 것이 아닌가
   싶다. 그런데 앞서 보여주었던 식욕과 성욕 및 다산 그리고 휴식이 대지모의 원초적인 모습이라면,
   이처럼 빨래와 길쌈과 밥을 하는 행위는 문명화된 사회의 일면을 보여준다. 그런 점에서 할미의
   노동은 다분히 후대적인 모습이라고 할 수 있다.
156) 조철수, 『수메르 신화』, 서해문집, 2003, 271~298쪽 ; Thomas Bulfinch, 최혁순 역, 『그리
   스 · 로마 신화』, 범우사, 1980, 88~94쪽.

니라, 앞서의 여신들처럼 지하 세계의 생명력을 발양하여 새로운 생명으로 거듭나게 하기 위한 출발로 볼 수 있다. 즉 할미는 삶과 죽음을 관장하여 삶에서 죽음으로 죽음에서 삶으로 순환시키는 역할을 하는 것이다. 둘째, 사회적으로 창조신 할망의 죽음은 남성중심 사회로 들어서면서 원초적 여신에 대한 신앙과 의례가 쇠퇴했음을 나타낸다. 할망의 키가 줄어들고 그 모습이 인격화되고 희화화된 것은 인간으로 격이 하락되었다는 것이며, 결국 신적 권능이 사라졌다는 말이 된다. 이를 인간 중심으로 보면 설문대할망에 대한 종교적 관념이 희박해진 것이다. 셋째 문학적으로 보면, 할망이 굳이 한라산의 물장오리에 빠져 죽은 것은 천지창조의 신화가 지역 중심의 전설로 전환된 것을 의미한다.[157] 이는 앞서 마고할미가 정포 앞바다에 빠져 죽은 것과 맥을 같이 하며, 여신에 대한 신앙과 의례가 쇠퇴한 결과이기도 하다. 이 외에도 전승지역과 담당층의 성격에도 원인이 있을 것이다.

할망처럼 죽음으로써 대지와 하나 되는 이야기로 무조신인 바리데기와 삼신할미인 당금애기의 신화가 있다. 무당굿에서 가창되는 이들 신화는 삶과 죽음, 죽음에 이은 재생, 그리고 신격으로의 승화를 보여준다. 바리데기는 딸 많은 집에 막내로 태어나 부모로부터 버림받지만 오히려 서천서역의 약수를 얻어와 죽어가는 부모를 살린다. 서천서역은 불교에서 말하는 사후세계 중 극락을 의미한다. 따라서 바리데기의 행위는 죽음이 있는 삶과 삶이 있는 죽음을 넘나들며 진행된다. 삶의 공간으로부터 생명수를 얻을 수 있는 죽음의 공간으로, 그리고 생명수를 얻은 후에는 다시 죽음이 기다리는 삶의 공간으로 귀환하는 것

---

157) 이런 점에서 ≪삼국사기≫ 백제본기 의자왕 19년 8월의 기사를 참작해 볼 만하다. "가을 팔월에 여자 시체가 생초진에 떠내려 왔는데, 길이가 18척이었다."(秋八月 有女屍生草津, 長十八尺) (한국사사료연구소편, 『삼국사기』하, 한글과 컴퓨터, 1996, 58~59쪽) 앞뒤의 정황을 볼 때, 이 기사는 백제의 멸망을 암시하는 장치로 볼 수 있다. 문제는 실제 사람의 키로 볼 수 없는 이 거구의 여성이 가지는 의미가 무엇인가이다. 거구인 여성의 죽음은 백제 땅을 수호하던 여신의 죽음을 의미하는 것은 아닐까.

이다. 그런데 그녀가 죽음에서 얻어오는 것은 약수만이 아니다. 바리데기는 생명수를 얻기 위해, 그곳을 지키는 동수자의 요구로 그의 아이들을 낳게 되는데, 후일 목적을 이루고 이승으로 귀환할 때는 자신의 아이들도 함께 데리고 온다.

바리데기가 물어물어 찾아가는 서천서역 즉 죽음의 공간은 지상의 어느 먼 곳에 위치한 곳처럼 보인다.[158] 인간이 실제 죽어 묻히는 곳은 땅 밑으로 삶과 죽음의 공간은 수직적인 구조를 가지지만, 우리의 관념 속 죽음의 공간인 저승은 바리데기처럼 수평적 이동을 통해 갈 수 있는 어느 곳이다.[159] 기실 인류가 처음 인식한 사후세계는 단연코 시체를 매장한 땅 밑 즉 지하세계였을 것이다.[160] 이러한 수직적 지하 관념이 이후 무격사상이나 불교사상의 영향을 받아 수평적 공간인 저승 또는 서천서역으로 바뀐 것이다.

서천서역 죽음의 공간에서 바리데기는 문지기인 동수자의 요구대로 혼인하여 자식을 낳은 후 약수를 얻어 자식들과 함께 귀환한다. 바리데기의 입장에서는 삶과 죽음, 그리고 재생을 거치는 것이고, 자식들의 경우 죽음의 공간에서 벗어나 새로운 생명으로 창조되는 것이다. 그렇다면 앞서 설문대할망이 물장오리에 빠져 죽었다는 것도 바리데기의 경우처럼 새로운 생명의 탄생을 수반하는 재생을 전제로 한다고 볼 수 있다.

한편 바리데기는 무당의 조상신이다. 약수를 구해오는 바리데기의 행동은

---

158) 바리데기는 남복을 하고 산 넘고 물을 건너 서천서역국으로 향하던 중 팔봉사의 스님들, 밭가는 노인, 빨래하는 할머니를 만나게 된다. 마지막 만난 할머니는 "질이 삼거름 질이 나타나는데 우측 질로 보면 극락가는 질이고 좌측에는 지옥가는 질이고 이 복판 길에는 서천서역 가는 표목을 세워놨는데"라며 서천서역 가는 길을 알려준다. 바리데기는 이 길을 따라가 동대산 동대천 동수자를 만나 약수를 얻게 된다.(김태곤, 『한국무가집』4, 집문당, 1980, 145~159쪽)
159) 이러한 관념은 상례의 사자상에서 망자를 데려가는 저승사자에게 짚신을 올려놓는 관습이나 습을 할 때 망자의 입에 저승 가는 길에 먹을 쌀을 물려놓는 반함에서도 볼 수 있다.
160) 고대의 순장 풍습은 지하의 사후세계 또한 이승과 유사할 것이라는 관념에 기인한다.

죽음의 세계로의 여행이며, 그것은 동북아시아를 비롯한 에스키모와 북미 인디언족, 호주와 인도네시아 등에서 샤먼이 신을 찾아 영혼여행을 떠나는 것에 빗댈 수 있다. 이들 샤먼의 여행은 지상에서의 오지 여행이나 높은 산 등정, 또는 정글 여행 등의 세속적인 모습으로 나타난다.[161] 험난한 여행을 통해 신을 만난 샤먼은 그들이 풀어야 할 과제를 신에게 묻고 해결책을 얻어온다. 그런데 바리데기는 긴 여정 끝에 자신이 맡은 과제의 해결책(부모를 살릴 약수)을 얻어오는 것은 물론, 저승 세계에서 낳은 자식을 거느리고 삶의 세계로 귀환한다. 그렇다면 바리데기 이야기는 무당들의 접신 행위와 여신의 생명 창조 과정이 결합되었다고 할 수 있다. 바리데기는 원초적인 생명신의 모습을 지닌, 무당의 조상신인 것이다.

무속의 삼신할미로 좌정하는 당금애기 또한 마찬가지이다. 당금애기는 부모 형제가 집을 떠나 있는 동안 석가세존을 상징하는 중과 통정하여 임신을 하게 되는데, 후에 이를 알게 된 가족들은 그녀를 돌함에 가둬 버린다. 결국 당금애기는 돌함 속에서 아들 삼형제를 낳은 후에야 어머니의 도움으로 집으로 돌아온다.[162] 지하 같은 돌함에서의 생산과 지상으로의 귀환, 게다가 아들 삼형제를 품에 안은 귀환은 바리데기 이야기처럼 죽음과 생산을 수반하는 재생의 과정을 재현하는 것과 같다.

그런데 주목할 점은 생명신은 생명을 탄생시키는 생산적 활동만이 아니라, 생명을 파괴하는 활동도 벌인다는 점이다. 미개했던 고대인들에게 대지와 여성은 새로운 생명을 만드는 존재, 무에서 유를 창출하는 존재로 경외의 대상이

---

161) 양민종, 『샤먼이야기』, 정신세계사, 2003, 43~45쪽.
162) 김태곤, 『한국무가집』4, 집문당, 1980, 49~53쪽. 한편 『대계』와 임석재의 『한국구전설화』에 소재한 당금애기 설화에서는 당금애기가 중의 아이를 밴 후 부모로부터 버림받거나 부모의 구박을 받으며 출산하는 것으로 나와 있다. 이들 설화에 비해 무가에서 보이듯 돌함 속에서 아이를 생산하는 모습은 생명신의 원형을 잘 전승하고 있다.

었다.[163] 이는 대지의 생산과 여성의 출산을 연계하여 생각한 결과물이기도 하다. 그런데 생산이 반복적으로 이루어지기 위해서는 열매 중에 씨앗이 되어 대지로 돌아가 소멸하는 것도 있어야 한다.[164] 신화 속 생산을 위한 소멸은 어머니 대지로의 귀환이며, 그것은 설문대할망이나 당금애기 설화에서 나타나는 자궁으로의 귀환이기도 하다.

> 가) 설문대할망은 배가 고프민 성산 앞바당 섬지코지라는 디에 강 두 다리를 짝 떡 벌리고 앚이싯민 궤기덜이(고기들이) 할망으 ᄒᆞ문데러(下門쪽으로)ᄆᆞᆫ땅 들어가는디 그리ᄒᆞ민 할망은 ᄒᆞ문을 꼭 중간 나오란(꼭 잠그고 바다에서 육지로 나와서) 팍 쏟아서 묵곤 햇다고 ᄒᆞᆸ니다.[165]

> 나) 어머니 꼭 안아르켜 주면 우리 본 고향 들어간다고 칼 들고 불 들고 들어간다고 이넘들이 칼 하나식 들고 솔간술 불 들고 나오니, "야야 그런 게 아니라, 참 여자로 해서 빈지틈으로 내다 봤더니 중이 하룻밤 자고 가더니 그래 너이가 돼었다."[166]

가)의 하문은 설문대할망 즉 여신의 자궁으로 생명이 창조되는 곳이다.[167] 그런데 마땅히 하문에서 만들어져 나와야 할 고기떼들이 오히려 그곳에 갇히게 되고 결국 할망의 먹을거리가 되어 죽음을 맞이한다. 생산적이어야 할 어머니

---

163) Karen Armstrong, 이다희 역, 『신화의 역사』, 문학동네, 2005, 51~52쪽.
164) 대지의 힘이 고갈될까 두려워서 사람들은 이를 보충하기 위한 의식을 만들었다. 그래서 첫 씨앗은 재물로서 버려졌고 추수철의 첫 열매는 따지 않고 내버려두었다. 이는 신성한 힘을 순환시키기 위함이었다. (Karen Armstrong, 앞의 책, 49쪽)
165) 임석재, 『한국구전설화』9, 평민사, 1992, 279쪽.
166) 임석재, 『한국구전설화』4, 평민사, 1989, 199쪽.
167) 다른 나라들의 신화에 근거하여 사라진 신화의 조각을 재구해보면, 제주 앞바다의 고기떼들은 어쩌면 설문대할망 혹은 그에 준하는 여신의 몸을 통해서 만들어졌을 것이다.

의 자궁이 죽음의 장소를 겸하고 있는 것이다. 나)에서 당금애기의 자식들은 그녀에게 생부가 있는 곳을 알려주지 않으면 불을 들고 어머니의 자궁으로 들어가겠다고 위협한다.[168] 그들이 만들어진 자궁으로의 회귀는 결국 생명이 시작한 본향으로의 회귀이면서 동시에 죽음의 공간으로 가는 것이다. 그리고 이러한 어머니 자궁으로의 회귀는 그 자식에게게만 가능한 일이기도 하다.

이 부분에서 세계의 여러 신화에서 보이는 어머니의 자식 살해를 생각하게 된다. 신화의 내용 중 유독 인류의 보편적 정서와 맞지 않는 부분이 여인이 자신이 낳은 아이를 살해하는 장면이다. 〈마하바라타〉에서 여신 강가는 자신과 산타누왕 사이에 태어난 아이들을 물에 빠뜨려 죽인다. 그녀는 자신이 직접 아이를 물에 빠뜨린 후 기뻐하는데, 마지막 여덟째 아이만은 왕의 간청으로 살려 둔다.[169] 게세르 신화에서 게세르의 셋째 부인인 알마 메르겐은 고향을 지키지 못한 남편에 대한 분노를 딸에게 분출한다. 딸의 몸을 두 조각 낸 후 딸에게 절반인 아비의 것은 원하지 않는다고 냉정하게 말해버린다. 그런데 특이한 점은 알마 메르겐은 물론, 후에 이를 알게 된 게세르도 딸의 죽음에 그다지 개의치 않는다는 것이다.[170] 뉴질랜드의 마오리족 신화에는 일터에서 돌아온 어부가 자기 아내가 두 아들을 삼켜버린 것을 알고 마법을 써서 토하게 하는 이야기도 있다.[171]

---

168) 이 구절은 설화 〈구렁덩덩신선비〉에서 뱀으로 태어난 자식이 어머니에게 장가를 보내달라며 위협하는 부분에서도 나타난다. 서대석은 『대계』에 실려 있는 〈구렁덩덩신선비〉의 이야기 35편 중 15편에서 구렁이가 어머니의 뱃속으로 들어가겠다고 위협하는 부분이 있는 것으로 볼 때, 이 단락이 본래부터 있었을 것으로 보았다. 또 구렁이는 가정의 업이자 용과 같은 수신으로, 구렁이가 들어가고자 하는 어머니의 뱃속은 대지로 보았으며, 불과 칼은 대지의 생산력을 파괴하는 무기로 보았다.(서대석, 「구렁덩덩신선비의 신화적 성격」, 『고전문학연구』3집, 한국고전문학회, 1986, 177쪽과 196~199쪽)

169) Vyāsa, 주해신 역, 『마하바라타』, 민족사, 1993, 15~18쪽, 258~262쪽.

170) 일리야 N. 마다손, 양민종 역, 『바이칼의 게세르 신화』, 솔, 2008.

171) Joseph Campbell , 앞의 책, 261~262쪽.

사실 이 신화들은 간단하게 언급해서는 안 될 만큼 전후의 복잡한 사건으로 얽혀 있다. 자식을 죽인 이유도 다양하고, 자식이라고 하지만 전생에 잘못을 저지른 신이 환생한 경우도 있다. 정신분석학적으로 보면 어머니의 자식에 대한 과잉된 사랑이 신화에서 왜곡되게 표현되었다고 볼 수도 있다. 그런데 '어미가 자식을 죽인다'는 '어미가 자식을 잡아먹는다'와 통하며, 그것은 다시 '어미의 자궁으로 돌아간다'는 것과 연결된다. 궁극적으로 어미의 자식 살해는 '어머니 대지의 품으로 돌아간다'의 은유적 표현인 셈이다. 그리고 어머니 대지로 돌아가는 것은 바로 지속적인 수확을 위해 대지에 뿌려질 씨앗이 됨을 의미한다. 따라서 신화에서 어머니의 자식 살해가 자연스러운 것은 이후 어머니 대지로 귀환하여 재생을 통한 풍요를 기약하는 원형에 기인하고 있기 때문이다.

 우리의 신화에서 이와 같은 자식 살해의 원형을 찾기는 쉽지 않다. 바리데기와 당금애기의 자식들은 어머니로부터 죽음을 당하는 것이 아니라 오히려 죽음의 경지를 뚫고 삶의 세계로 나온다. 다만 이들은 그렇게 해서 잘 살았다가 아니라, 다시 죽음의 세계로 돌아가 어머니와 함께 신격에 오르게 된다. 지위는 높아졌지만 현실의 경계를 벗어났으니 죽은 것과 마찬가지이다. 우리 신화 속 생명신은 삶과 죽음, 그리고 재생의 끊임없는 순환 관계를 보여주고 있는 것이다.

 할미를 비롯한 그 자식들의 삶과 죽음은 인간 생사의 문제가 아니다. 그것은 구체적으로는 계절의 순환에 따라 변화되는 대지의 모습이며, 씨앗이 뿌려지고 다시 자라고 늙은 짐승이 죽고 새끼가 태어나는 이야기이다. 산천이 생명체로 덮였다가 허허벌판이 되고 또 다시 생명체로 덮이는 원리가, 그 순환적 원리가 신화에서는 죽음과 재생 및 자식 살해와 풍요로 나타나는 것이다. 그리고 생명신인 여신은 모든 생사의 순환을 관장하고 있다.

이처럼 생사의 순환을 담당하는 생명신의 이야기는 신화를 제외한 설화에서도 그 흔적을 찾을 수 있다. 공주 곰나루 전설에서 곰이 도망간 사냥꾼에 대한 분노 때문에 둘 사이의 자식을 강에 빠뜨려 죽이거나,[172] 오뉘힘내기 형의 설화에서 오누이가 성 쌓기 내기를 할 때, 어머니가 일방적으로 한쪽 편을 들어 다른 자식을 죽음으로 내모는 것이 여기에 해당된다. 곰나루 전설에서 남편에게 버림받은 원한 때문에 자식을 죽인 것은 비정한 모성을 나타낼 뿐 정당한 이유가 될 수는 없으며, 오뉘힘내기 설화에서도 어머니는 두 아이가 모두 천재여서 한 아이를 죽일 수밖에 없다[173]고 하지만, 그것은 납득할 만한 이유가 못 된다. 즉 두 이야기 모두 꼭 그래야 하는 이유가 없는 것이다. 이처럼 이유 없는 자식의 죽음은 생명신의 신화에서 그 연원을 찾아야 할 것이다. 민속극에서 할미의 자식들이 터무니없이 죽고 그것이 해학적으로 표현되는 것도 같은 맥락에서 생각해 볼 수 있다.

---

172) 곰나루 전설을 에벤키족의 신화와 관련하여 해석하기도 한다. 에벤키 신화에서는 곰이 사냥꾼과의 사이에서 태어난 자식을 찢어 반만 가지고 반은 사냥꾼에게 던져준다. 곰에게 간 자식은 곰의 선조가, 사냥꾼에게 간 자식은 에벤키족의 선조가 된다.(조현설, 『우리 신화의 수수께끼』, 한겨레 출판, 2006, 14쪽)

173) 보통 오뉘 힘내기 설화에서는 어머니가 일방적으로 아들의 편을 드는 경우가 많다. 이것은 유교적 남아선호 사상의 영향 때문으로 보인다. 유교적 영향을 받지 않은 원형에서는 이유 없는 자식살해가 있었을 것이다. 다음의 이야기 서두는 그러한 면을 반영하고 있다. "천마산 뒤에 가면 할미성이라고 있는데 옛날에 에 어머니 한 분이 남매를 데리고 생활하는 도중 그 어머니는 그 아들과 딸이 에 너무나 천재였기 때문에 그 하나를 사람의 도리는 아니지만 에 너무도 옛날로 말하면 장수라고 말할까요. 그래서 그 하나를 없애는 방법을 구상했지요." (『대계』 3-4, 493쪽)

Ⅲ. 할미의 위상 변화와 할미 서사

할미의 위상 변화와 할미 서사

할미는 위대한 어머니, 바로 여신이며 인류가 최초로 인식한 신으로 추정된다. 그러나 현재 우리 문화의 할미에게서 그러한 위대함을 찾기는 힘들다. 거대 종교인 기독교, 불교, 이슬람교에서는 여신의 자리가 미약하고, 그나마 여신이 신앙의 대상으로 굳건하게 자리를 잡아온 토착 종교의 경우 산업화에 따라 현격하게 입지가 좁아지고 위상이 추락되었다.[174] 이제 세인들의 경외감을 자아내는 신앙의 대상으로서의 여신을 만나기는 쉽지 않다. 왜, 그리고 어떠한 과정으로 여신 할미의 입지가 좁아진 것일까. 이 장에서는 여신 할미가 위상을 잃고 세속화 되는 과정과 그 원인을 찾아보고자 한다.

그런데 이러한 의욕적인 자세에는 상당한 위험부담이 따른다는 점을 인정하지 않을 수 없다. 그 이유는 첫째, '과정'과 '원인'이 말해주듯 할미의 위상 변화

---

[174] 여느 종교보다도 오랜 세월 우리의 삶에서 전승된 가정신앙과 마을신앙의 경우 할매단지, 당산할매, 삼신할매 등으로 불리는 여성신이 다수를 차지한다. 그러나 농경이나 어업 등에 기반을 둔 이들 여신은 산업화가 급속도로 진전되면서 점점 사라져갔다. 당산할매의 경우 현재에도 대도시의 동네에서 볼 수는 있지만 소수의 몇몇 사람에게만 신앙의 대상일 뿐, 대부분의 사람들은 그 존재를 모르거나 안다고 해도 미신으로 보며, 일부 긍정적으로 보는 사람들조차 오랜 문화유산 정도로 인식할 뿐이다.

는 역사적 고증이 수반되어야 하는데, 주지하다시피 우리의 경우 여신 또는 할미에 대한 기록이 극히 소략한 편이다. 둘째, 과정을 설명하기 위한 단계 설정이 쉽지 않다. 할미의 위상이 변화하는 단계는 그 내재적 특성에서 도출해야 하는데, 구체적 자료가 부족한 상황에서는 이미 활용되고 있는 시대구분에 의지할 수밖에 없다.175) 따라서 여신 할미의 역사가 일반적인 문학사의 흐름에 편승될 가능성이 크다.

결국 여기서 언급하는 할미의 위상이 변화하는 역사적 단계와 그 원인은 구체적 사실을 분석하는 세부적인 스케치가 아닌, 문학에서 할미를 논하기 위한 큰 밑그림일 수밖에 없다. 그러나 여신 할미의 역사를 거시적으로 훑어본다는 점에서, 그리고 이를 통해 이후 문학을 비롯한 문화 전반에서 할미 서사의 변이양상을 고찰하기 위한 기초를 마련한다는 점에서 이러한 작업은 꼭 필요하다.

1. 할미의 위상 변화

할미의 위상변화는 크게 세 단계로 나눌 수 있다. 할미에 대한 신앙이 온전하게 전승되었을 것으로 추정되는 선사시대와 고대, 불교 및 유교의 전래로 인해 할미의 위상이 쇠퇴하기 시작하는 중세, 그리고 전쟁과 정치의 문란으로 민중의 의식이 동요되고 한편으로 유교문화가 서민들의 생활 속에 자리 잡았던 근대이행기가 그것이다.

---

175) 시대구분의 기준은 조동일의 『한국문학통사』1(지식산업사, 2005) 34~43쪽을 참고했다.

1) 선사시대와 고대

'위대한 어머니'인 할미는 신화에서 창조신, 지모신, 생명신의 모습으로 나타난다. 제주도의 설문대할망 이야기는 하늘과 땅을 분리하고 제주도를 만든 창조신, 다양한 욕망을 통해 풍요다산을 이루어 줄 지모신, 삶과 죽음의 순환을 관장하는 생명신의 모습을 구체적으로 보여주고 있다. 이와 더불어 무속의 삼승할망, 바리데기, 당금애기 신화에서는 버림받고 고통 받는 여성의 삶 이면에 생명을 살리고 창조하는 여신의 신성한 면모가 숨어 있다. 따라서 우리 문화에서 상징화되어 있는 할미의 원형은 창조와 생명, 풍요다산 및 삶과 죽음을 아우르는 태초의 여신이 된다.

인류 최초의 신을 여신으로 보고, 여신을 숭배하던 사회에서 남신을 숭배하는 사회로 변화해왔다는 이론은 고고학, 역사학, 신학에서 두루 얘기하는 바이다. 김부타스는 고고학적 유물을 증거로, B.C.4500년 경 러시아 남부 지역의 쿠르칸 문명이 유럽으로 들어오기 전까지, 유럽은 신석기 문화를 배경으로 여신 숭배가 만연했다고 주장한다. 그러다가 B.C.4300~2800년 쿠르칸의 침탈로 구(舊)유럽 문명이 멸망하면서 청동 무기를 바탕으로 한 남성의 지배력이 강화되고, 사회 풍토 또한 모계에서 부계사회로 전환되면서 여신에 대한 신앙이 약화되었다고 한다.[176] 이러한 고고학적 유적과 유물에서 우리는 자연의 생산물에 의존하던 구석기와 신석기시대에는 생산성을 중요시하는 여신 위주의 문화가 형성되다가, 청동무기로 약탈을 일삼고 남성의 지배력이 강화되던 청동기시대에 이르러 남신의 위상이 높아졌다고 추정할 수 있다.

김부타스의 견해는 유럽에만 통용되는 것이 아니다. 우리 또한 설문대할망을 구석기와 신석기를 배경으로 하는 생산과 풍요의 신으로 가정하면, 이후 청

---

176) Marija Gimbutas, 고혜경 역, 『여신의 언어』, 한겨레출판, 2016, 서문.

동기로 접어들면서 여신의 문화가 급격히 쇠퇴하는 것을 보게 된다.

청동기시대를 배경으로 하는 고조선은 하늘의 신 환인으로부터 환웅, 단군으로 이어지는 삼대의 건국신화를 가지고 있다. 철저히 부계 중심인 이 신화에서 그나마 비중 있게 등장하는 여성은 환웅의 아내인 웅녀인데, 천신에 상응하는 웅녀는 마땅히 대지의 여신인 지모신 할미가 된다.[177] 신화에서 웅녀는 곰으로 등장하여 금욕 끝에 사람으로 변한다. 지모신 신앙과 곰 신앙이 서로 관련됨을 말해 주는 부분이다. 실제 곰에 대한 신앙의 역사는 구석기 시대까지 거슬러가며, 북반구의 여러 민족에게서 찾아볼 수 있다.[178] 겨울잠을 자고 봄에서야 깨어나는 곰의 생태학적 측면과 곰으로 죽고 인간으로 생명을 얻는 웅녀의 모습은 삶과 죽음, 그리고 재생을 관장하는 생명신 할미와도 상통한다.

그런데 단군신화에서 천신의 배우자가 되어 건국시조 단군을 낳은 여신 곰할미는 출산 이후 신화에서 더 이상 언급되지 않고 모습을 감춰버린다. 이를 역사적으로 해석하면 환웅족이 웅녀족을 정복한 것으로 볼 수 있지만, 한편으로 단군의 시대로 접어들면서 천신에 대한 제사가 국가적 의례로 확립된 반면, 지모신 할미에 대한 제사는 주변으로 밀려난 것으로 추정할 수 있다.[179]

물론 모든 할미가 웅녀 같았던 것은 아니다. 천신 해모수의 배필이요, 고구려 건국시조 주몽의 어머니인 유화는 달랐다. 유화는 수신(水神) 계통[180]으로서 천신인 해모수의 배우자가 된 지모신 할미이며, 웅녀와 달리 주몽을 출산한

---

177) 신화적으로는 천신과 지모신의 결합이지만, 역사적이고 현실감 있게 말하자면 천신을 숭배하던 외래 집단과 지모신 할머니를 숭배하던 토착집단의 결합이라고 할 수 있다.

178) 니카자와 신이치, 『곰에서 왕으로』, 동아시아, 2003, 71~117쪽.

179) 조현설은 천신족 통치 아래 있던 곰 숭배 민족이 고조선 멸망 후, 일부는 북상하여 에벤키족에 합류하고, 일부는 남하하여 공주 금강의 곰나루 전설을 남겼다고 했다.(조현설, 『우리신화 수수께끼』, 한겨레출판, 2006년, 13~21쪽) 조현설의 견해를 참고하면 웅녀가 자취를 감춘 것은 곰을 토템으로 하는 지모신 종족이 천신족의 통치 하에 있었기 때문이다. 그렇다면 지모신에 대한 의례 또한 천신 의례의 주변으로 밀려났을 것이다.

180) 유화의 아버지 하백은 물의 신이다.

후에도 비중 있게 언급되는 여성이다. 주몽에게 준마를 갖는 법을 알려주거나, 곡식의 씨앗을 챙겨 주는 등 천신의 보조자이자 곡모신(穀母神)으로 등장하는 것이다. 유화는 죽은 후에도 중요하게 대우받는데 금와왕은 유화의 신묘를 세워주고,[181) 고구려 태조왕은 부여에 와서 그 묘에 제사를 지낸다.[182) 무엇보다 고구려의 동맹제는 유화로 상징되는 지모신의 신앙이 꽤 오랫동안 유지되었음을 말해준다.

   ≪후한서≫에는 "고구려는, 귀신과 사직과 영성에 제사 지내기를 좋아하였다. 10월에는 하늘에 제사 지내기 위하여 사람들이 많이 모였는데 이를 동맹이라 한다. 그 나라 동쪽에 큰 굴이 있는데 이를 수신이라 부른다. 역시 10월에 그 신을 맞이하는 제사를 지낸다"고 기록되어 있다. ≪북사≫에는 "고구려는 항상 10월에 하늘에 제사를 지냈는데, 음사가 많았다. 신묘가 두 곳 있는데, 하나는 부여신이라 하여 나무를 조각하여 부인상을 만들었고, 다른 하나는 고등신인데, 이 사람이 시조로서 부여신의 아들이라 한다. 이 두 곳에 모두 관사를 설치하고 사람을 보내 지키게 하였다. 부인상은 하백녀이며 고등신은 주몽을 말한다."고 기록되어 있다.[183)

---

181) 가을 8월, 왕의 어머니 유화가 동부여에서 죽었다 그곳의 왕 금와가 그를 태후의 예로 장례지내고, 그의 신묘를 세웠다.(秋八月 王母柳花薨於東夫餘 其王金蛙以太后禮 葬之 遂立神廟) - ≪삼국사기≫고구려본기 동명왕14년(한국사사료연구소편, 『삼국사기』상, 한글과컴퓨터, 1996, 426~427쪽)

182) 겨울 10월, 왕이 부여에 행차하여 태후묘에 제사를 지내고, 곤궁한 처지에 있는 백성들을 위문하고 정도에 따라 물품을 주었다.(冬十月 王幸夫餘 杞(祀)大后(太后)廟 存問百姓窮困者 賜物有差) - ≪삼국사기≫고구려본기 태조대왕 69년(한국사사료연구소편, 앞의 책, 460~461쪽)

183) 後漢書云 高句麗 好祀鬼神・社稷・靈星 以十月祭天大會 名曰東盟 其國東有大穴 號䆛神(䆛神) 亦以十月迎而祭之 北史云 高句麗 常以十月祭天 多淫祀 有神廟二所 一曰夫餘神 刻木作婦人像 二曰高登神 云是始祖夫餘神之子 竝置官司 遣人守護 蓋河伯女 朱蒙云- ≪삼국사기≫잡지1 제사조(한국사사료연구소편, 『삼국사기』하, 한글과컴퓨터, 1996, 344쪽)

여기서 하백의 딸인 부여신은 유화를 말한다. 국가적 의례에서 유화가 건국 시조인 아들 주몽과 함께 나란히 숭배되었다는 기록은 고구려 사회에서 천신에 대응하는 지모신의 숭배가 여전히 유효했음을 의미한다.[184]

그러나 고대국가의 건국 후에도 이렇게 대접받았던 여신의 모습은 유화에서 그쳐버린다. 비교적 후대인 철기를 배경으로 건국한 신라나 가야의 경우 건국주의 어머니이자 천신의 배우자인 여신은 역사에서 배척된다. 고조선과 고구려가 천신과 지모신의 감응으로 건국 시조를 낳은 데 비해, 신라의 박혁거세는 나정에 내려온 백마가 홀로 낳은 알에서 태어나고, 가야의 수로왕 역시 하늘에서 내려온 금합에 든 알을 깨고 태어난다. 여신은 사라지고 그 자리에 백마와 금합이 등장하는 것이다. 이처럼 모성보다 부성인 천신이 강조된 것은 국가적 차원의 지모신 숭배가 약화되었음을 의미한다. 다만 혁거세의 아내 알영이 우물가 계룡의 옆구리에서 태어나고, 수로의 부인 허황옥이 바다를 건너 도래한 것을 보면 천신의 보조자로서 수신 계통의 지모신 신앙이 잔존해 있었음을 추측할 수 있다.

2) 중세

그렇다면 천지창조신에서 역할이 분화되어 천신에 감응하는 지모신이 되었던 할미는 청동기와 철기 시대를 거치면서 어디로 숨어버렸을까. 단연코 그들이 숨어버린 곳은 산이 아닐까 싶다.

---

184) 고조선과 고구려의 지모신에 대한 신앙의 차이는 더 고구해야겠지만, 지리적·사회적 여건이 중요하게 작용했을 것으로 본다.

가) 신모는 본디 중국 제실의 딸이었는데 이름은 사소였다. 일찍이 신선의
술법을 배워 신라에 와서 오랫동안 머물며 돌아가지 않았다.......소리개는 이
선도산으로 날아가서 멈추었으므로 신모는 마침내 거기 가서 살며 지선이
되었다.......성모가 처음 진한에 오자 성자를 낳아 동국의 첫 임금이 되었으
니, 아마 혁거세왕과 알영의 두 성인을 낳았을 것이다.[185]

나) 가야산신 정견모주는 천신 이비가에 감응되어, 대가야왕인 뇌질주일
과 금관가야국왕인 뇌질청예 두 사람을 낳았다. 즉 뇌질주일은 이진아시왕
의 별칭이고 뇌질청예는 수로왕의 별칭이다.[186]

앞서 ≪삼국사기≫의 기사에서 철저하게 배척되었던 천신의 배우자 지모신
할미는 전승되는 설화에서 등장하는데 가)의 선도산 성모와 나)의 가야산 정견
모주가 그러하다. 가)에서는 선도산 성모의 상대로 천신이 구체적으로 언급되
지는 않지만, 성자를 낳은 만큼 천신과 감응했음을 짐작할 수 있다. 나)에서는
가야산신 정견모주가 천신과 감응하여 대가야국과 금관국의 시조를 낳았다고
밝히고 있다. 두 설화가 말해주듯 천신의 배우자인 지모신 할미는 우주 창조의
위상에서 격하되어 일개 산신으로 좌정한다. 마치 설문대할망이 한라산 물장
오리에 빠져죽는 것처럼 산이 곧 여신이 되는 것이다.
한편 창조신의 자리를 잃은 할미는 산이나 강의 신으로 위상이 낮아지면서
호랑이나 용으로 인식되기도 한다.

---

185) 神母本中國帝室之女 名娑蘇 早得神仙之術 歸止海東 久而不換......方鳶 飛到此山而止 遂來宅而地
仙......其始到辰韓也 生聖子爲東國始君 蓋赫居世閼英二聖之所自也 -≪삼국유사≫감통편(일연,
이재호 역, 『삼국유사』, 솔, 2002, 329~332쪽.
186) 伽倻山神正見母主 乃爲天神夷毗訶之所感 生大伽耶王惱窒朱日 金官國王惱窒靑裔二人 則 惱窒朱
日爲伊珍阿豉王之別稱 靑裔爲水路王之別稱 -≪신증동국여지승람≫권29, 고령현 건치연혁조(『
신증동국여지승람』2, 경인문화사, 2005, 589~590쪽)

다) 옛날 하늘에서 알이 바닷가로 내려와 사람이 되어 나라를 다스렸으니, 곧 수로왕이다. 이때 그 영토 안에 옥지가 있었는데 그 못 안에 독룡이 살고 있었다. 만어산에 다섯 나찰녀가 있어 그 독룡과 서로 오가며 사귀었다. 그러므로 때때로 뇌우를 내려 4년 동안 오곡이 결실을 맺지 못했다. 왕은 주술로서 이 일을 금하려 해도 할 수 없으므로 머리를 숙이고 부처를 청하여 설법했더니 그제야 나찰녀가 오계를 받는데 그 후로 재해가 없었다.[187]

라) 옛날에 호경(虎景)이라는 사람이 "성골장군(聖骨將軍)"이라고 자칭하면서 백두산으로부터 산천을 두루 구경하다가 부소산(扶蘇山) 왼쪽 산골에 와서 거기에서 장가를 들고 살았다……하루는 같은 마을 사람 9명과 함께 평나산(平那山)에 매를 잡으러 갔다가 마침 날이 저물었다. 여러 사람들이 바위굴 속에서 자게 되었는데 그때 범 한 마리가 굴 앞을 막고 큰 소리로 울었다. 열 사람이 서로 말하기를 범이 우리를 잡아먹으려고 하니 시험 삼아 각자의 관(冠)을 던져 보아서 그 관을 범에게 물리는 사람이 나가서 일을 당하기로 하자고 하면서 모두 자기 관을 던졌다. 범이 호경의 관을 무는지라 호경이 나가서 범과 싸우려고 하는데 범은 갑자기 없어지고 굴이 무너져 아홉 사람은 나오지 못하고 죽었다……먼저 산신(산귀신)에게 제사를 지내던 중에 그 산신이 나타나 말하기를 나는 본시 과부로 이 산을 주관하고 있었는데 다행히 당신(성골 장군)을 만나게 되어 서로 부부의 인연을 맺고 함께 신의 정치를 하려고 하는 바 우선 당신을 이 산의 대왕으로 봉하겠다고 했다. 그 말이 끝나자마자 산신과 호경은 다 갑자기 보이지 않았다.[188]

187) 昔天卵下于海邊 作人御國 卽 首路王 當此時 境內有玉池 池有毒龍焉 萬魚山有五羅刹女 往來交通故 時降電[雷/雹]雨 歷四年 五穀不成 王呪禁不能 稽首請佛說法 然後羅刹女 受五戒 而無後害 - ≪삼국유사≫ 탑상편 어산불영(일연, 이재호 역, 앞의 책, 129~130쪽, 137쪽)

188) 金寬毅編年通錄云 有名虎景者 自號聖骨將軍 自白頭山遊歷 至扶蘇山左谷 娶妻家焉……一日 與同里九人 捕鷹平那山 會 日暮 就宿巖竇 有虎當竇口大吼 十人相謂曰 虎欲啗我輩 試投冠 攬者當之 遂皆投之 虎啣虎景冠 虎景出 欲與虎鬪 虎忽不見 而竇崩 九人皆不得出……先祀山神 其神見曰 予以寡主此山 幸遇聖骨將軍 欲與爲夫婦 共理神政 請封爲此山大王 言訖 與虎景俱隱不見 - ≪고려사≫세계(http://www.krpia.co.kr)

삼국유사에 실린 다) 설화의 경우 보통 나찰녀와 독룡을 토속신앙으로 부처의 설법을 외래신앙인 불교로 보고, 토속신앙이 외래신앙인 불교와 대립하다가 결국 불교에 포섭되는 것으로 해석하고 있다. 그런데 이야기의 전체 구조를 보면, 나찰녀와 독룡이 초반에는 하늘에서 내려온 수로와 대립하고, 후반에는 외래 신앙을 대변하는 부처와 대립하고 있다. 하늘에서 내려온 수로를 천신으로 산과 연못을 관장하는 나찰녀와 독룡을 지모신으로 보면, 이 이야기는 천신신앙 대 지모신신앙의 대립과 지모신신앙 대 외래신앙의 대립이 된다. 그런데 지신은 여신이 아닌 악귀와 독룡의 형태로 등장하고, 심지어 인간의 삶에 피해를 주며, 결국은 외래 종교에 대항하다 '오계를 받는' 형태로 포섭되고 있다. 따라서 이 설화는 지모신 할미의 위상과 신앙이 어떤 단계로 쇠퇴할 수 있는가를 보여주는 것이 된다.

라)는 고려 태조의 선조인 호경에 얽힌 설화이다. 여기서 호경을 구해준 것은 호랑이인데 감사의 제사는 산신에게 지내고, 그 산신은 여성의 모습으로 변하여 호경과 혼인한다. 호랑이와 여성이 산신의 화신인 셈이다. 고대 건국신화는 천신과 지신의 결합이지만, 중세를 배경으로 하는 고려의 경우 그러한 신성혼이 통하기 힘들었을 것이다. 따라서 호경은 이미 천신의 명으로 왕의 조상이 될 운명을 타고난 사람이고, 그의 상대가 되는 지모신은 산신 할머니가 되는 것이다.

창조신 할미의 위상이 낮아질수록 모습은 더 구체적으로 분화되는데, 마을이나 가정의 수호신인 골매기할매, 시준할매, 삼신할매 등으로 나타나거나 무당의 굿판에서 창조와 생명의 여신으로 등장한다. 위상이 낮아질수록 할미의 입지는 좁아지고 역할은 구체화 되며, 대신 사람들과의 친밀도는 커진다.

그런데 굿판에서의 창조신은 무당의 권위와 비례하여, 무당의 권위가 추락하면 그들의 권위와 힘도 약화된다. 특히 고려후기 성리학이 도입되면서 유학자들은 무속을 비판하게 되고, 조선시대로 넘어와 통치이념으로 성리학이 대두되면서 무속은 천시된다. 무속의 입지가 좁아지면서 무속을 비롯한 재래의 신들, 특히 여신들은 설 자리를 잃게 된다.

3) 근대이행기

할미라는 말이 보편적인 늙은 여성으로 확대된 것도 그 위상이 쇠퇴하는 과정에서 발생한 일이 아닐까 싶다. 원래 할미는 뜻 그대로 위대한 여성, 즉 여신이나 여신을 받드는 사제를 가리켰을 것이고, 사제들은 신의 말을 전하는 여성인 만큼 지혜를 갖춘 여성으로 인식되었을 것이다. 그리고 고대사회에서 지혜는 연륜과 밀접한 관련을 가지므로, 할미로 불리는 여성들 대부분은 나이가 많았을 것이다. 그러다 창조신 할미가 산신이나 수신으로 한정되고 호랑이나 용과 같은 미물로 격하되며, 마을이나 가정의 구체적인 공간을 지키는 신으로 위상이 추락하면서 할미라는 말 또한 신성성을 잃게 되고 결국 보편적인 늙은 여성을 가리키는 용어로 확장되지 않았을까 싶다.

이는 앞서 2장에서 언급했던 '노구'를 통해 확인된다. ≪삼국사기≫에서 고대 왕족의 연분과 양육에 관여했던 할미 노구는 중세 후기에는 남녀의 불륜을 조장하는 여성을 의미하는 것과 함께 기생, 다모, 사당 등을 가리키는 말로 확대된다. 위상은 추락하고 지시대상의 범위는 넓어지는 것이다.

'할미' 또한 대략 17~18세기까지는 늙은 여성을 존중하는 의미를 담고 있었을 것이다. 이후 그 의미가 격하되면서, 존중의 의미를 대신할 수 있는 '할머니'가 등장한 것으로 보인다. 그렇게 보는 이유는 문헌에서 늙은 여성을 가리키는 말로 처음 등장하는 것은 '할미'로 15세기부터 등장하여 줄곧 쓰이는 데 비해 '할머니'는 18세기가 되어서야 등장하기 때문이다.[189] 덧붙여 고려해야 할 점은 노구의 경우에도 18세기를 전후하여 의미의 변화가 있었던 것으로 추정된다는 것이다. 실록에서 노구라는 표현이 사라진 것은 18세기 무렵이고, 노구가 불륜을 조장하는 업을 하는 여성임을 말해주는 판례집이 나온 것도 18세기 후이다. 포주나 기생 등의 업을 가리키는 말로 등장하는 것도 같은 시기의 야담집이다.

2. 할미서사의 놀이와 이야기적 전변

이처럼 비교적 완만하게 진행되던 여신 할미의 위상 격하가 조선후기 접어들면서 급격하게 추락한 이유는 무엇일까. 그것은 할미 서사가 만나는 시대적 상황 및 수용자의 의식과 관련지을 수 있다. 남성 중심적 사회체제의 심화가 할미에 대한 인식에 완만한 변화를 주었다면, 임진왜란과 병자호란 같은 전쟁과 조선후기 강화된 유교적 가부장제는 급격한 변화를 촉진시켰을 것이다.

이들 원인을 구체적으로 살펴보면, 첫째 요인으로 장기간의 전쟁을 들 수 있다. 선조대의 임진왜란과 정유재란, 이후의 정묘호란과 병자호란에 이르기까지 조선은 근 45년 동안 전쟁 상황에 놓여 있었으며 그 피해 또한 심각했다. 임란 후 간행된 ≪동국신속삼강행실≫에는 효자와 충신에 대한 기사가 각각 67건과 11건 실려 있는데 비해, 열녀에 대한 기사는 356건이나 된다. 이 열녀들은 모두 전쟁 중에 일본군의 능욕을 피하기 위해 죽음으로 정절을 지킨 여성들이다.[190] 이처럼 많은 분량을 할애하며 정절녀의 기사를 싣고 그들의 삶을 표창한 사실을 역으로 생각해보면, 그렇게 해서라도 사회적 기강을 잡아야 했던 시대적 요구를 보게 된다. 정절을 지켰던 여성보다 수적으로 훨씬 많이 강

---

189) 국어어휘역사, 국립국어원. http://www.korean.go.kr.
190) 최숙경 · 하현강, 『한국여성사』, 이대출판부, 1972, 401쪽.

간을 당하고 끌려갔을 여성들, 설사 끌려가지 않더라도 삶의 근거지, 생계의 수단, 의지할 가족을 잃고 유랑하며 최후로 매춘을 선택했을 여성들까지, 역사가 언급하지 않는 저변에는 스스로 생을 포기하지 못했던 많은 여성들이 겪을 수밖에 없었던 '또 다른 비극'이 있었을 것이다. 전란 후 혼란한 사회를 수습하고 유교적 기강을 확립해야 하는 시기가 되면 죽음으로 지킨 정절은 적극적으로 포상 받지만, 살기 위한 훼절은 맹렬한 비난을 받을 수밖에 없다. 그렇다면 조선 후기 설화의 할미가 보여준 풍요다산을 위한 성욕과 문헌 속 노구의 왕가 결연의 역할이 격하되는 것은 충분히 가능한 일이다.

둘째, 조선 후기 생활 전반에서의 유교적 질서의 확립과 강화에 따른 재산 상속의 변화를 요인으로 들 수 있다. 조선 전기까지 재산 상속의 원칙은 남녀에 관계없이 자녀균분상속이었고, 가문의 대를 잇는 자식에 한해서만 일정 비율을 더 가져갈 수 있었다.[191] 게다가 여성의 재산은 시집간 이후에도 보호받았는데, 여성이 자녀 없이 죽고 남편이 재혼했을 경우 그 재산은 여성의 본가로 귀속되었다. 그러나 중·후기 장자 위주의 재산상속으로 바뀌고 시집간 딸이 상속의 대상에서 제외되면서, 여성의 경제적 지위는 하락하고 여성 자신은 남성 가계 내에서 부차적 존재로 소외된다. 가정과 사회에서 여성의 실제적 지위가 하락하면서, 할미 서사 속 주인공은 창조와 생산의 중심적 역할을 내려놓을 수밖에 없었을 것이다.

셋째, 혼례풍속의 변화이다. 조선전기 혼례가 남자가 아내의 집에 기거하던 남귀여제(男歸女第)였다면, 중기부터는 여성이 남성의 집으로 들어가는 친영(親迎)의 풍속으로 바뀌게 된다.[192] 여성의 삶이 시집에 종속되면 여성의 발언,

---

191) 가령 ≪경국대전≫에 의하면 부모의 노비는 승중자(承重子)에게 5분의 1을 더 주고, 중자녀에게 평분하며, 양첩의 자녀에게 7분의 1을, 천첩의 자녀에게 10분의 1을 지급하기로 되어 있다. (최숙경·하현강, 앞의 책, 486~487쪽) 즉 재산분배에 있어 적자와 서자의 차별은 엄격했으나, 같은 어머니를 둔 형제일 경우 남녀의 차별은 없었던 것이다.

행동, 생활공간은 큰 제약을 받을 수밖에 없고, 여성 스스로의 삶보다는 남성 중심의 가족과 가문을 위한 희생이 앞서게 된다. 이러한 현실적 문제도 할미 서사에 대한 담론이 축소되거나 비하되는 데 영향을 미쳤을 것이다.

할미 서사는 여성의 사회적·경제적 지위의 변화, 그리고 가정 내 위상의 변화와 만나면서 서사의 방향 및 담론이 급격하게 달라지게 된다. 이제 세상을 창조한 여신은 욕망에 집착한 음험한 할미로, 왕이나 왕가를 양성하고 왕에게 간언하는 적극적인 여성은 남성의 일에 감히 참견하는 망령된 할미로 전락한다. 신이 가진 양면성 그 중에서도 파괴와 과욕과 죽음이 시대의 변화와 맞물려 부각되고 변형된 것이다.

그렇다면 이러한 할미의 모습이 문학에서는 어떻게 형상화되었을까. 조선 후기는 전기에 비해 지배층의 유교의식이 강화되지만, 한편으로 서민의식 또한 발전했다. 서민을 주인공으로 하거나 서민들이 선호하는 문학이 등장하면서 할미 서사 또한 계승과 변형을 통해 다양하게 형상화되었다. 오랜 연원을 가졌을 할미에 대한 의례는 서사의 방향이 극적으로 발전하게 되면서 당시 사람들이 여신 할미에 대해 가졌을 경외와 풍자의 이중적 모습을 반영했고, 다른 한편으로 할미 서사는 다양한 사건 및 서민 장르와 결합하면서 이야기의 폭을 넓혀갔다. 특히 서사가 확장되면서 더 이상 할미라는 이름은 중요하지 않게 되고, 할미의 원형적 특성은 작품 속에서 은폐되거나 변이되었다.

---

192) 최숙경·하현강, 앞의 책, 426~431쪽

Ⅳ. 할미 서사의 극적 형상화 양상

할미 서사의 극적 형상화 양상

할미 서사가 극적 형식과 만난 것이 민속극 할미과장으로, 구체적인 갈래로는 가면극의 할미과장, 동해안별신굿의 〈탈굿〉, 〈꼭두각시놀음〉의 꼭두각시거리를 들 수 있다. 가면극은 조선후기 민간을 중심으로 탈을 쓴 광대가 춤과 노래와 재담을 다양하게 곁들여 연행한 민속극의 독특한 형태이다. 지역별로 명칭과 내용의 차이는 있지만 양반, 승려, 할미를 중심으로 여러 과장으로 구성되어 있다. 〈탈굿〉은 동해안의 세습무당들의 굿판에서 전승된 극으로 가면극 할미과장을 굿판에 옮겨놓았다고 해도 무방할 만큼 두 극의 내용이 전체적으로 유사한 편이다. 〈꼭두각시놀음〉은 조선후기 떠돌이 광대들인 남사당패가 연행한 인형극으로 주인공인 박첨지(또는 표생원)를 중심으로 사회 및 가정의 갈등과 대립을 다루고 있는데, 특히 꼭두각시가 등장하는 부분은 가면극 할미과장의 내용과 유사하다. 이들 민속극은 제의적 요소와 놀이적 성격이 강하게 남아 있어 할미 놀이193)가 지닌 경쟁과 재현의 요소도 다분히 있지만, 대립과 갈등

---

193) 할미가 중심이 되는 놀이는 동해안별신굿의 〈골매기할매거리〉, 남해안별신굿의 〈해미광대탈놀이〉, 제주입춘굿의 〈영감·할미놀이〉, 밀양백중놀이의 〈할미춤〉, 그리고 지신밟기에서 할미가 등장하는 잡색놀이 등이 있다. 이들 놀이는 등장인물의 측면에서 가면극 할미나 꼭두각시와 유사한 부분이 많지만, 극적 구성이 치밀하지 못하고, 종교적 목적이나 행위 모방을 통한 유희에

의 극적 구성력이 뛰어나므로 극문학으로 분류하고 있다.

민속극 내에서도 가면극과 〈꼭두각시놀음〉은 그 연원을 고대 사회의 연희문화에 두고 있는 만큼 역사가 깊으며, 〈탈굿〉 역시 굿이라는 종교 의례와 연관되므로 전통의 깊이를 가늠하기 힘들다. 무격이 스스로의 단골판을 확보하기 위해 비교적 후대에 가면극을 수용했을 수도 있지만, 굿의 특성상 가면극보다 먼저 발생했을 가능성도 배제할 수는 없다. 따라서 이들을 한 자리에서 논할 때, 그 선후를 따져 비교하는 것은 쉽지 않다. 다만 이 세 극이 조선 후기의 연행물이라는 공통분모를 가진다는 점에서 공시적인 관점에서의 비교 분석은 가능하다.

여기서는 조선 후기라는 공시적인 관점에서 가면극의 할미과장, 〈탈굿〉, 인형극의 꼭두각시거리가 할미 서사의 원형과 관련하여 보이는 특성을 질서와 혼란, 욕망과 풍요다산, 죽음과 재생, 그리고 할미의 세속화로 나누어 고찰해 보고자 한다.

1. 창조신 할미 ; 질서와 혼란의 반복

설문대할망과 마고할미의 설화에서 보이듯 창조신 할미는 땅을 만들고 특정한 바위나 암벽의 조형에 관계하지만, 반대로 창조된 것들을 파괴하기도 하고, 파괴를 다시 창조로 잇기도 한다. 이처럼 새로운 질서가 만들어지고 무너지는 과정의 반복에는 어떠한 개연성도 논리성도 존재하지 않는다. 이러한 할미의 창조와 파괴의 특성은 민속극에서는 만남과 이별에 따르는 질서와 혼란으로 변형되어 나타난다.

중점을 두고 있다.

민속극 할미 서사는 할미와 영감의 만남과 이별의 패턴이 반복하는데, 전체적으로 만남1-이별1-만남2(재회)-이별2(결말)의 구조를 가지고 있다. 만남1과 이별1은 할미와 영감이 연분을 맺은 후 처음 헤어지는 것으로, 이는 본격적인 놀이에 앞서 전제된 상황일 뿐 실제 놀이에서 연행되지는 않는다. 만남2는 극 중에서 할미와 영감이 재회하는 것으로 대부분의 할미 서사는 이 시점에서 시작한다. 마지막으로 이별2는 할미와 영감이 재차 이별하는 것인데, 이때는 두 사람 중 하나의 죽음—주로 할미의 죽음—으로 영별하게 된다.

고전소설의 경우 주인공 남녀의 만남과 이별은 그들 삶의 부귀빈천과 연결되면서 중요한 모티프로 작용하고 있으며, 우연적인 요소와 필연적인 구조를 두루 갖추고 있다. 그런데 민속극의 경우 주인공의 만남과 이별은 극 속에서 가지는 큰 비중에도 불구하고, 그에 따르는 이유가 없고 있다 해도 중요하게 다루어지지 않는다. 유독 만남과 이별의 상황 연출에만 집중하고 있을 뿐이다. 한편 대부분의 가면극에서 할미와 영감의 만남과 이별은 가정이 형성되고 해체되는 것, 지역사회가 질서를 찾거나 혼란에 빠지는 것과 연결된다. 신화의 할미가 보여주는 창조와 파괴는 할미과장에서는 만남과 질서 대 이별과 혼란으로 변형되어 나타나는 것이다.

1) 할미과장 ; 만남, 이별의 반복과 공동체의 갱신

대부분의 가면극 할미과장[194]에서 할미와 영감은 각각 서로를 찾아다니다 놀이마당인 '이곳'[195]에서 상봉한다.

---

194) 양주와 송파 및 하회를 제외한 봉산·강령·은율·가산·통영·고성·수영·동래·자인 가면극의 할미과장

195) 이처럼 민속극에서 극중 장소와 놀이장소가 일치하는 것은 그 인물을 놀아보려는 놀이의 성격이 강하기 때문일 것이다.

영감·미얄 : (서로 맞대 보고서 놀래고 반가운 목소리로 합성) 거 누군가, 거 누구가. 아무리 보아도 우리 영감(할맘)일시 분명쿠나. 지성이면 감천이라드니 이제야 우리 영감(할맘)을 찾았구나. 반갑도다 반갑도다 우리 영감(할맘) 반갑도다. 좋을시고 좋을시고 지화자자 좋을시고. 얼러 보세 얼러 보세. – 〈봉산탈춤〉[196]

할미양반 : 할멈아ㅡ이! (서로 소릿조로 부른다. "영감아 영감아", "할멈아 할멈아" 몇 차례 반복하며 접근하여 서로 껴안는다.)
할멈 : 아이고 아이고 영감아 무정하다 무정하다. 여기 와서 계신 줄을 어찌도 그리 소식도 그리 안 전해. 영감아 그리 무정하오.
할미양반 : (소리) 우리 마라 우지마라 만사가 모두 다 내 불찰이다. 우지 말고 집으로 가세. – 〈통영오광대〉[197]

할미와 영감의 대사를 통해 우리가 짐작할 수 있는 것은, 두 주인공이 어떠한 사정으로 헤어진 후 서로 애타게 찾아 헤맸다는 것과, 상봉을 눈물겹게 기뻐하는 만큼 이별이 상당한 고통이었다는 것, 그리고 이들 만남의 공간이 바로 '놀이판'이라는 것이다.

그런데 이별과 만남이 할미와 영감에게 큰 의미가 되는 사건임에도 불구하고, 그러한 사건을 일으킨 원인은 언급되지 않는다. 〈봉산탈춤〉의 경우 할멈이 악공과 대화하면서 자신의 고향이 제주도 망막골이며, 고향에 난리가 나서 영감과 헤어졌다고 한다.[198] 그러나 망막골은 막막골[199]로도 표현되고 있어, 실

---

196) 전경욱, 『민속극』한국고전문학전집8, 고려대학교 민족문화연구소, 1993, 170~171쪽.
197) 이두현, 『한국가면극선』, 교문사, 1997, 310쪽.
198) 악공1 : 할맘 난지 본향은 어데메와.
　　미얄 : 난지 본향은 전라도 제주 망막골이올세.
　　악공1 : 그러면 영감은 어쩨 잃었읍나.
　　미얄 : 우리 고향에서 난리가 나서 목숨을 구하라고 서로 도망했기 때문에 잃었읍네

제 지명이 아닌 '막막하다'에서 연유한 말로 살아갈 길이 막막할 만큼 궁핍한 삶의 터전을 가리키는 것으로 보인다.[200] 고향에 났다는 난리는 외적의 침입인지 자연의 재앙인지 알 수 없고, 여기에 할미와 영감의 재회 또한 그럴듯한 상황이 전제되지 않은 채 굿판에 놀러왔다가 우연히 이루어진다. 굿판은 바로 실제 놀이판이며, 극 중에서의 재회는 실제 상황이기도 하다. 그럼에도 극 속에서 벌어지는 사건에 대한 그 어떤 필연적인 이유도 찾을 수 없다.

여하튼 할미와 영감은 재회를 통해 그동안 파괴되었던 가정을 재창조하고 질서를 회복한다. 만나자마자 벌이는 이들의 성행위는 생산을 담당하는 가정의 역할을 보여주고 있다. 한편 〈봉산탈춤〉에서는 할미와 영감의 만남을 통해 가정뿐만 아니라 사회적 공간과 그에 따르는 질서가 회복되는 것도 볼 수 있다.

> 미얄 : 이봅소. 영감. 영감하고 나하고 이렇게 만날 쌈만 한다고 이 동내서 내여 쫓겠답데.
>
> 영감 : 우리를 내여 쫓겠대. 우리를 내여 쫓겠대. 나가라면 나가지. 욕거선이순풍(欲去船而順風)일다. 하늘이 들장지 같고 길이 낙지발같고, 막비왕토(莫非王土)에 막비왕신(莫非王臣)이지. 어데 가서 못살겠나. 그러나 저러나 너하고 나하고 이 동내 떠나면, 이 동내 인물 동티 난다. 너는 저 윗목기 서고 나는 아랫목기 서면, 잡귀가 범치 못하는 줄 모르드냐. - 〈봉산탈춤〉[201]

.- 〈봉산탈춤〉(이두현, 앞의 책, 165쪽) 똑같은 대사가 영감에게도 반복된다.
199) 김일출본의 봉산탈춤 및 강령탈춤에서는 '막막골'로 표현되어 있다.
200) 지명을 이런 식으로 표현한 것은 〈양주별산대〉에서도 볼 수 있다. 〈양주별산대〉에서 할미가 죽자 영감은 아들 도끼에게 "애 너의 누이 하나 있는데 먼지골서 살다가 잿골로 갔느니라. 네가 빨리 가 데리고 오너라."고 말한다.(전경욱, 앞의 책, 62쪽) 재나 먼지가 주는 황폐함은 막막함과도 통한다.
201) 전경욱, 앞의 책, 173쪽.

미얄이 동네에서 쫓겨날까 두려워하자 영감은 어디 간들 살 곳이 없겠냐고 호기 있게 말한다. 고향을 떠나는 것이 둘이 이별하는 계기가 되었듯이, 현재의 삶의 터전에서 쫓겨나는 것 역시 또 다른 이별을 불러올 것이다. 할미가 이런 점을 걱정하는데 비해 영감은 그들이 동네를 떠나면 인물 동티가 나고 잡귀가 범할 것이라고 단언한다. 이것은 달리 말하면 동네를 떠나는 것 즉 할미와 영감의 이별은 지역 공동체에 혼란을 가져온다는 것인데, 그렇다면 역으로 이들의 만남은 동네에 평안을 가져온다고 하겠다.[202] 마을을 수호하는 당산할배와 당산할매가 상당과 하당에 자리 잡듯이, 할미와 영감이 윗목과 아랫목에 서면 잡귀가 범할 수 없는 평화로운 지역사회가 만들어지는 것이다.

결국 이러한 창조행위도 할미와 영감의 갈등과 대립, 그리고 할미의 죽음으로 끝이 나지만 그렇다고 가정이나 지역사회가 영원히 파괴되는 것은 아니다. 영감에게는 첩인 제대각시(또는 돌머리집)가 있으므로, 비록 할미의 죽음으로 기존의 것이 파괴된다 해도 첩이 할미의 역할을 대신할 기미를 안고 있다. 따라서 할미와 영감의 만남과 이별에 따르는 서사는 이별 즉 혼란에서 끝나는 것이 아니라, 새로운 질서 창조를 위한 열린 구조를 보여주며 마무리 된다.

〈봉산탈춤〉과 같은 전개방식이 북부형 가면극의 특징이라면, 남부형 가면극인 〈수영야류〉와 〈동래야류〉에서는 만남과 이별의 반복이 한 차례 더 나타난다. 헤어져 있던 할미와 영감이 상봉한 후 할미가 영감의 초라한 복색을 걱정하자 영감은 역정을 내며 할미를 떠나버리고, 이후 할미는 제대각시와 함께 있는 영감을 발견하고 대면하게 된다. 따라서 이들 할미과장은 극에는 나타나지

---

202) 이런 점에서 미얄과 영감을 마을 당산신으로 해석할 수 있다. 박진태는 〈봉산탈춤〉과 〈문호장굿〉을 비교하면서, 〈봉산탈춤〉에서 미얄과 영감이 서로를 찾는 도중 먼저 덜머리집을 만나 살림을 차리는 것은, 〈문호장굿〉에서 문호장이 본처의 신당에 가는 도중에 첩의 신당에 먼저 들러 화해굿 내지 신성결혼을 거행하는 것과 상응한다고 보았다.(박진태, 『탈놀이의 기원과 구조』, 새문사, 1990, 336쪽)

않는 할미와 영감의 첫 번째 만남과 이별, 실제로 극에서 보여주는 재회와 경제적 궁핍으로 인한 두 번째 이별, 그리고 마지막 재회와 할미의 죽음으로 인한 영별로 구성되어 있다. 이렇게 만남과 이별이 세 차례 반복되면서 할미가 영감과 함께 만들고자 하는 가정에 대한 열망이 핍진하게 그려진다.

〈통영오광대〉와 〈고성오광대〉에서는 다른 가면극과 달리 영감과 첩인 제대각시의 애정 행각과 출산 장면이 확대되어 있다. 여기에 할미와 영감의 재회가 이루어지면서 가정은 영감과 처, 그리고 첩과 첩의 자식이 공존하는 새로운 국면을 맞이한다. 그러나 결국 처첩의 대립과 할미의 죽음으로 가정은 다시 파괴되고 할미와 영감도 이별한다.

수영 · 동래 · 통영 · 고성의 할미과장에서는 할미와 영감의 만남과 이별이 거듭 반복될수록 가정의 형성과 파괴로 인한 혼란도 심화된다. 그런데 여기서도 만남과 이별의 이유는 분명하지 않다. 또 결말에서 할미의 극적 죽음으로 파괴된 가정은 영감과 첩에 의해 창조될 기미를 보여준다. 다만 할미와 영감의 만남이 지역사회의 평안을 창출하는 의미가 극에서보다 극 전후의 의례에서 발견된다는 점[203]이 북부형 탈춤과 다르다.

앞서의 가면극들과는 달리 〈양주별산대〉와 〈송파산대놀이〉, 〈가산오광대〉, 〈하회별신굿 탈놀이〉는 만남과 이별의 독특한 양상을 보여준다. 먼저 〈양주별산대〉에서 신할애비와 신할미는 놀이마당에 처음부터 함께 등장한다. 〈양주별산대〉의 영향으로 만들어졌다는 〈퇴계원산대놀이〉를 참고해보면[204] 이들 영감과

---

203) 이 지역들의 가면극이 마을 당산제 후에 연행된 점을 보면, 할미와 영감의 만남과 이별이 지역사회의 평안과 관련이 있음을 알 수 있다.
204) 신할아비 : (악사석(樂士席) 맞은편에서 개나리봇짐을 지고 지팡이와 부채를 들고 나와 장중(場中)을 둘러보다가 대사를 시작한다.)
　　미얄할미 : (악사석(樂士席) 오른편에서 나와서 그저 장중(場中)을 두루 돌아다니면서 구경을 하다가 장단이 나오면 춤을 춘다.)
　　신할아비 : ……그러니 전에 즐겨 부르던 시조나 한 수 불러보자.(일어나면서 시조를 부르며

할미는 이별 후 재회한 것이 아니라 집에서 따로 산대굿놀이 구경을 나왔다가 굿
터에서 만난 것이 된다. 그런데 둘이 재회하자마자 신할애비는 할미에게 귀찮게
따라 다닌다고 구박하고, 신할미는 그 말을 듣자마자 쓰러져 죽어버린다.

> **신할애비** : 그 무엇이 앞에서 곰실곰실하였노 했더니 청개고리 밑에 실뱀
> 쫓아다니듯 뭘 하러 늙은 것이 쫓아왔노? 모양 대단히 창피하구......자네도
> 늙고 나도 늙었으니 우리 이별이나 한 번 하여 볼까? 아 이것 보게. 마단 말
> 아니하고 그리하조 그러네. 할 수 없다. 〈唱〉 죽어라 죽어라 제발 덕분에 죽
> 어라. 너 죽으면 나 못살고 나 죽은들 네 못살랴! 제발 덕분에 죽어라. 옥단춘
> 이가 죽었스랴? 제발 덕분에 죽어라. 두 손뼉을 척척 치며, 노란 머리를 박박
> 뜯고서 제발 덕분에 죽어라. (미얄할미가 장중에서 죽는다) 이거 성미는 가
> 랑잎이 불붙기였다. 그리 하였더니 이거 정말 죽었나? 〈창〉 "마누라 마누라
> 마누라 마누라" 어이쿠머니, 이게 무슨 짓이여? 이러면 내가 속을 줄 알고
> 이러나. 어이쿠머니 코에서 찬 김이 나오네. 정말 죽었구나. 이를 어떻게 하
> 잔 말인가? (우는 모양으로) – 〈양주별산대〉[205]

늙었으니 이별이나 한번 하자는 말은 신할애비와 신할미가 이제껏 이별한 적
이 없다는 뜻이고 늙으면 이별하는 것이 당연하다는 말이다. 따라서 극 속의
상황이 첫 이별이 되는 셈인데, 앞서 할미과장들 속 주인공들이 이미 한 차례
의 이별 후 재회하는 것과는 양상이 다르다. 이별 모습 또한 독특한데, 죽으라

장중(場中)을 돌아다니다가 미얄과 부딪쳐 깜짝 놀랜다.) [중략]
신할아비 : 어이쿠머니나! 이게 뭐냐! 이게 뭐야! 누군지는 모르겠으나 대체 눈을 어디다 두고
다니는 겐가 그래. 그러나 저러나 게 누구요?......아니! 이게 누구야 우리 할맘이 아니가?......
집에나 있지. 청개구리밑에 실뱀 다니듯 졸졸 눈물 코물을 흘리며 뭣 하러 여길 나왔우
그래......옳겠다. 산대굿 구경을 나왔단 말인가? (퇴계원산대놀이보존회, 『퇴계원산대놀이』,
월인, 1999, 165~166쪽)
205) 전경욱, 앞의 책, 61쪽.

고 구박하자 죽어버리는 어처구니없는 상황이 벌어진다.

영감의 구박과 할미의 죽음. 여기서 '구박'이 신할미가 죽게 되는 중요한 원인이라면, 적어도 영감이 할미를 구박하는 이유가 있어야 한다. 물론 할미가 죽은 후 장례를 치르는 과정에서 복잡한 가정사가 드러나지만, 가면극이 일반적으로 원인과 결과로 전개되는 걸 보면[206] 죽음 뒤에 드러나는 가정사를 그에 앞서는 죽음에 대한 원인으로 보기는 힘들다. 그렇다면 구박은 그럴듯하게 덧붙여진 이유일 뿐, 할미는 죽으라고 해서 죽는 것이 아니라 죽어야 하니까 죽는 것이 된다. 즉 신할미는 당연히 죽어야 하는 것이다.

한편 이들의 가정사 또한 여타의 가면극과는 다르다. 보통의 할미와 영감의 경우 그들에게 자식이 있었지만 죽은 것으로 상정되는데, 신할애비와 신할미는 이와 달리 도끼와 도끼누이라는 두 명의 자식을 두고 있으며, 이들은 가출했거나 시집을 갔다가 할미의 부고를 듣고 등장한다. 신할미의 죽음이 흩어진 자식들을 불러 모으는 것이다. 이처럼 도끼와 도끼누이가 등장하면서 할미의 죽음으로 파괴된 가정은 회복되는 듯하다.[207] 그러나 가정의 질서가 진정으로 회복되기까지 도끼와 신할애비, 도끼와 도끼누이 간의 묵혀두었던 문제들이 드러나고 갈등과 혼란의 상황은 심화된다.[208]

---

206) 이를 테면 양반과장에서 양반이 과거를 가야하므로 말뚝이를 찾고, 말뚝이는 양반을 찾으러 돌아다니다 늦게 나온다. 노장과장에서는 노장이 소무의 용모에 반해서 파계하고, 이후 젊은 취발이가 등장하자 힘에 밀려서 쫓겨난다.

207) 전신재, 「할미마당의 갈등구조와 할미의 인간상」, 『구비문학연구』9, 한국구비문학회, 1999, 224쪽.

208) 그러한 예를 들면 다음과 같다.
　　신할애비 : 그러나저러나 김동지집 월수돈 두 돈 칠 분 전해랬더니 어찌하였느냐?
　　독기: 가지고 촉동 밖에를 나가니, 다섯이 앉아서 오동댕이를 합디다. 원(원) 목도 못 놔 보고 부탁하여 잃고서 집에 들어오면 아버지한테 경칠까봐서 그냥 달어났소.(전경욱, 앞의 책, 61~62쪽)
　　도끼 : 어머니가 숟가락을 놨다우.
　　왜장녀 : 너 내가 전처럼 뭐 있는 줄 알고 이래니? 네 매부가 나간 지가 갓 마흔 두 해다.

결국 이러한 문제들이 수습되고 새로운 질서로 편입되는 것은 가족들이 죽은 신할미를 위한 가망굿을 벌이면서이다. 딸이 무당이 되고, 아버지와 아들이 양 중이 되어 할미의 넋을 위로하면서 가족 간의 화해도 이루어진다. 이처럼 〈양 주별산대〉와 〈송파산대놀이〉에는 첩이 등장하지 않지만 할미를 대신할 자식들 이 있기에 가정의 파괴 뒤에 새로운 가정으로의 회복을 모색할 수 있게 된다.

〈가산오광대〉에서 할미와 영감의 재회는 집을 나갔던 영감이 첩을 데리고 귀가하는 것으로 이루어진다. 여타의 가면극에서 할미와 영감이 삶의 근거지 를 잃고 각자 방랑하다 재회하는 것에 비해 가산에서의 할미는 아들 마당쇠와 함께 근거지인 집을 지키고 있다. 그러나 경제적 궁핍과 혼자 사는 여인에게 가해지는 뭇 남성의 횡포는 할미와 영감의 이별로 인해 가정이 어떻게 파괴되 는가를 보여준다. 그러다 영감의 귀가로 일시적이나마 가정은 회복의 조짐을 보이지만, 결국 첩과 할미의 대립 및 재산분배 다툼, 그리고 할미가 아닌 영감 의 죽음으로 가정은 다시 파괴된다.

그러나 영감이 죽더라도 아들 마당쇠가 있으므로 가정의 질서는 회복될 것이 다. 죽은 영감을 위해 무당을 불러 지내는 오구굿은 이러한 질서회복의 과정으 로 볼 수 있다. 다만 양주나 송파의 할미과장과 가산의 할미과장을 비교해보 면, 전자는 영감과 자녀 중심의 가정으로 재창조되는 반면, 후자는 할미와 자 녀 중심의 가정이 되는 점이 다르다.

겨울 풀장사와 물레질 품을 팔아서 구명도생(求命導生)해 간다. 뭐 전(前) 쪽으로 알고 이따위 소리를 하느냐? 가끔 뜯어가더니 죽잖은 어머니 죽었다고 또 와서 그짓말을 하느냐? (전경욱, 앞의 책, 63쪽)
누이: 너어 매부 나간 지는 석삼 년 아홉 해에 내가 시방 혼자 죽을 지경이다.
도끼: 아이구 이것 참 아주 때는 내가 좋은 기회로구랴. 그래 대관절 매부 나간 지 석삼 년 아홉 해면 그동안 옹색한 일 많이 지냈겠구랴.
누이: 이 동네 개평 여러 번 뗐다.
도끼: 아이구 그 개평이면 날 좀 주지. 시방 대 볼랴오.
누이: 에라 이 잡자식, 형제간에 그렇게 허는 법이 어디 있냐(이두현, 앞의 책, 87~88쪽)

끝으로 〈하회별신굿 탈놀이〉의 할미과장의 경우 일상적인 삶의 단면을 보여줄 뿐, 극적 짜임새가 여타의 가면극처럼 긴밀하지 못하다. 영감이 등장하지 않고 할미 혼자 곤궁한 삶을 얘기한 후 구경꾼들에게 쪽박을 들고 걸립한다. 이본에 따라 남편 떡다리가 등장하기도 하지만[209] 내용은 별반 다르지 않다. 다만 할미의 곤궁한 삶과 남편의 등장으로 볼 때, 이면에 전제된 만남과 이별의 가능성을 짐작할 뿐이다.

이상에서 알 수 있듯이 할미과장은 할미와 영감의 만남과 이별이 반복되면서 전개된다. 헤어진 표면적인 이유는 고향에 난리가 나거나 영감이 난봉꾼이라서 할미를 버린 것이지만 어느 것 하나 구체적이지 않고 개연성도 부족하다. 오히려 할미와 영감이 헤어져야 하는 당위성을 전제로 그럴듯한 이유를 덧붙였다는 해석이 적절하다. 즉 여신만의 창조와 파괴의 행위가 이후 여신과 남신의 행위로 분화되고,[210] 창조와 파괴의 과정이 주인공들의 만남과 이별에 따르는 질서의 형성과 혼란으로 극화되면서 난리와 외도라는 그럴듯한 구실이 첨가된 것이다.

여기에 후반부의 할미나 영감의 죽음에서는 보다 현실적이고 구체적인 이유가 따른다. 첩의 등장, 자식의 죽음, 재산분배 때문에 영감과 할미는 갈등하고 다투고 결국 둘 중 하나가 - 주로 할미가 죽음에 이른다. 그러나 이러한 죽음이 끝은 아니다. 이후 남겨진 영감 또는 할미, 첩 또는 자식들을 통해 또 다른 가정, 새로운 질서를 갖춘 가정이 형성되는 것, 즉 이후 새로운 창조가 이어질 것임을 암시하고 있기 때문이다.

---

209) 유한상본이 그러하다. 전경욱, 앞의 책, 442쪽.
210) 중국의 창조신인 여와와 복희의 경우 처음에는 여와 혼자 등장하였으나, 서한(西漢) 대의 도상에 복희가 등장하여 여와와 대응되는 위치에 서게 되고, 동한(東漢) 대에는 꼬리가 얽혀 교미하는 모습으로 나타나고 있다.(김선자, 「도상해석학적 관점에서 본 한 대의 화상석—복희와 여와의 도상을 중심으로」, 동아시아고대학회, 『동아시아 여성신화』, 집문당, 2003, 49~73쪽)

2) 탈굿 ; 대립, 화해의 반복과 공생 도모

〈탈굿〉은 동해안의 별신굿에서 남자 무당 즉 양중이 행하는 오락성 짙은 놀이이다. 그 내용은 경남지역 가면극의 할미과장과 상당히 유사하지만 등장인물과 결말에서 두드러진 차이를 보인다. 탈굿의 서사단락을 통해 그러한 점을 살펴보자.[211]

1. 서울애기가 등장하여 춤을 춘다.
2. 말뚝이와 싹뿔이가 등장하여 춤추며 노총각타령을 한다.
3. 말뚝이와 싹뿔이가 아버지가 서울애기에게 빠져있으니, 가서 보자고 한다.
4. 양반이 서울애기에게 빠져 재산을 다 주고 도중걸객이 된 사연을 말한다.
5. 양반과 서울애기가 어울려 춤추려하나 말뚝이와 싹뿔이가 방해한다.
6. 할미가 등장하여 영감을 찾으며 신세 한탄을 한다.
7. 할미가 자식들에게 함께 영감을 찾아가자 한다.
8. 말뚝이가 아버지는 서울애기와 놀고 있다고 알려준다.
9. 할미는 영감을 보고 반기지만, 영감은 서울애기 아니면 못 산다고 한다.
11. 할미와 서울애기가 서로 싸우고, 영감은 말리다 부딪혀서 졸도한다.
12. 의원을 불러 영감을 진맥하고 침을 놓지만 차도가 없다.
13. 봉사가 경을 읽은 후 박수무당을 불러 굿을 하면 안정될 것이라 한다.
14. 박수무당이 굿을 하자 영감이 살아난다.

〈탈굿〉은 가면극의 할미과장처럼 만남1-이별1-만남2(재회)-이별2(결말)의 구조이며 만남1과 이별1을 전제로 하여 실제 극은 만남2에서 시작한다. 첫 장면에서 영감은 서울애기와 놀아나고, 할미는 자식[212]과 함께 영감을 찾아 나선

---

211) 문화재관리국, 『무형문화재조사보고서』18집 제162호 풍어제, 1977, 96~102쪽.

다. 할미와 영감이 재회한 후에는 할미와 서울애기의 싸움이 벌어지고 이를 말리던 영감이 부딪쳐 졸도한다.

〈탈굿〉이 가면극과 뚜렷하게 변별되는 지점은 바로 이별2의 결말 부분이다. 영감과 할미의 두 번째 이별의 경우 가면극은 할미와 영감의 갈등 끝에 대부분 할미가 죽는 것으로 끝나지만, 〈탈굿〉은 영감이 죽었다가 다시 살아난다.

> **할미** : (손뼉을 치며) 네 요 년, 내 재산 다 빨아 먹고, 에 요 년 에 요 년.
> **영감** : (이리 말리고 저리 말리고 하다가 부딪쳐서 졸도한다.)
> **할미** : (손뼉을 치며) 허허, 동네 사람들요. 우리 영감 죽었네. 싹불아, 말
> 뚝아, 의원 데리고 오너라. – 〈이두현본〉[213]

영감은 할미와 서울애기의 싸움에 휘말려 졸도하는데, 의원의 진료와 봉사의 독경에도 살아나지 못하다가 무당을 불러 굿판을 벌여서야 살아난다. 그런 후 말뚝이는 할미를 업고, 영감은 서울애기를 업고 춤을 추고 타령을 부르며 놀이를 마친다. 영감이 가상의 죽음에서 살아나는 것도, 소생한 후 모두가 어울려 춤을 추며 끝나는 것도 할미과장과는 다른 〈탈굿〉만의 특징이다.

특히 가면극의 할미과장은 할미나 영감 중 한 사람의 죽음으로 끝나지만, 〈탈굿〉은 죽음 없이 등장인물들 모두 춤을 추며 화해하는 분위기로 끝난다. 다만 춤을 출 때는 말뚝이와 할미, 영감과 서울애기가 각각 한 편이 되는데, 이는 춤이 진정한 화해가 아닌 일시적인 공생이며 언젠가는 다시 대립할 여지가 있음을 보여주는 것이다. 그리고 그 대립은 다시 화해와 공생을 가져올 것이다.

또한 〈탈굿〉은 할미와 영감의 이별1이 구체적이고 타당한 이유를 가진다는

---

212) 가면극에서는 주로 자식이 죽은 것으로 나오지만, 〈탈굿〉에서 할미는 자식 3형제를 두고 있다. 다만 그 자식들은 노총각이거나 반병신으로 등장하여 신변의 결함을 보이고 있다.
213) 문화재관리국, 앞의 글, 101쪽.

점에서도 할미과장과 다르다. 영감은 양반이고 서울애기는 기생으로 그 신분이 명확하며, 본처인 할미는 서울애기에게 남편을 빼앗기고 재산마저 잃은 채 자식들을 거두어야 하는 처지이다. 시골 양반이 기생에게 빠져 처자식을 버리고 집의 재산까지 탕진하는 것은 충분히 개연성 있는 이야기이다.

> **영감** : 내가 시골 양반으로 앞에는 팔대부요 뒤에는 사대부라, 근본 있고 신분 있는 양반인데, 주색을 좋아하다가 그만 그 많다는 재산을 서울애기에게 다 갖다주고 검은 구름에 흰백로같이 도중걸객(途中乞客)이 되었소.
> – 〈이두현본〉214)
> **할미** : 내가 옛날에 우리집 살림살이가 너무너무 많은 재산을, 우리 영감이 다 없애버렸소. 내가 내가 원도 많고 한도 많소.
> **악사** : 무슨 원이 그리 많소?
> **할미** : 논밭 다 팔아 서울애기 다 갖다주고, 소, 말, 망아지 끼워 다 팔아주고, 개, 돼야지, 병아리 끼워 다 팔아주고 자식들은 말뚝이, 싹불이, 어딩이 아들 삼형제 다 병신이 바보 만들어두고 서울애기한테만 가고 없으니 내가 원통해서 어이 사노. – 〈이두현본〉215)

가면극 할미과장에서는 영감이 할미와 헤어진 후 첩을 만나기 때문에 부부가 이별한 원인을 첩의 탓으로만 돌릴 수 없지만, 〈탈굿〉에서는 영감이 할미를 버린 이유가 첩 때문이라고 말하고 있어 할미와 영감의 이별 원인이 명확하게 제시되어 있다. 할미가 영감을 찾아나서는 이유도 남편이 첩 때문에 재산을 다 팔아버려 생계는 막막한데 자식 셋은 키워야 하므로, 분하고 억울하지만 남편의 힘을 빌릴 수밖에 없기 때문이다.

214) 문화재관리국, 앞의 글, 97~98쪽.
215) 문화재관리국, 앞의 글, 99쪽.

앞서의 가면극 할미과장에서는 할미와 영감의 만남과 이별에 따르는 질서와 혼란의 구조를 신화의 창조신이 행하는 창조와 파괴의 원리에서 기인한 것으로 보았다. 창조와 파괴가 반복적으로 이루어지듯 할미과장의 질서와 혼란 또한 반복되며, 창조와 파괴에 특별한 이유가 없듯이 할미과장의 그것에도 구체적인 이유를 찾을 수 없었다. 그러나 〈탈굿〉은 할미과장처럼 만남과 이별 그리고 질서와 혼란이 반복되지만, 그 이유가 분명하고 결말도 죽음이 아닌 대립 뒤에 공생하는 것으로 끝맺는다.

그렇다면 〈탈굿〉은 왜 가면극과 달리 논리적인 전개와 공생하는 결말을 가지게 되었을까. 그 이유는 굿의 연행 상황과 담당층, 그리고 무속 자체의 성격에서 찾을 수 있다. 〈탈굿〉은 동해안별신굿의 일부분으로 연행되기 때문에 연행 현장은 어촌 마을의 좁은 굿판이고[216] 시기는 주기적이다. 무격이 굿판에서 놀이를 벌일 때는 관객의 호응을 얻기 위해 막연한 소재와 내용보다는 구체적이고 실생활에서 흔히 접할 수 있는 내용이 적합하다. 게다가 고정 관객인 마을 주민들은 〈탈굿〉을 몇 년 단위로 주기적으로 보았으므로 내용을 잘 알고 있을 것이고, 따라서 놀이의 내용이 이치에 맞지 않거나 현실적이지 못할 때는 적극적으로 개입하기도 했을 것이다. 그러므로 〈탈굿〉의 연희층인 무격들은 관객들의 공감을 얻기 위해 내용을 개연성 있게 만들었을 가능성이 크다.

한편 〈탈굿〉의 결말이 화합으로 끝나는 것은 연행 시기와 관련하여 생각할 수 있다. 〈탈굿〉은 자연 재해의 영향을 가장 많이 받는 어촌에서 그것도 어로기를 목전에 둔 풍요제에서 연행된다. 굿이 아무리 제의적 의미를 가진다 해도 죽음으로 인한 파괴가 풍요로운 생산을 기원하는 관객들에게 달가울 리가 없다. 특히 굿의 주된 관객이 오랜 시집살이를 해온 나이 많은 여성들이라면 대립보다는 화해로, 죽음보다는 공생으로 결말짓기를 원했을 것이다. 따라서 단

---

216) 〈탈굿〉은 동해안별신굿의 권역 중에서도 경북지역 몇몇 마을에서만 행해진다.

골판의 확보가 곧 스스로의 생계와 직결되는 세습무들은 이러한 관객의 바람을 수용하는 방향으로 극을 연행했을 가능성이 크다.

다음으로 연희층인 세습무 집단의 특성도 고려해 볼 필요가 있다. 무당들의 세계에서 남자 무당인 잽이가 같은 직업의 첩을 두는 것은 단순한 남녀 관계를 넘어 무업의 판권인 단골을 넓히는 효과가 있다. 그들에게 축첩은 남녀의 치정과 갈등에만 연연할 수 없는 생계가 걸린 문제인 것이다.[217] 이러한 결혼관이 탈굿 속 처첩의 화해와 공생의 구조에 영향을 주었을 것이다.

끝으로 맺힌 것은 풀어주고, 싸움은 화해로 마무리하는 무속적 세계관의 영향을 들 수 있다. 〈탈굿〉은 본 굿에 따르는 오락거리이고 굿판에서 연행되는 만큼, 전반적인 내용이 굿의 원리를 따를 수밖에 없다.

이처럼 결말이 인물들의 공생이라는 방식으로 끝나지만, 〈탈굿〉에도 할미의 원형인 창조와 파괴는 반복된다. 할미의 가정은 영감과 첩 때문에 파괴되고, 할미는 다시 가정질서를 회복하려 하지만 영감의 죽음으로 무산된다. 게다가 창조를 반복하기 위해 영감을 대신할 인물도 없어 보인다. 할미의 아들들인 말뚝이, 싹불이, 어딩이는 영감을 대신할 만큼 육신이 온전하지 못하고, 영감이 없는 첩은 생산이 불가능하다. 게다가 관객은 죽음을 원하지 않는다. 결국 죽었던 영감이 살아나고, 말뚝이는 할미를 업고 영감은 첩을 업고 춤을 추면서 놀이는 끝난다. 마치 춤을 추며 화해하는 것 같지만 아들과 어미, 남편과 첩으로 분리된 상태는 극의 처음과 같다. 이러한 화해와 공생의 마무리는 바로 가정질서의 재편, 즉 새로운 창조가 이어질 수 있는 가능성을 제시하는 한편, 또다시 파괴될 여지도 남겨 두고 있다.

---

217) 최길성, 『한국의 무당』, 열화당, 1981, 123~124쪽.

3) 꼭두각시거리 ; 정착, 유랑의 반복과 안정된 공간의 희구

〈꼭두각시놀음〉의 꼭두각시거리는 박첨지,[218] 본처인 꼭두각시, 첩인 돌머리집이 등장하여 박첨지를 사이에 둔 처첩의 갈등 및 재산분배로 인한 부부간의 갈등과 대립을 다루고 있다. 내용뿐만 아니라 만남과 이별의 반복구조가 가면극이나 〈탈굿〉과 유사하다.

가) **표생원** :……관동팔경을 구경하면 우리 부인을 만나볼까, 전라도라는 곳에 명승지도 있건마는 <u>어느 곳 명승 지지(之地)가 좋길래 나를 버리고 우리 부인이 구경갔나</u>. 아서라 이게 모두 쓸데없는 것이다. <u>여담은 절간이라니 돌모리집 얻어 데리고 살면서 우리 부인을 잠시 돌아보지 않은 까닭이로구나</u>. 방방곡곡 다 찾아보았으나 종내 만날 수가 없으니 다만 한숨뿐이로다. [중략]

꼭두각시 : (唱) 어허 이게 웬일인가. <u>이 세상에 나와보니 인간이별만사중에 독수공방이 더욱 슬어</u>, 인간만사 마련할제 이별 빼지 못하였나. 우리 영감 어디 갔노, 여보 영감 어디로 갔나, 어디로 갔나.－〈김재철본〉[219]

나) **박첨지** : 우리 마누라 소리가 어디서 들리는 듯 들리는 듯하구려. 마누라가 왔거던 빨리 들어오오. 마누라가 나를 찾게 한 듯하니 <u>내가 마누라를 늙게 된 뒤로 박대하여 수삼년을 보지 못해서 그동안 무녀한테도 묻고, 여러 군데로 수소문을 하여도 마누라 소식이 영결 무소식이오</u>. 어디 가 죽었는지 살았는지 주야장탄 바랐더니 들어를 왔구려. 마누라 어서 이리 오시오. [중략]

---

218) 김재철본에서는 꼭두각시의 남편이 표생원으로 나오지만, 그 외에는 박첨지로 나오는 이본이 더 많으므로 박첨지로 통일한다. 다만 해당 본문을 인용할 경우에는 본문 그대로의 명칭을 쓸 것이다.

219) 심우성, 『남사당패 연구』, 동문선, 1974, 198~199쪽.

꼭두각시 : (唱)웬일이 아니라 영감이 박대하여 문전을 나서 골골 몇 년 춘 추걸식을 하여 다니다가 강원도 금강산 들어가서 불목한이로 몇3년 지냈더 니, 거기에서 나를 싫다고 날마다 가라 하길래 할 수 없어 강원도 경산으로 들어갔다가 서울 와서 영감이 작은집을 언어 가지고 호강을 잘한다는 말을 듣고 찾아온 길이요. - 〈최상수본〉[220]

다) 박첨지 : 아 그 할멈인가?

꼭두각시 : 아 그 영감이요?

박첨지 : 아이고 여보게 어째 할멈이 젊어 소시적에 어여쁘고 그 좋던 얼 굴이 어째 비틀어지고 찌그러지고 얽었어?

꼭두각시 : 아이구 여보 영감 그런 말씀 마세요. 영감을 찾으러 방방곡곡 얼기 빗등등 참빗새새 다니다가 거 먹을 것이 있습디까, 이천 미탈을 들어가 서 도토리밥을 먹었드니 이와같이 되었구려. [중략]

박첨지 : ……여보게 할멈 자네가 나간 후로 수십년을 혼자 살다가 늙은 사람이 할 수 없이 작은집을 하나 얻었네. [중략]

꼭두각시 : 옳지 옳지 내 알았소. 내가 나가 안 들어온 줄 알고 작은 마누라 얻었단 말이요. [중략]

박첨지 : 야 이년 너 나 버리고 갈제 나 버리고 가더니 나도 인제 반대 다, 나는 작은마누라 데리고 살테니 가든지말든지 마음대로 해라. - 〈박 헌봉본〉[221]

라) 박첨지 : 자네 우리 마누라 못 봤나.

산받이 : 봤지, 며칠 전에 맨발로 옷도 남루하게 입고 가는 것을 보았소.

박첨지 : 그게 정말인가.

산받이 : 정말이고말고 저 산모퉁이로 울면서 가는 것을 보았네, 불쌍해서

---

220) 심우성, 앞의 책, 209~210쪽.
221) 심우성, 앞의 책, 235~237쪽.

못 보겠대. [중략]

　　박첨지 : 야, 야, 이리 와, 자네가 나간 지 수십 년이 되어서 늙은 내가 혼자
살 수 있던가, 그래 내 작은집을 하나 얻었네.

　　꼭두각시 : 옳지 옳지 내 알았소, 영감이 나간 뒤로 알뜰살뜰 모아가지고
작은집을 한간 샀단 말이지요.

　　박첨지 : 왜 기와집은 안 사고, 이 늑대가 할켜갈 녀아. [중략]

　　꼭두각시 : 옳지 옳지 내 알았소, <u>내가 가면 영영 안 올 줄 알고 작은여편네
를 하나 얻었단 말이죠.</u> - 〈심우성본〉[222)]

　가)는 가장 오래된 채록본[223)]으로 영감인 표생원이 첩인 돌모리집과 함께
명산대찰을 구경나왔다가 꼭두각시를 그리워하고, 꼭두각시 역시 집을 나온
후 영감을 찾아다니고 있다. 이들이 헤어진 이유는 박첨지가 돌모리집을 얻어
살면서 부인을 돌보지 않았기 때문이다. 나)에서는 영감이 꼭두각시에게 늙었
다고 박대했기 때문에 꼭두각시가 가출했고, 다)와 라)에서는 이유는 알 수 없
으나 꼭두각시가 남편을 버리고 집을 나간 것으로 되어 있다.

　보통 꼭두각시 부부의 이별 이유를 남편의 작첩이나 박대로 보고 있지만, 이
것은 표면적인 이유일 뿐이다. 다)와 라)에서 꼭두각시가 나간 후 영감인 박첨
지가 첩을 얻은 것을 보면 이별의 원인을 첩 탓으로만 돌릴 수 없고, 박대한
이유도 구체적으로 나와 있지 않다. 한편 이별만큼이나 재회의 계기도 알 수
없다. 이처럼 그럴듯한 이유가 제시되지 않는 만남과 이별은 가면극 할미과장
처럼 꼭두각시거리가 가진 신화의 흔적으로 볼 수 있다.

　그런데 꼭두각시거리는 전체적으로 할미과장과 유사하지만 부분적으로 독특
하게 다른 면이 있다. 첫째, 가)~라)의 채록본에서 볼 수 있듯이 가정을 버리

---

222) 심우성, 앞의 책, 262~264쪽.
223) 김재철의 『조선연극사』(조선어문학회, 1933)에 수록되어 있다.

고 가출을 감행한 주체는 영감이 아닌 부인인 꼭두각시이다. 이유야 어찌되었건 여성이 가정을 버리고 가출하는 것은 흔한 일이 아니다. 이 극의 시대적 배경을 대사가 최초로 채록된 시기인 1930년대로 보더라도 개연성이 떨어지는데, 하물며 극의 성행 시기를 조선후기로 추정한다면 꼭두각시의 행동은 더욱 납득하기 힘들게 된다. 결혼한 여성의 가출은 단순히 배우자나 가족을 잃는 것을 넘어 사회적 관계의 단절 및 생계의 문제와 직결되기에 결코 용이한 일이 아니다. 나)에서 꼭두각시가 겪은 춘추걸식과 불목하니만 보더라도 근거지를 잃고 떠돌 수밖에 없는 삶의 비참함을 알 수 있다.

둘째, 꼭두각시가 남편을 찾는 데는 일부종사라는 명분이나 남편에 대한 애정보다 현실적인 이유가 앞선다. 경남과 해서 지역 가면극의 할미는 오랜 이별 끝에 영감과 상봉하자 얼싸안고 춤을 추거나 서로 안고 정욕을 푼다. 즉 서로 만나고 싶었던 가장 중요한 이유는 바로 상대에게 있다. 그런데 꼭두각시의 경우 남편을 찾아 헤매는 데는 다른 이유가 앞서는데, '독수공방이 싫어서', '영감이 첩을 얻어서 호강하며 살아서'이다. 한편 꼭두각시는 남편을 만나서도 애정보다 안정된 공간인 '작은 집 한 칸', '기와집'에 더 집착을 보인다. 영감이 작첩을 한 줄 알면서도 찾고, 작첩 −작은집을 들인 것− 을 집을 얻은 것으로 착각하고, 첩을 만나서는 본처 대접을 받으려고 한다. 이러한 점들을 통틀어 보면 꼭두각시에게 필요한 것은 영감으로 대변되는 정착할 수 있는 안정된 공간임을 알 수 있다.

셋째, 꼭두각시는 자신에게 주어진 문제 상황에 갈등하거나 대립하는 것보다 쉽게 회피하는 것을 선택한다. 할미과장의 할미는 남편이나 첩과 대립하다 죽음을 당하지만, 꼭두각시는 본처의 대접도 받지 못하고 재산마저 빼기는 문제 상황이 닥치자 '나 돌아간다'며 가출해버린다. 절이 싫으면 중이 떠나겠다는 식인데, 이러한 무책임한 결말을 맺는 것 역시 이 극만의 특징이다.

할미과장의 만남과 이별은 꼭두각시거리에서 정착과 가출의 반복으로 나타난다. 꼭두각시는 남편을 통해 궁극적으로 안정된 정착을 희망하지만, 그것이 여의치 않으면 가출해버린다. 그리고 가출 후 유랑의 삶이 힘들고 비참해질 때면 다시 영감과의 삶을 기대하게 될 것이다.

이처럼 꼭두각시거리가 차별적인 특성을 가지게 된 원인은 〈꼭두각시놀음〉의 연희층인 남사당패에게서 찾을 수 있다. 남사당패는 유랑연예집단으로, 비수기인 겨울에는 임시로 거처를 정하고 기량을 연마하지만 그 외의 계절에는 곳곳을 떠돌며 놀이판을 벌인다. 이러한 생활 방식은 그들에게 안정된 공간에 대한 집착과 자유로운 유랑에 대한 갈망이라는 이율배반적인 희망을 품게 했을 것이다. 한편 남사당패는 남자들만으로 구성된 남색집단이므로 보통 사람들보다 가정이나 부부관계에 대한 책임감도 미약했을 것이다.[224]

이러한 유랑예인의 삶의 방식과 의식 때문에 박첨지와 꼭두각시의 만남과 이별이 '가출로 인한 유랑'과 '만남으로 인한 임시 정착'으로 표현되었다고 본다.

꼭두각시는 가출하지만 그것으로 놀이가 끝나는 것은 아니다. 앞서 가출과 만남이 반복되었듯이, 꼭두각시의 마지막 가출 이후에도 다시 영감과의 만남이 기대된다. 영감과 꼭두각시가 만날 때는 정착을 통해 안정되고 질서 있는 가정을 기대할 수 있지만, 그들이 헤어지면 안정된 공간은 없어지고 험난한 유랑의 삶만이 존재한다. 여신의 창조와 파괴는 꼭두각시거리에서 이렇게 반복되는 것이다.

---

224) 임재해, 「민속극의 전승집단과 영감 할미의 싸움」, 『여성문제연구』13집, 대구효성 카톨릭대 사회과학연구소, 1984, 1~20쪽.

2. 지모신 할미 ; 욕망의 거침없는 발양

지모신인 설문대할망은 다양하면서도 극대화된 욕망을 가지고 있다. 그녀의 성욕을 상징하는 자궁은 물고기 떼며 돼지와 사슴 무리를 가둘 만큼 크고, 그것을 쏟아내어 한 번에 먹을 수 있을 정도로 식욕도 강하다. 제주도민에게 무명 100동으로 치마만 만들어주면 육지와 연결시켜주겠다는 이야기는 할망의 원시적인 거구를 연상하게 하면서 동시에 그녀가 가진 문명에 대한 강한 욕망을 느끼게 한다. 거구인 할미의 몸은 마치 욕망의 덩어리처럼 많은 것을 요구한다. 그리고 그러한 욕망은 500 성지라는 자식을 생산하는 풍요다산으로 이어진다.

민속극의 할미과장이나 〈탈굿〉, 꼭두각시거리에서도 설문대할망과 같은 욕망을 볼 수 있다. 그러나 주인공이 보여주는 욕망의 형태나 표현방식은 다양하다.

1) 할미과장 ; 다양한 욕망의 발현과 풍요다산

가면극 속 할미에게 가장 두드러지게 나타나는 욕망은 성적 욕망이다. 과장된 엉덩이춤, 방뇨,[225] 영감 할미의 대무(對舞)에서 보이는 음란함, 그리고 할미의 남성 편력 등 할미가 지닌 성욕은 할미과장 전체에서 두루 나타난다. 이 중 몇 가지를 중점적으로 살펴보자.

먼저 〈봉산탈춤〉을 보면, 미얄과 영감은 오랜 기간 헤어져 있다가 상봉하자

---

225) 여성의 배설에서 성적 욕망을 느끼는 단적인 예로 〈하회별신굿 탈놀이〉의 중마당을 들 수 있다. 여기서 부네가 오줌을 누는 것은 지모신적인 행위로 오줌을 통해 대지의 생생력(生生力)을 증대시키려는 것이다.(박진태, 앞의 책, 173~174쪽) 중은 부네의 오줌 눈 자리의 흙을 쥐고 냄새를 맡으며 흥분한다.

마자 노골적으로 음란한 행동을 벌인다. 미얄은 영감의 하반신에 매달리다가 영감이 땅에 누우면 영감의 머리 위로 기어 나간다. 부부간 성행위의 모사인 셈이다.

> 미얄 : (고통스런 소리로) 아이고 허리야 연만(年晩) 팔십에 생남자(生男
> 子) 보았드니 무리공알이 시원하다.
> 영감 : (발딱 누운 채로) 알날날날. 세상이 험하기도 험하다. 그놈에 곳이
> 좌우에 솔밭이 우거지고, 산고심곡(山高深谷) 물 많은 호수 중에 굽이
> 굽이 동굴섬 피섬이요. 갈피갈피 유자로다...... - 〈봉산탈춤〉[226]

솔밭이 우거지고 물 많은 호수로 묘사된 미얄의 음문은, 설화에서 물고기와 짐승 떼가 숨어들어갔다는 설문대할망의 하문을 연상시킨다. 영감의 대사는 표면적으로는 여성의 생식기에 대한 해학적인 표현 같지만, 굳이 산과 호수의 거대한 자연 경관에 빗댄 것을 보면, 음문의 가치와 욕망의 강렬함이 반영되었다고 볼 수 있다.[227]
할미의 성적 욕망은 배설 행위를 통해서도 드러난다.

> 영감 : ......동지 섣달 설한(雪寒) 서북풍에 방은 찬데, 이불을 발길로 툭
> 차고 이마로 봇장을 칵 하고 받아서 코피가 줄 흘러나 가지고 뱃대기를
> 버적버적 긁으면서, 우리 요강은 파리 한 놈만 들어가도 소리가 왕왕 하
> 는 것인데, 벌통 같은 보지를 벌치고 오줌을 솰솰 방구를 땅땅 뀌니, 앞

---

226) 전경욱, 앞의 책, 171쪽.
227) 고대인들은 샘·굴·못 등을 여근에 빗대어 유방과 더불어 주력을 지니고 농작물을 육성하며
    생명을 창조하는 원천이라 생각했기 때문에, 건국주에 버금가는 인물의 탄생신화를 살펴보면
    많은 인물들이 이곳을 통해 탄생되는 것이다. 때문에 샘·굴·못 등은 생산·풍요의 신격이
    거처하는 곳으로 숭배되어, 그 근처에는 신사가 세워지고 의례가 베풀어진다.(허영순,『우리
    고대사회의 무속사상과 가요』, 세종출판사, 2007, 54~55쪽)

집에 털풍이가 복(伏)똥 터진다고 괭이하고 가래하고 가지고 왔으니 이
런 망신이 어데 있나. - 〈봉산탈춤〉228)

영감은 할미가 오줌 누고 방귀 뀌는 소리에 보가 터지는 줄 알았다며 할미를
타박한다. 이 부분은 앞서 2장에서 언급했던 설화와 유사한데, 설화에서는 할
미가 영감의 얼굴에 오줌을 누자 영감이 보가 터진 걸로 오해하지만,229) 극에
서는 한 술 더 떠 소리만으로도 동네에 난리가 난다. 여기서 다량의 배설물은
성적 욕망과 생식력으로 해석할 수 있다.230) 한편 할미의 성욕은 영감이 기절
한 후 "동내 방내 키 크고 코 큰 총각 우리 영감 내다 묻고 나하고 같이 살아
봅세"하며 노골적으로 표현되기도 한다.

〈은율탈춤〉에서 할미는 영감을 만나자마자 은밀하게 성적 욕망부터 드러낸다.

> 할멈 : (흰 저고리에 검정 치마를 입고, 머리에 검정 수건을 쓰고, 짚신 한
> 켤레와 점심 보따리를 허리에 차고 엉덩이춤을 추면서 등장, 할멈은 영
> 감을 찾으려고 팔도강산을 헤매다가, 이곳에서 춤을 추는 영감을 발견
> 하고 왈칵 달겨들어 영감을 붙잡고) 아니, 우리 영감 아니요!
> 영감 : 아이구 할멈
> 할멈 : 아니 영감, 난 영감 찾으려고 팔도강산 방방곡곡 바위 틈틈이 모래
> 알알이 가랑잎 새새 다 찾아다녔지만 오늘 여기서 영감을 다시 만났시
> 다구려. 영감, 그지간 '그거'는 여전히 잘 가지고 다니죠?
> 영감 : 그럼 - 〈은율탈춤〉231)

---

228) 전경욱, 앞의 책, 176쪽.
229) 『대계』6-4, 272~273쪽.
230) 신라 22대 지철로왕은 음경이 1자 5치나 되어 배필을 얻기 어려웠다. 북만큼 큰 똥덩어리를
눈 소녀를 발견하여 배필로 삼았는데, 소녀의 키는 7자 5치였다.(≪삼국유사≫ 권1, 기이편
지철로왕) 다량의 배설물은 거대한 몸과 큰 생식기로 연결된다.
231) 전경욱, 앞의 책, 241쪽.

할미는 팔도강산을 헤매다가 오랜만에 만난 영감에게 대뜸 '그것'의 안부부터 묻는다. '그것'에 대한 할미의 집착은 이어지는 첩과의 대결에서 구체적으로 표현된다. 할미와 첩인 뚱딴지집이 영감이 서로 자기의 남편이라고 우기자, 중재자로 나선 최괄이와 말뚝이는 영감의 특징을 말해보라고 한다. 이때 할미는 영감이 지닌 '그것'의 특징을 조목조목 알려주며, "부랄이 네 쪽이요, 좆대구리 너덩치에 콩알만한 사마귀가 돋아서 잠자리에 들면 뼈골이 살살 녹습니다."라고 말한다. 그런데 할미의 이 말은 '그것'을 설명하려는 의도보다 '그것'에 대한 욕망이 더 강해 보인다.

이들 가면극에 비해 〈수영야류〉와 〈동래야류〉에서 할미의 성적 욕망은 '점 잖은' 편이다. 할미와 영감은 상봉했을 때 서로 어우러지는 춤을 추는데, 춤은 앞서 〈봉산탈춤〉의 성행위 모사와 비슷하지만 대사가 없고 동작이 완곡하다. 다만 의원이 할미의 병을 급상한으로 진단한 점은 역시 성욕과 관련된다고 하겠다. 급상한은 과도하게 방사(房事)하거나 성욕을 억제해서 생기는 병으로, 표출인가 억압인가 또는 폭로인가 은폐인가의 차이일 뿐 할미의 성욕이 극에서도 중요하게 작용하고 있음을 암시한다.

때론 할미의 성적 욕망은 다른 인물로 대체되어 나타나기도 한다. 〈양주별산대〉와 〈송파산대놀이〉의 부녀근친과 남매근친은 바로 그러한 예이다.

도끼 : 아이구 이거 참 아주 때는 내가 좋은 기회로구랴. 그래 대관절 매부
     나간 지 석삼년 아홉 해면 그동안 옹색한 일 많이 지냈겠구랴.
누이 : 이 동내 개평 여러 번 뗐다
도끼 : 아이구 그 개평이면 날 좀 주지. 시방 대 볼랴오.
누이 : 에라 이 잡자식, 형제간에 그렇게 허는 법이 어디 있냐. 얘 내가 쫓
     아갔다가 허탕을 치면......니가 갔다가 만일 이 늙은 년을 남의 집 설렁

탕집 같은 데나 국밥집에다 팔아먹구 더 고생시켜 놓면 어떻거느냐. −
〈양주별산대〉[232]

도끼 : 이번엔 정말야, 그런데 매부는 어딜 갔어?
도끼누이 : 죽은 지 벌써 석삼년이나 됐다, 인석아!
도끼 : 숟가락 났단 말이지? 그럼 그동안 웅색 펴 줄 사람도 없이 적적해서
　　어떻게 살았지? 옳지! 누이는 과부요, 아버지는 홀애비가 됐으니 둘이
　　잘 해 보시오. − 〈송파산대놀이〉[233]

　〈양주별산대〉에서 도끼는 노골적으로 누이에게 추파를 던지고, 〈송파산대놀이〉에서는 누이와 아버지의 상간을 주선한다. 설화에서 근친상간은 홍수나 멸망 이후의 폐허에서 인간 종족을 보존하기 위한 최후의 선택으로 제시된다. 예를 들어 남매혼 설화에서 홍수로 인류가 멸절한 후 남매만 살아남자 인류의 종족 번식을 위해 둘은 혼인하여 자손을 퍼뜨린다.[234] 구약성서의 '소돔과 고모라'에서는 금기를 어기고 소돔의 파멸을 목격한 롯의 아내가 소금기둥으로 변하자, 롯의 딸들은 아버지와 차례로 결합하여 집안의 대를 잇는다.[235] 카오스적 혼란의 상황에서 인간의 종족 계승의 욕망은 근친에 구애받지 않는 것이다.
　양주나 송파의 할미과장에서 할미는 극의 초반에 영감의 구박을 받아 죽어 버린다. 생산을 가져올 창조신 할미의 욕망이 사라진 곳에는 카오스적인 상황이 연출되고, 이 상황을 수습하고 할미의 욕망을 대체할 인물이 필요해지는데, 그가 바로 할미의 딸 도끼누이이다. 따라서 할미가 죽은 후에는 도끼누이를 둘러싼 근친상간의 원시적 욕망이 자리 잡는 것이다. 그러나 가면극이 신

---

232) 이두현, 앞의 책, 88쪽.
233) 전경욱, 앞의 책, 110~111쪽.
234) 김선자, 『중국신화 이야기』, 아카넷, 2004, 92~99쪽.
235) 창세기 19장(한국천주교주교회의, 『성경』, 2005, 29~32쪽)

화나 의례에 바탕을 둔다고 해도, 연희하는 시·공간의 영향을 받을 수밖에 없다. 이미 문명화된 세상에서 근친상간은 실현되어서는 안 될 욕망이다. 결국 도끼누이가 이를 제지하고, 할미를 위한 진혼굿을 벌이면서 놀이판은 질서를 회복하게 된다.

가면극 속 할미의 성적 욕망은 바로 생산력을 극대화하기 위한 창조 여신의 욕망에 근간을 둔다. 극에서 할미의 욕망이 비정상적이고 비속화된 것은 그만큼 여신의 위상이 쇠퇴했기 때문이다. 그런데 여기서 조선 후기 쇠퇴하는 여신의 성적 욕망을 표출하는 할미가 어떤 신분의 여성인가는 짚어 볼 필요가 있다.

〈양주별산대〉의 할미과장에서 할미의 딸인 도끼누이는 이본에 따라 왜장녀[236] 또는 보청할 년으로 언급된다.

> 도끼 : 허허허 이런 제밀 붙을 팔자 봐라. 머릴 풀구 있는 상제(喪制)더러 제 누이한테 보욈[訃音] 갖다 전하라구 그래. 이 동네 사람도 이렇게 없나. 거 헐 수 있소. 내 갔다 오리다.
> 신할아비 : 댕겨 오너라.
> 도끼 : 거 가문 있겠소.
> 신할아비 : 가 봐야 알지.
> 도끼 : 아 그 보청할 년이 그전에 서방질을 나다녔는데 집에 있을까. ―
> 〈양주별산대놀이〉[237]

---

236) 가장 오래된 채록본인 「산대도감극」(조종순 구술·김지연 필사, 경성제국대학교 조선어문연구실, 1930, 전경욱 앞의 책, 59~65쪽에서 재인용)에는 '도끼가 왜장녀 즉 누이에게 가서'라는 지문이 있다. 한편 실제 공연에서도 왜장녀가 도끼누이 역을 겸하고 있다. 도끼누이라는 인물의 특성을 볼 때, 단순히 왜장녀와 탈만 겸한 것이 아니라 동일 인물로 봐야 한다.
237) 이두현, 앞의 책, 85쪽.

왜장녀는 어린 사당에게 몸을 팔게 해서 돈을 버는 포주이고, 보청할 년은 몸을 파는 여자 또는 포도청의 갈년이라는 뜻이다.[238] 따라서 신할미의 딸은 성매매를 사주하거나 직접 그런 일을 해서 생계를 유지하는 여성이다. 그런데 조선시대 신분제는 종모법에 기인하므로, 딸이 왜장녀이고 보청할 년이라면 할미의 신분 또한 딸과 다르지 않다고 봐야 한다.

실제 〈봉산탈춤〉의 미얄할미는 〈양주별산대〉의 도끼누이가 할 만한 일들을 벌인다. 영감이 사당을 부수다 동티로 쓰러지자 손뼉을 치고 좋아하며, 동네 총각들에게 같이 살자고 유혹한다. 물론 이 말은 이성에 대한 욕망을 노골적으로 드러낸 것이지만, 그 이면에는 남편이 죽고 당장 상례를 치르고 생계를 의탁해야 할 현실적인 곤궁함이 숨어 있다.[239] 당대 사회에서 도끼누이나 미얄의 성은 가난하고 의지할 곳 없는 여성의 생계 수단인 것이다.[240]

〈통영오광대〉의 할미과장에서 첩인 제자각시의 신분은 기생이다. 제자각시는 만삭의 몸에도 영감이 장에 간 사이 동네 오입쟁이를 불러 모아 음탕하게 놀아난다. 첩이라도 이쯤이면 쫓겨나야 마땅하지만 이를 발견한 영감은 화를 낼 뿐 쫓아내지 않는다.

할미양반 : (다시 등장하여) 이놈들 이런 죽일 놈들 있느냐!

동네오입장이들 : 에구 저 영감마님 오셨다. 어찌하나.

---

238) 이두현, 앞의 책, 85쪽 각주 448.

239) 이 부분은 〈변강쇠가〉에서 강쇠가 죽자, 뭇 남성을 유혹하기 위한 옹녀의 행동에서도 확인된다.

240) 〈양주별산대〉에서 어머니의 부음을 알리러 온 도끼에게 도끼누이가 하는 다음 대사는 그녀의 성매매가 생계와 관련되어 있음을 보여준다. "네가 인제 오긴 또 왔다마는 내가 당관까지 잽혀놓구 저 건너 김동짓집에 가서 보리방아 품팔아다가 인젠 근근득생(僅僅得生) 살구 혈수가 없어. 내 몽당치마 입구 허다가 하니깐 할 수 없어. 그전엔 니가 돈량 돈백두 뜯어가구 니가 또 뜯으러 왔다마는 이젠 니는 와야 소용 한푼 없다. 어서 빨리 돌아가라"(이두현, 앞의 책, 86~87쪽) 몸을 다 가리지 못하는 몽당치마를 입고 뭔가를 했다는 말은 도끼누이가 단순히 보리방아 품으로 생계를 유지한 것이 아님을 암시한다.

할미양반 : 아니 이건 난리로구나!

몽돌이 : 아이구 영감마님 장에 갔다 오신다. 아이구 이 일을 어떻게 하나! 자 어서 나가시오. 어서 가시오.

할미양반 : 아야야- 아야야. (분하여 울음을 운다.)

제자각시 : 영감님 날로 봐서 참아 주세요.

할미양반 : 아야야- 아야야.

몽돌이 : 아이고 영감마님, 아이구 영감마님, 그만하시고 참으시소.

할미양반 : 자네를 봐서 참어? 허허허-

제자각시 : 아이구 하는 것이 남자로구나. 영감님 남 부끄럽습니다. 안으로 들어가십시오.

할미양반 : 남 부끄런 줄 아느냐?

제자각시 : 예- 안으로 들어가십시다. (함께 일시 퇴장한다.) - 〈통영오광대〉[241]

첩은 자신이 음탕하게 놀아난 것을 영감에게 들킨 것보다 남의 시선을 더 신경 쓸 만큼 외도에 대한 죄책감이 없다. 영감 또한 첩의 행동에 분노하면서도 결국 그녀를 받아들인다. 첩에게 푹 빠져있으므로 그녀의 음탕한 행동을 외면하고 싶은 마음이거나 첩이 '원래 그런 여자'이니 어쩔 수 없다는 체념일 것이다. 그런데 첩은 할미가 죽은 후 영감과 함께 새로운 가정을 형성할 창조자라는 점에서 할미와 원천이 같다. 따라서 첩이 음탕한 기생이라면 할미도 그와 별다를 바 없다고 봐야 한다.

〈고성오광대〉의 할미는 그러한 면을 직접적으로 보여 준다. 할미는 남편과 헤어진 사이 새 영감 하나를 얻었다고 하는데, 새 서방에게서 창병이 옮아 코가 썩었다며 운다.

---

241) 이두현, 앞의 책, 308쪽.

영감 : 너 코는 왜 이렇노?

할미 : 내가 할 수 없어서 영감 하나를 얻었더니 창병(瘡病)이 올라서 내 코가 썩었소. (훌쩍거리며 눈물을 지운다.)

제밀지 : (이 광경을 보고 자탄가(自嘆歌)〈이 팔자가 웬일이냐...〉를 부른다.)

할미 : (제밀지의 자탄가 소리를 듣고 영감이 첩을 얻었다고 제밀지에게로 가서 탄식한다.) 내가 속았구나. (할미와 제밀지 서로 싸우며 제각기 '내가 속았다'라고 하면서 영감을 잡아당긴다.)

영감 : (할미 보고) 네가 작은각시 얻었다고 야단치니, 내 같은 오입장이가 더런 넬로(더러운 너를) 다리고 살겠나마는 부모가 정해준 배필(配匹)이라 할 수 없이 네를 좀 생각하는데 네가 너무한다. ―〈고성오광대〉[242)]

창병은 매독 즉 성병을 말한다. 창병이 옮을 정도라면, 영감과 헤어진 할미의 삶이 여염의 여인처럼 순탄하지 않았다고 봐야 한다. 할미가 영감을 하나 얻었다는 것도 재가(再嫁)했다는 것이 아니라, 생계를 위해 몸을 팔았다고 볼 수 있다. 남편과 헤어지고 생산 수단도 갖지 못한 여성에게 몸은 생계를 유지하는 유일한 방편이다. 그러나 첩을 얻은 영감에게 '더러운 너'라고 불릴 만큼 할미의 정황은 이해받지 못하고, 그녀가 지닌 욕망만 비난받게 된다.

〈가산오광대〉에는 할미가 이와 같이 생계를 이어가는 모습이 은유적으로 표현되어 있다. 신장수 옹생원은 할미에게 신발값을 달라며 할미의 아들인 마당쇠가 없을 때마다 집으로 찾아와 추근거린다.

---

242) 전경욱, 앞의 책, 372쪽.

옹생원 : (다시 할미에게 다가서며) 마당쇠 어매

할미 : 야

옹생원 : 마당쇠놈 어데 갔소?

할미 : 어데 좀 나갔소.

옹생원 : 신값 주이소.

할미 : 이 양반아, 신값은 궁둥이로 안 때웠나.

옹생원 : 아따 그놈의 궁뎅이, 장차(항시) 궁둥이로 때웠다, 때웠다 쌌네.

할미 : 이제 고만 좀 괴롭히소. - 〈가산오광대〉[243]

　　가난한 할미가 신발값을 궁둥이로 때웠다는 것은 물건 값을 몸으로 대신했음을 의미한다. 그래도 옹생원이 신발값을 달라고 조르자 신발값은 훗장날에 주겠다고 하는데, 이때 '훗장날'의 의미를 단지 사전적인 뜻인 '다음 장'으로 이해할 필요는 없을 것 같다. 마당쇠가 쓰러지고 할미가 의원을 불러 침을 맞힌 후 비용을 물었을 때, 의원 역시 '훗장날'에 달라고 하며 퇴장한다. 이처럼 할미에게 훗장날은 돈을 마련할 수 있는 시간이 아니라 돈을 몸으로 대신할 적절한 때인 것이다. 남편이 부재중인 가난한 여성에게 그런 식의 계산법은 생계수단이었을 것이다. 더구나 할미의 춤에서 유난히 궁둥이를 휘두르는 것이나, 마당쇠가 할미의 하문을 보고 까무러치는 것, 요강에 오줌을 누는 행동들은 할미의 문란한 삶을 말해주고 있다.

　　마당쇠 : 그게 뭐꼬?

　　할미 : 뭐 말이가? 와 이러에 와?

　　마당쇠 : 아이고 치마 밑에 강생이(현지에서는 송충이라고 함)가 한 마리
　　　　붙었다. (말하고 까무러친다)

---

243) 전경욱, 앞의 책, 396쪽.

할미 : 네 이놈, 강생이가 아니라, 네가 나온 구멍이라니까. 아이구 이놈
의 구멍이 얼마나 험악한지 내 자슥 죽는다.(마당쇠를 주물러 일으킨
다.) 아이고 이눔아 네 나이 먹도록 네 나온 구녕 하나 모르나? (말하고
다시 오줌 누는 시늉을 한다.) (몸을 떨며) 잡주르르……으례으례……
(다 누고) 마당쇠야 이 요강 갖다 비아라. 아이구 이제 늙으니까 오줌누
기도 되다. - 〈가산오광대〉[244]

신화를 통해 본 할미는 생산을 위해 성적 욕망이 극대화된 지모신의 모습이
다. 그런데 현실적으로 할미는 왜장녀, 기생, 매음녀 또는 그에 상응하는 문란
한 여성이다. 그렇다면 할미는 생산과 음란, 성(聖)과 속(俗)이 공존하는 존재,
상반되면서도 상통하는 특성을 공유한 존재가 된다. 지모신의 위상이 추락하
고 그에 대한 의례가 쇠퇴하면서, 성보다 속이 부각되는 지점에 가면극의 할미
가 서 있는 것이다.

다만 하나 더 짚어볼 점은 가면극의 인물은 상상의 산물이지만, 대사와 행동
으로 표현할 때는 현실적인 표본이 필요하다는 것이다. 그렇다면 조선 후기 성
과 속의 양면을 보여주는 할미라는 존재의 현실적 표본은 누구일까.

쇠퇴한 지모신 할미를 형상화 할 수 있는 여성, 포주와 기생 및 무당과 관련
지을 수 있는 여성, 그는 바로 조선 후기 성매매를 생계수단으로 했던 노구일
것이다. 2장에서 살폈듯이 노구는 고대사회에서 왕의 연분을 맺어주고 정치적
조언을 해주던 음지의 권력자였지만, 중세로 접어들면서 입지가 축소되고 비
속한 늙은이로 전락한다. 남녀의 연분을 맺어주던 월하노인에서 남녀의 음행
을 사주하는 늙은이로 전락한 것이다. 조선후기 야담을 보면 요귀, 조력자, 기
생어미, 사당, 주모, 청루의 포주 등을 노구로 칭하고 있으며,[245] 실제 19세기

244) 전경욱, 앞의 책, 394~395쪽.
245) 김국희, 「조선후기 야담에 나타나는 노구의 특징과 의미」, 『한국문학논총』70집, 한국문학회,

≪율례요람≫에는 양가의 자제와 부녀자의 음행을 조장하는 것을 노구업이라 하고, 이런 일을 한 사람은 때려서 귀양 보낸다고 기록되어 있다. 이처럼 신성하고 권위 있는 여성에서 비속한 늙은이로 전락한 노구는 쇠퇴한 여신을 극적으로 표현하는데 적절한 표본이 되었을 것이다.

성적 욕망 다음으로 살펴볼 할미의 욕망은 식욕이다. 설문대할망이 엄청난 양의 물고기와 짐승을 먹는 모습에서 노골적으로 식욕을 드러냈다면 가면극의 할미는 많은 음식을 독식하려는 모습에서 잠재되어 있는 식욕의 일면을 보여준다. 〈봉산탈춤〉, 〈수영야류〉, 〈하회별신굿 탈놀이〉에서 할미의 그러한 모습을 찾아보자.

> 영감 : ……저년이 영감 공경을 어찌나 잘 하는지 하루는 앞집 털풍네 며
> 누리가 나더리를 왔다고 떡을 가지고 왔는데, 그 떡을 가지고 영감한테
> 와서 이것 하나 잡수 하면 내가 먹고파도 저를 먹일 것인데, 이년이 떡
> 그릇을 제 손에다 쥐고 하는 말이, 영감 앞집 털풍네 나드리 떡 가지고
> 온 것 먹겠읍나 안 먹겠읍나 묻드니, 대답할 새도 없이, 안 먹겠으면 그
> 만두지 하고, 제 혼자 다 먹어버리니 내 대답할 사이가 어디 있나. ㅡ
> 〈봉산탈춤〉[246]

> 할미 : (할미 기가 막혀 손바닥을 치며) 그래 그 돈 한 돈 팔 푼은 이핀(당
> 신) 떠날 적에 하도 섭섭해서 청어 한 못 사서 당신 한 마리 나 아홉 마리
> 안 먹었는기요. ㅡ 〈수영야류〉[247]

할미는 넋두리같이 베틀가를 외우다가 말고 한숨을 쉬고 허공을 바라보

　2015, 64쪽.
246) 전경욱, 앞의 책, 176쪽.
247) 전경욱, 앞의 책, 305쪽.

고는 혼잣말로 "영감 어제 장 가서 사다준 청어는 어제 저녁에 영감 한 마리 꾸어주고, 내 아홉 마리 먹고, 오늘 아침에 영감 한 마리 꾸어주고, 내 아홉 마리 다 먹었잖나."하고, 천천히 일어나서 춤을 추다가 구경꾼들 앞으로 다가가서 쪽박을 들고 걸립한다. - 〈하회별신굿 탈놀이〉[248]

〈봉산탈춤〉의 할미는 이웃이 준 떡을 독식하고, 〈수영야류〉와 〈하회별신굿〉의 할미는 영감보다 청어를 많이 먹었다고 자랑한다. 기존 논의에서는 청어를 다산의 상징으로 해석했는데,[249] 이는 청어를 비롯한 물고기들이 알을 많이 낳는 생리적 현상에서 연유한 것이다. 그런데 청어는 풍요다산의 의미로 해석하는 것이 가능하지만, 떡의 경우 상징적 해석이 쉽지 않다. 그렇다면 할미과장에서 청어를 언급한 것은 상징적 의미보다 당시 청어가 흔한 생선이었기 때문이 아닐까. 구비전승 되는 설화나 민요에서 청어가 자주 등장하는 소재라는 점을 봐도 그렇다. 따라서 떡과 청어를 아울러 생각해보면, 일상적인 음식을 '많이' 먹고자 하는 할미의 식탐에 초점을 두는 것이 적합하다.

마지막으로 할미의 물질적인 욕망과 관련하여 볼 것이 세간 나누기이다. 봉산, 강령, 가산의 가면극에는 영감과 할미가 갈라설 때 살림살이를 나누는 장면이 있다. 영감에게 첩이 생긴 것을 안 할미는 세간을 나눠달라고 하는데, 영감은 좋은 것은 첩에게 주고 쓸모없는 것만 할미에게 준다.

> **할멈** : 내가 시집올 때, 이 시간이 내가 다 햐 가지고 온 거다. 시간이나 노나다고.
> **영감** : 오냐 나눠 주마. (노래조로) 용용장 봉장 궤두지 자게함농 바다지 샛별 같은 요강 대야 이것은 (용산삼개집을 가리키며) 모두 다 너 가지

---

248) 이두현, 앞의 책, 441쪽.
249) 박진태, 앞의 책, 93쪽.

고, 한다리 절구기지기씨는 소나무 송반 너 가져라. (할미한테 한 말이
　다.) (말로) 긴 평풍 자리 평풍 이것은 모다 우리 작은마누라 주고, 너
　(할미)는 저 대문 뒤에 돌아가서 오줌분대며 오줌 바가지 개밥궁 귀떨
　어진 사발 다 깨진 바가지 쪽이나 가지고 나가 빌어먹어라.
할멈 : 요 죽일 놈에 첨지야. 그걸 가지고 어디 가서 빌어먹으란 말이냐.
　나갈테니 노자돈이나 많이 다오.
영감 : 야 이년 노자돈도 못 주겠다. 어서 썩 나가거라.
할멈 : (노랫조로) 노자돈도 나는 싫고 세간도 나는 싫어. 너의 둘이나 잘
　살아라. (퇴장) - 〈강령탈춤〉[250]

　부부가 헤어질 때 세간을 나누는 것이 이상한 일은 아니다. 그런데 이러한
대사가 형성된 시기를 20세기 초로 본다 해도, 할미처럼 당당한 여성이 있었겠
는가 싶다. 남성에게 종속된 삶을 살았던 당대 여성들이 헤어지자, 세간을 나
눠달라, 노자돈을 달라 요구하는 것이 극 속에 반영될 만큼 빈번했다고 할 수
는 없다. 따라서 위의 장면은 당시의 세태를 반영하거나 풍자했다기보다 오히
려 더 좋은 것, 더 많은 것을 당당하게 가지려는 할미의 원초적 욕망을 풍자한
것으로 보아야 한다.
　무엇보다 할미와 영감은 세간 중에서도 도끼와 요강에 집착한다. 할미는 부
부화합과 수명장수를 위해 자신이 요강과 도끼를 만들었으니 자신이 갖겠다고
하고, 영감도 질세라 놋요강과 도끼날을 갖겠다고 우긴다.

　미얄 : 내가 처음 시집올 때 우리 부부 화합하고 수명장수하겠다고, 백집
　　을 돌고 돌아 깨진 그릇 모고 모아 불리고 또 불려서, 일만 정성 다
　　들이며 맨들어다 놓은 요강과 도끼하골랑은 나를 줍소.

---

250) 이두현. 앞의 책, 245~246쪽.

영감 : 앗다 이년 욕심 봐라. 박천 뒤지 돈 삼만 냥 별은 세 갤랑은 내나

　　　다 가지고, 옹장봉장 자개함롱 반다지 샛별같은 놋요강 대야 바쳐 나 다

　　　가지고……도끼날은 내가 갖고 도끼자룰랑은 너 가져라! - 〈봉산탈

　　　춤〉251)

도끼는 기자치성의 주물(呪物)252)이고 요강은 배설 즉 성적 능력의 상징물로 둘 다 자식의 생산과 관련된다. 따라서 할미와 영감이 두 물건을 갖기 위해 싸우는 것은, 더 강한 생산력을 가지려는 신들의 다툼으로 봐야 한다. 그렇다면 도끼와 요강을 제외한 나머지 세간 또한 단순한 재산의 차원이 아니라 생산력을 신장시키기 위한 동력원일 것이다.

이처럼 할미가 보여주는 성욕, 식욕, 물욕은 별개의 욕망으로 설명할 수 있지만, 할미를 지모신으로 보면 기실 하나의 원리로 이어져 있음을 알 수 있다. 지모신의 강렬한 성욕은 풍요로운 생산으로 이어질 것이고, 이를 통해 인간은 식욕을 충족할 수 있을 것이다. 여기에 도끼나 요강을 비롯한 세간들은 지모신의 성적 능력을 배가시키는 주물(呪物)로 작용하여 생산량을 늘리는 데 기여할 것이다.

그렇다면 할미과장에서 할미가 가진 성욕·식욕·물욕의 결실인 풍요다산(豐饒多産)은 어떻게 드러날까. 실제로 할미과장에서는 할미의 욕망만 보일 뿐 생산물은 물론 자식을 통한 풍요다산의 실마리를 찾기는 힘들다. 할미는 늙은 여자라 더 이상 아이를 낳기 힘들고, 있던 자식도 사고로 잃었으며,253) 심지어 첩의 자식마저 떨어뜨려 죽인다. 이처럼 할미는 탐욕만 가득한 불모(不毛)의

---

251) 전경욱, 앞의 책, 177~178쪽.

252) 우리 민속에서 아들 낳기를 바라는 여성들은 몸에 도끼 노리개를 지니고 다녔다. 한편 유럽의 신석기 유적에서도 의례용 도끼와 도끼 문양을 볼 수 있는데, 이는 여신의 능력을 배가시키는 에너지의 상징으로 해석된다.(Marija Gimbutas, 고혜경 역, 『여신의 언어』, 한겨레출판, 2016, 290쪽)

253) 예외적으로 〈가산오광대〉에서만 할미의 아들 마당쇠가 죽지 않고 살아있다.

여신으로 형상화되어 있다. 그래서 그의 원형을 생산이 불가능한 겨울 또는 쇠퇴하는 여신으로 보는 것이다.[254]

그런데 여기서 두 가지 의문을 품게 된다. 그것은 '왜 할미과장의 사건을 직선적인 시간 위에서만 보는 가'와 '할미과장 안에서만 모든 해답을 찾으려 하는 가'이다. 욕망을 성취했으니 다음은 생산이 이어져야 한다는 것은 다분히 순차적이면서 직선적인 관점이다. 설문대할망을 보면 제주도를 만들고 오백이나 되는 자식을 낳은 후 기진한 몸을 보충하기 위해 엄청난 식욕을 발휘하기도 하고, 또 설문대하르방이 몰아주는 엄청난 물고기나 짐승을 하문에 가두었다가 먹기도 한다. 이것은 이미 생산이 끝난 후에 식욕 또는 성욕을 발현하는 것이다. 그렇다면 이때의 욕망은 다음 생산을 위한 재충전으로 봐야 한다. 신들의 생산과 욕망, 그것은 직선상에 놓여 있는 시작과 끝이 아니라, 생산에서 욕망으로 그리고 욕망에서 생산으로 이어지는 순환의 고리 속에서 파악해야 한다. 따라서 할미의 욕망 또한 다음 생산을 위한 기력의 보충으로 볼 수 있다.

한편 욕망의 결실이 꼭 극 속에서 구현되어야 하는 것도 아니다. 가면극이 연행된 시기[255]는 대부분 정월대보름이나 3, 4월이다. 정월대보름은 긴 겨울을 끝내고 농사를 준비하는 시기이고, 3, 4월은 파종이 이루어지는 때이다. 따라서 성욕에 따르는 자식의 생산이든 식욕에 따르는 배설이든, 할미가 보여준 욕망의 결과물은 극의 세계를 넘어 실제 농경에서 발현될 것이다.[256] 이렇게 볼 때

---

254) 박진태, 앞의 책, 190쪽.

255) 하회는 정월 초에, 양주는 4월 초파일 및 5월 단오와 8월 추석에, 송파는 정월대보름 및 단오와 추석에, 봉산·강령·은율은 4월 초파일과 단오 등에, 통영은 정월 대보름 및 3월과 9월의 보름에, 고성은 한가한 봄철에, 수영·동래·가산은 정월대보름에 지역의 연희꾼들이 가면극을 놀았다.(이두현, 『한국의 가면극』, 일지사, 1979, 100~261쪽 참고) 정월 대보름은 농경을 시작하는 시기이며, 3월과 4월은 파종, 5월은 곡식이 한창 성장하는 시기이고, 9월은 추수가 한창인 시기이다.

256) 가면극의 극 속 공간은 실제 연행 공간과 일치한다. 특히 할미과장은 이러한 특성이 대사에 두드러지게 나타나는데 〈봉산탈춤〉에서 재비가 웬 할멈인가를 묻자, 할멈은 "떵쿵 하기에

할미는 쇠퇴한 여신이나 불모의 계절이 아닌 무한한 생산력을 품은 지모신으로 보는 것이 마땅하다.

2) 탈굿 ; 성적 욕망의 극대화와 풍어 기원

〈탈굿〉의 할미도 성과 음식에 대한 욕망을 표출한다. 특히 근래에 채록된 이본일수록 할미의 욕망 표출이 더 구체적이면서 노골적이다.[257] 먼저 성적 욕망부터 살펴보면, 할미는 오줌 누는 행위를 통해 자신의 성적 욕망을 강하게 드러낸다. 임재해본에서 할미는 놀이판에 등장하여 치마를 걷고 오줌 누는 시늉을 하고, 이균옥본에서는 좀 더 실감나게 미리 물을 담은 바가지에 오줌 누는 흉내를 낸 후, 그것을 관객에게 뿌린다.

> 할미가 관중석으로 엉덩이를 드러내고 붉은 속바지를 내리고 바가지에
> 오줌 누는 시늉을 하니 관중들이 폭소를 터뜨린다.
> 할미 : 아이고, 오줌을 누고나이 시원하다. (이리 저리 살피며) 아이고 어
> 디 쏟을데가……
> 관중 : 저짝에 가라. 저짝에.

굿만 여기고 한 거리 놀고가려는 할멈일세"라고 말한다. 즉 할미과장의 극 중 공간은 가면극 놀이패들이 공연을 위해 마련한 굿판과 일치하는 것이다. 한편 정상박은 경남지역의 〈수영야류〉나 〈동래야류〉의 '야류'는 우리말로 들놀음인데, 이러한 명칭이 붙은 이유는 농경의 장소에서 행하던 농경의례에서 유래되었기 때문이라고 한다. (정상박, 『오광대와 들놀음 연구』, 집문당, 1986, 37~38쪽) 연행 공간과 실제 공간이 동일하고, 실제 공간의 원류는 농사가 행해지는 들이 되는 셈이다.

257) 이러한 욕망은 인공적인 조건에서 채록된 대사(최길성본, 김태곤본)보다 연행현장에서 자연스럽게 녹취한 대사인 이두현본, 임재해본, 이균옥본에 드러난다. 이두현과 임재해는 김석출계의 탈굿을 이균옥은 송동숙계의 탈굿을 현장에서 채록했다. 그런데 1977년에 채록한 이두현본의 경우 할미의 욕망이 그다지 잘 드러나 있지 않고, 1978년에 채록한 임재해본의 경우는 비교적 잘 드러나 있으며, 거의 20여 년 후인 1995년에 채록된 이균옥본에서는 상당히 노골적으로 드러나 있다.

할미가 오줌을 관중석에 뿌리니 관중들이 폭소를 터뜨리면서 피한다. ―
〈이균옥본〉[258]

오줌을 뿌리는 행위는 남해안별신굿 〈해미광대탈놀이〉에서도 나타난다. 이 놀이에서 할미광대는 바로 당산신인데 굿마당에 와서 직접 굿 한 석을 하게 되고, 그러다 오줌을 눠서 관객에게 뿌린다.

> (술잔을 놓고 할미는) 아이고 내가 잠깐 나가서 볼일 좀 보고 올구마. (몇 걸음 물러나 앉아서 치마를 걷어올리고 오줌 누는 시늉을 한다. 구경꾼들이 박장대소하면, 할미광대는 오줌을 고무신에다 받아다가 뿌리면서)
>
> | 내오줌 | 가는데마다 | 농사도 | 잘 되고 | 해옥도 잘되고 |
> | 내오줌 | 간데마다 | 일가화목 | 없는데는 | 화목하고 |
> | 아이 | 못놓는데는 | 아이도 | 잘놓고 | |
> | 부부간에 | 원진살 | 걸린데는 | 이도좋고 ― 〈해미광대탈놀이〉[259] | |

당산신인 할미가 오줌을 누고 뿌리는 행위를 지모신의 방뇨와 관련지어보면, 그것은 일종의 모의 성행위가 되며 결과적으로 대지의 생생력을 북돋아 연희지역에 풍요를 가져다주게 된다. 풍년, 화목, 순산, 부부정을 얘기하는 할미의 대사 속에 오줌이 가지는 풍요와 화합의 의미가 잘 드러나 있다. 마찬가지로 〈탈굿〉에서 할미가 오줌을 누거나 관객에게 뿌리는 행위 또한 생산력을 고양시키기 위한 행동으로 볼 수 있다.[260]

---

258) 이균옥, 『동해안별신굿』, 박이정, 1988, 189쪽.

259) 김선풍, 『남해안별신굿』, 박이정, 1997, 207쪽.

260) 그렇다면 가면극에서 할미가 등장하자마자 오줌을 누는 행위와 세간 나누기에서 유독 '샛별 같은 요강'을 차지하기 위해 영감과 다투는 것 또한 생산력을 고양시키기 위한 행위로 볼 수 있을 것이다.

한편 영감과 서울애기가 함께 있는 것을 안 할미는 자신 또한 마을 주민을 끌어들여 욕망을 해소하기도 한다.

> 할미 : (가슴을 두드리며 옷고름을 풀어헤치면서) 아이구 내, 아이구 내가
> (치마도 다 벗어던지고 팬티 바람으로 가슴을 치며 팔을 내저으면서 관
> 중석을 무작정 뛰어들어간다. 관중들은 아프다고 소리지르며 피하기도
> 하고 계속 폭소를 터뜨린다.) 아이구, 저 동네 사람요. 아이구 동네 사람
> 보시더. 저- 누가 한 사람 여거 오소 보시더. 내 하소연 좀 들어보소.
> (50대 할아버지 한 분을 가리키면서) 저 -남자 한 분 들와보소. [중략]
> 싹뿔이 : (중년 남자 한 분을 데리고 들어와서) 어매야. 델고 왔다.
> 할미 : 그래, 델고 왔나?
> 싹뿔이 : 그래.
> 할미 : 그래 가마 있거라 보자. 거기서 내 얘기 좀 들으소. 글쎄 저 훼양들
> 영감이 (싹뿔이가 서울애기에게 달려들어 희롱을 하니, 관중들: 싹뿔
> 아 안가나?) 요 훼양년의 영감들이, 영감 데루고는 내가 못하고. 아이
> 구 내 가마 있거라 보자. 아무거나 데루고 하자. 아이구나 올러간다.
> (구경하고 있는 아이들에게) 아들도 밑천 시끄럽다. 너거 나가거라. (곁
> 에 서 있는 남자 관중을 보고) 내캉 한 번 하자. (남자 관중을 끌어안고
> 넘어지면서 위에 올라가 성행위 시늉을 한다. 관중들은 폭소)
> 할미 : (관중이 빠져 달아나니 일어서서) 아이구, 싹뿔아-! 싹불애이, 이
> 늠아! 인제 내가 속이 선-하다. 아주 선-하다. - 〈임재해본〉261)

그런데 이제껏 할미의 성적 욕망은 단순한 본능이 아닌 지모신의 풍요다산과 관련지었다. 그렇다면 '영감 데루고 못하고 아무거나 데루고 하자'는 일탈 행위에도 그러한 의미를 부여할 수 있을까. 할미의 새 영감에 대한 적극적인 성애

---

261) 『대계』7-7, 233~234쪽.

장면은 다른 민속극에서는 찾아보기 힘들며, 〈탈굿〉 내에서도 이본에 따라 실재 여부가 다르다. 이 장면은 78년 임재해본에서 처음 보인 이후, 95년 이균옥의 채록본 및 그 이후의 채록본에 나와 있다. 그런데 70년대에 연희자의 구술본에는 이 부분에 대한 언급이 없다. 연희자가 놀이 전반을 구술해 주는 것은 현장감이 떨어지는 대신 안정된 상황에서 연희에 꼭 필요한 내용을 진술해 주는 장점이 있다. 따라서 연희자의 구술에 할미의 성애 장면이 생략된 것은 이 장면이 놀이에 꼭 필요하지 않다는 것, 달리 말하면 연희자의 재량이나 연희 현장의 분위기에 따라 선택된다는 의미가 된다.

그렇다면 이러한 모의적 성행위의 의미는 무엇일까. 그것은 크게 희극미의 창출과 주술적 기능의 측면에서 생각해 볼 수 있다. 실제 연희 현장에서는 할미의 외설적인 사설과 노골적인 성행위 모사가 연출되면 난장판이 될 만큼 관객들의 호응이 컸다고 한다.[262] 할미의 과장되고 억지스러운 행위가 웃음을 유발하여, 극적 재미는 물론 관객의 적극적인 참여를 유도하는 것이다. 다음으로 할미가 선택한 외간 남자가 바로 관객, 특히 출어를 기다리는 선주임을 주시할 필요가 있다. 할미와 선주의 모의 성행위는 할미가 지닌 지모신의 생생력을 선주에게 직접 전파하여 다가올 어로기의 생산력을 북돋으려는 주술적 행위인 것이다. 따라서 영감에게 발현되는 할미의 욕망이 마을의 풍요다산을 위한 주술적 행위라면, 관객과 할미의 성행위 모사는 희극적이며 개인을 위한다는 점에서 차이가 있다.

한편 〈탈굿〉에서는 가면극처럼 할미가 성을 생계의 수단으로 삼는 모습을 찾기 힘들다. 예외로 이균옥본에서 할미가 새 영감과 성행위를 한 후 돈을 요구하기도 한다.

---

262) 임재해, 앞의 책, 228쪽.

할미 : 옳치. 그래 여 잠바 좀 벗고. [중략]

할미 : 아이구 윗통도 벗었제. (붉은 색 속바지를 거칠게 벗으면서) 아이
구 지기 미 씨발 나도 나는 몬 벗을까봐. 아이구 나도 벗는다.

할미가 제관을 넘어뜨리고 뒹굴면서 성행위를 하는 시늉을 한다. 이 장면
을 보고 관중들은 폭소를 터뜨린다. [중략]

할미 : 야 아 뭐라카이. 좋나?

제관 : 좋다.

할미 : 아이구 좋으마. 좋으마 내 씹 값 내놔라. – 〈이균옥본〉[263]

극 중에서 영감은 서울애기에게 빠져 가산을 탕진한 상태이고, 영감에게
버림받은 할미 또한 자식 셋과 살기가 막막한 상황이다. 따라서 할미가 제관
과 성행위를 하고 돈을 요구하는 것을 생계수단으로 해석하기 쉽다. 그러나
할미의 성행위가 제관을 비롯한 선주들의 풍어를 위한 것이고 이러한 행위가
마을 사람들의 폭소를 자아내는 점을 볼 때, 제관에게 반강제로 받아내는 돈
은 신이 내리는 풍요에 대한 대가, 또는 굿판의 별비로 보는 것이 타당하다.

가면극 할미과장과는 달리 〈탈굿〉에서는 원래부터 생계수단으로 성을 파는
행위는 없었다고 본다. 민속극의 경우 실제 공간과 놀이 공간이 일치하는데,
〈탈굿〉도 예외는 아니다. 따라서 특정한 어촌마을을 배경으로 하는 놀이 현장
에서 할미가 몸을 팔아가며 생계를 유지하는 모습이 지역민들에게 수용되기는
쉽지 않았을 것이다.

다음으로 할미의 식욕을 살펴보자. 〈탈굿〉에서 할미의 식욕을 찾기는
쉽지 않다. 할미가 머리에 먹을 것을 이고 나오는 경우가 있지만 가면극
처럼 직접적으로 음식에 대한 욕망을 표출하지는 않는다.[264] 다만 대화의

---

263) 이균옥, 앞의 책, 193~195쪽.

264) 음식과 관련해서 이균옥본의 경우 할미가 등장할 때 플라스틱 빵상자를 머리에 이고 나와

문맥에 맞지 않게 뜬금없이 소고기를 찾는 할미를 통해 식욕의 흔적을 찾을 수 있다.

> 싹불이 : 우리 애비 저, 저 기상방에 놀로 갔단다.
> 할미 : 야, 놀러 갔나?
> 싹불이 : 그래.
> 할미 : 소고길 다고. 아이구 배고프다이. 아이구! 싹불아―! 그런데, 간히
>   히떡 대배져.(계속 거친 몸짓을 하며 흥분해서) 야―아! 싹불아?
> 싹불이 : 와―?
> 할미 : 아이구 니기미 씹할 놈아! (관중 : 웃음) 아이구 니게비 어디 갔노?
>   야 싹불아! ― 〈임재해본〉[265]

아들은 할미에게 아버지가 기생방에 놀러갔다고 알려주는데, 할미는 엉뚱하게 배가 고프다며 소고기를 달라고 한다. 그러다 문득 아들의 말을 깨달은 할미는 다시 남편을 찾는다. 앞뒤 문맥에 맞지 않게 소고기 타령이 등장하는 걸 보면, 원래 할미의 식탐을 나타내는 내용이 있었으나 후대로 오면서 생략된 것으로 보인다.

식욕과 더불어 할미의 물욕 또한 찾기 힘들다. 〈탈굿〉이 현장의 온도에 따라 변주가 자유로운 점을 감안한다면 할미의 이러한 욕망은 별 호응을 받지 못해 그 흔적만 남은 것이 아닌가 싶다. 왜냐하면 굿판의 할미는 본래 식욕과 물욕이 강하기 때문이다. 이것은 남해안별신굿의 〈해미광대탈놀이〉에 나타난 할미의 욕심에서 알 수 있다.

넘어지면서 빵과 음식을 쏟아버리는데, 이때 할미는 싹불이를 위해 먹을 것을 얻어 왔는데 쏟아버렸다고 푸념한다. 결국 빵은 관객들에게 나누어 준다.(이균옥, 앞의 책, 187~188쪽)
265) 『대계』7-7, 230쪽.

할미 : 너거들, 이게 시전 내 당골인데, 너그들 내 허락도 없이 굿을 해. 기가 찰 노릇이다. 허허 참.

고인수 : 이곳이 할매 당골인데, 우리가 허락도 없이 굿을 하니게 미안합 니다. 정말 죄송스럽습니다.(통사정을 한다.)

할미 : 그라모 할 수 없다. 너그들 공짜배기로 하지는 않을 끼고, 돈을 얼 마나 받고 하노?

고인수 : 예, 일곱 냥 일곱 돈 일곱 푼 일곱 리를 받고 합니다.

할미 : 그래, 일곱 냥 일곱 돈은 내를 주고 가고, 일곱 푼 일곱 리는 너거가 가져가거라.

고인수 : 그 할매 욕심도 많다.

할미 : 마령쌀은 얼마나 받고 하노?

고인수 : 일곱 말 일곱 되 일곱 홉 일곱 작을 받고 합니다.

할미 : 일곱 말 일곱 되는 내를 주고, 일곱 홉 일곱 작은 너거가 가져가거라.

고인수 : 그 할매 욕심도 되게 많다. 해도 해도 너무한다. 우리는 뭐 묵고 살끼고? - 〈해미광대탈놀이〉[266]

위의 예문에서 할미는 고인수가 굿을 해주고 번 돈과 마령쌀의 대부분을 가지려고 한다. 무속 신의 특징은 받은 만큼 베푸는 데 있으므로, 재물을 정성껏 많이 바칠수록 신 또한 음복을 더 많이 내려줄 것이다. 따라서 당산신인 할미가 돈과 쌀에 욕심을 부리는 것은 지역민의 소원인 풍요다산이 그만큼 많이 성취된다는 뜻이 된다.

〈탈굿〉 또한 굿의 일환으로 연행된 점을 볼 때, 주인공 할미는 〈해미광대탈놀이〉의 할미만큼이나 과한 욕망을 표현했을 것이다. 그런데 〈탈굿〉의 할미는 당산신이 아니라 여염집 여인으로 등장하고 있어 보다 연극적이다. 게다가

---

266) 김선풍, 앞의 책, 205쪽.

〈탈굿〉은 현장에서 끊임없이 역동적으로 변화해 온 만큼,[267] 내용의 큰 골격은 변하지 않더라도 전승집단의 현실 인식이나 연행현장의 가변적 상황에 따라 대사나 행위가 가감될 수 있다. 따라서 할미의 성적욕망은 성담론이 개방된 후대에 올수록 희극미의 창출과 주술적 기능을 위해 적극적으로 활용된 반면, 할미의 식욕이나 물욕은 대량생산의 시대로 접어들면서 오히려 그 의미가 쇠퇴했다고 본다.

3) 꼭두각시거리 ; 물욕 추구와 안정된 삶의 지향

꼭두각시는 가면극이나 〈탈굿〉의 할미에 비해 성적 욕망에 대한 태도가 소극적이다. 할미과장처럼 영감인 박첨지와 재회했을 때 성행위를 모사하는 춤을 춘다거나, 〈탈굿〉처럼 새 영감을 만나 정욕을 풀려고 하지 않는다. 다만 꼭두각시거리 다음에 이어지는 이시미거리에서 꼭두각시의 성적 욕망을 짐작할 수 있다.

> 꼭두각시 : 약풍이죠. 내가 이렇게 얼굴이 못나게 생겼어도요 내 궁둥이
>   뒤에 건달들이 수북히 따라다닙니다.
> 촌인 : 잘생겨서 그러는구나.
> 꼭두각시 : 나하고 살자고 그래요.
> 촌인 : 드러워서 구경할야구 그러지.
> 꼭두각시 : 드러워서요. 아이구 그런 말씀 마세요. 아주 내가 그래도 멋도
>   있고 소리도 잘하고 춤 잘 춘다고 살자구 그래요. 당신하고 살까요. —
>   〈박헌봉본〉[268]

---

267) 김신효는 「동해안 탈굿의 변화양상과 요인」(『한국무속학』16집, 2008, 95~129쪽)에서 채록본의 비교를 통해 〈탈굿〉이 세부적으로 변화해 온 양상을 잘 짚어주고 있다. 그는 이러한 변화의 원인을 전승집단의 의식변화 및 연행현장의 가변성과 자율성에서 찾고 있다.

〈꼭두각시놀음〉 전체를 볼 때, 위의 장면은 꼭두각시가 남편인 박첨지와 헤어진 후, 새 쫓는 일을 하러 왔다가 촌인을 만나 대화하는 부분이다. 꼭두각시는 자신은 못생긴 얼굴이지만 궁둥이에 건달들이 수북이 따라다닌다고 자랑하며, 촌인269)에게 같이 살자는 유혹까지 한다. 꼭두각시는 말과 행동만 보면 마치 강한 성욕을 지닌 여성처럼 보인다. 그런데 실상 꼭두각시에게 있어 성은 생산을 위한 욕망이 아닌 생계를 위한 수단일 뿐이다. 안주할 집도 없이 건달들과 어울려 춤추고 노래하는 삶, 그것은 당시 예능과 매춘을 일삼았던 사당패 등의 유랑광대의 삶인 것이다.

그렇다면 꼭두각시의 성적 욕망은 생산과는 아무 관계가 없는 것일까. 꼭두각시라는 명칭이 가진 신성한 의미나 꼭두각시거리가 할미과장과 내용이나 갈등 양상이 유사한 점을 보면, 꼭두각시의 성적 욕망의 원천 또한 풍요다산을 위한 생산적 욕망에 두는 것이 마땅하다. 다만 성욕이 생계를 위한 수단으로 전락해버리고, 더 이상 풍성한 생산을 기대하기 힘들게 되면서 꼭두각시의 생산신적 면모도 은폐되었다고 본다.

오히려 〈꼭두각시놀음〉에서 꼭두각시가 가장 적극적으로 표출하는 욕망은 세간에 대한 욕망이다. 오랜만에 만난 영감과 영감의 첩에게 푸대접을 받은 꼭두각시는 갈라서자며 재산을 나눠달라고 한다.

> 돌머리집 : 그러면 인사해 볼까요?(아무 말없이 화가 나서 꼭두각시한테 머리를 딱 드려받으며) 인사 받으우.
> 꼭두각시 : (놀래며) 이게 웬 일이여? 여보 영감, 이게 웬 일이요. 시속인 사(時俗人事)는 이러하오? 인사 두 번만 받으면 내 머리는 간다뵈라 하

---

268) 심우성, 앞의 책, 240~241쪽.
269) 〈꼭두각시놀음〉에서 촌인(이본에 따라서 산받이로 불림)은 극중 인물과 재담을 하는 한편, 극 전체를 이끌어가는 연출자의 역할도 한다.

겠구나. 인사도 싫으니 세간을 나눠주오.

표생원 : 괘씸스런 계집들은 불같은 욕심은 있고나, 나의 집은 해남 관머
리요 몸 지체는 한양성중인데 무슨 세간 무슨 재물을 나눠주니? 짚은
몽둥이로 한번 치면 다 죽으리라. - 〈김재철본〉[270]

꼭두각시 : 여보 영감 이꼴저꼴 보기 싫소. 나는 갈테니 세간이나 갈라주소.

박첨지 : 세간? 네 년이 무얼 장만했길래 세간을 달래.

꼭두각시 : 여보 내가 시집올 때 와가지고 방아품 팔고 바느질품 팔어 이집
사고 땅마지기 사지 않았소! 그러니 갈라주시오. [중략]

박첨지 : 아- 그러면 갈라주어야지. 그러나 네가 무엇을 가지고 갈라달라
느냐? (창)세간을 나눈다 나눈다 농농 장롱 반다지 자개함롱 귀다지 그
건 모두 다 네 갖고 큰마누라는 무얼 줄까. 뒷곁으로 돌아가서 깨어진
매운재독 부단가리 그건 모두 너 갖고……

촌인 : 큰 마누라 불쌍하다

꼭두각시 : 여보 여보 그저 저거 나는 다 싫소. 나는 강원도 금강산으로 중
되러 갈테니 노자돈이나 좀 주오. [중략]

박첨지 : 집도 팔어주어야지, 큰 마누라는 다 주어야지. 야야 이년아 노자
돈을 주면 얼마나 주랴.

꼭두각시 : 주면 주고 말면 말지 돈 천냥이야 안 주겠소.

박첨지 : 앗다 그년 털도 하낫도 안 난 년이 마른 뻔질뻔질하니 잘 한다.
아무도 몰래 이천 냥 가지고 오너라. 남 아듯 내 천 냥 줄테니 뚝 떼고
갈테면 가고 말테면 말아라. - 〈박헌봉본〉[271]

꼭두각시는 남편 박첨지에게 실질적으로 값어치 있는 세간이나 그것도 안 된
다면 노자돈을 달라고 하는데, 박헌봉본에서는 집과 땅을 나누자고 요구하기

---

270) 심우성, 앞의 책, 201쪽.
271) 심우성, 앞의 책, 237~238쪽.

도 한다. 가면극의 할미와 영감이 요강이나 도끼와 같은 풍요다산의 상징물을 두고 다투는데 비해, 꼭두각시의 욕망은 지극히 세속적인 셈이다.

꼭두각시가 이처럼 물질적인 욕망만을 노골적으로 드러내는 것은 연희집단과 관련하여 생각해 볼 수 있다. 〈꼭두각시놀음〉의 연희집단은 사회의 최하위 계층인 유랑광대 집단으로, 그들이 떠돌 수밖에 없는 이유는 지역에 정착할 수 있는 인적·물적 기반이 없기 때문이다. 따라서 꼭두각시의 집이나, 땅, 세간에 대한 물욕은 바로 물적 기반을 갖추고 싶은 욕망으로 볼 수 있다.

가정에서 괴리된 후 노래 부르고, 춤추고, 남자들에게 몸을 팔아야 했던 꼭두각시가 가장 소원한 것은 영감과의 결합이었다. 첩인 돌머리집 때문에 그것이 성취되지 못했을 때, 두 번째로 소원한 것은 세간의 분배이다. 영감과 세간, 이 둘은 피곤한 유랑의 삶을 벗어나 안정되게 정착하기 위해서 꼭두각시에게 절실하게 필요한 것이다. 그러나 이러한 욕망은 결국 좌절되고, 꼭두각시의 삶은 다시 길 위에 서게 된다. 가면극이나 탈굿의 할미가 보여줬던 욕망과 풍요의 상관관계를, 인형극의 꼭두각시에게서는 기대할 수 없다. 전자의 극들이 제의와 밀접한 관련을 가진 데 비해 꼭두각시극의 서사는 담당층의 현실에 더 밀착되어 있기 때문이다.

3. 생명신 할미 ; 죽음과 재생의 주기적 순환

앞서 설문대할망, 바리데기, 당금애기의 설화에서 여주인공의 삶과 죽음 및 재생을 생명신으로서의 여신과 관련하여 살펴보았다. 특히 바리데기가 저승에서, 당금애기가 돌함에서 출산하는 것은 대지가 새로운 생명을 싹 틔우는 것의 비유적 표현으로 보았고, 반대로 자식의 죽음은 그 열매가 대지의 품으로 돌아가는 것, 즉 농경에서의 파종을 의미한다고 보았다. 농작물의 생산주기가 그렇듯이 신화 속 여신과 그 자식의 삶과 죽음 및 재생은 해마다 반복되면서 순환한다.

민속극에서도 죽음은 중요한 의미를 가진다. 그 주된 대상은 할미이지만, 전승되는 지역에 따라 할미뿐만 아니라 영감이나 자식의 죽음도 있어 하나하나 면밀한 해석이 필요하다. 반면 〈탈굿〉과 꼭두각시거리에는 죽음이 부각되지 않는다. 〈탈굿〉에서는 영감이 죽음의 상태까지 이르지만 무당의 굿으로 소생하고, 꼭두각시거리에서는 꼭두각시가 가출하는 것으로 끝난다. 죽는 것만큼이나 죽지 않는 것에도 이유를 밝혀줘야 죽음의 의미가 명확해질 것이다.

1) 할미과장 ; 극의 죽음과 농경 현장의 재생

가면극 할미과장에서는 인물간의 갈등과 대립의 끝이 죽음으로 귀결되는 만큼, 죽음은 중요한 의미를 지닌다. 주로 죽는 사람은 할미인데 그의 죽음에 대한 기존 연구를 보면 신화적 관점에서는 늙고 생산적이지 못한 신의 몰락으로, 사회적 관점에서는 봉건시대 여성의 비극적 삶의 반영으로 보았다. 그리고 이처럼 죽음을 보는 관점에 따라서 극 전체의 주제는 생산력의 고양이나, 가부장적 가족제도에 대한 비판으로 모아졌다.

문제는 모든 가면극에서 할미가 죽는 것은 아니며, 때로 영감이 죽거나 죽음이 없는 경우도 있다는 것이다. 죽음의 이유도 지역에 따라 다르게 나타난다. 한편 할미만큼 중요한 의미를 지니는 자식의 죽음에 대해서는 별다른 논의조차 없다. 이 문제에 대한 답을 찾기 위해 먼저 가면극별로 할미과장에 나타나는 죽음의 양상을 살펴보자.

〈표-1〉 할미과장에 나타나는 죽음의 양상

	할미	영감	자식	비고
양주별산대	○			할미가 초반에 죽음
송파산대	○			할미가 초반에 죽음
봉산탈춤	○	△	○	영감이 사당동티로 죽었다가 살아난 후, 할미가 죽음
강령탈춤			○	할미가 가출함
은율탈춤	○			
통영오광대	○/×			
고성오광대	○		○	
가산오광대		○	△	마당쇠가 체해서 죽을 뻔함
수영야류	○		○	
동래야류	○		○	
하회별신굿				

*○ 죽음, △ 죽음과 같은 상태, × 죽음이 없음

〈양주별산대〉와 〈송파산대놀이〉에서는 다른 가면극과 달리 할미와 영감이 놀이마당에 함께 등장하는데, 영감이 할미를 구박하자 할미는 쓰러져 죽어버린다. 자세히 살펴보면, 〈양주별산대〉의 경우 영감이 할미에게 귀찮게 따라다닌다고 면박을 주며 "자네도 늙고 나도 늙었으니 우리 이별이나 한 번 하여 볼까?"하고는 할미에게 죽으라고 창(唱)을 하자,[272] 할미는 그대로 놀이마당 가운데에 쓰러져 죽는다.[273]

〈송파산대놀이〉의 대사에는 할미가 죽는 과정이 구체적으로 묘사되어 있다.

---

272) 죽어라 죽어라 제발 덕분에 죽어라. / 너 죽으면 나 못살고 나 죽은들 네 못살랴! / 제발 덕분에 죽어라. / 옥단춘이 죽었으랴? 제발 덕분에 죽어라. / 두 손뼉을 척척 치며, / 노란 머리를 박박 뜯고서, / 제발 덕분에 죽어라. (전경욱, 앞의 책, 60쪽)
273) 전경욱, 앞의 책, 59~60쪽.

신할미 : 거 영감 아니유?

신할애비 : 영감이고 곶감이구, 지긋지긋하게 쫓아다니는구나. 여태 죽지
　도 않고 살아 가지고 아침 굶은 강아지 모양 졸졸 따라 다니느냐? 쌈지
　끈에 대꼬치냐 쌍줄육에 삼육이냐? 쌍지나에 아삼이냐? 너 때문에 더
　살려도 못 살겠다. 늙어서 마누라가 영감 거두지 못하면 이제 죽어야
　지. 제발 좀 없어져라. 얼른 죽어라 죽어!

신할미 : 뭐라고, 날더러 죽으라구!

신할애비 : 그래 죽어라. 어서 죽어!

신할미 : 젊어서 영감 잘 거둘 땐 좋아라고 하더니, 이젠 죽으라구! 아이고
　분해라.(주저앉아 지팡이로 땅을 치며 통곡하며) 아이고 원통해. (가슴
　을 주먹으로 치다가 뒤로 나자빠져 죽는다.) – 〈송파산대놀이〉[274]

　할미가 죽는 표면적인 이유는 영감의 구박에 분통이 터져서이지만, 죽으라
고 구박하는 영감과 죽으라는 말에 그대로 죽어버리는 할미의 모습은 아이러니
하면서도 해학적이다. 그래도 영감의 말에 할미가 분통을 터뜨리며 발악하다
제풀에 죽는 것을 보면, 〈양주별산대〉의 할미처럼 죽으라는 소리에 바로 죽는
것보다는 이유가 그럴듯해 보인다.

　그렇다고 화가 나서 발악하는 것이 할미의 죽음에 대한 설명이 될 수는 없
다. 오히려 할미가 죽을 수밖에 없는 근본적인 이유에 대해서는 〈양주별산대〉
의 "늙었으니 이별이나 해보자"는 영감의 말에 더 무게감이 실린다. 영감의 말
을 그대로 해석하면, 늙으면 이별하는 것이 당연하니, 자연의 순리에 따라 만
나야할 때 만나고 이별해야 할 때는 이별하자는 뜻이 된다. 그 이별은 두 사람
이 각자 근거지를 떠나는 것일 수도 있고, 둘 중 하나가 죽는 것일 수도 있다.

　극의 초반에 시작된 할미의 죽음은 종반까지 중요한 모티프로 작용한다. 할

---

274) 전경욱, 앞의 책, 109~110쪽.

미의 상례를 치르기 위해 흩어졌던 가족이 모이고 그 과정에서 묵은 갈등이 분출되어 잠시 혼란스러운 상황이 연출되다가, 결국 할미를 위한 진오귀굿에 이르러서야 아버지와 아들, 누이와 동생은 화해하게 된다. 할미의 죽음 때문에 가족 간의 불화가 생기고, 할미의 죽음 때문에 화해와 화합이 이루어지는 것이다. 인물들의 해학적인 행동과 재담 때문에 자칫 희극처럼 보이만, 이 놀이의 핵심은 할미의 죽음이다. 할미가 죽어야 하는 이유가 없으면서도 그 죽음이 놀이 속 사건에 지대한 영향을 미치고 있다. 바꿔 말하면 이 과장을 시작한 놀이꾼들이 진정 놀고 싶었던 것은 할미의 죽음이라 해도 과언이 아닐 것이다.

그런데 할미의 죽음은 완전하게 소멸되는 것이 아니다. 죽은 할미의 신체는 모든 활동이 정지되지만 생명을 창조하는 자궁만은 살아 있다.

> 도끼 : 그런데 아버지
>
> 신할아비 : 왜.
>
> 도끼 : 그런데 이 전신의 맥을 내가 죄 다시 보았소.
>
> 신할아비 : 그랴.
>
> 도끼 : 보니깐두루 전신이 아주 죄 죽었소 죄 죽었는데.
>
> 신할아비 : 죽었겠지.
>
> 도끼 : 이왕에 나 누님 맹길려구 아버지두 옹색풀던 구녁은 시방 입때 살았어.
>
> 신할아비 : 뭐 거기 살았어. 어디 만져보자 어디 만져봐.
>
> 도끼 : 살았어. 왜 그걸 만지려고 야단이요. 내가 먼저 만져봐야지. ─〈양주별산대〉 [275]

275) 이두현, 앞의 책, 89쪽.

따뜻한 자궁은 여전히 생명이 창조될 수 있는 기미를 보여 준다. 그렇다면 할미의 죽음은 소멸이 아닌 재생을 위한 긴 휴식이며, 마치 왕성한 활동을 끝 낸 대지의 긴 동면과 같은 것이 된다. 양주와 송파의 할미가 보여주는 순리에 따르는 죽음과 따뜻한 자궁은 이 놀이가 지니고 있는 신화의 흔적을 농도 짙게 보여주는 것이다.

그러나 대부분의 할미과장에서 이러한 신화적 의미는 은폐되고 보다 극적인 이유, 즉 현실적인 이유들이 부각된다. 〈봉산탈춤〉에서 영감은 자식의 죽음에 대한 책임을 물어 할미에게 헤어지자고 하는데, 불공평한 세간 분배 과정에서 오히려 자신이 사당동티로 쓰러진다. 그리고 그 사이 할미가 동네 총각들을 유혹하자, 다시 깨어난 영감은 화를 내면서 할미를 때려죽인다. 〈은율탈춤〉에서 는 유일하게 첩의 투기가 직접적인 원인이 된다. 영감이 누구의 남편인가를 두고 할미와 첩은 다투게 되고, 영감의 은밀한 특징을 말한 할미가 승리하지만 결국 화가 난 첩에게 맞아죽는다. 한편 통영·고성·수영·동래의 가면극에서 할미가 죽는 이유는 모두 자식 때문이다. 통영과 고성에서는 할미가 첩이 낳은 자식을 제 자식인 양 어르다가 맞아 죽고,[276] 동래와 수영에서는 영감이 할미 에게 자식들의 죽음에 대한 책임을 물어 화를 내며 죽인다.

그런데 양주와 송파의 가면극에서 할미의 죽음은 시작이지만, 그 외 대부분 의 가면극에서 할미의 죽음은 극의 끝에 놓인다. 극의 출발도 귀결도 될 수 있 는 것, 할미의 죽음은 그러한 순환의 시간에 놓여 있다. 이 죽음에 어떻게 그럴 듯한 이야기를 덧붙이냐에 따라 할미과장의 내용도 조금씩 달라지는 것이다.

한편 할미과장에서는 할미 외에 자식이나 영감이 죽기도 한다. 자식의 죽음 은 봉산·강령·고성·수영·동래의 가면극에서 나타나며, 영감의 죽음은 〈가 산오광대〉[277]에 나온다. 할미의 죽음에서 신화의 흔적을 찾을 수 있듯이, 자식

---

276) 〈통영오광대〉의 경우 이본에 따라 할미가 죽지 않는 경우도 있다.

이나 영감의 죽음 또한 같은 맥락에서 살펴볼 수 있다.

먼저 자식의 죽음부터 찾아보면,

> 가) 영감 : ......너 오래간만에 만났으니 아해들 말이나 물어보자. 처음 난
> 문열이 그놈은 어떻게 자랐나? [중략]
>
> 미얄 : 아, 영감 하 빈곤하기에 산으로 나무하러 갔다가 호랑이에게 물
> 려갔다오.
>
> 영감 : 무어야, 인제는 자식도 죽이고 아무것도 볼 것이 없으니 너하고
> 나하고는 영영 헤어지고 말자. - 〈봉산탈춤〉[278]

> 나) 영감 : ......그러나 내가 어디럴 갔다가 여러 날만에 집얼 드러시면,
> 마댕이(아들 이름)와 찔느데기(딸의 이름)가 반기지 않으니 어�쩬
> 일입네?
>
> 할멈 : ......그 녀석이 낭구럴 가서 낭구럴 어찌나 많이 하겼던지, 솔방
> 울 잔뜩 개판(個爿)얼 따, 지고 산 아래로 내려와 쉬면서 지게 아래
> 서 잠얼 잠깐 자다가 놀래 깨어 일어나다가 지게 작심이럴 발길로
> 뚝 차서 낭구짐이 면상에 가 업뜨러져 코가 터져 죽었읍네.(하며 영
> 감과 같이 운다)
>
> 영감 : 할 수 없네. 여보 할멈, 할 수 있나, 명이 짧아 죽은 것얼 할멈도
> 할 수 없어. 그러나 찔느네기가 뵈이지 않으니 그건 또 웬 일입네?
> [중략]
>
> 할멈 : 뒷집에 총각넘이 하나 있지 않습나. 그넘이 매일 우리 집에 다
> 니며 눈독얼 들이더니, 무슨 일얼 잘못했넌지 찔느데기럴 중방얼
> 부르트러 쥑옜읍네.(영감과 같이 운다) - 〈강령탈춤〉[279]

---

277) 여기서 다루지는 않지만 〈김해오광대〉에서도 가산처럼 영감이 죽는다.
278) 이두현, 앞의 책, 205쪽.
279) 전경욱, 앞의 책, 206~207쪽.

다) **영감·할미** : (정화수를 떠 놓고 절을 하며 축수한다.) 속히 순산(順産)

하여 주십사. (아이 울음소리가 난다.)

영감 : (생남했다고 좋아하며 아이를 부둥켜 안고 어른다.)

할미 : (영감에게서 아이를 받아 어르다가 떨어뜨려 죽인다.)

영감·제밀지 : (할미를 때려 죽인다. 퇴장) ─ 〈고성오광대〉[280]

라) **할미** : (후유 탄식하며 가슴팍을 치고 눈물을 닦은 후에) 큰 놈은 나무

하러가서 정자나무 밑에서 자다가 솔방구(솔방울)에 맞아 죽고, 두

째놈은 앞도랑에서 미꼬라지 잡다가 불행이도 물에 빠져 죽고, 셋

째놈은 하도 좋아 어르다가 놀라 정기로 청풍에 죽었소. (할미는 엉

엉 통곡한다.) (통곡하는 할미를 영감이 발로 차니, 할미가 실성하

여 졸도한다.) ─ 〈수영야류〉[281]

마) **영감** : ……그런데 할맘, 내 갈 적에 아들 삼형제 두고 갔는데 큰 놈,

내 솔방구(솔방울)는 어쨌노?

할미 : 떨어져 죽었다.

영감 : 뭐 떨어져 죽었다? 그래 둘째놈, 내 돌맹이는 어쨌노?

할미 : 빠져서 죽었다.

영감 : 뭐 빠져서 죽었다? 그래서 셋째놈, 내 딱개비는 어쨌노?

할미 : 민태서 죽었다.

영감 : 뭐 민태서 죽었다? 그래 자식 셋을 다 죽였다 말이지, 후후 (관

중을 향한다.) 이 사람들아, 다 들 보소. 이년이 아이 셋 있는 것을

다 죽여 버리고, 또 내 소실 하나 얻은 것까지 심술을 부리니 내가

어떻게 살겠나, 못 살지 못 살아. (할미 보고) 에이 이년 너도 죽어

라. (발길로 찬다.) ─ 〈동래야류〉[282]

---

280) 전경욱, 앞의 책, 372~373쪽.
281) 전경욱, 앞의 책, 305~306쪽.

할미과장에서 자식의 죽음은 할미와 영감의 갈등을 유발하거나 심화시켜 결국 할미를 죽음으로 내모는 원인이 된다. 이 과장을 비극으로 보는 이유도 이처럼 등장인물들의 안타까운 죽음이 있기 때문이다. 문제는 그 죽음의 양상이 과장되어 있고, 또 희극적 성격이 농후하다는 점이다. 〈봉산탈춤〉의 문열이가 호환을 당한 것은 그럴 수 있다 해도, 〈강령탈춤〉의 마댕이가 고작 솔방울 한 개 반 해놓은 나뭇짐에 깔려 코가 터져 죽었다는 것과, 찔느데기가 뒷집 총각과 통정하다 중방283)이 부러져 죽은 것은 개연성이 떨어진다. 〈수영야류〉에서 할미의 자식들이 솔방울에 맞아 죽고 도랑물에 빠져 죽고 좋아서 어르다가 죽는 데에서는 죽음이 희화화 되며. 심지어 〈동래야류〉에서는 아예 자식의 이름을 솔방울, 돌멩이, 딱정이라 부르며 이들이 떨어져 죽고, 던져 죽고, 문질러 죽었다고 한다. 한편 〈가산오광대〉의 경우 할미의 아들 마당쇠는 죽지는 않지만 사탕이 목에 걸려 죽음의 위기를 맞는다. 죽은 듯이 누워 있다가 의원의 침을 맞고서야 깨어나는 것은 가상의 죽음을 경험한 것과 다름없다. 그런데 의원은 마당쇠가 쓰러진 이유를 눈깔사탕 때문에 목이 막힌 것이라고 하면서, 침은 엉뚱하게도 사타구니에 놓으려 한다. 자식이 쓰러져 죽은 듯이 누워있는 데도 애절하거나 긴박하지 않고 오히려 여느 장면보다 더 희극적이다.

부모에게 자식의 죽음만큼 슬픈 것은 없고, 부모가 아니라 해도 아이들의 죽음은 보는 이에게 늘 안타깝다. 그런데 가면극에서 자식의 죽음은 전혀 슬프지 않고 오히려 해학적으로 표현된다.284) 왜 그럴까. 그 이유는 이 죽음이 마땅히

---

282) 전경욱, 앞의 책, 339쪽.

283) 중인방(中引枋)의 준말로 기둥 막대기이다. 여기서는 여성의 성기를 가리킨다. (이두현, 앞의 책, 243쪽 각주 190번)

284) 김승찬은 〈수영야류〉에서 할미의 아들이 솔방울에 맞아 죽는 것은 과장법은 있으나 대체로 할미의 부주의로 자식을 잃게 되는 사실성을 지니는 데 비해, 〈동래야류〉는 언어의 유희성이 더 강하다고 보았다. (김승찬, 「들놀음의 세계」, 『민속학 산고』, 제일문화사, 1980, 163~164쪽) 자식의 죽음을 재미있게 표현하려는 〈동래야류〉 전승자들의 의식을 볼 수 있다.

있어야 하는 것, 즉 의례적인 죽음이어서가 아닐까. 할미의 죽음이 지모신 즉 대지의 휴식을 의미한다면, 자식의 죽음은 대지의 생산물이 다시 그 품으로 돌아가는 것, 구체적으로 말하면 농경에서 씨를 뿌리는 파종에 해당된다. 대지의 어머니인 생명신이 늙은 할미로 표상될 때, 씨앗은 할미의 자식으로 의인화되었을 것이고, 파종은 죽음으로 형상화되었을 것이다. 이렇게 보면 자식의 죽음이 슬플 이유는 없다. 오히려 한 알의 밀이 땅에서 썩어야 하듯[285] 죽음이 있어야 그 후의 풍요를 기약할 수 있는 것이다.

남은 문제는 영감의 죽음이다. 〈가산오광대〉에서는 할미와의 다툼 끝에 영감이 죽는다.[286] 이집트 신화에서 여신 이시스의 남편은 곡물의 신으로 그 아들과 동일한 위상을 가지는데,[287] 그렇다면 영감의 죽음 또한 자식과 같은 의미로 볼 수 있다. 그러나 할미과장 속 영감의 죽음은 우리의 설문대할망 부부와 연관 짓는 것이 더 적절할 것 같다. 앞서 온전한 신이 양성이라는 점에서 설문대할망과 하르방을 하나의 신격으로 파악할 수 있다고 언급했다. 마찬가지로 가면극의 영감과 할미를 동일한 신격으로 본다면, 영감의 죽음은 할미와 같은 생명신의 죽음이 되는 것이다.

할미과장은 죽음의 과장이라 해도 과언이 아니다.[288] 기존의 연구는 부부간의 갈등이나 처첩간의 갈등을 주목했지만 사실 이 모든 사건들이 향해 가는 지

---

285) 내가 진실로 진실로 너희에게 말한다. 밀알 하나가 땅에 떨어져 죽지 않으면 한 알 그대로 남고, 죽으면 많은 열매를 맺는다. - 요한 복음 12장 24절(주교회의 성서위원회, 『성경』, 2005, 242쪽)

286) 〈봉산탈춤〉이나 〈자인팔광대〉에도 영감의 죽음이 있지만, 가짜 죽음이라는 점에서 〈가산오광대〉와는 다르다.

287) 이집트 신화에서 곡물의 신인 오시리스는 대지의 여신 이시스의 남편이다. 이시스는 죽은 오시리스를 통해 아들 호루스를 낳았는데, 이시스와 오시리스와 호루스는 삼신일좌(三神一座)로 숭배되었다. (Veronica Ions, 심재훈 역, 『이집트 신화』, 범우사, 2003, 115~122쪽)

288) 〈하회별신굿 탈놀이〉와 〈강령탈춤〉에는 죽음이 없지만, 그 외 가면극에서는 할미, 영감, 자식 중 최소한 한 명이 죽는다.

점은 할미의 죽음 또는 영감의 죽음이다. 그런데 극은 죽음에서 끝나지 않고, 뒤이어 무당굿놀이나 상여놀이로 연결된다. 양주·송파·봉산·은율의 할미과장에서는 할미의 넋을 극락으로 천도하는 굿을 벌이고, 가산에서는 영감의 넋을 위한 굿을 하며, 통영·고성·수영·동래에서는 상여놀이를 한다.[289]

우리 민족의 전통적인 죽음관은 죽음에 끝이 아닌 시작의 의미를 부여한다. 망자가 돌아가는 저승은 그의 본향이며 이승은 잠시 다녀가는 곳일 뿐이다. 무당이 굿을 하는 목적도 망자가 좋은 세상으로 가서 잘 살기를 바라는 것이고, 죽어서 화려한 꽃상여를 타는 것은 귀향을 하례하는 의미가 있다. 따라서 할미의 −또는 영감의− 죽음은 종결이 아닌 새로운 삶을 향한 시작으로 보아야 한다. 할미과장은 죽음만을 말하는 것이 아니라 '할미의 죽음 그리고 재생'을 이야기하고 있는 것이다.

할미나 영감의 죽음은 곧 생명신의 죽음이며 이는 온갖 만물이 겨울을 나기 위해 숨어드는 대지의 휴식을 의미한다. 기갈이 다한 대지는 일정 기간의 휴식을 거친 후 새로운 생명의 싹을 틔워 성장시키고 다시 휴식으로 들어간다. 이때 자식의 죽음은 어머니 대지 속에서 다음 생산을 대비하는 씨앗에 비유된다. 따라서 가면극은 해마다 봄을 맞이하여 할미 즉 생명신의 죽음과 재생을 재현하고 자식의 죽음을 통해 이후 발아되어 대지를 뚫고 나올 새싹의 단초를 마련하는 의례적 행위에 시원을 둔다고 하겠다. 대부분의 가면극의 연행시기가 음력 정월대보름이나 3,4월인 것도 농경의 시작[290] 및 파종과 관련지을 수 있다. 이때 생명신을 깨워 새로운 생산을 시작하기에 앞서 생명신이 죽기까지의 내력

---

[289] 대부분의 할미과장은 가면극의 마지막에 행해지지만, 통영과 수영의 경우에는 연이어 사자과장을 논다. 그런데 이 과장의 내용은 사자에게 담보를 제물로 바치는 것으로 제의성이 강하다. 사자과장 자체의 독립적인 내용은 있지만 이보다 앞서 연행되는 할미의 죽음과 무관하지 않아 보인다.

[290] 정월대보름 이후에는 농사 준비가 시작된다.

이 재현되고, 그가 품고 있을 새로운 생명력에 대한 기대는 축제와 놀이로 이어졌을 것이다.

그러나 이러한 의례는 시대의 변화에 따라 신화적 요소가 쇠퇴하고 오락적 요소가 더 풍부하게 되었다. 여기에 여신에 대한 풍자가 가미되고 남성 가부장제 사회의 현실적 질곡이 반영되면서, 할미는 비속한 여성이 되고 부부간의 갈등이나 처첩간의 갈등이 부각되었을 것이다.

2) 탈굿 ; 죽음의 부재와 어촌의 연희 환경

무격들이 연행하기 때문에 가장 주술적이라 할 수 있는 〈탈굿〉에는 죽음이 없다. 할미와 서울애기의 싸움에 휘말려 영감이 쓰러지지만 무당이 굿을 하자 곧바로 소생하고, 영감이 살아나자 극중 인물들은 모두 춤을 추며 극을 마무리한다.

> 할미 : (손뼉을 치며) 네 요 년, 내 재산 다 빨아 먹고, 에 요년 에 요년.
>
> 영감 : (이리 말리고 저리 말리고 하다가 부딪혀서 졸도한다)
>
> 할미 : (손뼉을 치며) 허허, 동네 사람들요. 우리 영감 죽었네. 싹불아, 말뚝아, 의원 데리고 오너라. [중략]
>
> 할미 : 우리 영감 죽지는 않겠소?
>
> 의원 : 살다가 살다가 못 살게 되면 공동묘지로 가겠소.
>
> 할미 : 말뚝아, 등 넘어 봉사 데리고 오너라. 경이라도 읽어보자. [중략]
>
> 봉사 : 그 생기 좋습니다. 을사 절사 지화자 절사. (경문을 읽고 나서) 내가 경을 읽어 잡신을 쫓았으니 박수 무당을 불러 굿을 하여 모든 존신을 모시어 안접을 시키려면, 집안이 편안하고 영감이 일어나리다.
>
> 할미 : 싹불아 가서 무당 불러 오너라.

박수무당 : (등장하여 굿을 한다. 청배 5장으로) 에이시자 뫼시자, / 존신

님네 뫼시자 세존님을 뫼시자. / 성조신을 모시자. 군웅신을 뫼시자. /

잡귀잡신은 물러 가고 속거천리 하옵소서. (모두들 일어나서 영감은 서

울애기 업고, 말뚝이는 할미 업고, 덩더쿵 춤을 춘 후에 경사 타령창으

로 마친다.) ─ 〈이두현본〉[291]

　앞서 가면극에서 영감과 할미의 죽음을 동격으로 보았듯이, 〈탈굿〉에서 영

감이 겪는 죽음 또한 할미의 죽음에 견줄 수 있다. 그런데 〈탈굿〉의 영감은 의

원의 침으로도 봉사의 독경으로도 살아나지 못하다가, 무당이 굿을 하자 살아

난다. 영감이 소생한 것도 독특하지만 그러한 일을 무당이 해내는 것도 여느

극과는 다르다. 양주나 봉산 등의 가면극에도 무당이 등장하여 굿판을 벌이지

만, 이때의 무당은 죽은 이의 넋을 천도하는 역할을 할 뿐이다. 그러나 〈탈굿〉

의 무당은 죽어가는 이를 살리는 위력을 보인다.

　영감이 살아난 후의 놀이의 결말도 가면극과는 다르다. 영감, 할미, 할미의

아들들, 그리고 서울애기는 대립과 갈등에서 벗어나 장단에 맞춰 춤을 추고,

타령창을 하며 놀이를 마친다. 마치 화해와 축제로 마무리하는 듯하다. 그러나

할미의 아들인 말뚝이는 할미를 업고, 영감은 서울애기를 업는 것을 보면, 극

중 인물들 간의 갈등이 완전히 해소되었다고 보기는 어렵다. 싸움과 죽음, 그

리고 재생은 계속 반복될 기미를 안고 있는 것이다.

　그렇다면 〈탈굿〉에서 할미나 자식이 아닌, 영감의 죽음을 놀이하는 이유는

무엇일까. 여기에 대해서 연희환경 및 담당층과 관련하여 다음과 같은 몇 가지

점을 생각해 볼 수 있다. 첫째, 동해안별신굿에서 여성신이 가지는 위력을 그

---

291) 문화재관리국, 앞의 글, 101~102쪽. 김태곤본은 〈탈굿〉에 이어 바로 범이 등장하는 〈호탈굿〉이
　　연행되므로 이러한 대동의 장이 없지만, 그 외 최길성본과 이균옥본에서는 등장인물 모두가
　　어우러져 춤을 추면서 극이 마무리 된다.

이유로 들 수 있다. 동해안별신굿이 행해지는 지역은 주로 바닷가 부근의 마을로 굿을 하는 목적에는 마을의 안과태평과 풍성한 어획에 대한 염원이 크다. 짧은 어로철에 집중적으로 수확량을 늘리기 위해서는 생산과 관련된 여신에 대한 믿음이 강할 수밖에 없고, 따라서 여신의 위력도 클 수밖에 없다. 동해안별신굿의 〈골매기할매거리〉에서 마을을 수호하는 골매기할매가 보여주는 여성 우위적인 성격과 성욕과 식욕을 통한 풍요다산의 면모는 이를 말해준다. 남해안별신굿의 〈해미광대탈놀이〉에서는 당산신인 할미가 직접 굿판에 나와 제물을 받고, 굿을 하고, 풍요를 기원하기도 한다. 한편 고기잡이배를 수호하는 배서낭의 신격도 대부분 여성으로 인식된다.[292] 따라서 〈탈굿〉에서 누군가 죽어야 한다면 여성보다는 남성, 여신보다는 남신이 되어야 할 것이다.

둘째, 〈탈굿〉이 가면극의 할미과장을 수용하는 과정에서 변형되었을 가능성도 고려해야 한다.[293] 〈탈굿〉을 비롯하여 동해안별신굿을 연행하는 무속집단은 세습무이다. 이들은 강신무처럼 신을 모시거나 신과 소통하는 영험함이 없는 대신 뛰어난 예술성을 자랑하며, 그들만의 단골판을 확보하고 유지하기 위해 보다 새로운 기량을 습득하고자 한다. 대중적인 민요나 노랫가락의 수용과 지역민의 삶에 근거한 해학적인 입담은 이러한 점을 잘 말해준다. 〈탈굿〉 또한 무당이 단골판을 확보하기 위해 가면극의 할미과장을 수용하면서 생성되

---

292) 박계홍, 「어촌민속의 일고찰—배서낭을 중심으로」, 『한국민속학』 12집 1호, 한국민속학회, 1980, 72쪽.

293) 동해안별신굿의 〈탈굿〉이 가면극 할미과장을 수용했다고 하여 탈춤의 기원에 대한 이론 중 무당굿기원설을 부정하는 것은 아니다. 다만 탈춤이 무당굿에서 발생한 여부를 떠나서 연행의 독자성을 갖춘 후에는 오히려 무당굿에 영향을 줄 수 있음을 지적하는 것이다. 이미원은 〈탈굿〉이 탈놀이에 비하여 못지않은 연극적 윤색이 가해진 것은, 〈탈굿〉이 살아있는 연행으로 인근 탈놀이를 역수입하면서 유동적으로 변해갔기 때문이라고 했다. 〈탈굿〉에서 현대적인 간호사가 등장하는 것도 〈탈굿〉의 적극적인 유동성과 시대 적응력을 단적으로 말해준다.(이미원, 「굿 속의 탈놀이: 〈영산 할아범 할맘굿〉과 〈탈굿〉」, 『한국연극학』 40호, 한국연극학회, 2010, 20쪽)

었을 것으로 추정할 수 있다. 그렇다면 이 수용 과정에서 내용이 변형되었을 것이다.

만약 굿이 가면극을 수용했다면, 그 시기와 경로가 설명되어야 한다. 이에 대해서는 관아 악공의 실체와 임진왜란 이후 나타난 무부군뢰(巫夫軍牢)를 주목할 필요가 있다. 무부군뢰는 무부와 군뢰의 합성어로 무부는 무속집단의 성인남자를, 군뢰는 지방관아의 하급 잡직 관인을 의미한다. 조선시대 이들은 지방관의 행렬 앞에서 각을 불거나 연기도 하고 혹은 곤장을 들고 행렬을 인도하는 일을 했다.[294] 경기도 〈창재도청안〉에는 무부들이 재인청 등에 있다가 순번대로 지방관아의 악공으로 봉사하고, 중국에서 사신이 오면 중앙에 모여 산대희를 한 내용이 적혀 있다. 이러한 상황은 지방에도 적용되어 지방의 가면극이나 〈탈굿〉 역시 무격 출신의 관아 악공의 주도하에 형성되었을 가능성을 보여준다.[295]

〈탈굿〉은 동해안 지역에서만 연행된다. 부산포를 비롯한 동해안은 임진왜란 이후 대일 군사의 요충지로 급부상하면서 일반 관아가 아닌 병영에도 무부군뢰를 두었다. 18세기에 편찬된 ≪여지도서≫에서 경상감영과 좌병영에 무부군뢰를 둔 기록이나, 19세기 관찬읍지 가운데 경상도 지역의 읍지에 무부군뢰의 기록이 있는 것을 보면,[296] 임진왜란 후 대일 변방지역인 경상도에서 이들이 집중적으로 양성되었음을 알 수 있다. 그렇다면 당시 병영이나 관아에 소속되었던 무속집안의 성인 남자들이 경상남도 일대의 가면극을 보거나 놀면서, 이 중 할미과장을 자신들의 굿에 적극적으로 반영했을 가능성이 크다. 물론 역으로 경남 지역의 무부군뢰들이 무당의 〈탈굿〉을 가면극에 전파했을 가능성도 생각

---

294) 이능화, 『조선무속고』, 동문선, 1991. 103쪽.
295) 손태도, 「조선후기 지방의 산대희와 그에 따른 연희 현장들」, 『국어국문학』132집, 국어국문학회, 2002.
296) 배인교, 「조선후기 무부군뢰 연구」, 『한국무속학』18집, 2009, 149~156쪽.

해 볼 수 있다. 그러나 〈탈굿〉의 연희지역이 경상도에 한정되는 데 비해, 할미과장의 연희지역은 가면극의 전승권인 황해도, 경기도, 경상도로 광범위하다. 특히 경남지역의 경우 가면극이 관 주도하에서 행해진 점을 볼 때, 천민인 무당의 굿에서 할미과장이 파생되는 것은 불가능하다고 봐야 한다. 따라서 무속집단은 무부군뢰를 통해 경상남도 가면극 중 할미과장을 수용하고 굿의 목적과 지역민의 특성에 맞춰 변형시켰을 것이다.

이들이 보았던 당시의 할미과장이 어떤 모습이었는지 상상할 수 없지만, 인기 때문에 굿에 수용했다면 당시의 할미과장은 제의적 성격은 물론 풍부한 해학미와 남녀의 극적 갈등이 보여주는 긴장미를 갖추었을 것이다. 다만 수용은 하되 어느 정도는 독자성을 보이고자 했던 것 같다. 할미가 아닌 영감의 죽음도 그렇지만, 동해안별신굿을 담당하는 무속들이 유독 경남권에서는 〈탈굿〉을 연행하지 않는 것은 경남의 가면극들과 차별성을 두려는 주재 집단의 의도가 전통으로 남은 것이 아닐까 싶다.[297]

셋째, 관객층의 성향을 반영한 결과로 볼 수 있다. 가면극의 관객은 주로 남성이었다. 가면극은 낮에 길놀이로 시작하여 저녁 무렵 난장을 거쳐 밤이 깊어 부녀자와 아이들이 집으로 돌아간 후 본격적으로 판이 벌어졌다. 관객 중에 아이나 부녀자가 전무했다고 단정할 수는 없지만 일단 놀이는 남성 관객을 염두에 두고 진행되었을 것이다. 반면에 무당이 벌이는 굿판의 주된 관객은 예나 지금이나 주로 여성이며, 굿은 그들에게 신앙이면서 동시에 반복되는 일상에 생기를 불어넣어 주는 오락거리이다. 가면극의 남성 관객에게야 투기를 일삼은 할미가 맞아 죽는 것이 특별할 것이 없겠지만, 맺힌 것을 풀고 삶의 에너지

---

297) 동해안의 범굿 역시 경북 해안지역에서만 연행되고 있다는 것은 경남지방의 야류에 사자나 동물탈이 등장하고 있는 점과 무관하지 않다. 이는 기존 탈놀이가 연행되는 지역에서는 탈을 착용한 굿놀이를 연행하지 않은 것으로 가정할 수 있다.(김신효, 앞의 글, 85쪽)

를 얻어가야 할 굿판의 여성 단골 —특히 부녀자들에게 첩에게 영감을 빼앗긴 할미가 맞아 죽는 내용은 받아들여지기 힘들었을 것이다.[298] 자식의 죽음 또한 달갑게 받아들일 소재가 아니다. 비록 할미의 자식들이 노총각이거나 몸이 온전하지 않더라도 놀이 속에서 건재한 이유 역시 굿판의 여성 단골에게서 찾아야 한다. 반면에 늙은 할미의 사실적이고 해학적인 모습과 여성들이 은밀한 곳에서 속닥이던 육담의 노골적인 표현은, 일상의 삶에서 일탈하는 기쁨을 주었을 것이다. 따라서 〈탈굿〉에서는 여성 관객을 위해 할미나 자식 대신, 영감을 죽음으로 내몰게 되는 것이다. 가면극의 할미과장이 다분히 비극적으로 희생되는 여성의 삶을 보여준다면, 〈탈굿〉은 그 갈등과 다툼을 넘어 삶을 긍정적으로 수용하려는 여성의 의지를 보여준다고 하겠다.

넷째, 자식의 죽음이 없는 점은 동해안별신굿의 연행목적과 관련하여 생각해볼 수 있다. 가면극은 농경을 바탕으로 형성된 토착적인 놀이로, 자식의 죽음은 한 알의 씨앗이 땅에서 썩어 이후 풍성한 곡물이 되는 것을 의미한다. 그러나 〈탈굿〉은 어촌 지역을 배경으로 어로철을 앞두고 연행되는 놀이이다. 어업의 특성상 생산을 위한 죽음 즉 파종은 요구되지 않는다. 〈탈굿〉에서 자식들의 죽음이 연행되지 않는 이유가 여기에 있다.

그렇다면 생명신 할미의 삶과 죽음, 그리고 생산물의 희생으로 이후의 풍요를 기약하는 연행은 탈굿에서 원래 없었을까, 아니면 사라져 버린 것일까. 신성한 의례에 수반되는 희생과 죽음은 〈탈굿〉이 오락화 되면서 은폐되었다고 봐야 한다. 그 흔적을 영감과 자식을 통해서 볼 수 있다. 영감은 쓰러졌다가 다시 살아나지만 일단 죽음의 의식을 거친다. 또 할미의 자식들은 몸이 온전하

---

298) 본처가 첩을 어떻게 생각했는지는 민요 〈첩노래〉에서 잘 드러나 있다. "등너메다/첩을두고 낮으로는/놀러가데 밤으로는/자러가데 이래서는/안되겠다 저년을 쥐여서/재죽이라고 행주치 메/걸쳐입고 행주적삼/걸쳐입고 짝제칼을/품에입고……"(『대계』7-4)

지 못한 데 이러한 점도 죽음의 흔적으로 볼 수 있다. 한 팔은 성하고 한 팔은 성하지 못한 것은 그들이 두 세계 즉 삶의 세계와 죽음의 세계 양쪽에 걸쳐 있음을 의미한다.[299] 따라서 굳이 가면극 할미의 자식들처럼 죽지는 않지만, 이미 죽음을 내재하고 있는 것이다.

어쨌든 현행하는 〈탈굿〉에는 겉으로 드러난 죽음이 없으며, 죽음과 재생의 주기적 순환보다 삶 속의 풍요가 더 부각된다. 이와 같은 죽음의 부재는 〈탈굿〉이 오랜 시기 연행되면서 어촌의 연희 환경에 부합한 결과라고 볼 수 있다.

3) 꼭두각시거리 ; 재생의 은폐와 유랑의 애환

가면극의 할미과장이 죽음으로, 〈탈굿〉이 화해와 공생으로 끝난다면, 꼭두각시거리는 모든 채록본에서 꼭두각시의 가출로 끝을 맺는다.

> 가) 박첨지 : 내가 일동구장으로 잘 처리하겠으니 염려 마우. (창) 돌머리
> 집은 왕십리에 구실은 두 되 하는 논 너 마지기를 주고 꼭두각시는
> 남산 봉우제 재실 재답 구실 닷 마지기 고초밭 하루갈이 주고 용산
> 삼개 들어오는 뗏목은 모두 묶어다가 돌모리집 가져가고 꼭두각시
> 널랑은 명년장마에 떼밀리는 나무뿌리는 너 다 갖고 은장봉장 자개
> 함롱 반닫이는 글랑 모두 돌모리집 주고 뒷곁에 돌아가 개똥밭 하루

---

299) 니카자와 신이치는 신데렐라류의 이야기가 내포하는 신화성을 설명하기 위해 오디푸스와 고대 로마의 루페르칼리아를 예로 들었다. 오디이푸스는 '절뚝거린다'는 의미이고 루페르칼리아는 망자를 위한 제의로 거기에서 젊은이들은 한쪽 발에만 샌들을 신은 절뚝거리는 모습으로 망자를 표현했다. 대지 위에서 균형감을 상실한 온전하지 못한 모습은 삶과 죽음, 이승과 저승의 소통을 의미한다. (니카자와 신이치, 『신화, 인류 최고의 철학』, 동아시아, 2001, 186~194쪽) 〈탈굿〉에서 할미의 자식들이 온전하지 못한 모습은 동네마다 한두 명 있기 마련인 장애인을 표현했다고 볼 수도 있지만, 〈탈굿〉의 제의적 의미를 고려해볼 때, 삶과 죽음이 공존하는 불균형한 모습으로 볼 수 있다. 할미의 자식들은 어머니 대지 속에서 죽고 대지 위에서 다시 태어나는 생명체처럼 삶과 죽음을 관통하는 존재인 것이다.

갈이와 매운잿독 깨진 걸랑 꼭두각시 너 다 가져 라.

꼭두각시 : (창) 허허 나는 가네. 나 돌아가네. 덜덜거리고 그 돌아가

네. (춤추며 나간다) - 〈김재철본〉[300]

나) 꼭두각시 : 여보 여보 그저 저거 나는 다 싫소. 나는 강원도 금강산으로

중 되러 갈테니 노자돈이나 좀 주오.

꼭두각시 : 여보 나는 돈도 싫고 다 싫소 나 돌아가네.

박첨지 : 나는 그렇게 갈 줄은 몰랐네. 작은마누라에 팔려 큰마누라를

배반했네. 여보게 난 큰마누라를 좀 찾아야겠네. - 〈박헌봉본〉[301]

가)는 박첨지가 표생원[302]과 꼭두각시 부부의 싸움에 끼어들어 세간을 나눠주자 이에 불만을 느낀 꼭두각시가 집을 나가는 장면이다. 이에 앞서 표생원은 꼭두각시에게 첩을 인사시키는데, 첩의 무례한 행동에 화가 난 꼭두각시는 헤어지자며 세간을 나눠달라고 한다. 이때 표생원을 대신하여 구장인 박첨지가 재산을 분배해 주는데, 첩에게는 실속 있고 좋은 것만 주고 꼭두각시에게는 쓸모없는 것만 주자 꼭두각시는 집을 나가버린다. 그런데 나)에서는 꼭두각시의 남편이 박첨지인 것을 보면, 표생원과 표생원의 이익을 대변하는 박첨지는 결국 같은 인물이라고 할 수 있다. 따라서 가)의 꼭두각시는 중재자인 박첨지가 아닌 남편인 표생원에게 크게 실망하고 가출한 것이 된다. 이본에 따라서는 나)처럼 꼭두각시가 중이 되겠다고 집을 나가면 영감인 박첨지가 그동안 박대한 것을 잠깐 후회하기도 한다.

꼭두각시거리에서 가출이 지니는 의미는 크다. 극의 초반에 언급되듯이 꼭

---

300) 심우성, 앞의 책, 200~202쪽.

301) 심우성, 앞의 책, 238쪽.

302) 꼭두각시거리에서는 주로 박첨지가 영감이고 꼭두각시가 할미가 된다. 다만 예외로 김재철본은 표생원이 영감이고 꼭두각시가 할미이며, 박첨지는 동네 구장으로 나온다.

두각시는 영감의 구박 때문에 이미 가출을 단행했었고, 영감과 재회한 후에는 첩의 출현과 세간 분배의 부당함 때문에 다시 가출한다. 그런데 놀이의 배경이 조선시대임을 감안하면 가출은 죽음만큼이나 쉽지 않은 선택임을 생각해야 한다. 경제력이 없는 여성이 근거지마저 잃고 선택할 수 있는 길은 유리걸식이나 절의 잡일303) 정도이다. 그럼에도 꼭두각시가 두 번이나 가출하는 것은 남편에게 구박받거나 맞아 죽기보다 혼자서라도 살아가는 것이 더 낫다고 보았기 때문일 것이다. 남편과 첩에게 구박받고 맞아서 죽는 가면극 할미가 남성 중심의 논리를 대변한다면, 어떠한 상황에서도 모진 목숨을 이어가는 꼭두각시는 여성 중심이며 현실적인 논리라고 하겠다. 따라서 꼭두각시거리는 가면극 할미 과장보다 당대 여성의 현실을 더 핍진하게 보여주고 있다.

그렇다고 해서 신화의 흔적이 사라진 것은 아니다. 꼭두각시가 보여주는, 가출을 감행하는 주체적인 모습은 남성에게 종속되지 않는 여신 본연의 특성이다. 특히 꼭두각시는 극의 마지막에 집을 나서며 (나)에서 보이듯 "나 돌아가네"라는 말을 남긴다. 돌아간다는 말은 출발지로의 회귀를 의미한다. 모든 것을 잃어버린 지금, 그녀는 다시 처음의 출발지로 돌아서는 것이다. 그곳은 기운을 충만하게 회복하면 다시 영감을 찾을 수 있는 시작점이 될 것이다. 따라서 꼭두각시의 가출은 할미과장의 죽음이 변형된 것으로, 생명신 할미의 죽음 즉 대지의 긴 휴식과 같은 맥락으로 볼 수 있다.

할미과장과 달리 꼭두각시거리에는 자식의 죽음이 없는 점도 주목할 필요가 있다. 정확히 말하면 자식의 죽음이 아니라 자식 자체가 구체적으로 드러나지 않는다. 앞서 꼭두각시가 두 번이나 가출을 단행한 이유도 영감과의 사이를 이어줄 혈육이 없어서이다.

---

303) 최상수본에서 꼭두각시는 영감의 박대로 집을 나선 이후 춘추걸식과 불목한이로 생활했다고 언급한다.(심우성, 앞의 책, 210쪽)

표생원 : 여보 부인 그러나 저러나 객담은 고만두고 살아갈 이야기나 합시
다. 부인이 어느덧 환갑이 넘고 내가 년만(年滿, 80)에 연로다빈하고 따
라서 일점혈육이 슬하에 없으니 이런 낭패가 어디 있나? 그러므로 부인
도 근심이 되지요. – 〈김재철본〉[304]

위의 인용 대사에서 표생원은 부인인 꼭두각시에게 늙었으나 자식이 없으니
첩을 얻을 수밖에 없는 사정을 이야기한다. 그런데 정말 자식이 없다면 좀 더
빨리 첩을 취하거나 양자를 들였을 것이다. 부부 나이 여든과 환갑을 넘기고
이제 와서 일점혈육 없음을 슬퍼하는 것은 원래부터 없는 것이 아니라 자식이
죽었기 때문에 지금은 없다고 봐야 한다. 그래야 이시미거리에서 박첨지의 손
자가 등장하는 것[305]도 납득이 된다.

산받이 : 넌 누구여.
박첨지 손자 : 내가 박영감 손자다.
산받이 : 왜 그리 오롱롱하게 생겼나?
박첨지 손자 : 내가 나이가 많아서 그렇다.
산받이 : 너 나이가 몇인데.
박첨지 손자 : 내 나이 여든 두 살.
산받이 : 그럼 니 할애비는?
박첨지 손자 : 우리 할아버지는 열두 살, 우리 아버지는 일곱 살, 우리 어머
니는 두 살.
산받이 : 이 망할 자식.
박첨지 손자 : 우여 우이여 애개개개. (이시미에게 잡아먹힌다.) – 〈심
우성본〉[306]

---

304) 심우성, 앞의 책, 200쪽.
305) 김재철본과 최상수본의 배역에는 박첨지의 손자가 없고, 박헌봉본과 심우성본에는 등장한다.
이는 채록과정에서 누락된 것으로 보인다.(심우성, 앞의 책, 172~173쪽)

손자가 있다면 당연히 자식도 있어야 한다. 그런데 자식의 존재를 자세하게 언급하지 않는 이유가 무엇일까. 그것은 꼭두각시거리를 연행한 집단의 특징에서 찾을 수 있다. 신화적 의미에서 할미의 죽음은 생명신의 죽음이면서 기갈이 다한 대지의 휴식이고, 자식의 죽음은 그 대지 속으로 돌아가는 씨앗에 비유할 수 있다. 시대의 변화에 따라 이러한 신화성은 점점 퇴색하고 심지어 생명신 할미는 풍자되기에 이르렀지만, 농경을 바탕으로 지역에 뿌리를 두고 제의와 함께 거행된 가면극[307]은 이러한 신화의 명맥을 그나마 유지할 수 있었다. 그러나 떠돌이 유랑집단인 남사당패가 연행한 꼭두각시거리는 지역이나 제의에 뿌리를 두지 않아 신화적 의미를 쉽게 상실했을 것이다.

특히 남사당패는 남자들로만 구성된 남색집단이었고, 한 곳에 뿌리내리지 못하고 유랑하는 삶을 살았다. 주로 고아이거나 가정형편으로 팔려온 이들로 구성된 이 집단에게[308] 혈육이나 혈연에 대한 감정의 농도는 일반인과 달랐을 것이다.

> 박첨지 : 여 여보게 그 우리 두 살 반 먹은 며느리하고 세 살 먹은 딸하고 뒷절 상좌중하고 춤 잘 추던가.
> 촌사람 : 두 살 반 먹은 딸애기하고 세 살 반 먹은 며늘애기하고 뒷절 상좌하고 춤을 추기는 잘 추던데 웬 빨가벗은 놈이 나와서 휘두르니 다 쫓겨 들어갔다네.
> 박첨지 : 그 빨가벗은 놈이 또 나와.

---

306) 심우성, 앞의 책, 267쪽.
307) 가면극이 농경의 시작이나 파종시기에 거행된다는 것은 앞서 각주에서 밝혔다. 따라서 가면극은 농경의례와 밀접한 관련을 가졌을 것이다.(이 부분은 정상박, 『오광대와 들놀음 연구』, 집문당, 1989에서 자세하게 다루었다.) 한편 현전하는 가면극 중에도 〈하회별신굿 탈놀이〉, 〈가산오광대〉, 〈고성오광대〉, 〈수영야류〉는 지역의 당산제를 치른 후 연행된다.
308) 박용태·양근수, 『박첨지가 전하는 남사당놀이』, 엠에드, 2008, 15쪽.

촌사람 : 그렇지

박첨지 : 그 배라먹을 자식이 또 나왔던가베.

촌사람 : 그게 누구여?

박첨지 : 우리 사촌조카여.

촌사람 : 이 사람아 사촌조카가 어디 있어.

박첨지 : 아 사촌조카는 없나? 누님의 아들이 누군가?

촌사람 : 그 누님의 아들이니 생질조카지 누구야? - 〈박헌봉본〉[309]

　〈꼭두각시놀음〉의 시작인 뒷절거리에서는 두 살 반 먹고 세 살 반 먹은 며느리와 딸이 중과 놀아나고, 생질조카는 촌수에도 없는 사촌조카로 불리고 있다. 앞서 보았듯이 이시미거리에는 박첨지보다 나이 많은 그의 손자까지 등장한다. 가족과 친족의 서열이 전복된 채 골계로 뒤틀리고 해학으로 마무리되는 것이다. 게다가 손자를 비롯한 마누라 꼭두각시, 며느리, 동생, 조카는 모두 새를 보러 나왔다가 이시미에게 잡아먹힌다. 가족과 친족을 제물로 바치는 데에는 놀이꾼들이 가졌을 유기(遺棄)나 매매로 사고무친이 된 서러움, 혈연에 대한 강한 부정이 투영되어 있다.

　따라서 꼭두각시거리에서 가면극의 할미과장처럼 자식의 죽음이나 그로 인한 할미의 죽음을 기대하기는 어렵다. 결국 생명신의 죽음과 재생은 은폐되고, 박첨지와 꼭두각시는 죽음이든 화해든 하나로 결말을 맺지 못한 채, 재회와 가출의 반복을 통한 떠돌이 삶을 지속할 수밖에 없는 것이다.

---

309) 심우성, 앞의 책, 234쪽.

4. 할미 신앙의 세속화 ; 무당과 노구

신에 대한 이야기 즉 신화는 의례와 맥락이 닿아있다. 의례를 통해 이야기는 전승되고, 이야기의 전승을 통해 의례는 의미를 가진다. 그러나 신화에 더 이상 의례가 수반되지 않으면, 신화는 그 본질인 신성성을 잃어버리고 쇠퇴하게 된다.[310] 남성 중심의 사회로 접어들고 여신 할미에 관한 의례가 쇠퇴하면서 할미의 신화는 한낱 늙은 여성의 이야기로 바뀌게 된다. 그러면서 여신이 지녔던 창조와 파괴, 생산과 풍요의 기대치, 삶과 죽음 및 재생의 광활한 이야기는 인간사의 만남과 이별, 성욕과 물욕, 유한한 삶으로 표현된다.

그러나 이러한 잔재만으로 극이 형성되는 것은 아니다. 의례가 극으로 변화되기 위해서는 시세말로 캐릭터(character)가 완성되어야 하고, 그에 따르는 구체적인 사건이 구성되어 관객의 공감을 이끌어야 한다. 극의 주인공인 할미는 일반적인 늙은 여성이 아니다. 여신이 지녔던 창조신, 지모신, 생명신의 속성을 지니면서 동시에 오줌 누고, 이 잡고, 화장하는 것은 물론 싸우고, 치성을 드리고, 살기 위해 몸을 파는 등 지극히 세속화된 면모를 보인다. 이런 모습을 연행하기 위해서는 세속화된 여신의 표본이 될 만한 실제 인물이 필요하다.

여기서는 민속극의 놀이꾼들이 여신 할미를 놀기 위해서 어떤 여성을 표본으로 삼았는지 즉 신성한 여신이 풍자되는 과정에 어떤 여성상이 영향을 주었는지 논의하고자 한다.

---

310) 이럴 경우 내용이 소략해지거나 전설이나 민담의 성격을 가지게 된다.

1) 할미과장; 신성과 비속을 겸비한 여성

가면극 할미과장에는 할미의 신분을 알려주는 요소들이 있는데, 이를 가면극별로 정리하면 다음과 같다.

〈표-2〉 할미과장의 무속적 요소

	주인공	대사	복색/도구	무속관련 행위
양주별산대	신할애비/ 미얄할미			영감과 딸이 미얄을 위해 천도굿을 함
송파산대	신할애비/ 신할미			무당을 불러 지노귀굿을 벌임
봉산탈춤	영감/미얄	영감:할멈은 본시 무당이다./ 너는 윗목에 나는 아랫목에서 마을을 지킨다.	부채, 방울	미얄이 죽은 후 남강노인과 무당이 지노귀굿을 벌임
은율탈춤	영감/할미			할멈이 죽자 무당을 불러 진오귀굿을 벌임
통영오광대	할미양반/ 할미	악사: (할미가) 龍王山主를 착실히 모셔야 영감을 찾을 수 있다.		첩이 출산할 때 판수 불러 독경을 함
고성오광대	영감/할미			첩이 출산할 때 봉사가 독경을 함
가산오광대	영감/할미			영감의 죽음 후 봉사의 독경과 무당의 오구굿이 이어짐
수영야류	영감/할미	영감:(할미에게) 三尊堂을 두고 왔다.		할멈이 죽은 후 봉사의 독경이 이어짐
동래야류	영감/할미			할멈이 죽은 후 봉사의 독경과 무당굿이 이어짐
하회별신굿 탈놀이	할미			하회별신굿 중에 연행됨

〈양주별산대〉에서 할미의 신분을 알 수 있는 단서는 영감과 할미의 딸이 벌이는 천도굿이다. 죽은 할미를 위해 굿을 할 때, 할미의 딸은 무당을 영감은 잽이를 맡는데, 무당의 신분이 주로 모계를 따른다는 점에서 할미 또한 당연히 무당일 수밖에 없다.

〈봉산탈춤〉에서는 영감이 "우리 할맘이 본시 무당이라 풍악소리 반겨듣고 혹 이리로 지나갔는지 몰라."[311]라고 하며 할미의 신분을 직접 언급하고 있다. 한편 아랫목과 윗목을 언급하는 영감의 대사 때문에, 영감과 할미는 서낭신 또는 서낭신을 모시는 사제로 추정되기도 한다.

> 미얄 : 이봅소, 영감. 영감하고 나하고 이렇게 만날 쌈만 한다고 이 동내서
>   내여 쫓겠답네.
> 영감 : 우리를 내여 쫓겠대. 우리를 내여 쫓겠대. 나가라면 나가지...... 그
>   러나 저러나 너하고 나하고 이 동내 떠나면, 이 동내 인물 동티난다. 너
>   는 저 윗목기 서고 나는 아랫목기 서면 잡귀가 범치 못하는 줄 모르드
>   냐. - 〈봉산탈춤〉[312]

윗목과 아랫목은 동네를 지키는 마을신을 모시는 상당과 하당을 의미한다. 따라서 할미가 동네의 윗목에 영감이 아랫목에 선다는 말은, 할미와 영감이 마을을 지키는 서낭신이거나, 또는 서낭제를 주관하는 무격이라는 의미로 해석할 수 있다.

〈강령탈춤〉에서 할멈은 흰저고리와 흰치마의 수수한 모습에 방울과 줄부채를 들고 점을 치러 다니는 할멈으로 등장하는데, 이로 미루어 보건대 할미는 강신무 계통의 무속인으로 추정된다. 이두현본에서는 첩인 용산삼개집 또한

---

311) 이두현, 앞의 책, 198쪽.
312) 전경욱, 앞의 책, 173쪽.

노랑저고리와 빨강치마에 전복을 입고, 전립을 쓰며, 오른손에 부채를 든 소무 (小巫)로 나온다. 방울, 부채, 전복, 전립은 무격이 굿판에서 착용하는 도구 및 의복이며 소무는 어린 무당을 가리킨다. 덧붙여 이들 지역에서 할미와 영감의 이름 앞에 '신'자를 붙여 신할애비와 신할미로 부르는 것도 이들이 무속임을 나타낸다.[313)

이처럼 경기도와 황해도 가면극에는 할미뿐만 아니라 첩과 할미의 딸도 무당으로 등장하고 있어, 무당이 여신 할미를 묘사하는 데 표본이 되고 있음을 알 수 있다.

그런데 모든 가면극에서 할미가 무당은 아니다. 또 할미를 대체하는 인물인 딸이나 첩이 무당이 아닌 경우도 있다. 〈은율탈춤〉에서 첩이 할미를 '얼른 보아도 술장수나 따라댕기면서 밥이나 얻어먹던 거라지'[314)로 언급하는 데서 할미가 술과 몸을 파는 여인임을 짐작할 수 있다. 반면 〈고성오광대〉의 할미는 퇴락한 양반 여성[315)으로 인식되며, 〈하회별신굿 탈놀이〉의 할미는 평범한 서민 여성으로 등장한다. 〈동래야류〉와 〈가산오광대〉의 할미과장의 끝에서는 무당이 굿을 하지만 할미의 신분과는 무관하다. 이들 할미의 복색은 평범한 치마저고리를 입었고, 부채나 방울을 들지도 않았다.

다만 할미가 무당은 아니지만, 〈통영오광대〉의 용왕산주와 〈수영야류〉의 삼존당은 주목할 필요가 있다.

---

313) 무격들 사이에서는 그들에게 신내림을 해준 선배 무격을 신어머니로 부르고 있다.

314) 이두현, 앞의 책, 282쪽.

315) 필자는 1991년과 1993년의 8월에 〈고성오광대〉 전수관에서 고 허판세 옹으로부터 할미과장을 전수받았다. 그때 허 옹은 할미는 양반 여성이니 첩에게 '이 년'이라는 상스러운 표현을 써서는 안 된다는 점을 거듭 강조했다.

악사 : 영감을 찾으려면 공을 많이 드려야 찾습니다.

할미 : 아이고 공을 드려야 무슨 공을 드리면 되겠습니까?

악사 : 정한 의복 갈아 입고 분세수(粉洗手) 단정히 하고 용왕산주(龍王山
主)를 착실히 모셔야 영감을 찾습니다.

할미 : 아이고 그래요! (분세수 단장하고) 비나이다 비나이다, 산신령님전
에 비나이다. 우리집 영감님이 우연히 집을 나간 지가 어언 삼 년이 되
었으나 방방곡곡을 찾아도 만날 수 없으니 산신령님전에 비나이다. 속
히 만나게 해주시오. (정화수 떠 놓고 축원한다.) 이만하면 되겠습니까.
– 〈통영오광대〉316)

영감 : 그래 내가 집을 나올 적에 삼존당(三尊堂)이며 자식 삼형제를 살기
좋게 마련해주고 혈혈단신 나온 나를 왜 추잡하게 일고 찾아다닌단 말
고. – 〈수영야류〉317)

용왕산주는 용왕신과 산신을 말하며318) 삼존은 불교에서 본존과 좌우에 모
시는 두 보살을 가리킨다.319) 용왕산주를 착실히 모시고 집에 삼존당을 차려
놓을 정도면 이들 할미들은 무속과 무관하지 않다고 봐야 한다. 다만 무복이나
무구를 갖추지 않아 강신무로 보기 어렵고, 또 신을 모신다는 점에서 세습무라
고 단정 짓기도 힘들다. 그렇다면 경사(經師)나 점바치와 같은 무격이거나 민
간신앙을 열렬히 숭앙하는 여성으로 추정할 수 있겠다.

할미의 딸이나 첩의 신분도 무격보다는 술이나 몸을 파는 여자인 경우가 많

---

316) 이두현, 앞의 책, 309~310쪽. 전경욱 채록본에는 이러한 대사가 없는 대신 할미가 영감을
만났을 때, "아이구, 영감아, 우리 영감아, 어디 갔다 왔소. 아이 아이 옥황상제 부처님 미륵님
산신님이 도우셔서, 요렇게 잘난 우리 영감을 만나게 했구나."라고 말하고 있다. 옥황상제를
비롯한 이들 신은 모두 무속에서의 신앙 대상이다.

317) 전경욱, 앞의 책, 305쪽.

318) 이두현, 앞의 책, 309쪽, 각주 79번.

319) 전경욱, 앞의 책, 305쪽, 각주 113번.

다. 〈양주별산대놀이〉에서 할미의 딸은 보청할 년으로 언급되는데 이는 몸을 파는 여자를 뜻한다. 〈송파산대놀이〉의 할미의 딸 도끼누이는 뭇 사내는 물론 동생 도끼와 근친상간을 했음이 암시된다.[320] 〈봉산탈춤〉과 〈강령탈춤〉에서 할미의 딸은 이웃집 총각과 통정을 하다 음문을 다쳐서 죽는다. 첩의 경우 용산삼개 덜머리집, 제자각시, 제밀주, 제대각시로 언급되는데 이들은 술집 여자이다.

애초 여신 할미를 의인화할 때 그 역할을 하기에 가장 적합한 자는 여신의 의례를 주도한 무격이었을 것이다.[321] 현재의 굿에서도 무격은 공수를 통해 신의 뜻을 전달할 뿐만 아니라, 신을 인격화한 놀이를 벌인다. 그렇다면 민간에서도 여신의 역할은 무당이 주축이 되어 그 역할을 맡았거나, 아니면 여신인 할미를 무당으로 상정하여 놀았을 것이다. 때문에 할미가 무당의 복색과 도구를 갖추고 놀이판에 들어서는 것이다.

그런데 일부 가면극에서 할미는 무당이 아닌 무속과 관련되는 직분 정도에 그치고 있다. 이들 무당이 아닌 여성은 어떻게 설명되어야 할까. 또 왜 경남지역만 할미가 무당이 아닐까. 그 이유는 노구라는 존재와 경남의 지역적 특성으로 설명할 수 있다.

먼저, 할미의 형상화에 다분히 영향을 끼친 인물은 무당과 함께 '노구'를 들수 있다. 노구는 고대 사회에서 용신이나 천신을 모시는 신성한 사제, 왕가의 양육자 및 결연자, 왕의 조력자 및 간언자였다. 공식적인 직위가 있거나 권력을 내세울 만한 입장은 아니었지만, 왕이라도 그의 조언을 함부로 여기지는 않

---

320) 신할아비 : 누이는 잘 있던
　　도끼 : 매부가 죽고 나니 하도 쓸쓸해 하기에 내가 옹색(壅塞)을 좀 펴 줬오
　　신할아비 : 애이 앙갚을 할 녀석, 도끼야. - 〈송파산대놀이〉(이두현, 앞의 책, 123쪽)
321) 현전하는 동해안별신굿의 〈골매기할매거리〉와 남해안별신굿의 〈해미광대탈놀이〉에서 무격이
　　마을 당산신의 역을 하고 있는 것은 그 예가 된다.

았다. 그러나 후대에 올수록 이들 여성의 지위는 급격하게 쇠퇴하고 역할은 축소되기에 이른다. 노구의 역사는 여신의 그것처럼 신성함에서 비속함의 길을 걷는 것이다. 특히 19세기 ≪율례요람≫에는 노구가 부자집 자제와 남편 있는 양가집 여인을 유인하여 음란한 행위를 하게 했으므로 벌을 준다는 기록이 있는데,[322] 가면극에서 할미가 외간 남자와 통정하거나 할미의 딸인 왜장녀가 성을 매매하는 포주로 등장하는 것은 노구업과 관련이 깊어 보인다.

고대사회에서 왕 또는 왕가와 관련된 일을 한 여성, 부자집 자제도 양가의 여인도 자유롭게 만날 수 있는 여성, 그 여성인 노구는 누구일까. 17세기 소설 〈상사동기〉와 〈운영전〉은 이러한 의문에 대한 답을 제공해 준다. 〈상사동기〉에서 회산군 댁의 궁녀인 영영을 사랑하게 된 김생은 영영을 만나기 위해 노구의 집을 찾아간다. 유사한 이야기인 〈운영전〉에서 안평대군의 궁녀 운영을 사랑하게 된 김진사는 그녀를 만날 방편을 얻기 위해 수성궁을 드나드는 무녀의 집으로 간다. 노구와 무녀가 남녀의 결연을 맺어주는 매파 역할을 하고 있는 것이다. 다만 주인공들의 신분이 양가의 도령과 왕의 여자인 궁녀이므로, 남녀의 불륜을 조장한다는 점에서 둘은 여느 매파와 같지는 않다. 한편 시대를 거슬러 ≪조선왕조실록≫ 태종 3월의 기사를 보면 노구 국화, 여승 지회, 그리고 소경 김송과 한용, 네 사람이 왕을 알현한 사실이 적혀 있다. 무속의 굿판에서 경을 읽는 일은 주로 남자 소경이 맡아서 하는 점을 볼 때, 여승 및 무격인 소경과 함께 왕을 알현한 노구 또한 종교적 인물일 가능성이 크다.

정리하면 노구는 무당은 아니나 무격과 관련된 일을 하며, 따라서 누구나 자유롭게 만날 수 있는 여성이고, 남녀의 불륜을 맺어주는 일을 하는 여성이다. 그래서 부자집 도령도 양가의 아낙도 노구의 집을 자유롭게 드나들 수 있다. 이처럼 신성에서 비속으로 전환된 노구의 성격이, 무속과 관련된 업에 종사하

---

322) ≪수교정례·율례요람≫ 171 초인행음, 법제처, 1970.

는 그녀의 신분이, 쇠퇴한 여신의 놀이와 결합할 수 있는 빌미가 되었을 것이다. 따라서 경남 지역의 가면극에서 할미가 무당은 아니나 무격의 업과 관련되는 특성을 보이는 것은 노구의 영향으로 볼 수 있다.

다음으로 경남지역 할미의 무속적 특성이 두드러지지 않는 이유는 조선후기 탈춤의 부상 및 향촌사회의 구조와 관련지어 볼 수 있다. 황해도나 경기도의 가면극은 중인계층인 이서층(吏胥層)이 지방의 부민층과 결합하여 가면극을 통해 경제적 이윤을 추구했기 때문에 인물에 대한 무속적인 형상화가 비교적 자유로웠을 것이다. 그러나 경북지역의 경우 지배계층인 유(儒)가 유향소를 중심으로 향회를 장악했기 때문에 인물에 대한 형상화도 제재를 받을 수밖에 없었을 것이고, 경남지역의 경우 비록 유가 아닌 이서층이 주도권을 잡았지만 지방의 수령과 결탁하였으므로 음사인 무속에 대한 경계가 따랐을 것이다.[323]

한편 경기도의 산대놀이와 황해도의 탈춤은 강신무의 세력권이면서 왕조의 도읍지였던 지역적 특색을 배경으로 하여, 보다 개방적인 시각에서 할미의 무당 신분이 유지될 수 있었을 것이다. 반면 농촌에 가까운 영남지역은 보수적인 기풍으로 인해 할미의 무속적인 성격을 배제하거나 축소하는 방향으로 놀이를 전개시킨 것으로 추정된다.

2) 탈굿 ; 신성한 굿판의 평범한 늙은 여성

할미과장에서 할미의 신분은 무격이거나 그와 관련된 업을 하는 여성인데 비해, 실제 무속이 연행하는 〈탈굿〉에서 할미는 그저 평범한 일반 여성으로 등장한다. 복색은 평범한 저고리에 치마이고, 대사에서도 아들 셋을 두고 영감에게

---

323) 박종성, 「조선후기 탈춤의 부상과 향촌사회구조」, 『한국문화』20집, 서울대 한국문화연구소, 1997, 53~73쪽 참조.

버림받은 여성일 뿐 무업과 관련된 표현을 찾기는 힘들다. 할미뿐만 아니라 서울애기는 기생이고 영감은 기생에게 재산을 탕진한 양반으로, 인물의 신분이 비교적 명확하며 이들 역시 무격의 특징을 보이지는 않는다.

그 이유에 대한 답은 의외로 간단해 보인다. 먼저 가면극은 의례적 성격이 강한 오락이지만, 〈탈굿〉은 오락적 성격이 강한 의례이기 때문이다. 가면극 할미과장은 지역에 따라 주로 정월이나 4월 초파일, 단오, 추석 등에 놀았으며, 연행자도 관아의 하급관리나 일반 서민들이었다. 그들은 의례가 아닌 놀이 자체를 목적으로 연행했지만, 이미 가면극 자체에 여신에 대한 의례적 전통이 강하게 남아 있어, 할미와 영감이 무격이거나 그에 준하는 인물로 등장할 수밖에 없다. 그러나 〈탈굿〉의 경우 종교 행사인 굿에서 행해지는 놀이로 극 중 인물도 무당이나 양중(兩中)[324]이 맡는다. 굿은 신에게 드리는 제의이므로 엄숙할 수밖에 없지만, 이러한 엄숙함만으로 굿이 진행되는 것은 아니다. 며칠을 두고 벌어지는 굿판에서 무당은 굿판 사이사이 오락적 요소를 넣어 관객의 기분을 풀어주고, 장시간의 굿판을 긴장과 이완의 연속으로 끌어간다. 〈탈굿〉은 굿판의 이완을 위한 오락물이다. 따라서 〈탈굿〉의 등장인물이 제의성을 띠거나 제의적 인물일 필요는 없다. 게다가 〈탈굿〉의 내용은 늙은 할미에 대한 풍자와 해학이 주된 내용이므로, 여기에 할미가 무당으로 등장하면 무당이 스스로를 풍자하는 모순이 발생하게 된다.

다음으로 관객들의 흥미와 재미를 배가하기 위해 서민 할미를 내세웠을 것이다. 동해안별신굿 중 〈거리굿〉의 경우 실생활과 밀접한 소재를 다루고 있어, 관객이 굿에 참여하는 경우도 비일비재하다.[325] 그렇다면 〈탈굿〉의 관객 또한

---

324) 남자 무당

325) 〈거리굿〉 중 해산거리의 해산모가 아이를 낳는 부분에서 관중의 대부분을 차지하는 할머니들은 자신이 젊었을 때 겪은 해산의 고통이나 방법을 알려주기 위해 무당의 연행에 적극적으로 개입한다. 자신이 알고 있는 사실과 무당의 연행 내용이 다를 경우에는 이를 시정시키기도

자신들에게 친숙하고 공감할 만한 인물이 등장할 때 놀이에 대한 관심과 흥미가 고조되었을 것이다. 특히 어느 마을에나 있을 법한 바람난 남편, 늙은 본부인의 질투와 예쁘고 젊은 첩의 갈등은 관객의 관심을 끌 수밖에 없다. 따라서 〈탈굿〉의 할미는 무격이 아닌 평범한 여성인 것이다.

3) 꼭두각시거리 ; 불교의 영향과 유랑예인 여성

〈꼭두각시놀음〉에서도 주술적 사제의 모습은 찾기 힘들다. 선행연구에서는 '조리', '산이'를 신이나 그를 모시는 사제와 관련짓기도 하는데,[326] 실제 극의 내용에서는 그러한 특징이 보이지 않는다. 가면극처럼 신분이 무당이라는 언급도 없거니와 부채나 방울을 지니지도 않으며, 무속과 관련하여 용왕산주를 섬기거나 삼존당을 차려놓는 일도 없다. 오히려 꼭두각시는 유리걸식하며 절의 불목하니를 지내거나, 남편과 첩의 박대에 중이 되겠다며 집을 나서기도 하는 등 불교적인 색채를 띠는 유랑민이다. 떠돌이 여성, 오갈 데가 없어서 절에 기탁하는 가련한 여성, 그가 꼭두각시인 것이다.

꼭두각시가 삶의 근거지를 상실한 서민여성으로 묘사되는 것은 연희층의 성격에 기인하는 바가 크다. 꼭두각시놀음의 연희층인 남사당패는 유랑예인집단으로 떠돌아다니며 재주를 팔아 생계를 유지했다. 이들 집단의 기원에 대해서는 고려시대 사찰에서 하는 각종 연희를 담당했던 재승괴뢰패(才僧傀儡牌)가 조선의 재인사장(才人社長)이 되고, 사장과 사당이 동일한 점에서 조선후기의 남사당패로 변화된 것으로 보고 있다.[327] 게다가 조선후기에는 승려의 환속과

한다.(이균옥, 앞의 책, 100쪽)

326) 김청자, 「한국전통인형극의 새로운 접근」, 『한국연극학』2권1호, 1985, 85~107쪽.

327) 서연호, 『꼭두각시놀음의 역사와 원리』, 연극과 인간, 2001, 92쪽과 120~131쪽. 서연호는 꼭두각시놀음의 연희층에 대해 고려시대에는 재승괴뢰패 외에도 북방계통의 수척 등이 중심이

유랑민의 급증으로 유랑예인집단도 증가했다. 〈꼭두각시놀음〉 또한 불교적 세계관과 밀접한 관련을 보이고 있으며, 실제로 마지막의 건사(建寺) 장면은 그것을 입증하는 예가 된다.

따라서 꼭두각시가 지녔을 무속적인 성격은 불교의 지속적인 영향 아래 쇠퇴했으며, 꼭두각시의 신분은 연희집단의 영향으로 유랑예인으로 묘사되었다고 볼 수 있다.

된 재인괴뢰패가 있었고, 이들이 조선시대의 재인백정으로 이어지면서 〈꼭두각시놀음〉의 또다른 계통을 이루었다고 보고 있다. 현전하는 〈꼭두각시놀음〉이 재승괴뢰패와 재인괴뢰패 중 어느 계통을 잇는지는 알 수 없다. 하지만 어느 쪽으로 보더라도, 극의 특성과 배경 설화를 볼 때 불교와 지속적인 관련을 가졌다고 봐야 한다.

V. 할미 서사의 확장과 변이

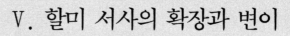

V.

할미 서사의 확장과 변이

조선후기는 기존의 상층문화가 하층으로 확산되는 한편 하층에서는 서민문화가 성행한 시기이다. 민속극을 비롯한 판소리, 사설시조, 가사 및 소설과 야담에서 다양한 작품들이 쏟아져 나왔고, 이들은 독자적인 발전과 함께 상호 교섭을 통한 문학적 변용의 생동하는 모습을 보여주었다. 민요와 한시 및 가사, 가사와 소설, 소설과 시조 등에서 장르의 교섭이 일어났으며, 특히 민속극은 민요, 판소리, 설화, 소설의 영향으로 극양식의 다채로운 면모를 보여 주었다.

여신 할미의 서사도 조선시대 후기의 현실 아래 다양한 서민 문화와 접하면서 형식과 내용의 변화가 따르게 된다. 할미 서사가 과도기의 젊은 여성들의 불안한 삶과 결합되어 민요 〈꼬댁각시〉가, 삶의 기반을 잃은 여성과 만나면서 판소리 〈변강쇠가〉가, 유교적 삶으로 계도하려는 소설과 만나면서 꼭두각시전이 창작되었다. 이들은 할미 서사가 확장되고 변이된 것이지만, 그 과정에서 민속극의 영향 또한 다분히 받은 것으로 보인다.

〈꼬댁각시〉는 꼬댁각시라는 한 여성의 비극적 일생을 노래하면서 주술적 의식을 놀이처럼 병행하는 서사민요이다. 발생 시기는 명확하지 않지만, 놀이가 보여주는 제의적 성격을 볼 때 그 연원이 오래된 것으로 짐작된다. 다만 놀이와 함께 병행되는 민요의 가사가 고달픈 시집살이를 내용으로 하고 있어, 놀이와 노래가 결합된 시기는 늦어도 조선후기로 추정된다.

〈변강쇠가〉는 〈횡부가(橫負歌)〉 또는 〈가루지기타령〉으로 불린다. 주인공 변강쇠와 옹녀의 애정 행각을 다룬 이야기로 실전(失傳) 판소리의 하나이다. 신재효(1812~1884)가 정리한 판소리 여섯마당에 사설만 전하고 있는데, 송만재(1788~1851)가 〈변강쇠가〉의 공연을 시로 읊은 점을 보면,[328] 적어도 18세기부터 19세기 후반까지는 판소리 공연에서 불리어진 것으로 추정된다.

꼭두각시전은 꼭두각시라는 여성의 일생을 다루면서, 부녀자의 덕을 강조하는 소설 부류에 대한 통칭이다. 필사본에 〈쏙독각시젼〉, 〈쏙쏙각씨젼〉, 〈쏙두각시젼〉 등이 있고, 활자본은 〈로처녀고독각시〉(1916)와 〈쏙독각씨이야기〉(1923), 〈꼭독각씨실기〉(1955)가 있다. 현전하는 이본들 중 추정 가능한 가장 오래된 연대가 1901년 정도[329]이며, 그 밖에 이본들도 비슷한 시기에 필사된 것으로 보아 19세기 후반에 창작된 소설로 추정된다. 이본의 편수는 많지 않으나 세 번에 걸쳐 활자본으로 만들어진 것을 보면 오랜 시기 꾸준히 읽혀진 것을 짐작할 수 있는데, 민속극, 시조, 잡가, 판소리 등 다양한 문학 장르가 수용된 가사체 소설이라는 점이 대중적 인기를 도모하는 데 한몫을 담당한 것으로 보인다.

〈꼬댁각시〉, 〈변강쇠가〉, 꼭두각시전의 발생 선후차를 밝히기는 힘들다. 그 까닭은 이들 작품이 기록문학으로서의 성격보다 전승 서사로서의 속성을 다분히 지니고 있기 때문이다. 다만 이들 작품의 갈래가 조선후기 성행한 서사민

---

328) 官道松畔斫作薪 큰 길 가의 장승 패서 땔감 삼으니
頑皮嗔眼夢中嗔 모진 상판 부라린 눈 꿈에도 호통
紅顏無奈靑山哭 고은 얼굴 속절없어 산에서 우니-〈관우희(觀優戱)〉13수 (윤광봉,『한국연희시연구』, 박이정, 1997, 156쪽에서 재인용)
329) 하성래,「해학 속에 숨은 서민의 바램」,『문학사상』, 1980년 5월호, 428~436쪽.

요, 판소리, 가사체 소설로 민속극의 성행과 때를 같이하고, 작품 외적으로 놀이적인 특성[330])을 지니고 있으며, 여성 주인공의 성격이 민속극의 할미와 상당히 닮아있다는 점에서 한자리에서의 논의가 가능하다.[331] 특히 이들 서사문학에 나타나는 신화성은 여신의 특성 및 민속극과의 영향관계에서 논의할 때 더 명료해질 것이다.[332]

여기서는 조선후기 서사문학에 여신 할미의 이야기가 어떻게 전개되는지를 논의하기 위해, 신화 및 민속극과의 비교를 전제로 하여, 그 논의의 틀을 정착과 유랑, 욕망의 변형, 삶과 죽음의 다양한 형상화, 그리고 무속적 성격의 측면에서 살펴보고자 한다.

1. 창조신 할미 ; 정착과 유랑의 반복

창조신, 지모신, 그리고 생명신인 설문대할망의 신화에서는 여신의 창조와

---

330) 연행의 공간에서 가창되었던 〈꼬댁각시〉나 〈변강쇠가〉는 물론이거니와, 꼭두각시전 또한 규방가사 〈노처녀가〉의 혼인과 여훈의 도식성을 수용하는 한편 당시 성행하던 다양한 민속 문화을 수용하고 있다. 여성 독자가 반복되는 율격으로 이를 읊조리는 가운데 규방여성의 억압된 자아를 분출할 수 있는 오락성을 주었을 것이다. (최명자, 『1910년대 고소설의 대중화 실현양상 연구』, 이화여대 박사, 2005, 83쪽 참조)

331) 특히 판소리 광대와 가면극의 연희자는 무가계와 밀접한 관련을 가지고 있고, 마당이라는 동일한 공간에서 함께 공연하였으며, 가면극에 판소리가 수용된 점을 볼 때 연희 내용의 교섭은 충분히 가능하다고 하겠다.(사진실·사성구, 「〈변강쇠가〉의 가면극 수용 양상과 연희사적 의미」, 『어문연구』55집, 어문연구학회, 2007, 264~267쪽)

332) 다만 민속극의 할미가 판소리나 소설과 교섭할 때, 할미의 이야기가 다분히 변모되었을 가능성은 염두에 두어야 한다. 민속극이 행위 예술에 가깝다면 판소리와 소설은 언어예술이다. 할미의 못생긴 가면과 허리를 드러낸 채 추는 엉덩이 춤, 이를 잡고 오줌을 누는 비속한 행동과, 성욕을 비롯한 다양한 욕망들은 서사양식에서는 말과 글을 통해서만 표현해야 한다. 또 장면이 중요시되는 극과 달리 서사는 원인과 결과가 긴밀하게 연결되는 구조가 필요하다. 게다가 담당층에 따라 할미에 대한 인식도 변화될 수밖에 없다.

파괴, 풍요다산과 생사의 순환을 얘기했다. 이중에서 여신의 창조와 파괴는 민속극에서 할미와 영감의 만남과 이별로 형상화되었는데, 그들의 만남은 생명 창조를 통해 질서와 풍요의 세상을 만들고, 둘의 이별은 기존 질서를 파괴하고 죽음과 혼란의 상황을 초래했다.

할미 서사가 확장된 〈꼬댁각시〉, 〈변강쇠가〉, 꼭두각시전에서도 주인공을 중심으로 남녀의 만남과 이별이 그려져 있다. 그런데 이들 서사에서는 남녀가 대등하게 만나고 이별하는 것이 아니라, 여주인공을 중심에 두고 특정한 대상과의 만남과 이별이 반복된다. 그 대상은 주로 가족이나 남편이지만 그가 가지는 의미는 가정, 마을, 지역 사회 등 다양한 공간을 나타낸다. 따라서 이야기 속 만남과 이별의 핵심은 주인공이 특정한 공간에 안주하는가, 쫓겨나는가의 문제가 된다.

1) 꼬댁각시 ; 가정공동체의 형성과 해체를 통한 비극의 심화

민요 〈꼬댁각시〉는 충남지역에서 젊은 여성들이 대를 잡고 점을 치며 부르던 노래이다. 주로 정초나 추석에 동네 부인과 처녀들이 친목을 위해 모인 공간에서 '꼬댁각시놀이'를 하며 부른다. 놀이를 동반하는 점에서 유희요로 볼 수 있고, 그 놀이가 주술적인 성격을 띠는 점에서 의식요로 볼 수도 있다.

놀이의 순서를 보면 먼저 한 명을 꼬댁각시로 만들어 가운데 앉혀 놓고, 나머지는 그를 둘러싸고 민요 〈꼬댁각시〉를 부른다. 그러면 꼬댁각시로 선정된 이에게 신이 내려 합장한 손이 벌어지면서 맹렬하게 춤도 추고 점술도 하는 등 신기한 행동을 하게 된다.[333] 이때 주위 사람들은 잃어버린 물건의 소재나 혼인할 연령, 신랑감에 대한 질문 등을 하며 꼬댁각시 신에게 답을 구한다.

---

333) 임동권, 『한국민요연구』, 이우출판사, 1975, 270쪽.

'꼬댁각시놀이'와 유사한 것으로 놀이 없이 노래만 가창하는 〈한 살 먹어 엄마 죽고〉 유형이 있고, 반대로 노래 없이 놀이만 하는 '춘향이놀이'가 있는데,[334] 유독 충남지역에서는 '꼬댁각시놀이'로 불리며 노래와 놀이가 같이 전승되고 있다. 놀이의 주술적 성격과 노래의 광범위한 전승 지역을 보건대, '꼬댁각시놀이'는 정초에 벌였던 여성들의 주술놀이에 시집살이요가 결합되어 형성된 것으로 보인다.

'꼬댁각시'라는 명칭은 앞서도 언급했듯이 '꼭두각시'의 변형으로 추정된다. 구비문학의 유동적인 특성을 볼 때 어휘의 와전이 충분히 가능하다는 점과, 무엇보다도 〈꼬댁각시〉가 충청도를 중심으로 전승된다는 점이 그 근거가 된다. 충청도는 남사당패 꼭두각시놀음의 권역이며 특히 충남 서산 지역은 유랑광대의 영향을 받은 토착집단의 인형극 '박첨지놀이'가 전승되고 있어, 민요와 인형극이 결합될 수 있는 터전이 마련되어 있는 셈이다.

민요 〈꼬댁각시〉의 내용은 크게 두 부분으로 나눌 수 있다. 전반에는 꼬댁각시가 어릴 때 부모를 잃고 친척집에서 구박을 받으며 자라왔다는 내용으로 모든 각편에 공통으로 들어있다. 후반은 꼬댁각시의 힘겨운 시집살이를 다루고 있는데, 각편에 따라 꼬댁각시가 가난한 집에 시집가서 식구들에게 냉대를 받는 것,[335] 고자 신랑을 만나 신세 한탄하는 것,[336] 고자 신랑에게 시집가서 어려운 시집살이를 하던 중 시댁 식구와 남편이 모두 죽는 것,[337] 시집을 가니

---

334) 국립문화재연구소에서 전국의 세시풍속을 조사 정리하여 2001년부터 2002년까지 강원도, 경기도, 전라남북도, 경상남북도, 충청남도의 세시풍속 자료집을 발간했는데, 여기에 〈꼬댁각시〉의 놀이와 유사한 놀이가 주로 '춘향이놀이'라는 이름으로 다수 실려 있다. 정형호가 정리한 바에 따르면 대략 125곳에서 이 놀이가 나타나는데 지역에 따라 명칭은 다르나 '춘향이놀이'가 가장 일반적이고 다음으로 '춘향아씨놀리기', '꼬댁각시놀이'의 순서로 나타난다고 하며, 그 분포는 전국적이라고 한다.(정형호, 「'춘향이놀이'와 '꼬댁각시놀이'에 나타난 주술적, 놀이적 성격과 여성의 의식」, 『중앙민속학』11집, 중앙대 한국문화유산연구소, 2006, 67쪽)

335) 『대계』 4-4, 192~194쪽.

336) 『대계』 4-4, 497~480쪽.

남편을 비롯한 시댁 식구가 모두 불구라 서러워하는 것,[338] 시집살이가 힘들어 중이 되었다가 자살하거나[339] 임당수에 빠져죽는 것[340] 등이 있다. 각편에 따라 다소 차이를 보이지만 전체적으로 고아인 여성이 성장하면서 그 불행 또한 심화된다는 내용에는 별반 차이가 없다.[341]

제보자들의 기억력이나 전승능력에 따라 가감되는 점을 고려하여 꼬댁각시에 얽힌 모든 내용을 정리하면 다음과 같다.

①어릴 때 ①' 부모를 잃은 꼬댁각시가 ②친척집에서 온갖 구박을 받으며 자랐다. ②' 나이가 차서 ③시집을 가보니 신랑은 고자요 시부모님도 곱사등이와 앉은뱅이인 불구였다. 그래도 성심껏 부모를 섬겼으나 늘 냉대를 받아 서러웠다. 시집 식구들이 하나둘씩 병으로 죽고 남편마저 죽자 ③' 중이 되거나, 인생이 서러워 물에 빠져 죽었다.

〈꼬댁각시〉 내용을 보면 주인공 꼬댁각시와 주변인의 만남과 이별의 반복을 통해 가정공동체가 형성되고 파괴되는 것을 볼 수 있다. 꼬댁각시가 태어났을 때는 부모와 하나의 가정을 이루었지만, 어려서 부모를 잃은 후 가정은 와해되고 꼬댁각시의 고난은 시작된다. 삼촌의 집에 의탁하여 그곳 가정에 결속하려 하지만 구박과 냉대 속에 성장하고, 성인이 되어서는 혼인을 빌미로 쫓겨난다. 주인공은 혼례를 치르면서 남편을 만나고 시집이라는 새로운 가정에 귀속하게 되지만 이 역시 시집식구의 냉대와 죽음, 또는 그로 인한 주인공

---

338) 『대계』 4-4, 795~797쪽.
338) 『대계』 4-4, 935~937쪽.
339) 『대계』 4-4, 919~921쪽.
340) 문화방송, 『한국민요대전-충북편』, 1995, 239~240쪽.
341) 〈꼬댁각시〉의 각편 중에는 꼬댁각시가 중이 되고자 하나 그것조차 이루지 못하고 고생하다가, 산골 중의 처가 되어 잘 살게 되는 이야기도 있다.(김승찬 외, 『부산의 민요집성』, 세종출판사, 2002, 195~197쪽) 그러나 이러한 결말은 〈꼬댁각시〉 유형에서도 예외적이다.

의 자살로 와해된다. 이러한 만남과 이별의 과정을 공간을 중심으로 정리해보
면 다음과 같다.

①꼬댁각시와 부모의 가정 구성 →①' 해체 → ②꼬댁각시와 삼촌의 가정
구성 → ②' 해체 → ③꼬댁각시와 시집의 가정 구성 → ③' 해체

꼬댁각시를 중심으로 한 만남과 이별의 반복[342]은 곧 가정이라는 공간의 구
성과 해체의 반복이다. 그런데 이러한 구성과 해체가 반복되면서 주인공의 삶
의 공간은 태어난 집에서 친척이 있는 마을로, 마을에서 혼인으로 인한 타 지
역으로 확장되며, 공간이 확장될수록 주인공의 비참한 삶 또한 심화된다.

이처럼 〈꼬댁각시〉가 보여주는 가정의 구성과 해체의 반복적 구조는 여신
할미나 민속극 할미의 삶이 보여주는 반복 구조와 유사하다. 즉 〈꼬댁각시〉에
는 신화와 민속극처럼 만남과 이별에 따르는 구체적인 이유가 없다. 꼬댁각시
의 부모가 왜 죽었는지, 시집을 가게 된 구체적인 계기는 무엇인지, 꼬댁각시
가 어떻게 가난한 시집의 불구 남편을 만나게 되었는지 이야기에서는 구구절절
풀어주지 않는다. 그 이유에 대해 민요가 주는 간결하면서도 압축적인 표현의
묘미로 돌릴 수도 있고, 굳이 말하지 않아도 알 법한 당대의 현실 즉 질병과
가난의 탓으로 돌릴 수도 있다. 그러나 세부적인 사정의 언급 없이 부모 중심
의 가정, 친척과 함께 한 가정, 혼인으로 이루어진 가정이 차례로 와해되는 이
야기의 구조는 신화 속 창조와 파괴의 원리가 변형된 것으로 볼 수 있다.

---

342) 〈꼬댁각시〉의 구조를 고난→ 해결기대→ 좌절의 반복으로 보고, 결핍은 있으되 결핍제거의
모티핌을 갖고 있지 않다고 하며, 그러한 이유를 전근대적 가부장제 사회에서 비참한 삶에
대해 소극적 대응만 시도한 한 여성의 삶을 노래했기 때문으로 보는 견해도 있다.(황경숙,
「부산지방 설화성 민요에 나타난 여성의 의식세계」, 김승찬 외, 앞의 책, 44쪽) 이 견해 또한
주인공 여성에게 닥친 고난의 원인은 가정이 와해되었기 때문이고 해결의 기대는 새로운 가정으
로의 결속이라는 점에서 본고와 맥락을 같이 한다.

다만 신화와 민속극의 창조와 파괴가 계절 및 농업과 관련된 순환적 구조인데 비해, 〈꼬댁각시〉의 구성과 해체는 불행한 여성의 일생을 얘기하는 직선 위에 나타나는 점이 다르다. 또 신화나 민속극의 구조가 풍요사상을 전제로 동일하게 반복되는 데 비해, 〈꼬댁각시〉는 반복될수록 불행이 확대되고 삶은 황폐화된다. 마지막으로 민속극의 할미과장에서는 할미와 영감이 대등하며, 둘의 만남과 이별 자체가 중요한 의미를 가지는 반면, 할미 서사가 확장된 〈꼬댁각시〉에서는 주인공의 비중이 크고, 남편의 존재는 미미하다. 남편보다는 공간이 더 부각되며, 주인공의 의지와는 무관하게 주변 상황의 변화에 따라 불행도 심화된다.

〈꼬댁각시〉에서 공간과 상황에 따르는 불행이 부각되는 것은 담당층과 관련지을 수 있다. 〈꼬댁각시〉는 여성들에 의해 전승된 노래이다. 전근대 사회에서 여성은 대부분 태어난 집을 떠나 시집이라는 새로운 공간에 귀속되는 삶을 살았다. 특히 조선후기 친영제도가 보편화되기 시작하면서, 여성이 시집을 간다는 것은 혈육을 떠나 생면부지의 사람들이 모여 사는 낯선 공간으로의 이동을 의미하게 되었다. 따라서 혼례를 치를 때는 배우자와 만난다는 설렘보다 자신의 보금자리를 떠나 새로운 환경에 결속해야 하는 부담이 앞섰을 것이다. 꼬댁각시의 불행한 삶을 노래할 때 가정이라는 공간의 구성과 해체가 중요하게 부각되는 것도, 전승집단의 이와 같은 심리가 반영되었기 때문이다. 특히 꼬댁각시는 단순히 친정을 떠나 시집으로 가는 것만 아니라, 그 사이 부모의 사별과 친척 더부살이라는 서사가 삽입되어 비극성이 심화된다.

2) 변강쇠가; 마을공동체로의 귀속과 방출의 엇갈림

〈변강쇠가〉는 평안도의 미녀 옹녀와 삼남지역의 건달 변강쇠가 만나 혼인을 하고 가정을 꾸리지만, 옹녀의 상부살과 변강쇠의 장승동티로 결국 이별을 겪게 되는 이야기이다. 서사단락을 통해 전반적인 내용을 살펴보면 다음과 같다.

1. 평안도 월경촌에 절세미인 옹녀가 살았다.
2. 옹녀에게 상부살이 있어 관계한 남자마다 죽어나가자 고향에서 쫓겨난다.
3. 청석관에서 변강쇠를 만나 혼인하고 기물타령과 사랑가를 부른다.
4. 옹녀는 갖은 장사를 하여 돈을 모으나 강쇠는 투전과 술로 낭비하고 행패만 부린다.
5. 옹녀의 권유로 부부가 지리산 산골로 들어가 산다.
6. 강쇠가 일은 하지 않고 색욕만 밝히니, 옹녀가 나무라도 해오라고 사정한다.
7. 강쇠는 나무는 하지 않고 낮잠만 자다 장승을 베어온다.
8. 옹녀가 만류하나 장승을 패서 불 때운 후 훈훈한 방에서 사랑가를 부르며 농탕치게 논다.
9. 강쇠의 만행에 분노한 팔도의 장승들이 강쇠의 온몸에 병을 준다.
10. 송봉사가 독경을 해준 후 경채를 빌미로 정사를 요구하나 옹녀가 거절한다.
11. 의원을 불러 치료하나 효험이 없다.
12. 강쇠가 옹녀에게 가까이하는 사내마다 급살할 것이라 예언하고 장승 모양으로 서서 죽는다.
13. 옹녀가 오입하는 남자를 만나 치상할 것을 계획하고 대로변에 간다.
14. 중이 옹녀에게 혹하여 치상하고 같이 살기로 하나 시체를 보고 즉사한다.
15. 초라니가 나타나 치상한 후 부부되기로 하나 시체를 보고 즉사한다.
16. 풍각쟁이들이 나타나 치상하려 하나 시체를 보자마자 즉사한다.

17. 뎁득이가 나타나 갈퀴로 송장의 눈을 덮으려 하나 실패하고 도망간다.

18. 옹녀가 붙잡아 간곡하게 사정하니, 뎁득이가 기지를 발휘하여 송장을 넘어뜨린다.

19. 각설이패를 삯군으로 얻어 뎁득이와 함께 송장을 지는데, 송장이 몸에 붙어 떨어지지 않는다.

20. 움생원이 와서 송장에 손을 넣었다가 붙어서 떨어지지 않는다.

21. 움생원이 그간의 사정을 듣고 사당패를 놀게 하여 무료함을 달랜다.

22. 옹좌수가 지나가자 움생원이 불러 앉힌다.

23. 옹좌수와 사당의 무리도 송장에 붙어 떨어지지 않는다.

24. 계대를 불러 굿을 하니 짐꾼만 남겨놓고 모두 떨어져 나간다.

25. 뎁득이가 송장의 원혼을 위로하니 모두 자리에서 일어난다.

26. 각설이패가 짊어진 송장은 장사를 지내지만, 뎁득이가 짊어진 강쇠와 초라니의 송장은 몸에서 떨어지지 않는다.

27. 뎁득이가 소나무들 틈으로 달리고 절벽에 갈아서 송장을 떼 낸다.

28. 뎁득이가 오입쟁이를 청산하고 개과천선하여 귀향하면서 옹녀에게 풍류남자와 백년해로하라 한다.

29. 세상 사람들에게 음탕한 짓을 경계하고 태평성세 할 것을 기원한다.

〈변강쇠가〉에서 옹녀는 끊임없이 재가를 시도하지만 그럴 때마다 늘 남편의 죽음이라는 이별에 봉착한다. 서사단락의 1~3은 변강쇠를 만나기 전의 옹녀의 남성 편력이, 4~12는 옹녀와 변강쇠가 결연한 후 둘의 애정행각과 강쇠의 죽음이, 그리고 13~28은 강쇠가 죽은 후 옹녀가 치상과 재가를 위해 다시 사내를 만나는 과정이 그려져 있다. 강쇠를 만나기 전 옹녀는 숱한 남성과의 만남과 이별을 경험하며 그로 인해 삶의 터전에서 쫓겨나기까지 한다. 강쇠와 결연 후에는 새로운 삶을 살려 하지만. 강쇠는 장승동티로 죽게 되고 옹녀를 가까이하는 사내마다 급살할 것이라는 저주마저 남긴다. 그리고 실제 치상(治

喪) 과정에서 옹녀와 살기로 한 중, 초라니, 풍각쟁이들은 강쇠의 시신을 보자 마자 죽어버린다.

민속극은 행위와 장면 중심이므로 설사 이야기에 인과성이 없어도 그것이 크게 흠이 되지 않는다. 그러나 서사는 다르다. 사건 중심의 언어예술인 판소리나 소설에서는 주인공의 행위와 결과에 대한 그럴듯한 이유를 붙여줘야 한다. 〈변강쇠가〉에서 화자는 옹녀와 뭇 사내의 만남과 이별이 지속적으로 반복되는 이유를 그녀의 상부살(喪夫煞)에 두고 있다.

> 열다섯에 어든 서방 첫늘밤 잠자리에 급상한에 죽고 열여섯에 어든 서방
> 당창병에 튀고 열일곱에 어든 서방 용천병에 페고 열여듧에 어든 서방 베락
> 마져 식고 열아홉에 어든 서방 쳔하에 틱적으로 포쳥에 써러지고 스물살에
> 어든 서방 비상먹고 도라가니 서방에 퇴가 나고 송장 치기 신물난다[343)

일 년마다 하는 상부(喪夫)를 넘어 눈 흘레하고 손 만져본 놈까지 죽고야 마는 극단적인 상황이 연출되면서 옹녀는 고향에서 쫓겨난다. 선행 연구에서는 옹녀의 방출에 대해 집단적 재액의 원인을 옹녀라는 인물의 과장된 청상살로 치환시켜 옹녀를 공동체를 위한 속죄양으로 만든 것이라고 보았다.[344)

> 이년이 홀릴업셔 쫓기여 나올 젹에 파랑 보씸 엽폐 씌고 동빅 기름 만니
> 발ㄴ 낭즈를 곱게 ㅎ고 손호비녀 질너시며 츌유장옷 엇믜이고 힝똥힝똥 나

343) 강한영 교주, 『신재효 판소리사설집』, 민중서관, 1971, 532쪽. 띄어쓰기는 편의상 필자가 함. 이후 동일.

344) 강진옥, 「변강쇠가 연구2-여성인물의 쫓겨남을 중심으로-」, 『이화어문논집』13집, 이화여대 이화어문학회, 1994, 207~215쪽. 전신재도 옹녀를 공동체의 안녕과 주민들의 생명을 위해 추방된 제의적 희생물로 보았다.(전신재, 「변강쇠가의 비극성」, 『선청어문』18집, 서울대 국어교육과, 1989, 117쪽)

오면셔 혼자 악을 스는구나 어이 인심 흉악ᄒ다 황평 양셔 아니면은 살ᄃᆡ가
업거ᄂᆞ냐 삼남 좃은 더 좃타두고[345]

그러나 속죄양으로 보기에 그녀의 행동은 상황에 고통 받거나 위축되지 않고
사뭇 당당하다. 비록 쫓겨나는 입장이지만 이미 새로운 결연을 위한 행색과 포
부까지 갖추고 있다. 청석관에서 강쇠가 수작을 걸자, "숫게집 ᄀᆞ거드면 핀잔
을 ᄒᆞ던지 못드른 체 가련마ᄂᆞᆫ"[346] 굳이 행처를 밝히는 것도 옹녀 또한 강쇠를
유혹할 마음이 있었기 때문이다. 옹녀와 강쇠는 바로 그 자리에서 궁합을 보고
결합하여 부부가 된다. 그렇게 둘이 혼인한 후, 강쇠는 술과 투전에 파묻혀 살
며 투기와 폭력을 일삼지만, 옹녀는 강한 생활력을 보여준다. 강쇠 때문에 도
방(都房)살림이 어려워지자 옹녀는 심산궁곡에 들어가 밭이나 갈며 살자고 한
다. 산중으로 가는 것은 선택보다 쫓김에 가깝지만, 옹녀에게서는 새로운 삶에
대한 의지가 보인다.

집의 셩긔 가지고셔 도방살림 하다가ᄂᆞᆫ 돈 모오기 고ᄉᆞ ᄒᆞ고 남의 손에 죽
을 테니, 심ᄉᆞᆫ궁곡 차자가셔 ᄉᆞ름 ᄒᆞ나 업ᄂᆞᆫ 곳에 ᄉᆞ젼이나 파셔 먹고, 시쵸
나 부여 ᄯᅥ면 노름도 못홀 테오 강ᄶᅩ도 안홀테니 ᄉᆞ중으로 드러갑ᄉᆡ 강쇠가
ᄃᆡ답ᄒᆞ되 그 말이 장히 조희. 십 년을 곳 굴머도 남의 게집 바라보며 눈우슘
ᄒᆞᄂᆞᆫ 놈만 다시 아니 보거드면 ᄂᆡ일 죽어 한이 업ᄂᆡ.[347]

옹녀는 살기 위해서, 강쇠는 자기 여자에게 곁눈질 하는 놈들이 싫어, 지리
산에 새로운 터전을 마련한다. 그러나 강쇠의 삶은 게으름과 옹녀에 대한 색욕

---

345) 강한영, 앞의 책, 534쪽.
346) 강한영, 상동.
347) 강한영, 앞의 책, 542쪽.

으로 일관되고 옹녀 또한 새로운 삶의 방편을 찾지 못한다. 그러던 중 강쇠는 나무를 하러 가서 장작 대신 장승을 베는 만행을 저지르고, 이어 장승동티로 죽음을 당한다. 앞서 벼락 맞아 죽고 비상 먹고 죽은 옹녀의 남편들을 보건대 강쇠의 죽음은 예정된 것이지만, 그 처참함은 한층 심하다.

이후 옹녀는 강쇠의 상을 치러주고 자신의 생계를 의탁할 새로운 상대를 찾아 나서는데, 강쇠의 "ᄉ나희라 명쇠ᄒ고 십셰젼 아ᄒᆡ라도 ᄌᆡ 몸에 손ᄃᆡ거ᄂ 집근체에 얼는ᄒ면 즉각 급슬ᄒᆞᆯ 거시"[348]라는 저주 때문에 만나는 남자마다 죽어나간다. 그러나 장승동티와 그로 인한 강쇠의 죽음은 옹녀의 인생 전반에서 하나의 두드러진 사건에 불과할 뿐, 강쇠의 저주가 아니었다 해도 옹녀의 상부살 때문에 이후의 결연이 순탄치는 않았을 것이다. 우여곡절 끝에 치상을 마친 후 뎁득이마저 개과천선하고 고향으로 돌아가자 옹녀는 다시 길 위에 선다. 이제 그녀에게 남은 일은 또 다른 강쇠를 만나는 것이다.

이처럼 옹녀를 중심에 놓고 〈변강쇠가〉의 내용을 살펴보면, 다음과 같은 특징을 발견하게 된다. 첫째, 이 작품은 제목인 '변강쇠가'와는 달리 옹녀와 뭇 사내들의 만남과 이별이 이야기 전개의 중심을 이루고 있다. 남녀의 만남과 이별의 반복은 앞서 민속극에서도 확인할 수 있는데, 민속극에서 할미가 꼭 만나고 싶어 하는 대상은 영감이며 영감과의 만남과 이별이 놀이에서 중요한 의미를 가지고 있다. 꼭두각시가 가출을 하고도 다시 영감을 찾는 것도 이처럼 배우자와의 만남과 이별이 가지는 의미가 크기 때문이다. 게다가 할미나 꼭두각시에게 배우자는 오직 영감 한 사람이다.[349] 옹녀는 할미와 다르다. 그녀는 헤어진 남편과 만나고 싶어 하는 것이 아니라, 죽은 남편을 대신할 새 서방을 찾는다. 그녀가 부부로 인연을 맺는 남자는 많았고 강쇠 이후로도 많을 것이다.

---

348) 강한영, 앞의 책, 570쪽.
349) 물론 할미가 다른 남자와 놀아나고 매음하지만, 그것은 부차적인 사건으로 극에서 중심적인 의미를 가지지 못한다.

'변강쇠가'라는 제목에서 알 수 있듯이 이야기에서 변강쇠가 차지하는 의미도 간과할 수 없지만,[350] 옹녀를 중심에 두고 보면 변강쇠는 그녀가 이제껏 만나 온 인연, 어쩌면 앞으로도 계속 만날 인연 중의 하나일 뿐이다.

둘째, 옹녀는 색욕 넘치고 상부살로 남자를 죽게 할 만큼 악마적인 요소를 갖춘 부정(不貞)한 여자로 보이지만, 그 행동을 따져보면 살기 위해 발버둥치는 가련한 여성일 뿐이다. 옹녀는 상부살로 인해 16세 때부터 과부로 살았다. 그런데 그녀의 남편들이 가지는 병력이 사뭇 살벌하다. 성욕의 과다 발산으로 인한 병, 피부병, 나병으로 이어지던 죽음은 이후 벼락을 맞거나 대적으로 몰려 죽기도 하고, 스스로 목숨을 끊기까지 한다. 말 그대로 옹녀는 '서방 잡아먹는 년'인 것이다. 그러나 강쇠를 만난 이후부터 강쇠가 죽기까지, 옹녀는 난봉꾼인 가장을 대신해서 살기 위해 고군분투하는 아낙의 모습을 보여 준다.

> 년놈이 손목잡고 도방각쳐 단일젹에 일원순 이강경이 삼푸쥬 수법셩이 곳곳이 차져당겨 겨집년은 이를 써셔 들병장스 막장스며 낫붙임 넉장질에 돈양돈관 모와노면 강쇠놈이 허망ㅎ야 디 냥 니기 방쩌리기 두랴위에 가고 ㅎ기……그 즁에 무슨 비우 강시암 겨집치기 밤낫으로 싸흠이니 암만히도 살슈업다[351]

강쇠가 노름과 싸움을 일삼을 때 그녀는 병에 술을 담아 팔거나, 날품팔이를 하는 등 닥치는 대로 일을 한다. 그마저도 강쇠의 질투와 폭행 때문에 힘들어지자 강쇠와의 삶을 위해 도방을 떠나 산골 행마저 감행한다.

---

350) 변강쇠가 마을을 수호하는 장승을 뽑은 행위는 어려운 시대를 배경으로 하여, 백성의 기본적인 삶의 문제도 해결하지 못하는 국가의 통치 질서에 대담하게 저항하는 어느 의기 있는 젊은이의 모습을 보여준다(전신재, 앞의 글, 14쪽)는 견해도 있다.
351) 강한영, 앞의 책, 540~542쪽.

부엌에 토정 걸고 방 쓸어 공셕 펴고 낙엽을 글거다가 젼녁밥 지어먹고 터
눌으기 삼삼구를 밤시도록 한 연후에 강쇠의 평싱 힝셰 일ㅎ야 본 놈이냐 낫
이면 잠만즈고 밤이면 빈만 타니 녀인이 홀슈업셔 익근이 졍셜흔다…… 이
순즁 스즈ㅎ면 순젼을 만이 파셔 두틱 셔슉 담비 굴고 갈키나무 비나무며
물거리 장작픽키 남우를 마니ㅎ여 집에도 씌련이와 지고 가 팔아시면 부모
업고 즈식 업고 단부쳐 우리두리 싱계가 넉넉홀듸 건장흔 져 신쳬에 밤낫으
로 ㅎᄂ것이 좀즈기와 그 노릇ᄊᆫ 굴머 죽기 고스ㅎ고 우션 얼어죽을 터니
오늘부터 지게 지고 나무나 ㅎ여옵쇼[352]

산골에서 보금자리를 얻은 후 그녀는 강쇠에게 일을 해서 두 식구 잘 살아보
자며 '그 노릇' 그만하고 나무라도 해 올 것을 부탁한다. 여자이기 때문에 도방
에서는 술을 팔아서라도 생계를 유지했지만, 화전을 일굴 고된 노동이 요구되
는 농경의 공간에서는 남성 중심의 생활에 기댈 수밖에 없다. 이렇게 보면, 옹
녀를 색욕에 눈이 먼 타락한 여자로 보는 것은 편벽된 평가이다. 그녀는 어떤
상황에서도 살아가고 싶었을 뿐이다.

셋째, 〈변강쇠가〉는 옹녀와 강쇠의 만남과 이별, 가정의 형성과 해체, 마을
로의 귀속과 방출이라는 세 가지 구조가 겹쳐 있다. 옹녀는 16살에 과부가 된
후 수차례 개가하지만 그때마다 상부살로 인해 남편을 잃고 결국 마을에서 쫓
겨난다. 게다가 변강쇠는 장승동티로 병을 얻어 온 몸에 온전한 곳 하나 없이
죽는다. 이쯤 되면 옹녀의 남성 편력은 멈출 법도 하지만 그녀는 강쇠가 죽은
후 오히려 치상을 핑계 삼아 새로운 남편감을 찾아 나선다. 옹녀의 이러한 모
습은 여성의 개가를 금기시하는 가부장제 사회의 모순에 저항하는 근대적 여성
상으로 보이기도 하고, 강쇠와의 만남에서 보여줬던 농염 짙은 애정행각과 더
불어 지칠 줄 모르는 남성 편력으로 비치기도 한다.[353] 그러나 이러한 견해는

---

352) 강한영, 앞의 책, 542~544쪽.

옹녀와 강쇠를 남성과 여성으로만 생각한 결과가 아닐까 싶다.[354]

실제 옹녀는 남성 자체가 아닌 남성이 지켜주는 가정에 더 집착하고 있다. 처음 강쇠를 만났을 때, "당신은 과부시오 나는 홀아비니 두리 술면 엇더ᄒ오"라는 강쇠의 말에, 옹녀의 대답은 "너가 상부 지질ᄒ여 다시 낭군 엇자ᄒ면 궁합 몬져 볼터이오"였다.[355] 옹녀가 원하는 것은 성적 대상으로서의 변강쇠가 아닌 부부가 되어 해로해 줄 남편인 것이다. 옹녀가 강쇠와 도방살림을 할 때 보여줬던 강한 생활력도 가정을 지키려는 노력의 하나이다. 도방에서 술 팔고 막일하는 예쁜 여자에게 쏟아졌을 뭇 사내들의 유혹과 노름에 폭력까지 일삼는 남편, 여기에 여러 번 개가한 전력까지 감안하면 옹녀가 굳이 강쇠와의 삶을 고집할 이유는 없다. 그러나 옹녀는 생면부지 산골행까지 감행하며 한번 맺은 강쇠와의 인연의 끈을 놓지 않는다. 더욱이 강쇠가 장승동티로 죽을 지경이 되자 의원은 물론 봉사까지 불러 독경을 하고, 경채 대신 '다른 것'을 요구하는 송 봉사에게 무안을 주면서까지 지아비에 대한 정절을 지킨다. 적어도 지아비가 살아있는 한 그와의 가정을 지키는 것이다.

---

353) 박진태는 변강쇠는 17세기적 풍류사상과 주자학적 지배체제하의 가부장제의 모순과 허위성을 대변하는 인물이고, 옹녀는 변강쇠에 대한 예속화를 거부하고 죽은 자에 대한 정절을 위한 산 자의 희생을 부당한 것으로 파악하는 합리적인 인물로 보았다. (박진태, 「변강쇠가의 희극적 구조」, 『한국시가의 재조명』, 형설출판사, 1984, 168쪽) 한편 정미영은 옹녀는 삶의 적극성과 그 원천으로써의 섹슈얼리티로 남성 중심적 성윤리를 뒤집고 있다고 보았고,(정미영, 「변강쇠가의 여주인공 옹녀의 삶과 왜곡된 성」, 『여성문학연구』13호, 한국여성문학회, 2005, 191~216쪽) 김승호는 옹녀는 열녀 만들기에 대한 남성들의 사회적 허위를 고발하며 열녀와 반대되는 길을 나아갔다고 했으며,(김승호, 「변강쇠가에 나타난 반 열녀담론의 성향」, 『국어국문학』152호, 국어국문학회, 2009) 서유석은 옹녀가 하층 여성의 섹슈얼리티를 통해 기존의 성관념이나 여성의 사회적 섹슈얼리티에서 일탈하는 의미를 획득했다고 보았다.(서유석, 「판소리 몸 담론 연구」, 경희대 박사, 2009)

354) 차가희의 경우 옹녀의 행위를 생산신과 연결시키고 있다. 옹녀는 생산신으로 그녀와 숱한 남성의 결합은 동해안 해랑당 신화에서 처녀에게 남근을 바치는 제의와 동일하다. (차가희, 「옹녀를 통해 본 변강쇠가의 신화성 고찰」, 『동남어문논집』10, 동남어문학회, 2000, 5~6쪽)

355) 강한영, 앞의 책, 534쪽.

경을 다 읽근 후에 주녀 경치를 엇디ᄒ랴나 져 기집 이론 말리 경치나 셔
울 빗이나 여긔 잇쇼 돈 흔 냥 녀여 주니 ᄂ가 돈 달나까듸 거 식곰흔 것 인난
가 어 아시시오 졈준흔 터에 그게 무슨 말슴이오 숑봉ᄉ 무류ᄒ야 안기 속에
소나 가듯 ᄒ니356)

이렇게 볼 때 옹녀가 강쇠를 비롯한 여러 남자를 거치며 얻으려 하는 것은
생계가 해결되고 생산이 가능한 가정, 안착할 수 있는 가정이며, 더 나아가 그
러한 가정을 품은 마을공동체에 정착하는 삶임을 알 수 있다. 옹녀의 바램은
거듭된 상부 때문에 마을에서 쫓겨났으니, 온전한 가정을 통해 마을공동체로
귀속하는 것이다. 그래서 안정된 가정을 이루기 위해서 노력한다. 설사 만난
사내가 강쇠가 아닌 다른 인물이었다 해도 가정을 지키기 위해 똑같이 들병장
사357)를 하고 막일을 하며, 다른 사내의 유혹에 곁눈질하지 않았을 것이다. 그
래야 안정된 가정이 형성되면 다시 마을로 돌아갈 수 있기 때문이다.

〈변강쇠가〉에서 보여주는 만남과 이별은 옹녀를 중심으로 한 '안정된 가정
과 지역사회로의 귀속'을 형성하고 다시 파괴하는 것을 의미한다. 옹녀는 재가
(再嫁)를 통해 유랑의 삶을 청산하고 안착하려는 여성의 모습을 보여준다.358)
이미 태어난 집을 떠난 여성이 사회에 귀속될 수 있는 방법은 혼인뿐이다. 그
러나 그녀의 시도는 번번이 실패하며 그 결과는 갈수록 참담해진다. 창조신
할미의 창조와 파괴, 그리고 민속극의 할미와 영감의 만남과 이별은 지속적으
로 반복될 뿐 불행이 심화되지는 않는다. 그것은 자연현상에 대한 인간의 상

---

356) 강한영, 앞의 책, 564~566쪽.
357) 병에 술을 받아 가지고 다니며 파는 장사(강한영, 앞의 책, 541쪽)
358) 이러한 모습은 〈덴동어미화전가〉에서도 볼 수 있다. 남편과 사별한 후 거듭되는 재가를 통해
덴동어미가 얻고 싶은 것은 온전한 가정에의 안착과 자식의 생산이다. 마지막 남편인 엿장수와
사별한 후 그녀가 더 이상 재가하지 않은 이유는 비록 불완전하지만 자식이 있는 가정을 갖추었기
때문이다.

상력을 바탕으로 한 제의와 관계되기 때문이다. 그러나 현실에서 삶의 터전을 잃고 유랑할 수밖에 없는 기층 민중, 그 중에서도 여성이 겪어야 하는 창조와 파괴는 그러한 단순한 반복조차 허용하지 않는다. 파괴가 거듭될수록 불행도 심화된다.

3) 꼭두각시전 ; 공동체의 재건과 지역사회 귀감의 교화성

〈로처녀 고독각시〉는 고아인 한 노처녀가 가난한 양반집에 시집가서 가산을 일으키고 행복하게 산다는 이야기이다. 전체적인 서사단락을 통해 내용을 살펴보면 다음과 같다.

1. 조선 숙종조 전라도 무주 땅에 혈혈단신 노처녀 고독각시가 살았다.
2. 스스로 용모와 재주를 자랑했으나, 시집을 못가 한탄한다.
3. 빈한한 골생원 댁의 봉채를 받고 시집갈 준비를 한다.
4. 3년 동안 골생원 댁으로부터 소식이 없어 애를 태운다.
5. 매파가 윤봉사의 후취를 주선하나 절개를 지켜 거절한다.
6. 윤봉사로부터 욕을 볼까 두려워 시댁을 찾아 나선다.
7. 시댁은 극빈하고 신랑의 몸은 불구이다.
8. 혼례를 치른 초야에 신랑이 합궁을 재촉하자 참을성이 없음을 타박한다.
9. 뒷동산에 올라 무병장수, 백년해로, 유자생녀를 축원한다.
10. 꿈에 한 노인으로부터 금낭 세 개를 받는다.
11. 사당에 먼저 배알하고 이웃에게 인사하니 이웃들의 칭찬이 자자하다.
12. 세월이 흘러 가산이 불고 아들을 낳아 이름을 신통이라고 짓는다.
13. 고독각시의 지극한 효성에 감동한 하늘이 생금을 내려준다.
14. 생금을 김장자의 재산과 상환하여 부자가 된다.
15. 호의호식하되 노복을 인의로 사랑하니 집안이 화목하다.

16. 시부모님이 별세하니 애통해 하며 상례를 정성껏 치른다.

17. 집안을 잘 건사하고 남편을 공경하며 자손에게 충효를 가르친다.

18. 최현을 위기에서 구해주고 그의 아내를 덕행으로 교화시킨다.

19. 99세로 별세하니 자손이 번성한다.

20. 부인의 일생을 대강 기록하니 후인들이 모범으로 삼아야 한다.

이 작품의 내용은 주인공이 결연을 위해 봉채를 받는 3을 기점으로 두 부분으로 나눌 수 있다. 먼저 1~3은 고독각시와 골생원이 혼인하기 전으로 고독각시의 외로운 삶이 그려져 있다. 혼인 전의 고독각시의 삶은 평탄하지 않다. 어려서 부모를 잃고 고아가 된 데다 집안마저 가난하여 나이 스물일곱이 되도록 시집도 못갔다. "세살에 어미죽고 혈혈무의ᄒᆞ야 십셰에 아비 죽어 계홀로 ᄌᆞ라 고독단친으로 셰월을 보ᄂᆞ믹 년광이 이십칠셰라"는 구절은 서사민요 〈꼬댁각시〉의 불행을 연상시키면서[359] 고독각시의 고단한 삶의 이력을 짐작하게 한다. 시집갈 나이가 훨씬 넘어서야 고독각시는 골생원 댁에서 납채를 받고 골서방과 혼인 기약을 맺게 된다. 그런데 혼례를 앞둔 고독각시는 기쁨에 들떠 있지만 시댁에서는 3년 동안이나 기별이 없다. 납채를 받은 것을 '만남'으로 본다면 시댁으로부터의 소식두절은 '이별'이 된다. 때마침 부유한 윤봉사[360]의 후취로 늑혼당할 위기까지 닥치자, 막연히 연락만 기다리던 고독각시는 직접 시댁을 찾아가겠다는 결심을 하게 된다. 민속극의 할미가 영감을 찾아 나서듯 스스로 신랑을 찾아가는 주체적 의지를 보이는 것이다.

4~19에서는 고독각시가 골서방과 혼인하여 가산을 일구고 다복하게 사는

---

359) 꼬댁가시 불쌍허다/ 한 살먹어 어미죽구/ 두 살먹어 아배죽구
　　삼촌집이 찾어가지/ 삼촌은 딜이채(차)구/ 삼촌이(의)댁 내이(에)채구(『대계』4-4, 919쪽)

360) 이본에 따라서는 윤좌수로 나타나기도 한다. 이 인물의 의미를 지방의 토호세력으로 보는 견해도 있다. (최원식, 「가사의 소설화 경향과 봉건주의의 해체」, 『창작과 비평』46호, 1977 겨울 ; 『민족문학의 논리』, 창작과 비평사, 1982, 9~36쪽 재수록)

삶이 전개된다. 고독각시는 어렵게 찾아간 시댁에서 정화수 한 그릇 올려놓고 혼례를 치른다. 당장 먹을 끼니도 없어 그녀가 준비해 온 음식으로 식구들이 모처럼 요기를 할 만큼 집안 사정은 궁핍하다.[361] 부부의 해로는 꿈꾸기 힘들고 이대로라면 가난 때문에 또 다른 이별이 따를 수밖에 없다.

그런데 여기에서 소설은 급반전된다. 고독각시는 꿈에서 옥황상제로부터 금낭 세 개를 받게 되고, 이후 현실에서 실제로 생금을 얻어 부귀다남(富貴多男)한 삶을 살게 되는 것이다.

> 가) 빌기를 다 맛친 후에 방중으로 드러와 셔안을 의지ᄒ야 혼혼니 싱각
> ᄒ더니 비몽ᄉ몽 간에 한 로인니 와 닐오ᄃᆡ 네 정성이 지극ᄒᄆᆡ 옥데계옵셔
> 어엿비 너기ᄉ 금낭 셰기를 쥬시니 바드라ᄒ며 왈 이 쥬먼니ᄂᆞᆫ 범낭이 아니
> 라 하나흔 명랑이오 하나흔 복랑이오 하나흔 자손랑이니 잘 간슈ᄒ라 ᄒ시
> 며 간 ᄃᆡ 업거날 놀나 ᄭᆡ니 달은 발ㄱ고 남가일몽이라[362]

> 나) 셰월이 여류ᄒ야 오륙년이 되ᄆᆡ 가산이 점점 부요ᄒ야 가고 ᄯᅩ흔 고
> 독각씨 잉ᄐᆡᄒ야 십삭만에 일기 옥동을 싱ᄒ니 골격 비범흔지라[363]

> 다) 깃부다 고독각씨 효셩이 지극홈으로 하늘이 감동ᄒᄉ 싱금을 어덧구
> 나 고독각시 질겨 ᄒ야 심심 장지ᄒ얏스나 집안식구 알 ᄌᆡ 업스ᄆᆡ 동리 김장
> ᄌᆞ를 쳥ᄒ야 문의ᄒ니 젹실흔 싱금이라[364]

가)에서는 길몽을 통해 수명장수와 부귀다남이 암시되고, 나)에서는 고독각

---

361) 고아로 자라서 극빈한 집의 몸이 불편한 낭군에게 시집가는 부분까지는 민요 〈꼬댁각시〉와 상당히 유사하다.
362) 『로처녀 고독각시』, 광명서관, 1916, 12~13쪽. 이후 광명서관본으로 기록함.
363) 광명서관본, 13쪽.
364) 광명서관본, 13~14쪽.

시의 부덕으로 그것을 실현시킬 바탕을 마련하며, 다)에서는 실제로 생금을 얻어 농촌의 부호가 된다.[365] 소설에서는 고독각시가 생금을 얻는 이유를 근면성실하고 부모를 잘 봉양하고 가장을 공경하며 노복을 인의로 다스렸기에 하늘의 복을 받았다고 한다. 이렇게 해서 고독각시의 결말은 옛날 이야기처럼 착하게 살아 복 받고 부자가 되는 것으로 끝난다.

> 고부인이 숀즈가 구형뎨오 외숀이 륙형뎨오 한 집에 만당ᄒ야 전후좌우
> 로 집을 짓고 외숀증숀을 거나리고 이집져집 건릴면셔 각싴직미 다 보고 쇼
> 일ᄒ다 츈하츄동 ᄉ시졀에 신션ᄀᆺ치 노니다가 량위 구십구셰를 살고 일시
> 에 별셰ᄒ니 그 ᄌ숀이 복을 밧아 딕딕로 누리더라[366]

〈로처녀 고독각시〉의 구조는 민속극처럼 골생원과의 만남과 이별의 반복으로 되어 있다.[367] 만남1이 고독각시가 납채를 받아 골생원댁과 결연을 맺는 것이라면, 이별1은 소식이 두절된 3년간, 그리고 만남2는 고독각시와 골서방의 혼례, 이별2는 부부가 수를 다 누리고 별세하는 것이다. 민속극의 만남과 이별에 뚜렷한 이유가 없듯이 고독각시 또한 여느 소설에 비해 사건이 개연성 있고 핍진하게 그려져 있지는 않다. 고아로 어떻게 성장해왔는지, 스물일곱 노처녀인 고독각시에게 어떻게 의혼이 들어왔는지, 납채는 누가 어떻게 들고 왔는지 알 수 없다. 또 부유한 윤봉사가 굳이 가난하고 나이 많은 고독각시를 후처로 들이려는

---

365) 어느 날 갑자기 생금을 얻는 것은 소설의 개연성을 떨어뜨린다. 뒷장에서 논하겠지만 이 부분은 작가의 글쓰기 능력의 한계보다 의도적 장치로 보는 것이 타당하다.

366) 광명서관본, 20쪽.

367) 소설 초반의 "세상에 어미죽고 혈혈무의ᄒ야 십셰에 아비 죽어 계홀로 ᄌ라"에서 고독각시가 부모와 사별한 후 친척집을 전전하며 겪었을 외로움과 서글픔을 상상할 수 있다. 이 부분 또한 만남과 이별로 볼 수 있지만, 소설 전체에서 차지하는 비중이 극히 적으므로 언급하지 않는다.

이유도 나와 있지 않다. 소설이지만 원인과 결과의 짜임새는 미비하고 몇몇 장면은 유독 확대 서술되어 있어 마치 한 편의 극을 보는 것 같다.

다만 민속극은 물론 〈꼬댁각시〉나 〈변강쇠가〉와 비교했을 때, 〈로처녀 고독각시〉가 보이는 뚜렷한 차이는 결말이 행복하다는 점이다. 민속극의 할미는 죽거나 가출하고 옹녀는 만남과 이별의 반복을 통해 점점 비극이 심화되지만, 고독각시는 불행한 처지에서 행복한 삶으로 전환된다.

한편 꼬댁각시와 고독각시를 비교해 보면 그들의 삶에서 불행이 심화되는 점은 같지만, 불행을 대하는 자세는 상반되게 나타난다. 민요 〈꼬댁각시〉는 꼬댁각시가 거듭된 불행 속에서 성정을 자연스럽게 발현하는 모습이 그려져 있다. 고아여서 외롭고, 친척에게 구박 받아 서럽고, 시댁에서 냉대 받아 괴롭고, 불구 남편을 만나 답답한 것은 사람이라면 누구나 느낄 수밖에 없는 감정이다. 그런데 꼬댁각시는 상황에 대해 수동적으로 반응할 뿐, 힘든 상황을 능동적으로 타개할 방편을 마련하지 못한다. 따라서 비극은 심화되고, 결국 죽음으로 끝날 수밖에 없다.

고독각시는 다르다. 그녀는 맞닥뜨린 고난에 한탄만 하지 않고 저항하거나 극복할 방법을 모색한다. 납채를 받고 시집으로부터 3년간 소식이 두절되는 동안 매파가 빈한한 골생원을 버리고 윤봉사의 후취로 갈 것을 권하자 고독각시는 매파를 준열히 꾸짖는다.

　　녀즈의 힝실이 절기가 웃듬이라 튱신은 불스이군니오 렬녀난 불경이부라 ᄒᆞ얏스니 그듸의 말갓흐량이면 법도 업고 ᄯᅩ한 구츤한 스람은 장가 못들고 빈흔흔 스람은 시집도 못갈가 옛말에 ᄒᆞ얏스되 옥이 바아져도 흰빗츤 일치안코 듸가 타드릭도 믿듸 작옥은 업셔지지 아니ᄒᆞ다 ᄒᆞ얏스니 닉 비록 절긔난 업슬망졍 듸의야 모를 소냐 그런 말 다시 말고 어셔 밧비 도라가리[368]

고독각시는 불경이부를 앞세워 매파를 돌려보내지만, 그녀의 불행한 처지를 생각해보면 결국 주위 친척과 매파의 강압으로 윤봉사에게 시집갈 게 뻔하다. 고독각시가 더 이상 시집의 소식을 기다리지 않고 직접 찾아나서는 것도 이러한 처지에서 벗어나기 위한 저항이다. 또 어렵게 찾아간 시집이 극빈하고, 신랑이 "곰빗팔에 흔다리 절고 흔눈 멀고 반곱장 등에 가진 병신 절묘ᄒ다"해도 그 모든 상황에 한탄만 하지 않고 살아갈 방도를 모색하는 것 또한 능동적이고 적극적인 삶의 태도이다.

그런데 이러한 태도가 가능한 것은 그녀의 심성이 견고한 유교적 도덕관에 바탕을 두고 있기 때문이다. 위에서 언급한 불경이부(不敬二夫)를 비롯하여 효봉구고(孝奉舅姑)와 승순군자(承順君子)에 이르기까지 그녀의 독백은 여성이 가져야 할 유교적 가치관을 대변하고 있다. 게다가 고독각시의 부덕은 스스로의 인격완성이나 가정의 화목에 한정되지 않고, 이웃을 교화시키는 적극적 실천으로 이어진다. 마을 사람 최현의 부인 리씨가 양아치와 통간하여 남편을 죽을 지경으로 내몰자, 최현을 구하고 부인 리씨를 개과천선 시키는 데 앞장서는 것이다.

> 맛참 동리에 흔 스름이 잇스되 셩명은 최현이라 ᄒ고 그 쳐ᄂᆞᆫ 동리 스난 리씨라 리씨 음욕이 겨워 최현의 심ᄉᆞ를 불안케ᄒ다가 동리 ᄉᆞᄂᆞ 양아치를 통간ᄒ야 제 집 직산을 모다 양아를 쥬니 필경 탕핀 가산ᄒ고 죠셕이 란계러라 잇ᄯᅵ 고부인니 쇼문을 듯고.......부인이 그 말을 듯고 탄식왈 이런 게지븐 간부를 ᄭᅵ고 셔방을 쥭이려ᄒᆞ는 불칙흔 년은 필경 강상에 쉬울터이니 늬 두 스람을 구ᄒ리라.......기과흔들 지은 죄를 엇지 ᄒ오릿가 부인왈 그듸ᄂᆞ 넘녀 말고 날고 갓치 잇스면 그듸의 마음이 도로혀 착흔 스람이 되리라

흐고 이날붓터 압히 두고 착흔 일을 갈아치니 추후로 리씨와 최현니 의식이
걱정업고 몸이 평안흐더라369)

　이처럼 꼬댁각시의 일생과 달리 고독각시가 행복한 결말을 가질 수 있었던
것은 그녀가 시대가 요구하는 가치관인 부덕을 적극적으로 수용하고 그것을 실
천했기 때문이다. 이는 소설의 마지막에 서술자가 개입하여 부인의 일생을 기
록하니 모범으로 삼으라고 언급하는 데서도 확인할 수 있다.
　〈로처녀 고독각시〉에서 보이는 만남과 이별은 표면적으로 고독각시와 골생
원의 혼인을 중심으로 이루어진다. 그러나 고아로 외롭게 자란 고독각시의 삶
과 그녀의 궁극적인 지향을 고려해보면, 만남과 이별은 〈꼬댁각시〉나 〈변강쇠
가〉처럼 주인공 여성과 안정된 가정의 결속과 분리로 볼 수 있다. 그리고 그것
은 구체적인 이유가 없으면서 반복적이라는 점에서 신화적인 색채를 띠고 있
다. 다만 가정의 의미가 꼬댁각시에게는 의탁하고, 옹녀에게는 정착하는 실제
적 공간이라면, 고독각시에게 있어서는 스스로의 주체적 의지와 유교적 도리
를 실천하는 정신적 공간이라는 점에서 뚜렷한 차이를 보인다. 무엇보다 고독
각시의 이야기는 만남과 이별을 통해 안정되고 바람직한 가정을 형성하는 것은
물론, 부도덕한 리씨 부인을 교화시켜 고독각시를 일개 가정의 부녀가 아닌 지
역사회의 귀감으로 추앙받는 여성으로 만든다. 따라서 고독각시와 골생원의
만남과 이별은 남녀의 결연을 초월하여 그 의미가 지역사회로까지 확대되어 규
범적인 행동을 선양한다는 점에서 앞서의 할미들과는 서사의 방향이 다르다.

---

369) 광명서관본, 15~18쪽.

2. 지모신 할미 ; 욕망의 억압과 뒤틀림

설화를 통해 본 지모신 할미는 엄청난 거구에 그 몸집만큼이나 큰 식욕과 물욕, 성적 욕망을 가지고 있었다. 이러한 여신의 모습이 의례적 성격이 농후한 민속극의 할미에게 계승되면, 욕망에 대한 상상력은 축소되지만 해학적인 언어와 비속한 행동을 통해 구체적으로 표현된다. 그러나 여신 할미의 서사가 당대의 현실적 문제를 반영하는 담론의 성격을 지니게 되면, 주인공의 욕망은 거세되거나, 일부분만 확대되거나, 인위적인 욕망으로 대체되는 등 변형을 일으킨다.

1) 꼬댁각시 ; 욕망의 거세와 상상적 불행의 집합체

민요 〈꼬댁각시〉의 주인공인 꼬댁각시에게는 조실부모, 친척의 구박, 가난하고 고달픈 시집살이, 시집 식구의 냉대, 고자 남편 그리고 마음 붙일 자식조차 없는 처지까지[370] 여성이 겪을 수 있는 모든 비극적 상황이 투영되어 있다. 이러한 상황에서 주인공은 인간의 기본적인 욕망인 식욕이나 성욕, 물욕조차 표출하기 어려워 보인다.

> 즐기는(겨울에는) 삼베치마/ 여름이년 무이명(무명)적삼
> 여름이년 밥이라구주능것이/ 보리찬밥 쉰밥뎅(덩)이/ 접시꼽이 붙여주구
> 삼년묵은 날된장/ 접시꼽이 붙여주니
> 그걸먹구 사너라니/ 나는슬어 못살겠네[371]

---

370) 보통 시집살이요의 뒤편에는 자식이 등장하고, 서러워도 자식에 의지해서 살아가야 하는 여성의 삶이 그려지는 반면, 민요〈꼬댁각시〉에서는 일체 자식에 대한 언급이 없다.
371) 『대계』4-4, 920쪽.

계절에 맞지 않는 의복, 보리 찬밥과 쉰 밥덩이, 접시굽이에 묻혀주는 날된 장은 그녀가 가진 물욕과 식욕을 서글프게 부각시키고, 고자 낭군은 좌절된 본능에 대한 안타까움을 불러일으킨다. 욕망을 품을 수도 없는 상황, 품어서도 안 되는 상황, 〈꼬댁각시〉에서는 모든 욕망이 거세되어 있다.

욕망은 생산과 직결된다. 지모신 할미는 성욕을 비롯하여 엄청난 식욕과 물욕을 가졌고 그것을 성취했기 때문에 풍성한 생산이 가능했다. 이처럼 활달한 여신의 욕망은 민속극에서는 할미를 통해 상징적이면서 해학적으로 표현되고, 풍요다산의 염원으로 이어진다. 그러나 꼬댁각시의 경우처럼 거세당한 욕망 속에서는 어떠한 창조도 풍요도 기대할 수 없다. 오직 갈수록 황폐해져가는 삶과 비극적 결말만이 있을 뿐이다.

그렇다면 지모신의 원리가 차단된 곳에서 여성 화자들이 꼬댁각시를 통해 표현하고 싶었던 것은 무엇일까. 여성의 욕망이 거세될 수밖에 없는 현실의 고발일까? 아니면 의도적으로 주인공의 욕망을 거세할 수밖에 없는 상황일까? 전자인 현실 고발로 보기에는 주인공 꼬댁각시의 삶이 특수해서 개연성을 얻기 힘들다. 태어나자마자 어미 잃고 두 살에 아비 잃어 고아가 되고, 친척집에서 구박받고 성장하며, 남편은 고자에다 시집살이는 고되고, 그나마 남편마저 죽어버려 삶에 대한 의욕마저 포기하게 만드는 삶은, 일반적인 여성의 삶으로 볼 수 없을 만큼 당대 여성이 겪을 수 있는 모든 악재가 집약되어 있는 것이다.[372]

그렇다면 전승집단이 의도적으로 이러한 여성상을 만들어냈다고 봐야 한다.

꼬댁각시 놀아보세/ 한 살먹어 어멈죽구/ 두 살먹어 아범죽구/
시살먹어 걸음배여/ 니살먹어 삼촌이집이가서/

---

372) 최자운, 「꼬댁각시노래의 유형과 의례」, 『한국민요학』18집, 한국민요학회, 2006, 332쪽.

삼촌이댁 부엌씰다 내여치구/ 삼촌은 마당씰다 딜여차구/ [중략]

그럭저럭 십여살이/ 중신애비 들락날랑/ 시집이라구 강것이/

고재낭군 얻어가서/ 시집가던 샘일만이/ 시아버니 씨러지네/

아이구담담 슬운지구/ [중략]

그럭저럭 살다가/ 고재낭군 그러나마/ 마재 쓰러지구/ [중략]

응고사리 꺾어다가/ 열두솥이 불을 놓구/ 열두지름 둘러내여/

고사리를 시어머니/ 한술이나 잡쉬보시오/ 에라이년 니나먹구 나가거라/

시아버니 한술이나 잡쉬보시오/ 에라이년 니나먹구 나가거라/

아이구 담담 설움지구/[373]

꼬댁각시의 삶은 여성이 겪을 수 있는 현실적인 불행이라기보다 향유 집단이 꼬댁각시에게 부여한, 여성이 겪을 수 있는 모든 불행의 상상적 집합이다. 태생, 성장, 혼인, 죽음에 이르기까지 어느 하나 평탄한 모습은 없고 거듭되는 불행만이 강조된다. 따라서 이러한 상황에 수반되는 욕망의 좌절은 다분히 의도적일 수밖에 없다.

그런데 전승집단은 이처럼 불행한 여성의 서사를 부른 후 집단적인 난무를 즐기고 꼬댁각시 신(神)을 부른다. 그러면 한 사람에게 신이 내리는 것이다. 이렇게 보면 민요 〈꼬댁각시〉는 굿판에서 무당이 신이 강림하기를 청하는 노래와 같다. 그리고 무당이 청신 행위에서 신의 내력이나 위엄을 읊조리듯, 여염의 여성들은 〈꼬댁각시〉를 통해 꼬댁각시 신의 내력을 불러주는 것이다.

사람이 죽어 신으로 부활하는 것은 무가의 신이나 마을 당산신의 내력에서 볼 수 있다. 그런데 남성이 주로 지위에 따르는 위업이나 명성 때문에 신으로 승격되는 반면, 여성은 그들의 삶에서 겪게 되는 수난과 한(恨) 때문에 신이 되는 경우가 많다. 단군, 임경업, 최영, 최제우 등의 남성신이 건국, 외적의 격

---

373) 『대계』4-5, 795~796쪽.

퇴, 종교의 교조 등의 위업을 이루고 사후 신이 되었다면, 바리데기와 당금애기, 해신당374) 및 장산의 고씨당375) 등의 여성신은 유기(遺棄), 죽음, 고혼(孤魂), 사별의 한으로 신이 된 경우이다. 꼬댁각시도 노래에서 사고무친의 불행한 삶을 살다가 죽은 후, 놀이에서 재생하여 향유집단만의 신이 된다. 따라서 꼬댁각시를 놀린다는 것은 욕망을 거세하는 것, 불행하게 하는 것, 죽이는 것, 그렇게 희생양을 만들어 신이 되게 하는 것이다. 그렇게 신을 만들어서 소소한 궁금증과 미래에 대한 불안을 풀어보는 것이다.

그렇다고 해서 꼬댁각시의 욕망을 거세한 궁극적인 목적이 여성들의 궁금증을 해소하기 위한 것만은 아니다. 애초 서사에서 꼬댁각시를 욕망이 좌절된 불행한 여인으로 만든 이유, 그것이 〈꼬댁각시〉 노래와 놀이의 진정한 이유이자 목적이 될 것이다. 그 이유는 몇 가지 측면에서 생각해 볼 수 있다.

첫째, 〈꼬댁각시〉의 담당층은 주로 시집갈 나이의 처녀나 젊은 새댁 등 인생의 전환기에 있는 여성이기 때문에, 자신의 미래에 대한 불안을 해소할 방편이 필요하다. 처녀들에게는 생면부지 남의 집에 시집가야 하는 불안이, 젊은 새댁에겐 혈육을 떠나 새로운 가정에 귀속되어야 하는 부담이 크다. 그들은 이러한 불안과 부담을 놀이 속에 존재하는 신인 꼬댁각시를 통해 해소하고 싶었을 것이다.

---

374) 삼척 지역 해신당 전설에 따르면, 무명(無名)의 여성이 바다에 빠져 죽은 후, 그 원혼을 위로하기 위해 남근을 바치는 제의를 지냈으며(편성철, 「해신당 여성원혼설화의 성격과 의미」, 『우리문학연구』, 우리문학회, 2017, 35~74쪽), 강릉 지역의 설화에서는 기생이 그녀를 타다 실수로 절벽 아래로 떨어져 죽자 그 원혼을 위로하기 위해 남근을 바치는 제의를 지냈다고 한다.(두창구, 『한국강릉지역의 설화』, 국학자료원, 1999, 232~234쪽)

375) 부산시 해운대구 재송 당산의 유래에 따르면, 2천 년 전 이곳에 고씨 성을 가진 무리가 살고 있었는데, 그 중 고선옥이라는 예쁜 처녀가 하늘에서 내려온 선인과 백년가약을 맺고 10남 10녀를 낳고 화목하게 살았다. 그러다 회혼 날 남편이 하늘로 가버리자 그의 형체나마 보기 위해 장산을 오르다 정상을 몇 발자국 앞에 두고 미끄러져 숨을 거두었다. 이후 사람들이 고선옥의 혼을 위로하기 위해 제당을 지어 제사를 드리게 되었다고 한다.(김승찬, 『부산의 당제』, 부산광역시시사편찬위원회, 2005, 222~225쪽)

둘째, 꼬대각시놀이를 행한 시기가 정월인 점을 고려하면, 꼬대각시가 액막이의 역할을 했을 가능성도 배제할 수 없다. 정월이 되면 그 해 액이 낀 사람은 제웅을 만들어, 자신의 액을 그것으로 대신한다. 〈꼬대각시〉의 담당층인 젊은 여성들도 앞으로의 인생살이에서 그들에게(또는 그들의 자식에게) 닥칠 모든 불행과 액을 꼬대각시에게 실었을 것이다. 그리고 제웅을 길에 버리듯 꼬대각시의 불행한 삶도 죽음으로 결말짓게 했을 것이다.

셋째, 한편으로 담당층은 자신의 삶이 그나마 꼬대각시보다 낫다는 위로를 받고 싶었을지 모른다. [376)]

마지막으로 당대 젊은 여성들이 겪고 있거나 겪을지도 모를 곤궁, 차별, 시집살이, 이별의 아픔 등을 꼬대각시에게 투사하고 노래로 거듭 확인하는 과정을 통해 그나마 나은 자신의 삶을 확인하고 위로하는 자기 치유의 효과를 가졌을 것이다. 어쩌면 꼬대각시의 불행을 노래하며 스스로의 상처와 대면하고 아픔을 확인하면서, 다가올 미래에 맞서 살아갈 용기를 다졌는지도 모른다.

2) 변강쇠가 ; 극단적 욕망과 여성의 개가 비판

판소리 〈변강쇠가〉는 인물들의 애욕에만 치중할 뿐, 식욕과 물욕에 대해서는 언급하지 않는다. 떠돌이 삶을 사는 주인공들에게 식욕과 물욕을 부릴 만한 여유가 없기도 하지만, 유독 옹녀의 애욕만이 강조되어 남편을 숱하게 갈아치우는 것으로 표현된 점은 생각해 볼 필요가 있다.

여주인공 옹녀는 민속극의 여성들과 많이 닮았다. 성적 욕망에 집착하여 노골적으로 표현하는 것이 할미와 닮은 점이라면, 남자를 유혹하는 젊고 아름다운 외모는 첩이나 소무를 연상하게 한다. 그렇다면 옹녀의 성적 욕망이 가지는

---

376) 이현수, 「꼬대각시요 연구」, 『한국언어문학』33집, 한국언어문학회, 1994, 103쪽.

의미도, 민속극의 그것과 비교해 볼 수 있을 것이다.

먼저 서두를 보면, 옹녀의 출신과 외양에 대해 다음과 같이 묘사하고 있다.

평안도 월경촌에 게집 ᄒ나 잇스되 얼골로 볼쪽시면 춘이월 반기도화 옥빈에 얼이엿고 쵸싱에 지는 달빗 아미근에 빗최엿다 잉도슌 고흔 입은 빗는 당쳐 쥬홍필로 쎡 들립더 쑥 씩은 듯 셰류ᄀ치 가는 허리 봄바람에 흐늘흐늘 씽그리며 웃는 것과 말ᄒ며 걸는 틱도 셔시와 포스라도 쯀를 수가 업건마는 ᄉ쥬에 청상슬이 겹겹이 싸닌 고로 상부를 ᄒ여도 징글징글 ᄒ고 씨굿씨굿 ᄒ게 단콩 주워 먹듯ᄒ것다[377]

옹녀의 고향인 월경(月景)촌은 월경이라는 말의 동음이의어적인 성격과 달 [月]의 상징성[378]을 볼 때 극대화된 여성성을 반영한다. 서시와 포사를 능가하는 옹녀의 미모는 가면극에서 첩인 덜머리집이나 소무에 가깝고, 아름다운 미모 때문에 수없이 많은 남자를 거쳐 가는 것도 첩의 내력[379]이나 소무가 노장과 취발이를 상대하는 것을 연상시킨다.

한편 옹녀와 변강쇠의 처음 만남에서 보여주는 생식기와 관련된 기물타령과 청석관에서의 개방된 성행위는 가면극 할미과장 중 할미와 영감의 재회 장면과 관련지을 수 있다. 그런데 옹녀와 변강쇠의 성적 욕망은 설문대할망과 하르방, 그리고 민속극의 할미와 영감의 그것과 비교했을 때 유사하면서

---

377) 강한영, 앞의 책, 532쪽.

378) 달은 시절운행의 이법을 상징하는 외에 농사의 풍요로운 힘, 여성 생산력의 근원 등을 상징한다. 차고 기욺은 탄생에 이은 성장과 노쇠에 비유됨으로써 영생과 재생을 상징한다. (『한국문화상징사전』1, 두산동아, 1992, 193쪽)

379) 〈봉산탈춤〉과 〈강령탈춤〉에서 영감의 첩인 용산삼개 덜머리집은 술집 여자이고, 〈통영오광대〉의 첩은 영감이 장에 간 사이 말삭의 몸에도 놀량패와 놀아나며, 〈고성오광대〉의 첩은 영감에게 시조와 단가를 불러주고 술을 권하며 흥겹게 노는 기생의 모습을 보여준다. 이들 첩은 영감을 만나기 전에 이미 많은 남성을 거쳤음을 짐작할 수 있다.

도 다른 면모를 보인다.

> 가) 하루방은 할망ㄱ라 "난 절로 강 괴길 다루리커매(쫓을 터이니) 할망은 소중기(속곳을) 벗엉(벗고서) 하문을 올앙(열고서) 앚아시런(앉아 있거라)" ㅎ고서 바당 쏘곱에 신(바다 속에 있는) 괴길 다올리는디, 셋놈(좆)으로 엉덕마다(바위 굴 속마다) 질으멍(찌르며, 쑤시며) 이 궁기 저 궁기(이 구멍 저 구멍) 들썩들썩 숙대겨 가난(쑤셔서 가니) 바당 쾨기(바다의 고기)들이 흔 어이에(한 순간에) 매딱(모두 다) 설문대 할망 하문데레(下門으로) 기여 들 어갓수다. 380)

> 나) (할망이) 하르방 보고 "당신이랑 한라산 꼭대기에 가서 대변 보멍(보면서) 그것으로 낭(나무)을 막 패어 두드리멍(두드리면서) 오줌을 작작 굴깁서(갈기십시오). 굴기면은 산톳(멧돼지)이고 노루고 다 잡아질 텝쥬(터지지요)" 아닌게 아니라, 이영햇더니(이리했더니) 산톳이고 노루고 막 도망가. 할망은 자빠젼 누워 잇엇댄(있었다고). 비ㅂ름 피ㅎ젠(피하려고) ㅎ단 그것들은 할망 그기(그곳, 陰部) 간 ㅁ딱(모두) 곱안(숨었어). 곱으니(숨으니) 이젠 그것들 잡아단(잡아다가) 흔 일년 반찬 ㅎ연 먹엇댄(먹었다고) ㅎ여. 381)

> 다) 서로 어른다. 미얄은 영감에게 매달려 노골적으로 음란한 행동을 한 다. 영감이 땅에 넘어지면 미얄은 영감의 머리 위로 기어나간다. [중략]
> 영감 : (누운 채로) 야아 좋기는 좋구나. 그 놈의 곳이 험하기도 험하다. 솔잎이 좌우로 우거지고 산고곡심(山高谷深)한데 물 맑은 호수 중에 굽이굽 이 섬 뚝이요 갈피갈피 유자로다. 자, 여기서 우리 고향을 갈려면 육로로 삼 천리요 수로로 이천리니, 에라 배를 타고 수로로 갈밖에 없다. 배를 타고 오 다가 풍랑(風浪)을 만나 이곳에 와서 딱 붙었으니 어떻게 때야 일어날 것인

---

380) 임석재, 『한국구전설화』9, 평민사, 1992, 279~280쪽.
381) 『대계』9-2, 713~714쪽.

가?……내가 한창 소년 적에 점치는 법을 배웠으니 어데 일어날 수 있을런지 점이나 한 괘 풀어볼까?……이 괘상 고약하다. 독성지괘(犢聲之卦)라 송아지가 소리치고 일어나는 괘로구나. 음매애! (일어난다)[382]

라) 계집이 허락 후에 청석관을 쳐가로 알고 두리 손질 마죠 잡고 바우우의 올나가셔 되스를 지니는듸 신랑신부 두 년놈이 이력이 찬 것이라 일언 야단 업거쑤나 멀금흔 되낫에 년놈이 훨셕 벗고 믹손이 쏜 작난홀 졔 쳔싱 음골 강쇠놈이 여인 양각 번듯 들고 옥문관을 구버 보며 이상이도 싱기엿다 밍낭이도 싱기엿다 늘근 즁의 입일넌지 털은 돗고 이는 업다 소낙이를 마자썬지 어덕 깁게 파이엿다 콩밧팟밧 지니 돔부솟이 비최엿다 독긔눌을 마젼던지 금발루게 터져잇다 싱슈쳐옥답인지 물리 항상 고여 잇다 무슨 말을 하랴 관듸 옴질옴질 흐고 잇노 쳔리 힝룡 나려오다 주먹바위 신통흐다 만경창파 죠긔던지 혀를 셰쯤 쎼여시며 임실곡감 먹어썬지 곡감 씨가 장물이오 만쳡 순즁 으름인지 졔라 졀노 벌어졋다 연계탕을 먹어던지 둙긔 벼슬 비최엿다 파명당을 흐엿썬지 더운 김이 그져 난다 졔 무엇이 질거워셔 반튼 우셔 두어쑤나 곡감 잇고 을음 잇고 죠긔 잇고 연계 잇고 졔수장은 걱정업다[383]

가)와 나)에서 설문대할망의 음부는 수많은 물고기 떼나 노루와 사슴 떼를 가두고 배출하는 공간으로 형상화되어 있다. 생명체들을 잡아서 소멸시키는 공간이면서, 역으로 이러한 생명체들을 세상 밖으로 내보내는 탄생의 공간인 것이다. 따라서 할망의 음부는 단순한 그물이나 짐승을 가두는 덫이 아닌 생명체들의 탄생과 소멸을 관장하는 지모신의 자궁, 즉 대지가 된다. 이러한 점은 다)의 봉산탈춤에도 잘 드러난다. 영감은 할미의 음부를 솔잎, 높은 산, 깊은 계곡, 호수, 섬과 뚝, 유자, 육로 삼천리, 수로 삼천리 등 대자연에 빗대어 표

---

382) 이두현, 앞의 책, 200~201쪽.
383) 강한영, 앞의 책, 536쪽.

현한다. 이러한 묘사는 표면적으로 음부를 희화화하여 해학성을 강조하려는 것으로 보이지만, 이면적으로는 가면극에 잔존해 있는 지모신 할미에 대한 원대한 상상력의 흔적을 보여준다. 지모신의 음부에 대한 상상력이 광대할수록 두 내외의 행위도 역동적이고, 따라서 다량의 생산을 기대하게 된다.

그러나 라)에서 묘사된 옹녀의 하문은 앞의 설화나 가면극 속 할미와 비교했을 때 자연물을 소재로 하는 점에서는 유사하지만, 규모면에서 소나기 맞은 언덕, 돔부꽃, 옥답의 물, 곶감, 으름, 조개, 닭의 벼슬로 대폭 축소되어 있다. 여기에 '중의 입'이나 '더운 김' 같은 감각적인 표현과, '옴질옴질', '쎄쏨'과 같은 의태어의 활용, 저절로 벌어졌다거나 반쯤 웃는다는 생동감 있는 표현은 다분히 육감적이다. 이처럼 옹녀의 음부는 생명 탄생의 기능에서 빗겨나 애욕의 대상으로만 표현되고 있다. 게다가 이러한 묘사가 결국 제사의 제물로 귀결되고 있어, 자연스런 성정의 발현은 유교적 윤리의식의 타락을 초래하게 된다.[384] 제사를 앞두고 남녀의 방사를 엄격히 금했던 조선시대의 문화를 고려하면, 여성의 음부를 제사상의 제수에 비유하는 것은 상당히 파격적인 표현인 것이다. 한편 옹녀와 강쇠의 사랑은 '농탕치는 장난'으로 표현되는데, 그들의 애정행각을 한 마디로 표현한 '장난'에서 생산을 기대하기는 어렵다. 특히 이러한 장난이 벌어지는 '대낮', '바위 위'는 생산성 없는 애욕을 극대화하는 장치이기도 하다.

강쇠와 옹녀가 보여주는 애욕의 극치와 생산성의 부재는 강쇠가 장승을 베어

---

384) 서종문은 강쇠가 옹녀의 하문을 제사상에 비유한 것은 아들을 낳아서 부모와 조상의 제사를 받들게 한다는 고정 관념을 표출한 것이고, 옹녀가 강쇠의 성기에서 세간을 연상한 것은 매우 현실적인 여성 관념을 드러낸 것이라고 보았다.(서종문, 「변강쇠가 연구」, 『판소리 사설연구』, 형설출판사, 1984, 233쪽) 강쇠와 옹녀가 삶의 기반을 상실한 유랑민임을 볼 때, 정착하는 삶에 대한 희구가 성적 은유로 표현되었다고 보는 것은 일리 있는 지적이다. 그러나 그 표현 자체가 파격적인 것은 사실이다. 특히 기물타령을 하는 시·공간을 참작할 때 사회사적 의미만으로 그들의 윤리의식을 변호하지는 못할 것 같다.

와 그것으로 불을 땐 후, 옹녀와 함께 훈훈한 방에서 사랑타령을 벌이는 데서 절정을 이룬다. 처음에 옹녀는 강쇠의 행동에 기겁하며 장승을 제자리에 돌려 놓을 것을 애원했고, 후에 장승 또한 강쇠는 논죄하되 옹녀에게는 죄가 없다고 변호한다. 그러나 "유정부부 훨석 벗고 사랑가로 농창치며 기폐문 절례판을 맛 있게 ᄒ엿쑤나"385)처럼 부도덕한 행동에 적극적으로 동참하는 모습을 보면, 옹녀의 행동 또한 강쇠와 다를 게 없다. 그리고 이처럼 도덕성을 잃은 성욕 앞 에서 자식의 생산, 나아가 풍요로운 삶을 기대하기는 어렵다.

더구나 강쇠가 죽은 후 옹녀의 애욕은 생계 수단의 의미까지 더하게 된다. 치상해주는 남자만 있으면 그와 살겠다는 옹녀의 태도는 사례를 몸으로 대신할 것이니 이왕이면 이후의 생계도 책임져 달라는 뜻이다. 여기에는 옹녀에게 닥 친 경제적 현실과 새로운 이성에 대한 욕망이 섞여 있다. 이때 첫 번째 만난 남자인 중을 유혹하는 옹녀의 모습은 가면극 노장과장에서 노승과 소무의 대무 (對舞)를 서사화 한 듯하다.

아장아장 고이 걸어 ᄃᆡ로 변을 건너가셔 유록도홍 시ᄂᆡ가에 빌쑷말쑷 펄 셕 안져 본릭 셔관여인이라 목소릭ᄂᆞᆫ 죠타쇼니 실어져 가ᄂᆞᆫ득기 잉도를 ᄯ ᄂᆞᆫᄃᆡ 이것이 묵은 셔방 싱각이 아니라 시셔방 후리ᄂᆞᆫ 목이니 오쥭 맛이 잇것 ᄂᆞ냐. [중략] 동구 싴쥬가에 곡츠를 반취ᄒᆞ야 용두삭인 육환쟝을 이리로 쳘 쳘 져리로 쳘쳘 쳥순셕경 구븨길로 흐늘거려 나려오다 우름쇼릭 잠근 듯고 ᄉ면을 둘너보며 무한이 쥬져터니 녀인을 얼런보고 가만가만 드러가니 직 치잇ᄂᆞᆫ 져 녀인이 줌 오난 줄 몬져 알고 왼갓티를 다부린다 옥안을 번듯 들어 먼ᄉᆞᆫ도 바라보고 초마ᄌᆞ락 돌여다가 눈물도 시셔보고 옥슈를 잠근들어 턱 도 밧터보고 셜움을 못익이여 머리도 쓰더보고. [중략] 중놈이 그 얼골 틱도 를 보고 정신을 반이나 노왓더니이 우ᄂᆞᆫ 말을 들으니 죽을 밧게 슈업구나 춤

385) 강한영, 앞의 책, 552쪽.

다츰다 못견듸여 졔가 독을 스며 죽자ᄒ고 쑥나셔며 소승 문안드리오. 여인
이 흘긋보고 못드른 체 연에 울어 오동에 봉 업스니 오죽이 지져귀고 녹슈에
원 업스니 오리가 날아든다 익고익고 셜운지고[386]

남편 시체를 두고 매장해 줄 사람을 구하러 온 옹녀는 상중(喪中)임에도 묵
은 서방 생각이 아닌 '새 서방을 후리기 위해' 소리를 한다. 마침 우연히 지나
가는 중을 먼저 발견하고 온갖 교태를 다 부려 유혹하는데, 막상 중이 자신에
게 반하여 문안하자 못들은 체하며 수작을 부린다. 가면극에서 소무를 유혹하
기 위해 어르는 중과 고개를 절레절레 흔들면서도 중에게 애교를 부리는 소무
를 보는 듯하다. 중을 유혹하는 그녀들에게서 생계에 대한 절박함과 애욕이 보
일 뿐, 최소한의 종교적 윤리조차 기대하기 어렵다.

열다섯 살부터 해마다 상부를 해온 옹녀의 남성편력은 삼남의 잡놈인 변강쇠
로, 강쇠가 죽은 후에는 중으로, 초라니로, 풍각쟁이로 바뀐다. 이들을 신분으
로 따지면 양반, 평민, 중, 광대의 순으로 사회적 계급이 하락되고, 그와 함께
그녀의 윤리의식도 점점 상실된다. 처음 개가를 한 순간부터 일부종사해야 하
는 규범적 윤리의식은 깨졌고, 이어 강쇠와 벌이는 대낮의 정사와 장승으로 불
때운 방에서 벌이는 사랑타령으로 공동체에서 지켜야할 관습적 윤리의식이 파
괴되었으며, 끝으로 중을 유혹하는 행위에서 종교적 윤리마저 무너진다. 이제
그녀의 삶은 초라니나 풍각쟁이와 더불어 되는 대로 떠돌아다니는 것으로 전락
할 것이다.[387] 그녀의 애욕과 여자 혼자 살 수 없는 시대적 상황이 그렇게 만

---

386) 강한영, 앞의 책, 574~576쪽.
387) 박일용은 강쇠의 치상과정에 등장하는 걸승, 초라니, 풍각쟁이, 옴생원, 옹좌수, 엿장수, 호두장수
는 이후 옹녀의 미래를 암시한다고 보고 있다. 평민인 강쇠와의 결연을 끝으로 옹녀는 걸행하거나
유랑예인이 되어 몸을 팔게 된다는 것이다. 이때 옴생원와 옹좌수는 그녀의 하룻밤을 사는
계층을, 엿장수와 호두장수는 연행 공간인 시장을 의미한다고 해석한다.(박일용, 「변강쇠가의
사회적 성격」, 『조선시대의 애정소설』, 집문당, 1993, 444~445쪽) 여염집 아낙에서 몸을

드는 것이다.

옹녀의 성적 욕망은 지모신이나 민속극 할미와 닮았지만, 그것은 규범과 윤리를 상실하는 비뚤어진 모습으로 나타난다. 또 지모신 할미의 욕망이 풍요다산의 의미를 가지는 반면, 옹녀의 욕망은 욕망 그 자체에 그치고 있다.[388] 게다가 욕망에 따르는 생산이 없으니 —옹녀에게 아이가 없다— 그것을 바라보는 입장도 냉정할 수밖에 없다.

이처럼 지모신이 보여준 풍요로운 생산을 위한 극대화된 욕망은 옹녀라는 여인에게서는 극단적인 성욕으로 변형된다. 옹녀는 상부하고 개가한 여성이며, 근거지를 잃고 유랑하며 몸을 파는 여성이다. 여성 중에서도 가장 타자화된 여성, 그런 옹녀가 지닌 욕망을 바라보는 판소리 광대 및 남성 관객의 시선에는 개가한 여성, 생산하지 못하는 여성에 대한 비난이 농후하게 깔려 있다.

3) 꼭두각시전 ; 은폐된 욕망과 유교적 부덕의 고취

〈로처녀 고독각시〉에서 주인공인 고독각시는 생김새와 행동에서 민속극의 할미나 인형극의 꼭두각시와 닮아 있다. 그러한 예를 찾아보면,

> 가) 반고슈머리 노랑털은 스람이 밉ᄌᄒ고 모질격(格)이오 이마 널은 거
> 슨 활달ᄃ대도(闊達大度)ᄒ야 의ᄉ(意思)가 만흘격(格)이오 눈이 마늘 모진
> 거슨 눈니 밝고 남의게 만만치 아니할 격(格)이오 귀가 큰 거슨 명(命)이 길
> 고 말 잘 들을 격(格)이오 코가 너른 거슨 슘쉬기 시원ᄒ고 음식(飮食)님식
> 잘 맛틀격(格)이오 닙이 큰 거슨 말 잘 ᄒ고 밥 잘 먹을 격이오 목이 다가 붓

파는 사당으로의 인생역정은 〈변강쇠가〉를 향유했을 남성들의 시각에서 보면 윤리의식의 전락이기도 하다.

388) 월경촌이 달이 상징하는 재생과 풍요의 의미를 가진다고 보면, 이처럼 비생산적인 옹녀의 모습은 월경촌에서 쫓겨날 때부터 예정된 것이 된다.

기난 남보기에 탐탁(貪托)ᄒ며 물동의 잘 일 격이오 얼골이 젹은 거슨 모질고 연지분 덜들 격이오 손젹은 거슨 알들ᄒ야 셰간살님 잘 할 격이오 허리가 굴근 거슨 요통 업슬 격이오. 엉덩이가 퍼진 거슨 ᄒ산 잘 ᄒᆯ 격이오 발 큰 거슨 바람 불어도 넘어지지 아니할 격이오니 이럿케 신통(神通)ᄒᆫ 스람 ᄯᅩ 어ᄃᆡ 잇스리오.³⁸⁹⁾

나) 닉 ᄒᆡᆼ실(行實) 볼작시면 됴마거동에 격칭ᄒᆫ 일 업고 밥 푸다가 쥬걱 등에 이 죽여 본 일 업고 뒷물소릭기로 장독 덥허 본 일 업고 ᄯᅩᆼ 무든 손을 쓰물통(桶)에 씨셔 본 일 업고 우물밋히 오즘 누어 본 일 업고 이웃집 불붓난 ᄃᆡ 키질ᄒ야 본 일 업고 동닉집 ᄒᆡ산(解産)ᄒᆫᄃᆡ 기 잡아 본 일 업고 겻집에 젹신(疫神)할 제 못 박아 본 일 업고 자라난 호박에 말쑥박아 본 일 업스니 이만ᄒ면 어ᄃᆡ 가셔 못살손가³⁹⁰⁾

다) 의복이 전혀 업다 빈흔ᄒᆫ 집에셔 하여 쥴가 닉 의스로 싱각ᄒ야 마련 ᄒᆞ잣구나 죡두리는 조롱박으로 ᄃᆡ신ᄒ고 큰머리는 ᄯᅩ아리로 룡잠은 슈슈 ᄃᆡ로 ᄃᆡ신ᄒ고 쇠기젹삼 업셧스니 통테로 못할소냐 노리기 업셧스니 바둑 돌과 독고로 ᄃᆡ신ᄒ고 가락지 업셧스니 머물국슈로 감아보셰 운혀신 업셧스니 나목신으로 ᄃᆡ신ᄒᆞ지못할소냐 청홍스업셧스니 무명실로 ᄃᆡ신ᄒ고 연지분 업셧스니 봉션화로 ᄃᆡ신ᄒ고 도화분 업셧스니 무리풀로 ᄃᆡ신ᄒ고 그난 그러ᄒ거니와 폐빅을 아니ᄒᆞ지 못ᄒᆞᆯ지라 쒱ᄒᆫ마리 잡아다가 ᄒ리라 ᄒ고 뒤동산에 올나가니 쥬려죽은 가마귀 나무 ᄭᅳᆺ히 걸녓거늘 급히 올나가 잡아 다가 털을 ᄯᅳᆺ고 불에 그슬여 제법ᄒᆫ 건치를 민드러노흐니 위불업난 건치로 다 ᄯᅩ 한가지 이젓도다 ᄃᆡ초를 어이할고 올타ᄯᅩᆺ타 ᄯᅩᄒᆫ가지 계교 싱각는다 뒤동산에 올나가셔 머루다릭 훌터다가 홍사실로 쮜여놋코 ᄒᆞ난 말이 닉 의 스 이만ᄒ면 어ᄃᆡ 가셔 못살소냐³⁹¹⁾

389) 광명서관본, 1~2쪽.
390) 광명서관본, 3쪽.

가)에 묘사된 고독각시의 용모는 이마가 넓고 눈은 마늘처럼 모나고 콧구멍과 입은 크며, 목은 짧고 허리통은 굵고 엉덩이는 퍼지고 발은 큰, 못생긴 모습이다. 그런데 정작 그녀 자신은 노란 곱슬머리는 맵자하고 기세가 억센 것이고, 이마가 넓은 것은 활달하고 생각이 많은 것이며, 눈이 마늘처럼 모난 것은 눈이 밝고 남에게 만만하게 보이지 않게 한다는 등, 외모의 단점을 장점으로 전환시키고 있다. 삶을 대하는 자세가 긍정적면서 발랄하다.

그런데 실상 그녀는 어릴 때 부모를 잃은 데다 가난 때문에 시집도 못간 27세 노처녀일 뿐이다. 이러한 외로운 처지를 감안하면, 고독각시의 생기 있고 발랄한 모습은 그가 현실적인 인물이 아니라 오히려 의도적으로 설정된 인물임을 나타낸다. 게다가 고독각시의 생김새와 행동은 민속극의 할미를 연상시킨다. 할미 또한 탈의 모양을 보면 모진 눈에 비뚤어진 큰 코와 입, 곰보자국으로 보이는 수많은 점이 찍혀 있는 못생긴 얼굴이지만, 얼굴 털을 뽑고 화장을 하고 남편에게 애정을 갈구하는 모습에는 전혀 구김살이 없으며, 자식 죽고 버림받은 처지임에도 재산을 요구할 만큼 당당하다. 고독각시와 할미는 비극적인 상황에도 굴하지 않고, 삶을 적극적으로 살아가는 인물인 것이다.

나)에서는 고독각시의 비속한 성격이 해학적으로 표현된다. 스스로 조마거동에 밥 푸는 주걱으로 이 잡기, 뒷물 소래기로 장독 덮기, 똥 무든 손을 뜨물에 씻기, 우물에 오줌 누기, 이웃집에 불난 데 키질하기, 해산한 집에서 개 잡기, 옆집에 역병 돌 때 못 박기, 호박에 말뚝 박기 같은 행동을 '해본 적이 없다'고 주장하지만, 강한 부정이 오히려 긍정을 의미하듯, 하지 않은 것을 일일이 나열하는 말투는 이러한 행동을 했을 것이라는 의심이 들게 한다. 이러한 비속한 행동 또한 민속극의 할미가 이 잡고, 오줌 누는 행위와 연관 지을 수 있다. 그리고 민속극 할미의 비속함 속에 인물에 대한 부정적 시선보다 생산적이고 해

---

391) 광명서관본, 5~6쪽.

학적인 요소가 강하듯, 고독각시가 '하지 않았다고 부인하는 행동'에도 그녀의 구김살 없고 밉지 않은 성격이 해학적으로 부각되어 있다.

고독각시의 활달한 모습은 다)의 폐백마저 마련할 수 없는 가난한 현실을 극복하는 데서도 나타난다. 가난한 살림에 혼인 의복과 폐백을 마련할 길이 없자 고독각시는 대용품을 찾는다. 의복에는 족두리 대신 조롱박, 큰머리 대신 또아리, 께끼적삼 대신 통테, 노리개 대신 바둑돌과 도끼, 가락지 대신 메밀국수, 운혜 대신 나막신, 청홍사 대신 무명실 등을 마련하고, 폐백으로는 꿩 대신 죽은 까마귀, 대추 대신 머루 다래를 활용한다. 곤궁한 살림에도 굴하지 않고 역경을 헤쳐 나가는 고독각시의 태도가 돋보이는 부분이다. 그러나 이 부분은 상당히 비현실적이다. 아무리 가난해도 조롱박에 또아리를 머리에 얹고 통테를 걸치고 혼례를 치르지 않으며, 폐백을 준비하지 못할지언정 죽은 까마귀와 머루 다래로 대신하지도 않는다. 오히려 가난한 집안의 혼사 풍경은 고독각시가 골생원을 만나 치르는 혼례에서 볼 수 있듯이 초례상에는 소반에 정한수 떠놓고, 의복은 다 떨어진 것이나마 갖추어 입으며, 폐백상 대신 흙바닥에 자리 깔고 예를 올리는 데에 있다.[392]

이렇게 볼 때 다)는 실제 혼례가 아닌 '장난', 즉 아이들의 각시놀이나 인형놀이와 관련지을 수 있다. 고독각시의 행동은 장난감 인형에 무리풀과 봉선화로 얼굴을 꾸미거나,[393] 아니면 아이들 스스로가 분장하고 주변 사물로 폐백을

---

392) 신랑신부 전안홀 시 공셕을 쌍에 깔고 소반에 정안슈 써셔 놋코 전안홀 시 신랑의 치장보소 반팔등거리에 잠방고의 닙고 편주만 남은 헌망근에 쳘듸 업난 파립 쓰고 전안청에 웃둑 셔셔 신랑신부 교비혼 후 공셕을 봉당에 빗셜ᄒ고 구고 량위게 폐빅을 드린 후에 – 광명셔관본 〈로쳐녀 고독각시〉, 11쪽.

393) 소녀들은 풀을 뜯어다가 머리를 땋거나 틀어올려 낭자를 만들고 그것을 나뭇가지를 깍아 붙인 다음 천조각으로 치마와 저고리를 만들어 입히는데, 이것을 각시라 한다. 이부자리와 머리병풍을 쳐놓고 그것을 가지고 노는 것을 각시놀음이라 한다.(女娘取靑草 盈把子 作髻 削木以加之 着以紅裳 謂之閣氏 設褥衾枕屛爲戲) (홍석모, 최대림 역해, 『동국세시기』, 홍신문화사, 1989, 71~75쪽)

차려서 시집가는 모습을 흉내 내는 것과 유사하다. 그렇다면 고독각시의 혼례 준비를 이렇게 묘사한 이유는 무엇일까. 그것은 고독각시가 인형극 꼭두각시에서 착안한 인물이기 때문일 것이다.[394] 꼭두각시를 연상시키는 해학성과 함께 고독각시의 진솔하지만 진중하지 못한 모습을 통해, 혼인 후의 변화된 모습을 더 부각시키려는 것이다.

이처럼 어려운 상황에서 다소 비속해 보일 만큼 활달한 고독각시는 혼인을 위해 납채를 받는 순간부터 지극히 유교적인 도덕관을 갖춘 여성으로 변모한다.

> 시집가셔 효봉구고 승슌군ᄌᆞᆼ샤 아들낫코 ᄯᅡᆯ을 나아 남가녀혼 ᄒᆞ야 손ᄌᆞ삭기 번성ᄒᆞ고 륙간디청집을 짓고셔 화부벽 붓쳐놋코 양디에 방아 걸고 음디에 우물 파고 화초ᄂᆞᆫ 뒷뜰에 놋코 압논에 오례 심고 양디에 목화 놋코 문젼에 과목 심어 실과ᄂᆞᆫ 썩를 찻고 빅곡이 풍등ᄒᆞᆫ디 아희난 소 먹이고 남죵은 김을 믹고 녀죵은 길삼ᄒᆞ니 그런 호강 또 잇난가 시부모게 공경ᄒᆞ고 남편의게 위디ᄒᆞ며 빅년 동락ᄒᆞ야 ᄌᆞ숀니 만당ᄒᆞ올 젹에 이런 ᄌᆞ미 또 잇난가 자식숀ᄌᆞ 버려 안즈 늘이 싀면 조반 먹고 쌔맛초와 보리 닥겨 졈심ᄒᆞ고 울밋히 호박 심어 국 쓰리니 가지난 나물 되고 오이난 찬국ᄒᆞ고 보리탁쥬 걸너놋코 어마님 잡슈시오 시아머님도 잡슈시면 소녀도 먹으리다 이렁져렁 분별ᄒᆞ니 요런 자미 또 잇난가……우리 랑군 남즁일싴 호풍신에 영웅호걸이 졀륜한 디장부ᄂᆞᆫ 못될망장 ᄉᆞ람이나 슌후ᄒᆞ고 부모의게 효슌ᄒᆞ며 동긔간 우이 잇고 쳐ᄌᆞ를 ᄉᆞ랑ᄒᆞ며 비복을 인의로 부리고 화슌ᄒᆞ면 닉 마음과 갓흐련마난 그럿치 못할진디 한평싱 원슈로다[395]

394) 김국희, 「꼭두각시젼의 혼성텍스트적 성격과 주제의식」, 『한국문학논총』52집, 한국문학회, 2009, 105쪽.
395) 광명서관본, 4~5쪽.

고독각시는 시부모를 공경하고 효도로 받들며, 가지나물에 오이찬국, 보리탁주를 벌여 놓고 시부모와 다정하게 먹는 가정적인 삶을 꿈꾼다. 고독각시에게 중요한 것은 가정이므로, 남편에게도 지위나 풍채보다 가정공동체를 유지하는 데 필요한 윤리의식을 요구한다. 남편이 될 사람은 좋은 풍채에 대장부는 못 되더라도, 부모에게 효도하고 동기간에 우애 있고 처자를 사랑하고 비복을 인의로 부려야 하며, 그렇지 못하면 원수와 다름없다.

이와 같이 시집가기 전의 활달하고 비속했던 여자 아이는 봉채를 받는 순간 반듯한 유교적 여성으로 변모한다. 그렇다보니 혼인한 첫날밤에 "어서 벗고 즈세"하는 남편에게 참을성이 없다고 핀잔을 준 후 밤새 집안의 화목과 자손의 번성을 위해 정화수 차려 놓고 비손부터 한다. 또 동리에 사는 젊은 아가씨들이 신부 구경을 와도 사당 인사를 먼저 지낸 후에야 손님을 맞아 잔치를 벌이는 모범적인 태도를 보인다. 게다가 고독각시의 부덕에 감동한 동리 사람들이 너나할 것 없이 부조한 덕분에 가난을 모면할 발판까지 마련하게 된다.

시집가기 전에는 민속극의 할미나 꼭두각시처럼 활달한 서민적 기풍을 지녔던 여성이 혼례를 기점으로 유교적 전범을 보여주는 여성으로 전환하는 것은 급진적이고 비현실적인 전개이다. 소설 속 주인공의 성격 변화에는 그럴듯한 이유가 따라야 하는데, 여신 할미나 민속극의 할미처럼 행위에 대한 필연적인 이유도 없다. 게다가 비속하고 해학적인 주인공이 단지 혼인이라는 이유만으로 유교적 도덕성으로 무장한 여인이 되는 것은, 작품의 수준과 작가의 창작 능력마저 의심하게 만든다.

그런데 주인공 고독각시가 가진 욕망을 중심으로 이야기의 전반을 살펴보면, 급격한 성격 변화의 실마리를 찾게 된다. 앞서 민속극의 할미나 인형극의 꼭두각시에게서 식욕과 물욕, 성욕에 대한 욕망을 보았다면, 서사민요의 꼬댁각시는 그러한 욕망이 철저히 거세당하는 것, 그리고 판소리의 옹녀에게서는 윤리의식을 잃은 성욕만이 극단적으로 확대되는 것을 보았다. 반면 소설 속 고독각시는 표면적으로 꼬댁각시처럼 식욕과 물욕, 성욕 중 어느 하나도 직접적으로 언급하지 않는다. 그것은 그녀의 성장과정이 이러한 욕망을 품기 힘들 만큼 가난했기 때문이다. 그런데 작품을 좀 더 고찰해보면 고독각시의 욕망은 없는 것이 아니라 은유적으로 감추어져 있는 것을 보게 된다.

이야기의 초반에서 고독각시는 자신의 용모자랑, 행실자랑 외에도 재주자랑을 하는데 의복과 이불을 잘 만들고, 음식 솜씨가 좋다고 자랑한다.

> 면화 너근이면 거히 흔 근 민들고 거히 셰근이면 무명 흔 필 짜고 이불은
> 여섯폭이오 젹은 이불은 다섯폭이오 혼즈 즈난 이불은 네폭이오 관디츠난
> 십스척이오 직령츠는 삼십오척이오……음식솜시 다몰나도 되강 만드러보
> 오 졍월에는 약과실과 졔격이오 이월에는 무시루 쩍이 졔격이오 셧달에는
> 흰쩍과 만두가 더욱 죳타 김치 당글적에는 소금이 졔격이오 고초 갈오 더욱
> 죳타 음식 솜시 이만ᄒ면 어디 가셔 못살소냐[396]

앞서 혼수조차 제대로 마련하지 못한 가난한 살림을 감안하면, 무명옷, 무명 이불, 약과, 실과, 온갖 시절 떡을 잘 만든다는 자기 자랑은 그렇게 해봤다는 것이 아니라, 그렇게 해보고 싶다는 욕망의 표출로 봐야 한다. 그렇다면 남들이 다 가는 시집을 못가서 안타까워하는 것도 성적 욕망의 은유적 표현으로 볼 수 있다. 즉 고독각시의 욕망은 앞서의 여성들처럼 있는 그대로 진솔하게 드러나는 것이 아니라, 반어적이고 간접적인 방법으로 표현되어 있다. 좋은 아내가 되기 위한 솜씨와 재능을 갖추었다는 자랑, 그래서 시집가기를 기다린다는 바람 속에 식욕과 성욕과 물욕이 내재되어 있는 것이다.

---

396) 광명서관본, 2~3쪽.

작가는 서사전승 자료를 활용하여 고독각시를 활달하고 서민적인 여성으로 표현하지만, 그녀가 지닌 욕망만큼은 진솔하게 표출시키지 않는다. 기실 고독각시가 자신의 욕망에 충실한 여성이라면 윤봉사의 재취 자리를 선택하지, 몸은 불구이고 살림살이는 궁핍한 골생원을 선택하지 않을 것이다. 따라서 고독각시의 욕망은 겉으로 드러나지 않고 여성이 지녀야 할 솜씨에 감춰져 있다가, 혼인 후에 유교적 규범에 충실한 여성이 되는 발판이 된다. 다만 전개과정이 비약적인 것은 작가가 주인공이 지닌 자연스러운 욕망을 억지로 감추고, 그 자리에 유교적 부덕만을 이식하려 했기 때문이다.

3. 생명신 할미 ; 죽음과 재생의 현실적 변주

민속극의 할미과장에서 죽음이 차지하는 의미는 크다. 앞장에서 할미의 죽음은 계절적 순환에 따른 생명신의 휴식으로, 자식의 죽음은 파종 후 씨앗이 땅속에서 발아를 준비하는 것으로, 그리고 영감의 죽음은 할미와 대응되는 지점에 있다고 보았다. 이러한 죽음은 결국 풍요로운 생산을 위한 밑거름이나 대지의 휴식을 의미하며, 따라서 죽음 자체로 끝나는 것이 아니라 재생을 통한 풍요다산으로 연결된다. 할미과장의 마지막에 연행되는 무당굿이나 상여놀이, 이어지는 사자과장, 심지어 연희자와 관객의 집단적인 난무까지 모두 할미의 재생을 위한 기원 또는 재생할 할미에 대한 하례의 의미로 볼 수 있다.

할미의 서사가 확대되고 변이되면서 죽음과 재생은 다른 양상으로 나타난다. 주인공은 더 이상 민속극의 할미처럼 여신의 흔적을 지니지 않고 인간적인 모습이 강조되어 있으며, 사건들도 순환이 아닌 직선적인 시간에 놓여 있다. 반복을 기대할 수 없는 직선의 시간에서는 여신 할미나 민속극의 할미처럼 죽음과 재생을 기대하기 힘들다. 따라서 재생을 통한 지속과 풍요의 의미도 퇴색할 수밖에 없다.

그럼에도 불구하고 생명신 할미의 서사는 주인공의 삶 자체에서 죽음과 재생의 흔적을 남긴다. 다만 신화적 의미보다 주인공에 대한 담당층의 태도가 더 부각되는 것이 다르다.

1) 꼬댁각시; 서사 속 죽음과 놀이 속 재생의 상보성

여성의 불행한 삶을 노래한 〈꼬댁각시〉는 주로 주인공 여성이 서러움을 견디지 못하고 자살하는 것으로 끝을 맺는다. 각편에 따라 자살이 언급되지 않는 경우도 있지만, 노래에 이어 꼬댁각시 원혼을 불러오는 놀이가 따르는 것을 보면 결국 죽었다고 봐야한다.

> 꼬댁각시 불쌍헌중/ 이 방꾼이 다 안다네/ 한 살 먹어 어멈 죽고/ 두 살 먹어 아범 죽어/ 세 살 먹어 걸음 배야/……삼춘 숙모 거둥보소/ 불 때다 말고/ 부주땡이로 날 메치네/……시집이라 간다는 게/ 명구같은 사람 만나가지고/ 눈물세월 다 보내네/……허다 못해 살다 못해/ 에라 그만두어라/ 임당수 가에 신발/ 벗어 벗어 놓고/ 다홍치마 석자 세치/ 무릎 쓰고 빠졌네야/ 아이고 담담 설음지고/ 지이고 담담 원통허네/ 댓닢끝이 실렸거든/ 댓닢가지 놀아 보고/ 송잎끝이 실렸거든/ 송잎같이 놀아 보세/ 너도 청춘 나도 청춘/ 청춘까지 놀아 보세/ 지비춤도 추어보고/ 나비춤도 추어보고/ 훨훨훨 놀아 보세/ 꼬댁각시 원언이면/ 내 원언을 풀어 주소/ 내가 돈 삼백원을/ 잊어버렸는디/ 가져 간 사람 있은게/ 가져간 사람 게로/ 흔들어 주시오/ 너도 청춘 나도 청춘/ 청춘까지 놀아 보세/ 훨훨훨 놀아보세/ 지비춤도 추어보고/ 나비춤도 추어보고/ 훨훨훨 놀아 보세/ ("여기서 가져갔네 여기서 가져갔어 허허허")[397]

위의 노래에서 태어나면서 죽는 순간까지 당대 여성이 겪을 만한 모든 불행을 떠안은 꼬댁각시는 임당수가에 신발을 벗어 놓고 자살한다. 그런데 이렇게 원통하게 죽은 후 그녀의 원혼은 재생하여 여성들의 집단놀이에 소환된다. 전승집단은 〈꼬댁각시〉 노래를 부른 후 실제로 한 여성에게 무격의 사제처럼 대를 잡아 꼬댁각시의 혼을 받게 하는데, 신기가 들린 여성은 무아지경에서 격렬한 춤을 추게 되고, 이러한 오르기(orgie)적 모습은 주위의 여성들에게로 확산된다. 이 때 수건돌리기를 통해 신기를 확인하거나 점술행위를 벌인다.[398]

이처럼 꼬댁각시는 서사에서 죽고 놀이에서 재생한다. 서사 속에서 꼬댁각시는 모든 악재를 겪어도 그것을 극복할 만한 의지도 기회도 갖지 못하다가, 여성 집단의 놀이 속에서 신으로 재생하여 집단의 고민과 궁금증을 풀어주는 것이다. 그리고 이러한 죽음과 재생은 가면극 할미처럼 전승 집단이 놀이를 할 때마다 반복된다.

그렇다고 꼬댁각시의 삶과 죽음 그리고 신격으로의 재생이, 생명신이나 가면극 할미의 그것과 동일한 의미를 가지는 것은 아니다. 그 이유는 첫째, 가면극의 할미가 풍요로운 생산을 위해 죽는다면, 꼬댁각시는 전승집단의 불행을 짊어진 희생양으로 죽으므로, 죽음의 목적 자체가 다르기 때문이다.

둘째, 〈꼬댁각시〉에서 전승집단은 그들만의 놀이에서 꼬댁각시를 재생시켜 자신들의 신상에 대한 사사로운 질문을 던지고 그 해답을 구하며 놀지만, 놀이가 끝나면 그녀의 혼은 더 이상 존재할 의미가 없어진다. 그러나 가면극 속 할미의 재생은 그렇지 않다. 정초나 3, 4월의 파종시기에 행해지는 가면극에서 생명신 할미는 죽고 재생하며 그것은 한해의 평안과 풍요로 연장된다.[399] 이렇게

397) 문화방송, 『MBC 한국민요대전-충북편』, 1995, 239~240쪽.
398) 이러한 신내림과 놀이에 무속의 원리를 적용하여 신을 즐겁게 하거나, 집단의 신명을 풀어주는 것으로 보기도 한다.(이현수, 앞의 글 98쪽 ; 박진태, 「춘향놀이의 연희적 특징과 여성문화적 성격」, 『비교민속학』28집, 비교민속학회, 2005, 285쪽)

매해 가면극을 놀면서 할미의 삶과 죽음 그리고 재생은 반복되고, 풍요다산과 안과태평의 기원은 갱신되는 것이다. 즉 꼬댁각시는 놀이의 순간에만 위력을 발휘하는 신격인 반면, 가면극의 할미는 일 년 단위로 그 위력이 갱신되는 신격인 것이다.

마지막으로 죽음과 재생이 미치는 공간의 범위도 다르다. 꼬댁각시의 죽음과 재생은 놀이 공간인 '방'에 한정되지만, 가면극 할미의 그것은 농경의 공간인 '들'로 확산된다.

정리하면 〈꼬댁각시〉는 민속극의 할미과장과 비교했을 때 주인공 여성의 삶과 죽음을 재현하는 것은 같지만, 그것의 목적과 내재된 시간과 공간의 단위는 다르다고 하겠다.

물론 '꼬댁각시놀이'도 애초 여신의 죽음과 재생에 대한 의례에서 출발했을 것이다. 이 노래가 여성 주인공을 중심으로 만남과 이별의 반복 구조를 가지고 있고, 주인공이 죽은 후 원혼이 신이 되어 다시 등장하는 것은 할미의 죽음 그리고 재생과 무관하지 않다. 그렇다고 해도 의례는 쇠퇴하여 놀이로 변했고, 여신의 이야기는 전승집단의 경험을 집약시킨 불행한 이야기로 바뀌었다.

〈꼬댁각시〉는 정초 부녀자들의 제의적 놀이에서 불리지만, 노래 속에 흐르는 시간의 관념은 일 년 단위의 순환적 관념보다 서사 속 여성의 불행한 삶과 죽음이 가지는 직선적이 관념이 지배적이다. 또 서사에서 죽고 놀이에서 재생하지만, 재생은 놀이의 공간에서만 의미를 가질 뿐이다. 따라서 꼬댁각시를 신격으로 재생시킨다 해도 그것은 신적 존재의 특징과 부합하지 못한 채, 서사 및 놀이의 시간과 공간 속에 갇혀버린다.

---

399) 정월대보름 당산제 이후 거행되는 〈수영야류〉는 할미의 이러한 특징을 잘 드러내고 있다.

2) 변강쇠가 ; 사회적 죽음과 재생 부재의 현실적 편견

판소리나 판소리계 소설[400]에서 주인공의 삶은 일반적으로 출생에서 죽음까지의 일대기적 구성으로 되어 있다. 그러나 〈변강쇠가〉의 옹녀의 경우 서두에서 "중년에 비상혼 일이 잇던 거시엇다 평안도 월경촌에 게집혼나 잇스되"[401]로 시작하지만, 그녀의 출생, 가계, 성장 등은 구체적으로 서술되어 있지 않다.

옹녀에 대한 서술은 그의 삶 전체를 조망하기보다 용모의 아름다움과 상부살, 그리고 그로 인한 개가와 남성 편력에 한정된다. 옹녀라는 인물 자체보다 그녀가 가진 남다른 이력이 강조되는 것이다. 거듭되는 상부는 옹녀의 입장에서는 안타까운 일이지만, 당시 사회의 관념에 따라 거칠게 표현하면 옹녀는 '서방 잡아먹은 년'이 된다. 게다가 여러 남자를 거쳐도 자식 하나 생산하지 못하면서 남자를 꼬이게 하는 애욕만 가진 부정 타는 여자이기도 하다.

이처럼 이야기의 서두부터 옹녀를 부정적으로 표현하는 것은 옹녀가 지닌 불모성을 부각하려는 의도로 보인다. 신화와 민속극의 할미는 창조와 파괴, 생산과 파멸, 죽음과 재생의 양면성을 다 가지고 있는 반면, 옹녀에게는 여신의 어두운 일면만 확대되어 있다.[402] 옹녀는 창조보다 파괴에 가깝고, 삶보다는 죽음에 가까우며, 아름다운 용모는 만화방창한 봄처럼 보이지만 속은 황폐한 겨울이다. 옹녀가 고향인 월경촌(月經村)에서 쫓겨난 것도 '월경' 즉 달 및 여성의 달거리와 연결되는 풍요로운 생산을 기대할 수 없기 때문이다.

그런 옹녀도 인생에서 두 번의 전환점을 맞는다. 첫째는 변강쇠와의 만남이

---

400) 〈춘향가〉, 〈심청가〉, 〈수궁가〉, 〈적벽가〉, 〈흥부가〉 등과 이들의 소설적 텍스트를 일컫는다.
401) 강한영, 앞의 책, 532쪽.
402) 이는 앞장의 논의에서도 확인된 바이다. 여신이 가졌던 창조와 파괴의 원리는 옹녀에게 이르러 가정생활의 형성과 파괴로 나타나지만, 그것은 반복될수록 불행만 심화된다. 또한 여신의 다양한 욕망이 풍요다산으로 이어지는 반면, 옹녀에게 있어서는 성적 욕망만 극도로 부각되고 생산이 뒤따르지 않아 그에 따르는 윤리의식의 전락을 두드러지게 하고 있다.

다. 그는 여느 사내와는 달리 옹녀와 결합한 후 도방에서 산골로 이어지는 생활을 전전하면서 그녀의 상부살을 이겨낸 듯이 보인다. 그러나 강쇠는 인물 됨됨이가 거칠고 경박하여 결국 장승동티로 죽는다. 두 번째는 뎁득이와의 만남이다. 뎁득이는 옹녀를 차지하려고 강쇠의 치상을 돕는 점에서 뭇사내들과 다를 바 없지만, 옹녀의 처지를 딱하게 여기고 기지를 발휘하여 변강쇠의 치상을 끝까지 도와주는 신의 있는 사람이다. 그러던 그도 자신의 등에 딱 달라붙은 강쇠의 시신을 나무 사이를 달려 세 토막 내고 갈이질로 떨궈내는 험난한 과정을 겪은 후에는, 옹녀에 대한 욕심을 버리고 고향의 처자에게로 돌아가버린다.

　　요간폭포괘장쳔 죠흔 절벽 차자가셔 등을 갈기로 드난듸 가리질 소셜이 드를만ᄒ여 어기여라 가리질 광손에 쇠방익고 문쟝공부 가리질 십년을 마 일검 협긱의 가리질 어긔여라 가리질 츈풍에 져 나부가 향늬만 ᄎ자가다 거무줄을 몰나시며 슌양엣 져 쟝끼가 쇼릭만 차자가다 포슈 우레 몰나ᄉ우나 어기여라 가리질 몬자 죽은 여덜 송쟝 견감이 발갓ᄂ디 쳘 모로ᄂ 이 인싱이 복쳘을 발바구나 어긔여라 가리질 네 번ᄎ 죽은 목심 ᄀ신이 사라시니 조흘시고 공셰상에 오입참고 ᄉ름되ᄉ 어기여라 가리질 훨신 가라바린 후에 여인에게 하직ᄒ야 풍유남ᄌ 가리여셔 빅년 해로 ᄒ게 ᄒ오 나ᄂ 고향 도라가셔 동아부ᄌ 지닐테오 썰썰이고 도라가셔 긔과쳔션 이 아닌가 월나라 망ᄒᆫ 후에 셔시가 쇼식업고 동탁이 죽은 후에 초션이 간디 업다 이 셰상 오입객이 미혼진을 모로고셔 야용히 음분디굴에 기인도차오평싱고 이 사셜 드러시면 징계가 될ᄯᆺ하니 좌상에 모흔 손임 노인은 빅년 향슈 쇼년은 쳥츈불노 수부귀다남ᄌ에 셩셰티평 ᄒ옵소셔 덩지덩지[403]

---

403) 강한영, 앞의 책, 618쪽.

뎁득이는 옹녀에게 풍유남자 만나 백년해로 하라고 당부한다. 선행연구에서는 이 부분에서 옹녀의 삶 또한 전환하여 뎁득이의 말대로 좋은 인연을 만날거라 보기도 한다.[404] 그러나 옹녀의 이력을 보건데 뎁득이의 말대로 인생이 바뀔 수 있을 지는 의문이다. 설사 강쇠의 치상 과정을 유랑예인의 한을 풀어주는 축제적 의미로 본다 해도 옹녀의 상부살마저 치유되었다고 보기는 힘들다. 뎁득이의 말을 빌면 옹녀는 여전히 나비를 잡는 거미줄이며 장끼를 잡는 포수와도 같은 존재이다. 만약 옹녀의 운명이 바뀔 수 있다면 '평안도 월경촌 옹녀'로 시작했던 이야기는 옹녀가 풍류남을 만나 백년해로 했다거나 아니면 다시 월경촌으로 돌아갔다는 결말로 끝나야 한다. 그러나 서시나 포사가 호걸의 죽음 후에 역사의 이면으로 사라지듯이 옹녀의 이야기는 결말을 맺지 못한 채 묻혀버리고 만다. 이것은 그녀가 이후에도 여전히 이전의 삶을 반복할 것이라는 암시이기도 하다.

옹녀에게 있어 변강쇠와 뎁득이는 이제까지의 불행에서 벗어나 새로운 삶을 도모할 수 있는, 즉 재생할 수 있는 기회였다. 그러나 그 기회를 상실한 옹녀는 여전히 불모의 여성으로 죽음과 같은 삶의 노정에 서야 한다. 그렇다면 왜 옹녀는 재생의 기회마저 제대로 잡을 수 없는 것일까. 그 이유는 옹녀를 바라보는 화자 즉 남성의 관점에서 얘기해야 할 것 같다. 특히 인용문의 밑줄 친 부분 중 "이 셰상 오입객이…… 수부귀다남ᄌ에 셩셰티평ᄒ옵소셔"에 드러난 화자의 의식을 주목할 필요가 있다. 이 사설을 듣고 오입 때문에 평생을 그르치지 말고 좌상에 모인 노인과 청년들은 장수하고 다복하라는 당부는, 몸 파는 여성을 경계하라는 지극히 남성중심적인 사고이다. 따라서 남성 화자의 입을 통해

---

404) 뎁득이의 마지막 당부와 옹녀의 부지소종은 언젠가는이라는 희망적 미래를 예견해주는 것이고, 후반부의 축제는 옹녀의 유랑예인의 한을 풀어주는 축제적 성격을 지니며, 옹녀에게는 새로운 출발로서의 의미를 지닌다.(최혜진, 「변강쇠가의 여성중심적 성격」, 『한국민속학』2집, 한국민속학회, 1998, 403~404쪽)

옹녀는 남성 윤리의식을 고양하기 위한 수단이 된 채, 철저히 타자가 되어 삶의 터전을 잃고 떠돌아다닐 수밖에 없는 것이다.

3) 꼭두각시전 ; 비속한 삶의 종결과 유교적 재생의 계몽성

〈로처녀 고독각시〉는 주인공 고독각시의 삶을 일대기적으로 서술하고 있다. 고독각시는 숙종 조에 전라도 무주 땅에 살던 여인으로 일찍이 고아가 되어 외롭게 자랐는데, 늦은 나이에 가난한 골생원집에 시집가서 가산을 일으키고 부귀다복한 삶을 살다가 천수를 누리고 죽는다. 소설의 마지막에는 부인의 일생을 기록하니 후인들이 모범으로 삼아야 한다는 논평까지 붙어 있어, 마치 실존인물의 행장이나 전을 보는 듯하다.

그러나 내용을 살펴보면 고독각시는 서사전승을 활용하여 의도적으로 만들어낸 허구적인 여성임을 알게 된다. 먼저 그녀의 성이 고독이고 이름이 각시라는 점은 인형극 꼭두각시놀음을 염두에 두고 지은 것으로 보인다. 다음으로 그녀의 성장과정을 보면, "팔ㄹ 긔박ᄒ야 셰살에 어미 죽고 혈혈무의 ᄒ야 십셰에 아비 죽어 제 홀로 ᄌ라 고독단신으로 셰월을 보닉민"로 서술되어 있는데, 이는 서사민요 속 꼬댁각시의 성장을 연상시킨다. 게다가 시집가기 전의 행동은 민속극의 할미처럼 비속하면서도 활달하다. 이렇게 보면 고독각시는 민속극과 서사민요의 주인공을 염두에 두고 작가가 의도적으로 만들어낸 인물로 볼 수 있다.

고독각시의 일생에서 새로운 삶의 기점이 되는 것은 혼례이다. 혼례는 27세 노처녀가 시집을 가는 상황을 넘어, 서민적 발랄함을 지닌 여성이 유교적 현모양처로, 고독과 고난의 삶이 다복하고 부유한 삶으로, 향촌사회에서 소외되었던 삶이 향촌사회에서 주도적인 역할을 하는 삶으로[405] 전환하는 계기가 된다.

즉 소설 속 그녀의 혼인은 입사의례의 성격을 지니면서 동시에 죽음처럼 삭막했던 인생이 생산과 풍요로 이어지는 재생의 계기가 되는 것이다.

그렇다면 작가가 인위적인 주인공을 설정해서, 혼인을 매개로 주인공의 성격과 삶의 질을 전환시킨 이유가 뭘까? 기존의 연구에서는 굳이 민속극 속의 여성을 모델로 한 것과 여러 장르가 혼효된 현상에 대해 당시 소설의 상업성을 근거로 들었다.[406] 다분히 일리 있는 이야기이다. 기층문화의 패러디는 대중들에게 익숙하면서도 신선하게 와 닿았을 것이고, 고생 끝에 행복을 얻는 안정감 있는 구성은 큰 인기는 못 얻어도 꾸준한 관심을 끌었을 것이다. 이와 유사한 현상으로 근대 초창기 극장 무대에 올려진 전통 공연을 들 수 있는데, 서구식 무대에서 공연되는 판소리나 〈봉산탈춤〉이 인산인해를 이룰 만큼 인기가 있었던 것도 '낯익음'에 대한 관성적 작용에다 대중성을 획득했기 때문이었다.[407] 게다가 〈채봉감별곡〉, 〈청년회심곡〉처럼 가사가 소설화된 작품들까지 들면, 장르혼효를 통해 대중성을 지향하는 것 또한 시대적 흐름이었음을 알 수 있다.

그러나 꼭두각시는 서민적 발랄함과 함께 양반 여성의 유교적 부덕도 갖추고 있다. 이처럼 계급적으로 상충된 요소가 한 인물 속에 내재되어 있다는 점은 숙고할 필요가 있다. 그러기 위해서 꼭두각시전의 성행 시기인 19세기 말 20세기 초, 민속극에 대한 인식이 어떠했나를 살펴보자.

---

[405] 고독각시가 이웃의 이부인을 교화하는 데서 알 수 있다. 이부인은 외간 남자와 통정하고 남편을 사지에 빠뜨리는 악행을 범하지만 고독각시의 교화로 과오를 뉘우치고 새사람이 된다.

[406] 최명자, 「1910년대 고소설의 대중화 실현양상 연구」, 아주대 박사, 2005.

[407] 정충권, 「1900~1910년대 극장무대 전통 공연물의 공연양상 연구」, 『전통 구비문학과 근대 공연예술1』 연구편, 서울대출판부, 2006, 85쪽.

가) 故로 文明列邦은 演社를 廣設ᄒ야 人民의 性情을 陶鎔ᄒ야 善變을
是求ᄒᄂ니 現今 彼의 文化日進홈이 演劇의 力으로 生ᄒᄂ 影響이 不少ᄒ
도다......現今 城內에 設立ᄒᆫ 者가 完美치 못홀 쑨 안이라 反히 腐敗한 怨
辭蘩調로 無賴男女의 耳目을 悅게 홀 而已니 文化上에 一利도 無ᄒ고 百害
만 有ᄒ다 ᄒ야도 過言이 안이로다......我東遺來의 古調도 總히 不美ᄒ다
홈은 안이로ᄃ 但히 演劇홀 시에 無據ᄒᆫ 浮說考談을 增加ᄒ야 無端히 人의
癡知ᄒᄂ 所謂 春香歌로 言홀지라도 一個軟弱하 賤妓가 節義를 守ᄒ야 至
死不變ᄒ다가 從來에 奇遇ᄒᆫ 榮快를 得ᄒ얏스니 可謂 好材料라 홀지나 然
하나 其 語調가 眞境을 違反ᄒᆫ지라 李道令이 其 父를 對ᄒ야 悖辭가 居多
ᄒ니 此ᄂ 悖子에 不過ᄒᆫ지라 엇지 일도 御史의 才가 有ᄒ며 春香이 道令
을 對ᄒ야 猥褻이 太甚ᄒ니 此난 亂娼에 不過ᄒᆫ지라 엇지 百年 貞烈의 心
이 有ᄒ리오 幸히 演劇社의 主務ᄒᄂ 者ᄂ 此에 注意ᄒ야 新材料ᄂ 未備홀
시나 久材料 內에도 其 語調를 改良ᄒ야 實地를 勿違ᄒ고 風化를 勿乖홀지
어다. -〈매일신보〉[408]

나) ......쏘ᄒᆫ 우리나라에도 그 연극의 성질과 희문은 잇셧스나 활동홀
쥴을 알지못ᄒ고 이것을 하등 샤회에 뭿겨둠으로 발달되지 못ᄒ고 다만 음
란ᄒᆫ 풍긔를 일우엇도다 이 증거를 우리가 춘향가와 박쳠지의 작란을 보아
도 가히 알지라 만일 춘향가와 갓흔 졍티에 관ᄒᆫ 락극을 잘 기량ᄒ야 구락부
나 연극무ᄃᆡ에 용감스럽게 활동ᄒ얏스면 응당 인민의 풍긔를 개량홀지어늘
이를 ᄒ지 안이ᄒ고 부허ᄒᆫ 문ᄌᆞ만 슝샹ᄒᄂ 가온ᄃᆡ 박쳠디 홍동디와 갓흔
작란이 려향간에 슌힝ᄒ야 인민의 풍긔가 비루ᄒ고 겁약ᄒᆫᄃᆡ 팀륜되엿더
니......-〈신한민보〉[409]

---

408) 「私設 演劇改善의 必要」, 『매일신보』, 1910.12.11, 서대석 외, 『전통구비문학과 근대공연예술』
자료편, 서울대출판부, 2006, 7~8쪽에서 재인용.
409) 「연극의희문이풍속기량과정신고취에필요홈」, 『신한민보』, 1914.9.10.

위의 신문 사설에서는 판소리 〈춘향가〉와 인형극 박첨지놀음이 외설적이고 음란한 성격 때문에 사회 기풍을 어지럽힌다고 비판하고 있다. 먼저 가)의 〈매일신보〉의 기사는 〈춘향가〉에 대해 기생이 죽음을 무릅쓰고 절의를 지킨 끝에 영화를 누린다는 내용에는 긍정적이지만, 아버지를 대하는 이도령의 불손한 말투와 춘향의 외설적인 창, 그리고 한낮 몸 파는 기생이 정절을 지키는 태도는 비판한다. 즉 당시의 〈춘향가〉 공연의 내용이 시류에 편승한 나머지 유교적 효와 열의 진정한 의미에 어긋난 점을 지적한 것이다.

나)의 〈신한민보〉는 〈춘향가〉와 더불어 박첨지와 홍동지의 '작난'을 비난한다. 박첨지와 홍동지는 〈꼭두각시놀음〉의 주인공이므로 이들의 '작난'은 바로 〈꼭두각시놀음〉 자체를 가리킨다. 〈춘향가〉와 〈꼭두각시놀음〉은 지배층에 대한 저항과 풍자를 비롯한 서민의식을 잘 드러내고 있다. 〈춘향가〉 속 방자보다 어리숙한 이도령, 암행어사 출도에 혼비백산하는 지배층, 〈꼭두각시놀음〉에서 상좌와 놀아나는 박첨지의 며느리, 첩에 빠져 가정을 파괴하는 박첨지, 그리고 남근으로 평안감사 모친의 상여를 지고 가는 홍동지 등은 파격적이고 흥미롭지만 사회적 통념에 어긋나는 '작난'인 것이다.

그래서 가)에서 신 재료가 갖추어져 있지 않으니 구 재료 내에서 그 어조를 개량하여 실정을 잘 반영하고 풍속을 선도해야 한다고 주장한다. 이를 실천하는 방법은 나)의 밑줄 친 부분처럼 〈춘향전〉 같은 좋은 극을 잘 개량하여 구락부나 연극무대에 올리는 것이다. 문화적 역량을 갖추지 못한 식민지 현실에서, 우리의 전통 소재를 발굴하여 문화발전을 이루려는 의도가 다분해 보인다.

근대사회 신문의 역할이 지식인들의 견해를 반영하면서 동시에 민중에 대한 계몽을 겸하는 것이라면, 위의 두 기사는 바로 계몽적 지식인의 태도를 잘 보여주고 있다. 그들의 태도는 결국 '개량'이라는 말에 집중된다. 이미 인기를 얻고 있는 극을 비판만 할 것이 아니라, 올바로 계도하는 것이 더 현실적이라고 판단한 것이다.

〈로처녀 고독각시〉의 창작 의도는 바로 위의 신문사설에서 말하는 '개량'이다. 작가는 비속한 놀이의 주인공을 내세워 거기에 열과 효를 덧씌운 후, 유교적 덕목에 충실한 개량된 여성을 만들어낸 것이다. 따라서 〈로처녀 고독각시〉에 나타나는 죽음과 재생은 비속한 상태를 벗어나 가장 고귀해 지는 것, 자연스런 성정을 버리고 유교적 부덕을 성취하는 것, 주위의 부도덕한 여성을 도덕으로 계몽시키는 것이 된다. 작가는 이를 통해 기존 질서의 충실한 계승만이 조선 말기의 어려운 현실을 헤쳐 나가는 길임을 암시하고 있다.[410)

4. 할미 신앙의 세속화 ; 무속을 통한 역경 모면

민속극에서는 할미가 무당으로 등장하거나, 무당은 아니라도 그와 관련한 행위를 하거나, 할미의 죽음 이후 굿판을 벌이는 등 무속적인 면을 직접적으로 드러낸다. 이러한 특성은 여러 가지 견해를 가능하게 하는데 첫째, 이미 선행 연구에서 심도 있게 연구되었듯이 가면극의 기원을 무당굿에 두거나, 둘째, 조선후기 가면극 연희의 담당층이었던 관아의 아전이나 악공들이 무가계였으므로 그 영향을 받았다고 볼 수 있다. 셋째, 할미의 원형을 여신으로 보면, 애초 그를 놀이화할 때 여성 사제인 무당이 그 역할을 맡았기 때문일 것이다. 이러한 다양한 추측 속에서도 분명한 것은 여신이 가진 풍요다산의 원리가 굿의 제액축복 및 풍요의 원리와 상통한다는 것이다. 따라서 가면극 할미과장의 무속

---

410) 이처럼 여성에 대한 계몽의식이 강한 이야기가 쓰여진 것은 이 시기 소설에 이미 여성 독자층이 두터웠기 때문일 것이다. 18 · 19세기에 들어와 소설이 대중화되면서 이른바 독자층이라는 것이 형성되었고 상품화폐 경제의 발달로 평민 여성들에게도 책을 읽을 여가라는 것이 생겨났다. (이헌홍, 『고전소설 학습과 연구』, 신지서원, 2011, 67~68쪽 참조)

은 극의 특성이면서 아울러 극이 지향하는 목적과 부합한다.

그런데 이러한 무속적인 면이 서사전승물인 〈꼬댁각시〉나 〈변강쇠가〉, 꼭두각시전에 반영될 때는 목적보다는 수단의 의미를 지니게 된다. 〈꼬댁각시〉에서는 여성의 고단한 삶을 위로해주고, 〈변강쇠가〉에서는 해원(解冤)과 상생(相生)을 도우며, 꼭두각시전에서는 극빈한 골생원집이 부유하게 되는 계기를 마련해 준다.

1) 꼬댁각시 ; 고단한 삶에 대한 치유

꼬대각시놀이는 한 여성의 비극적인 삶을 민요로 부르면서, 여기에 집단적이고 주술적인 놀이를 병행한다. 노래에 담긴 꼬댁각시의 서사에서 구체적인 무속의 흔적을 찾기는 힘들지만, 노래가 불리는 연행 전반을 굿의 절차와 비교해 보면 유사한 점을 찾을 수 있다.

먼저 민요 〈꼬댁각시〉는 무격이 신을 청배할 때 그 내력을 말하는 서사무가에, 특정한 여성에게 꼬댁각시 신이 내리는 것은 무당에게 무신(巫神)이 빙의하는 것에, 이후 벌어지는 노래와 춤은 신을 즐겁게 하는 오신에, 마지막으로 놀이가 끝나고 신이 내렸던 여성이 깨어나는 과정은 신을 보내는 송신에 빗댈수 있다.411) 따라서 민요 〈꼬댁각시〉의 전체적인 연행 과정은 굿의 청신, 빙의, 오신, 송신의 과정과 상통한다.

그렇다고 이러한 연행이 무속의 굿과 같은 신성한 의미를 가지는 것은 아니다. 굿은 전문적인 사제가 진행하지만, 꼬댁각시놀이는 주로 마을에 한두 명씩 있기 마련인 신기 있는 여성 또는 몸이 허약한 여성이 주축이 된다. 굿에서 무당은 무가를 부르며 주체적으로 신내림을 받고 공수나 작두를 통해 신의 영험

---

411) 서영숙, 「꼬댁각시노래의 연행양상과 제의적 성격」, 『우리민요의 세계』, 역락, 2002, 121~122쪽.

함을 드러내지만, 꼬댁각시 신을 받는 여성은 집단적 광기 속에 본인의 의지와 관계 없이 신을 받게 되고, 신내림의 효력도 한낱 가까운 사람들의 운수를 점쳐주는 데에 그친다. 또 굿이 마을과 가정의 벽사초복을 목적으로 하는 데 비해, 꼬댁각시놀이는 향유집단에게 위안을 줄 뿐 삶에 큰 영향을 미치지 못한다. 따라서 굿이 놀이의 성격이 강한 종교라면, '꼬댁각시놀이'는 종교적 성격을 띤 놀이라고 할 수 있다.[412]

그렇다면 무속적인 특성이 민요 〈꼬댁각시〉와 그에 수반되는 연행에서 차지하는 의의는 무엇일까. 〈꼬댁각시〉 연행의 일례를 살펴보면 다음과 같다.

> 겨울철 밤에 16세 전후의 처녀(10명 미만)이 방에 모여 "춘향아! 춘향아! 성춘향아!"를 연이어 부르며 신명을 돋운다. 그리고 "꼬댁꼬댁 꼬대각시, 한 살먹어 어멈죽고, 두살먹어 아범죽어……"로 시작하는 긴 꼬댁각시 노래를 합창하는데, 이것은 원통하게 죽은 꼬댁각시의 한을 달래는 노래이다. 노래 부르는 중에 한 처녀에게 춘향의 혼이 실리게 된다. 그러면 누가 먼저 시집을 가느냐 등을 묻는다. 신이 오르면 처녀는 덩실덩실 춤을 추며, 수건돌리기를 해서 맞춰내는 신통한 능력을 지니게 된다. 이것을 '꼬댁각시놀이'라고 하며, '성춘향놀린다'고도 한다. 신내림 방법은 손을 모은 것이 떨어지는 것으로 점을 치거나 감춘 손수건을 찾게 하는 경우, 잎이 달린 참나무나 대나무를 신대로 사용하기도 한다. 우선 손가락 사이에 은가락지를 끼우고 손을 합장하며, 신이 내리면 이것이 어깨 넓이로 벌어지고, 손가락 사이에 끼웠던 가락지가 바닥에 떨어진다. 이 상태로 앞날을 점을 치는데, 떨어지지 않는 경우는 길조이며, 떨어지는 것은 흉조로 여긴다. 이에 의해 새해에는 혼인, 병세, 운수 등을 판단한다. 한편 신이 내리면 주위 사람들이 등 뒤로 수건을 돌려 숨긴 다음에 수건을 찾게 한다. 수건을 감춘 사람을 맞출 경우에는 영험성

---

412) 정형호는 '춘향이놀이'와 '꼬댁각시놀이'의 종교적 성격을 분석한 후, 그러나 지역민들은 이들을 놀이로 인식한다고 언급하고 있다.(정형호, 앞의 글, 75~82쪽)

을 인정받는다. 그리고 대나무의 가장 윗부분을 잎이 달린 채로 꺾어서, 백지를 둘둘 말아 손잡이를 만든다. 이것을 쥐고 신내림을 받는데 일단 신이 오르면 묻는 말에 잎을 흔들며 일일이 대답한다.[413]

온암리의 '꼬댁각시놀이'는 일명 '춘향이놀이'로 불린다. 그런데 신을 부를 때는 춘향이를 호명하지만, 이어서 부르는 노래는 민요 〈꼬댁각시〉이다. 춘향이는 〈춘향전〉의 주인공으로 이도령과의 결연을 통해 사랑과 신분상승을 성취한 여성인데 비해, 꼬댁각시는 아무것도 가질 수 없는 상황에서 비극적 죽음을 맞는 여성이다. 이처럼 극단적으로 다른 삶을 산 두 여성이 동시에 신격이 되어 호명되는 이유는, 전자는 전승집단의 '희망'으로 후자는 '경계' 내지 '희생양'으로 여겨졌기 때문일 것이다.

꼬댁각시는 시집가기 전의 혹은 이제 막 시집 온 여성들이 두려워할 만한 일을 모두 겪은 여성이다. 가난한 부모슬하에 태어나 어릴 때 고아가 되고, 친척에게 구박 받고, 힘겨운 시집살이에 고자 남편, 가출이나 자살까지. 여성이 상상할 수 있는 모든 비극이 꼬댁각시에게 부여되어 있다. 꼬댁각시는 꼭두각시처럼 가출해버리는 당찬 면도 없고, 할미처럼 과다한 욕망을 보이지도 않는다. 모두가 떠나버리는 삶, 가치 있는 무엇을 만들어낼 수 없는 그녀의 삶은 여신이 가진 파괴의 면만 부각되어 있어 불모의 형상을 한 채 끝을 맺는다. 그런데 죽은 후 서사를 넘어 놀이의 공간으로 불려오면서 꼬댁각시는 신격으로 승화된다. 두 손에 든 반지가 떨어지고 감추어진 수건을 찾아야 하는 과정은 바로 신으로 좌정하는 통과의례로 볼 수 있다. 이러한 과정을 거쳐 신이 되면 그때부터 인간사를 해결할 수 있는 것이다.

---

413) 〈꼬댁각시〉의 전체 연행 과정으로, 정형호와 류재인이 2002년 7월 충남 청양군 남양면 온암리 정일순(여,74세)씨에게서 조사한 내용이다.(정형호, 앞의 글, 72~73쪽)

불행한 삶을 산 여성이 사후 신으로 좌정하는 것은 민속에서 드문 일은 아니다. 일례로 무가 〈바리데기〉에서도 부모로부터 버림받은 바리데기는 오히려 아픈 부모를 위해 죽음을 감행하고 이후 무당의 조상신으로 좌정한다. 바리데기는 서사 속에서 부모로부터 버려지는 불행한 삶을 살다 죽음의 통과의례를 거쳐 신으로 좌정하며, 굿의 현장에서는 당당한 무조신의 모습으로 강림하는 것이다. 그러나 꼬댁각시는 서사에서는 불행한 삶을 살다 죽을 뿐이고, 이후 놀이의 공간에서 신으로 승격되어 소환된다.

그렇다면 꼬댁각시를 서사에서 죽이고 놀이에서 신으로 만든 전승집단의 의도가 궁금해진다. 놀이를 행하는 여성은 16세 무렵의 처녀로[414] 이들은 자기들만의 은밀한 공간에서 신을 불러 신변의 궁금한 점들을 묻고 춤추며 논다. 노래와 춤을 거쳐 그들이 꼬댁각시 신에게 얻고 싶은 것은 가까운 미래에 대한 예측이다. 시집은 언제 어디로 갈지, 잃어버린 물건은 어디 가면 찾을 수 있을지, 건강하게 오래 살 수 있을지 등. 16세는 아이에서 어른이 되는 과도기이면서, 조선후기 여염집 처녀들에게는 마땅한 혼처만 나서면 시집을 가야 할 나이이다. 따라서 향유집단은 몸의 성숙과 신변의 변화에 대한 불안 때문에 신에게 자신의 운명을 물어보고 싶은 것이다. 그렇다고 과도기의 처녀애들이 점바치나 무당을 찾기는 쉽지 않다. 결국 남의 도움 없이 그들 스스로가 주체가 되어 할 수 있는 것이 '춘향이놀이' 또는 '꼬댁각시놀이' 같은 주술적 놀이이다.[415]

---

414) 노래 없이 놀이만 행해졌던 곳은 전국적으로 분포되어 있는데, 이러한 놀이의 담당층도 주로 젊은 처녀나 새댁이다.

415) 필자가 고등학교를 다녔던 1980년대 후반에 학교에서 유행했던 놀이 중 '미래의 남편 보기'와 '분신사바'가 있었다. '미래의 남편 보기'는 장래의 남편이 궁금한 아이를 앉혀 놓고 눈을 감고 주문하는 것을 머릿속에 그리게 하는데, 마지막으로 돌아앉아 있는 사람의 얼굴을 보라는 말을 따르면 미래의 남편 얼굴을 보게 된다. 영화를 통해 비교적 잘 알려진 '분신사바'는 두 아이가 손을 잡고 가운데 연필을 꽂아 "분신사바 분신사바 오디세이 그라세이"를 읊은 후, 주위 사람들이 궁금해 하는 것을 질문하면, 신들린 두 아이가 연필을 동시에 움직여 종이에 O나 X로 답을 적어주는 놀이이다. 전자는 정신의학에서 사용하는 최면술의 성격이 강했고, 후자는 기원을

주술에는 주재자와 주사, 그리고 특정한 행위 등의 형식이 필요한데, '꼬댁각시놀이'의 향유집단이 주술의 주재자라면, 민요〈꼬댁각시〉는 주사, 그리고 민요를 거듭 노래하여 집단적 광기로 이끄는 것은 주술적 행동으로 볼 수 있다.

이러한 주술적 놀이의 연원은 알 수 없지만, 놀이가 만들어지는 과정에서 무속은 좋은 표본이 되었을 것이다. 무속은 어릴 때부터 보아 와서 낯설지 않으며, 신비로우면서 흥미로운 대상이다. 그리고 여성들의 종교이기도 하다. 따라서 어른이 되는 과도기에 있는 여자 아이들의 주술놀이에 무속이 영향을 주는 것은 당연하다고 하겠다. 다만 집단의 기원을 떠맡은 무속의 여신은 서사를 통해 신의 권위와 영험함을 드러내는 반면, 집단의 불안을 떠맡은 꼬댁각시의 서사는 그 불안을 야기시키는 모든 불행만을 언급한 후 주인공을 죽음으로 내몬다. 결국 꼬댁각시는 서사에서 죽음으로 희생양이 되고, 놀이에서 신으로 살아나 위안을 주게 된다.

2) 변강쇠가; 해원과 상생을 통한 갈등 해결

강쇠가 장승동티로 죽은 후 옹녀는 치상을 위해 중, 초라니, 풍각쟁이들을 불러들인다. 그런데 이들은 강쇠의 시신과 눈이 마주치자마자 죽어버리고, 옹녀의 사정을 딱하게 여긴 뎁득이가 나타나서야 문제는 해결된다. 뎁득이는 기지를 발휘하여 시신을 쓰러뜨린 후, 각설이패와 함께 변강쇠를 포함한 여덟 구의 시신을 지고 매장하기 위해 나선다. 그런데 참외밭에서 잠시 쉬던 중 이들

알 수는 없으나 일본에서 온 놀이라는 말이 있었다. 이를 〈꼬대각시〉와 비교해보면 시대를 불문하고 입사시기(入祀時期)의 여성들이 가지는 불안과 그것을 해결하는 방법이 비슷함을 알 수 있다. 서영숙의 경우 〈꼬댁각시〉와 청소년놀이를 아울러 사회적으로 억압과 불안을 많이 겪는 사람들, 특히 여성들에 의해 비슷한 형태의 주술놀이가 지속적으로 전래된다고 보았다. (서영숙, 앞의 글, 134~135쪽)

은 시체와 함께 땅에 붙어 일어나지 못하게 되고, 연이어 참외밭 주인 움생원과 그가 불러들인 사당패, 향소의 옹생원 또한 차례로 시체에 붙게 된다. 이 광경을 겹겹이 둘러싸고 구경하던 사람들이 굿을 제안하자 계대네[416]를 불러 넋두리를 하게 한다.

> 스룸덜이 호도엿 ㅅ먹으며 ㅎㄴ 말이 이것이 원혼이라 삼현을 걸게 치고 넉들이를 ㅎ엿스면 귀신이 감동ㅎ야 응당 써러질듯 ㅎ다 목죠흔 졔듸네를 급급히 쳥희다가 좌수가 ㅈ당ㅎ야 굿상을 차려 노코 멋잇난 고인들이 굿거리를 걸게 치고 목죠흔 졔듸네가 넉드리 츔을 츄며 어라 만슈 쎠라 만슈 넉슈야 넉시로다 빅양 쳥ㅅ 넉시로다 녯ㅅ룸누구누구 만고원혼 되얏ㄴ고……옹좌슈 자닐낭은 일읍의 아관이오 움싱원 자닐낭은 양반의 도리로셔 경이원지 귀신듸졉 어이 그리 모로던가 어라 만슈쎠라 듸신 ㅅ당거ㅅ 명ㅊ가객 오 입장이 네의 힝셰 취실홀슈 웨잇스리 비옵ㄴ다 여들 혼녕 무지흔 져 인싱들 허물도 과도 말고 가진 빅반 진사면에 졔듸츔에 놀고 가시 어라 만슈 쎠라 만슈 위도라가니 짐쑨 녯만 낭겨 놋코 우의 붓튼 ㅅ룸듥은 모도 다 쩔어져셔 졔듸으게 치하ㅎ고[417]

계대네를 부른 것은 무당의 굿으로 당면한 문제를 해결하려는 의도인데, 굿은 거기에 부합하여 효력을 발휘한다. 굿을 통해 죽은 여덟 사람의 혼을 위로하고, 시체에 붙어 있는 양반인 움생원과, 아전인 옹좌수, 그리고 사당패 무리에게 귀신 대접 잘못함을 질책하자 이들이 시신에서 떨어지게 되는 것이다.

움생원과 옹좌수는 향촌사회 공동체의 중심인물이며, 사당패는 유랑천민집단의 대표격이라 할 수 있다. 이들이 시신에 붙어 운신을 못하는 것은 강쇠의

---

416) 큰 굿을 할 때 풍악을 하는 공인들(강한영, 앞의 책, 612쪽)
417) 강한영, 앞의 책, 612~614쪽.

저주 때문이다. 강쇠 자신은 움생원이나 옹좌수처럼 공동체 사회에 편입된 삶을 누리고 싶었지만 그럴 땅도 없었고, 그렇다고 산 속에 살지언정 사당패처럼 유랑하고 걸식하며 살고 싶지 않았다. 무격은 이러한 강쇠의 원한을 풀어주고, 땅을 가지고 향촌사회에 정착한 자, 떠돌이 임노동자, 유랑천민집단이 상생(相生)하는 길을 열어준다.

그러나 시신을 짊어진 뎁득이와 각설이패는 여전히 일어서지를 못한다. 그들에게는 굿의 효력이 미치지 못하는데, 그 이유는 옹녀를 탐했던 중, 초라니, 풍각쟁이의 치상을 방해하고 뎁득이마저도 묶어두려는 강쇠의 저주 때문이다. 굿은 정착과 유랑에 얽힌 지역사회의 갈등은 해결하지만, 정작 풀어야 했을 근원적인 문제인 강쇠의 옹녀에 대한 집착과 옹녀의 상부살은 해결하지 못한다. 결국 뎁득이가 직접 나서서 강쇠와 초라니, 풍각쟁이들의 원혼을 달래자 그제서야 모두 일어서서 장지로 가게 된다. 하지만 마지막 난관 즉 뎁득이의 등에 붙은 강쇠와 초라니의 시신은 끝까지 떨어지는 않는다. 이제 이 문제를 해결할 수 있는 방법은 뎁득이의 완력밖에 없다. 뎁득이는 소나무 사이로 달려 시신을 세 동강 내고, 등에 붙은 나머지는 갈아버린다. 그렇다고 강쇠의 원한이 모두 풀어진 것은 아니다. 다만 뎁득이와 강쇠의 힘겨루기에서 뎁득이가 가까스로 이겼을 뿐이다. 옹녀 또한 상부살을 벗어나지 못했다. 강쇠가 죽었으니 혼자 남은 옹녀는 다시 남자를 만나겠지만 그와 백년해로 할 거라는 기미는 보이지 않는다. 굿의 효력이 주인공 강쇠와 옹녀가 앓고 있는 근원적인 문제는 해결하지 못했기 때문이다.

〈변강쇠가〉에서 무당굿은 분명 현실에 닥친 곤란을 해결해주는 역할, 즉 역경을 극복하는 방편으로 등장한다. 그러나 이러한 굿이 주인공들이 겪고 있는 삶의 근원적인 질곡을 해결해주는 가에는 회의적일 수밖에 없다. 굿은 강쇠의 원한을 모두 풀어주지도 못하고, 옹녀의 상부살도 없애지 못한다. 다만 공동체의 조화로운 삶을 방해하는 대립과 갈등을 치유해 줄 뿐이다.

민속극에서의 굿은 할미의 재생을 도모하는 역할을 한다. 극의 내용으로 보면 남편에게 맞아 죽은 할미의 원한을 풀어 저 세상으로 천도하는 역할을 하고, 제의적인 의미에서는 여신의 재생을 도모하여 이후 한 해 풍농과 안과태평을 기원한다. 그러나 〈변강쇠가〉의 굿은 주인공들의 재생을 돕거나 새로운 삶을 살아갈 발판을 마련해주지 못한다. 그 이유는 굿 자체의 영험함이 쇠잔했기 때문이 아니라, 판소리의 향유층인 양반들을 고려하여 의도적으로 굿의 비중을 축소했기 때문일 것이다. 양반들에게 굿은 공동체의 화합을 위해 암묵적으로 승인할 수 있는 도구이지만, 개인과 집단의 삶의 근원적인 문제를 해결해주는 종교는 아닌 것이다.

3) 꼭두각시전 ; 상상적 염원의 현실화

꼭두각시전에는 일체 무당이 등장하지 않는다. 특히 〈로처녀 고독각시〉에서는 여성이 갖추어야 할 유교적 부덕이 강조되는데, 주제가 이렇다보니 당시 천시되었던 무속이 등장할 여지는 없어 보인다. 그런데 가난한 주인공이 벌이는 접신 행위는 눈여겨 볼만하다.

> 가) 잘난 남편은 못 맛나도 날과 갓치 슈족이나 셩ᄒ고 탐탁ᄒ야 마음이 나 량슌ᄒᆫ 스람을 원ᄒ얏더니 가진 병신을 맛낫스니 ᄂᆡ 팔ᄌ 가련ᄒ다 ᄒ며 후루쳐 싱각ᄒ되 텬졍ᄒᆞᄂᆡ 팔ᄌ라 ᄒ고 구ᄎᆞᆫ 시부모나 봉양ᄒ고 불상ᄒ 남편나 잘 셤기리라 ᄒ며 신랑다려 ᄒᄂᆞᆫ 말이 ᄌᆞᄀᆡ도 염치 업소 참을셩도 업다ᄒ고 와락 이러나셔 뒤동산에 올나가니 월식이 만졍ᄒ고 인젹이 고요ᄒ거늘 목욕ᄌᆡ계ᄒ고 정안슈를 써서 논후 사방으로 졀ᄒ고 비는 말이 뉴셰차 모년모월모일에 히동됴션 견라도 무쥬 쌍에 거ᄒ옵는 고독각씨는 <u>산신</u>

토신 후토신령 수희룡왕 오방신장 계불계턴 일월셩신 북두칠셩 삼틱룩셩과 이십팔슈 룩졍룩갑 틱상로군 옥황상졔님젼에 감소고우......상쳔에 복츅ㅎ 오니 소녀의 졍셩을 하찰ㅎ옵셔 몸이나 무병ㅎ옵고 쟝슈ㅎ와 빅년히로 ㅎ 야 유ᄌ싱녀 ㅎ와 동락틱평 ㅎ기를 쳔만번 바라나니다......드러와셔 안을 의지ㅎ야 혼혼니 싱각ㅎ더니 비몽ᄉ몽 간에 한 로인니 와 닐오딕 네 졍셩이 지극ㅎ미 옥뎨계옵셔 어엿비 너기ᄉ 금낭 셰기를 쥬시니 바드라 ㅎ며 왈 이 쥬먼니ᄂ 범낭이 아니라 하나흔 명랑이오 하나흔 복랑이오 하나흔 자손랑이 니 잘 간슈ㅎ라 ㅎ시며 간딕 업거날 놀나 씨니 달은 밝고 남가일몽이라 심즁 에 딕희ㅎ야 다시 쓸에 나려 ᄉ례혼 후......깃부다 고독각씨 효셩이 지극홈 으로 하늘이 감동ㅎᄉ 싱금을 어덧구나.[418]

나) 쏙시 일일은 뒤동산 올나 두로 구경ㅎ드니 한 편의 고흔 비셕이 겻히 잇거늘 갓가이 가셔보 산지돗과 ㅎ엿긔을[419] 그 압히 누른 슈탁 한 마리 잇 거늘 쏙시 고히 여겨 힝ᄌ치마를 버려 부르니 달기 치마속의 드러오거늘 쏙 시 딕희ㅎ여 안고올겨부물 춍양치 못ㅎ여 간신이 와셔 보니 달근 간 딕 업고 싱금덩이 하나 되엿스니[420]

꼭두각시전의 전신(前身)이라 할 수 있는 가사 〈계녀가〉에서는 여성의 부덕으로 사군자(事君子), 효구고(孝舅姑), 봉제사(奉祭祀), 접빈객(接賓客), 목친척(睦親戚), 어노비(御奴婢), 육아(肉芽), 치산(治産), 항심(恒心)을 강조한다. 중요한 순서로 언급했다면 이중 남편을 섬기는 사군자가 으뜸이고, 치산처럼 뒤로 갈수록 중요도는 떨어진다고 봐야 한다. 기실 조선후기 여염집 여성이 할

---

418) 광명서관본, 12~13쪽.
419) 줄 친 부분은 의미가 모호하다. 다만 나손본〈쏙쏙각씨젼 호록권지단〉에 "고흔 비셕이셧거날 가만이 보니 산신묘라 혀여더라"(나손본「쏙쏙각씨젼 호록권지단」, 『필사본고전소설자료총서』, 보경문화사, 1991, 398쪽)를 보건대 산지돗은 산신묘를 가리키는 듯하다.
420) 나손본「쏙독각시젼 단권」, 『필사본고전소설자료총서』, 보경문화사, 1991, 371~372쪽.

수 있는 치산이란 기껏해야 아껴 쓰거나 소소한 먹거리와 의복을 자급자족하는 정도였다.

그런데 앞서 〈계녀가〉에 말한 여성의 부덕은 생계를 위한 최소한의 치산이 이뤄졌을 때 실천이 가능하다. 고독각시는 어렵게 시집을 찾아왔지만 살림은 극빈하고 남편은 몸도 온전하지 않다. 땅이나 가산은커녕 세간 살림조차 제대로 갖추지 못한 극빈한 상황, 자급자족 할 바탕조차 없는 상황에서는 남편을 섬기고 시부모에게 효도하기는커녕 가정을 온전하게 유지하는 것부터 쉽지 않다. 이대로라면 고독각시의 이야기는 꼬댁각시나 옹녀처럼 자살이나 유랑으로 끝맺어야 한다. 그렇다고 고독각시의 처지를 바꿀 수 있는 현실적인 대책이 있는 것도 아니다.[421]

극빈한 상황을 해결할 현실적 방법을 제시할 수 없는 상황에서 〈로처녀 고독 각시〉가 선택한 방편은 신에게 의지하는 것이다. 인용한 필사본 꼭두각시전에는 고독각시가 신에게 기원하여 소원을 이루는 부분이 비교적 자세하게 나와 있다.[422] 가)에서 고독각시는 첫날밤 남편과의 합방도 미룬 채 뒷동산에 올라 목욕재계하고 가족을 위해 비손부터 한다. 그런데 비손하면서 그녀가 부르는 신에 산신, 후토신, 부처, 용왕, 일월성신, 옥황상제 등 무속신앙의 대상이 두루 등장하는 점이 이채롭다. 유교적 도덕관에 철저한 그녀 또한 해결할 수 없

---

421) 생산력을 갖추지 못한 몰락 양반의 결말은 굶어 죽는 수밖에 없다. ≪청구야담≫ 소재 '결방연이팔 낭자(結芳緣二八娘子)'에서 이러한 사정의 단면을 볼 수 있다. "김씨는 몰래 사람을 시켜 채생 집안의 동정을 엿보도록 시켰다. 하루는 그 사람이 돌아와 고하였다. '채생의 집에서는 닷새 동안 불을 때지 못하고 있습니다. 안팎에서 드러누워 있는데 그 경상이 비참하여 보는 사람의 가슴을 에이게 합니다.'"(金密使家人 調探生家動息. 一日家人回告曰, 蔡家五日不爨 內外僵臥 景色慘㫖)(시귀선·이월영 역, 『청구야담』, 한국문화사, 1995, 553~554쪽, 563쪽)

422) 광명서관본에서는 생금을 얻었다고 간략하게 표현되어 있고, 가장 늦게 나온 것으로 보이는 영창서관본〈고독각씨이야기〉(1927)에는 생금을 얻는 부분이 생략되고 다만 이웃의 도움으로 부자가 된다고 나와 있다. 활자본으로 만들어지면서 비현실적인 부분이 축소되거나 삭제된 것으로 보인다.

는 삶의 난관 앞에서는 무속에 의지할 수밖에 없는 것이다. 문제는 비손한 후 산신을 만나 복이 든 금낭을 받는 꿈을 꾸는데, 이후 세월이 흘러 자식을 낳은 후에는 꿈이 현실이 되어 실제로 생금을 얻어 부자가 된다는 데 있다. 이처럼 신에게 기원하고 꿈에 신으로부터 부유하게 될 것을 약속받고, 이후 실제로 그 것이 실현되는 것은 비현실적이면서 허구적이다.

필사본인 나)에서는 실제로 생금을 얻는 장면이 환상적으로 묘사되어 있다. 꼭두각시는 첫날밤에 비손한 후 하루는 뒷동산 산신묘에서 누런 수탉을 보고 불렀는데 안고 보니 생금이었고, 이 생금을 김장자의 가산과 바꿔 부자가 된 다. 산신묘를 찾은 것은 산신령 또는 산신으로 대표되는 마을신에게 복을 기원 하기 위해서일 것이다. 그런데 산신령의 복록은 당장 생금이라는 실물로 나타 난다. 마치 도깨비 방망이에서 금은보화가 쏟아지듯.

이처럼 비현실적인 서술방식은 조선후기 소설의 발전 방향에 역행할 뿐만 아 니라 작품의 주제의식인 유교적 덕망을 갖춘 삶과도 거리가 있다. 그렇다면 이 처럼 무속과 관련한 환상적인 장면을 삽입한 이유는 무엇일까. 소설이 주인공 고독각시를 통해 말하고 싶은 주제는, 부모에게 효도하고 남편을 잘 따르며 인 의로 아랫사람을 대하고 부지런하고 검소하면 후에 잘 살게 된다는 데에 있다. 그러나 이것은 지극히 원론적이고 이상적이다. 현실에서는 이런 노력만으로 부자는커녕 삼순구식의 가난한 살림조차 면하기 어렵다. 이야기를 행복한 결 말로 이끌고 싶은 작가에게는 다른 수단, 이왕이면 당시 서민들에게 친숙하게 와 닿을 수단이 필요하다. 따라서 작가는 유교적 덕목으로 해결할 수 없는 현 실의 곤란을 서민들에게 익숙한 토착신앙과 무속으로 해결하는 것이다.

여기서 작가는 '무당이 등장하지 않는 무속적인 장치'를 배치하여 '노력하면 하늘도 복을 내린다'는 전래의 관념으로 포장한다. 그리고 이를 유교적 덕목을 충실히 지킨다면 하늘도 감동하여 복록을 줄 것이라는 주제로 전환시킨다. 소설에서 활달한 서민적 기풍을 지닌 고독각시가 결혼을 통해 유교적 덕망을 갖춘 부인으로 재생한다면, 무속적 장치는 이러한 재생이 의미 있는 결말로 이어지는 수단이 되는 것이다.

Ⅵ. 할미 서사의 문학사적 의의

VI.

할미 서사의 문학사적 의의

창조신이자 지모신이고 생명신인 할미의 서사는 여러 사건, 장르, 향유층, 시·공간의 변화, 역사적 상황과 만나면서 다양한 여성상을 창출한다. 거구의 여신, 마을을 지키는 당산신, 재앙을 내리는 마귀, 풍농풍어를 가져오는 무속의 여신, 민속극의 할미, 인형극의 꼭두각시, 민요의 불쌍한 여성 꼬댁각시, 변강쇠의 처 옹녀, 그리고 소설 속 고독각시는 우리 문화사에서 다양하게 변형된 할미의 화신이다.

지금까지 민속극과 판소리 등의 전승 서사를 중심으로 여신 할미가 어떻게 형상화 되고, 변형되었는가를 살펴보았다. 여기서는 할미 서사의 긴 여정을 정리하며, 할미 서사가 우리 문학에서 차지하는 통시적·공시적 의의를 살펴보고자 한다.

1. 여신 할미의 세속화 과정과 사회문화적 의미

우리가 조선후기 문학에 반영된 일련의 여성들 즉 가면극의 할미, 꼭두각시,

옹녀, 뺑덕어멈, 월매, 괴똥어미 같은 인물에게 관심을 가질 수밖에 없는 이유는 이들이 가지는 독특한 매력과 함께 남성 중심의 유교적 질서에 대한 반란 때문이다. 그런데 이러한 반란이 여성영웅소설의 주인공들처럼 공적이고 규범적인가 하면, 답은 그렇지 않다. 보편적인 여성 영웅이라면 스스로의 능력을 펼칠 수 없는 시대적 한계를 무릅쓰고 자신의 뜻을 실현하고[423] 이어 집단을 위한 업적을 달성해야 한다. 그러나 할미와 같은 여성들은 거리낌 없이 자신의 식욕과 성욕 및 물욕을 드러내고, 그 욕망을 채우기 위해 타인과 사회적 관습에 구애받지 않는다. 이러한 이기적 욕망은 인간의 자연스러운 성정이며 법에 저촉되는 것도 아니지만, 유교적 남성 중심의 사회에서는 반란이 될 수밖에 없다. 따라서 그들이 보여주는 죽음과 가출과 지역사회로부터의 축출 등의 비극적 결말은 여기에 대한 사회적 응징이 된다.

그렇다면 이러한 서민 여성상은 조선후기만의 특징일까, 아니면 나름의 전통을 가지고 있는 것일까. 여기에 대한 답을 찾기 위해 이 글에서는 그들의 모태가 되는 할미라는 인물에 주목했다. 전근대 사회에서 할미는 단순히 늙은 여성의 의미를 넘어 문화적 상징성을 지니고 있었고, 민간신앙과 문학작품 속에서 중심적인 역할을 하면서 신격(神格)과 발랄한 서민여성상을 넘나드는 서사로 형상화되었다.

할미의 어원인 '한+엄+이'의 '한'은 크고 위대하다는 뜻을 가지고 있고, 할미 관련 신화의 주인공인 설문대할망, 마고할미, 바리데기, 당금애기 등의 할미는 자연물의 창조신, 무조신, 생산신을 의미한다. 즉 할미라는 말은 원래 여신 또는 신성한 여성을 가리키던 말에서 나이가 많은 여성을 가리키는 말로 의미가 격하된 것이다.

대부분의 창세 신화에서 애초에 신은 하나에서 시작한다. 현전하는 우리 구

---

423) 남자로 가장하여 과거에 급제하거나 장수가 되어 전장에 나가는 것

비문학의 창세신에는 미륵424)과 함께 설문대할망을 비롯한 마고할미 계통의 여신이 있다. 이중 누가 더 먼저인가는 중요하지 않지만, 굳이 선후를 따져야 한다면 불교적 성격의 미륵보다 원초적 여신인 설문대할망 등이 먼저 인식되었을 것이다. 제주도의 설문대할망은 하늘과 땅을 가르고 제주도와 우도를 만드는 위업을 달성하는 창조신의 모습을 보인 후, 결국에는 한라산 백록담에 빠져 땅과 하나가 되는 지모신이 된다. 거구로 표현되는 마고할미나 정포할미 이야기도 설문대할망과 같은 맥락으로 이해할 수 있다. 이러한 여신의 모습은 무가 〈바리데기〉나 〈당금애기〉에서 만물의 생명신으로 표현된다. 그들이 죽음의 경지인 땅 속에서 자식을 생산하고 삶의 세계로 귀환하는 것은 바로 어머니 대지와 그의 자식인 곡물의 발아와 성장을 상징하는 것이며,425) 삶과 죽음 그리고 재생의 순환적 세계관을 보여주는 것이다.

문헌에서의 지모신의 모습은 건국신화 속 선도산 성모와 정견모주에게서 찾을 수 있다. 〈삼국유사〉에 따르면 선도산 성모는 신라의 시조 혁거세의 어머니이고, 〈신증동국여지승람〉에 전하는 정견모주는 금관가야의 수로와 대가야 아진아시왕의 어머니이다. 그러나 이보다 앞선 〈삼국사기〉의 기록에 따르면 혁거세와 수로의 부모는 알 수 없고, 다만 하늘에서 내려온 백마가 낳은 알에서 또는 끈에 매달려 내려온 금합에서 탄생한 것으로 되어 있다. 하늘에서 내려온 것은 그들이 천신의 자손임을 나타내는 것이므로, 천신과 감응하여 자손을 생산하는 여인인 선도산 성모와 정견모주는 지신 즉 지모신에 대응된다. 특히 선도산 성모나 정견모주가 선도산과 가야산의 산신으로 숭앙받고, 산신은 용신

---

424) 함경도의 무가 〈창세가〉에서는 미륵이 하늘과 땅을 만들고, 그가 하늘에서 떨어지는 벌레를 받아 인간이 생겨났다고 한다. 미륵은 석가세존과 대결하고 있으므로, 남성신으로 생각할 수 있으며 불교의 영향도 배제할 수 없다.

425) 제주도 삼성혈 신화에서 고을라, 양을라, 부을라가 굴속에서 솟아난 것은 바리데기나 당금애기처럼 지모신의 곡물 발아가 인간 존재에 투영된 것이라고 볼 수 있다.

과 더불어 지신의 하나라는 점[426]에서 이들의 지모신적 성격은 분명해진다.

여신은 그들만의 서사 즉 신화를 가지고 있다. 남성 중심의 건국신화에서 여신의 이야기는 그 가치를 제대로 발휘하지 못하지만, 여신이 주인공이 되는 신화에서는 자신의 다양한 성격을 드러낸다. 설문대할망의 설화에서 보이는 창조와 파괴, 욕망의 극대화된 모습, 그리고 〈바리데기〉와 〈당금애기〉에 드러난 죽음과 재생은 여신 신화가 보여주는 특징이다.

신화는 의례와 함께 전승된다. 설문대할망에 대한 의례는 현재 전승되지 않지만, 〈표해록〉의 기록을 보면 그러한 의례가 있었음을 추정할 수 있다. 장한철을 비롯한 제주민은 풍랑으로 배가 좌초될 위기에 처하자, 제주도의 선마고할미[설문대할망]에게 살려줄 것을 청하며 절을 한다. 위기의 순간에 설문대할망에게 의탁하는 것은 평소에 그가 신앙의 대상이었고, 신앙과 관련된 제의가 주기적으로 행해졌음을 의미한다. 고구려의 동맹제는 지모신에 대한 의례 시기와 과정을 보다 명확하게 보여준다.

> 10월에 하늘에 제사하여 국중대회를 여니 이를 동맹이라 한다. 이 공회에는 귀족대관이 금수금은으로 정장을 하고 참가한다......그 나라의 동쪽에는 대혈이 있는데 수혈이라고 한다. 10월의 국중대회에서는 그 수혈신을 맞이하여 국도의 동수로 돌아가 이를 제사하고 목수를 신좌에 놓는다.[427]

제의 시기가 10월 추수 때인 점을 보면, 동맹은 일종의 수확제이면서 수혈에 모셔 둔 신에게 드리는 감사제일 것이다. 그런데 수혈이 큰 굴이라는 점에서 수혈신은 동굴의 신 즉 환웅설화의 웅녀신과 동일하게 볼 수 있고, 국도의 동

---

426) 이은봉, 『증보 한국고대종교사상』, 집문당, 1999, 112~115쪽.

427) 以十月祭天 國中大會 名曰東盟 其公會衣服 皆錦繡金銀以自飾......其國東有大穴 名遂穴 十月國中大會 迎遂穴神 還於國東(水)上祭之 置木遂於神座(≪三國志≫〈魏志〉 高句麗傳)

수 즉 나라 동쪽의 물 위에서 제사지냈다는 점에서 하백녀 유화에 대한 제의로 볼 수도 있다.[428] 여기에 더하여 동굴과 물의 원형을 여성성에 둘 때, 당시 여신에 대한 제의가 이러한 형태로 치러졌다고 추정할 수 있다.

고대사회 활발하게 전승되었을 여신에 대한 서사와 의례는 남성 중심의 사회가 되고 유교문화가 정착하면서 쇠퇴하게 된다. 창세신과 지모신에서 건국주의 모친에 이르는 위대한 여성 할미의 의례는 규모가 작아지거나 오락화 되고, 그와 함께 서사 속에서도 위상을 상실한다. 건국주의 태생은 하늘 즉 남성에게 초점이 맞춰지고, 어머니인 웅녀와 유화의 행방은 묘연해진다. 선도산 성모나 정견모주도 일개 산신으로 좌정될 뿐이다. 할미의 서사에서 보여주었던 재생은 은폐되고, 욕망과 그로 인한 풍요다산은 욕망만이 강조된 채 풍자와 해학의 대상이 된다. 심지어 마고할미와 같은 창조신은 선신에서 악신으로 전환하기도 한다.

의례도 마찬가지이다. 산신이 여신에서 남신으로 바뀌고 국모를 모시던 제사 또한 쇠퇴하면서, 할미는 마을과 가정을 지키는 신으로 그 위상이 낮아진다. 각 마을의 서낭신이나 각 가정의 조상신에 주로 '할미'가 붙는 것이 그 예가 될 것이다. 풍물굿의 할미 또한 여신의 위상이 쇠퇴한 예로 볼 수 있다. 그러나 의례의 규모가 작아지고 위상이 낮아졌다고 해서 창조신의 잔존이 사라진 것은 아니다. 주곡동의 당산제처럼 할미와 할배의 모의적인 성행위와 이를 통한 풍요다산의 염원에서 창조설화에 보이는 여신 및 남신의 모습을 찾을 수 있다.

신성한 할미의 권위 상실은 역사에서도 찾을 수 있다. 고대 사회의 사제이자 왕권의 조력자였던 할미 노구의 위상은 시대의 흐름과 함께 점점 쇠퇴하게 되

428) 이은봉, 앞의 책, 156~158쪽.

고, 조선후기 유교통치가 확립됨에 따라 비속한 매파, 음란을 조장하는 포주로 나타난다.

권위를 잃은 여신 할미의 서사와 쇠퇴한 의례, 여기에 신성함을 잃고 비속해진 노구가 만난 문학적 지점이 가면극 할미과장이다. 여신의 신화가 그 권위를 상실해 가면서 인격을 갖춘 할미로 재현되고, 신의 죽음과 재생의 순환적 이야기는 할미의 고난과 죽음, 그리고 상여놀이나 굿으로 이어진다. 풍요를 상징하던 여신의 욕망은 늙은이의 비속하고 음험한 욕망으로 바뀌고, 대지에 뿌려진 곡식의 발아는 자식의 죽음으로 재현된다. 할미를 비롯하여 가면극에 등장하는 여성들은 무당이나 매음을 주선하는 포주, 술집 여자, 기생으로 등장하는데, 이는 당시 노구의 모습에서 영향을 받았을 것이다.

꼭두각시거리 또한 기존의 여신 서사에 외래에서 유입된 인형극이 결합하면서 만들어졌을 것이다. 다만 지역에 정착하지 못한 유랑예인이 인형을 가지고 떠돌아다니며 연희하는 특성 때문에, 제의성은 희박해져 주인공은 자식조차 없고 영감과 다투다 가출하여 유랑하는 것으로 끝맺게 된다.

현전하는 〈탈굿〉은 앞서의 작품들보다 비교적 후대에 만들어진 것으로 보인다. 무당굿에서 가면을 사용한 역사는 오래되었지만, 적어도 할미와 영감, 그리고 첩이 등장하는 지금의 형태는 가면극의 영향으로 형성되었을 것이다. 현전하는 가면극 할미과장이 해서와 경기, 영남 지역에 분포되어 있는데 비해, 〈탈굿〉은 동해안 지역의 무당들에게서만 전승된다는 점에서, 무당들이 당시 성행하던 가면극의 인기에 편승하여 할미과장을 그들의 굿에 적극적으로 수용했을 가능성이 크다. 이러한 가면극의 수용은 특히 조선 후기 향촌사회의 질서가 재편되면서 변방인 경상도를 중심으로 활발하게 이루어진 것으로 보인다. 유교문화가 향촌으로 확대·강화되면서 음사인 무격에 대한 탄압이 심해지자,

무격은 단골판을 확보하기 위해 오락성이 강한 놀이를 수용할 수밖에 없었을 것이다. 특히 〈탈굿〉이 경북의 몇몇 지역에서만 전승되는 것은 영남지역 사림의 향촌 장악 및 이를 통한 음사의 배격과, 한편으로 경상도 지역의 무부군뢰의 역할이 작용한 결과라고 본다.

할미의 서사전승이 조선시대 고단한 여성의 삶과 만나면서 그들의 삶을 치유하는 서사로 변형되고, 이것이 놀이와 결합하면서 형성된 것이 민요 〈꼬댁각시〉와 '꼬댁각시놀이'이다. 〈꼬댁각시〉의 구체적인 발생 시기는 알 수 없지만 제의적 놀이에 수반된 민요인 만큼 오래 전부터 불리어졌을 것이다. 그러나 이야기의 주된 내용이 시집살이[429]이고, 제의적 성격 또한 놀이의 시간과 공간에만 한정된다는 점에서 가면극 할미과장보다는 후대에 발생한 것으로 추정된다.

판소리 〈변강쇠가〉와 소설 꼭두각시전은 앞서의 작품들에 비해 비교적 후대에 만들어졌다. 이들은 민속극 할미와 유사한 주인공을 내세우지만, 작품 속 시간은 순환이 아닌 직선의 시간이어서 가면극과 같은 죽음과 재생은 더 이상 기대할 수 없다. 다만 각 작품의 주제와 내용에 따라 텍스트 내에서 죽음과 재생이 현실적으로 변형되어 나타난다. 옹녀는 애욕과 불모성이 극대화된 여성으로 결국 상부살을 극복하지 못하고 남성을 타락시키는 주범으로 타자화 된다. 반대로 고독각시는 비속하고 활달한 모습에서 혼인을 통해 유교적 도덕성을 갖추게 되고, 이후 가문을 구하고 향촌 사회에서 주도적인 역할을 하게 된다. 옹녀의 삶은 가정과 지역사회에 정착하여 새롭게 재생할 수 있는 기회를 잃는 반면, 고독각시는 비속한 삶에서 유교적 부덕을 갖춘 삶으로 재생하여 향촌사회의 귀감이 되는 것이다.

이처럼 여신 할미의 서사가 계승되거나 변형되어 조선후기에 집중적으로 등

---

429) 일반적으로 시집살이 민요는 조선전기의 처가살이에서 후기의 시집살이로 혼례문화가 바뀌면서 성행한 것으로 추정된다.

장하는 이유는 뭘까.

첫째, 사회적 가치관의 급격한 변화를 들 수 있다. 조선은 유교적 통치이념이 전대에 비해 확고하게 자리 잡은 사회였다. 무속은 물론 불교조차 음사로 배격되었으므로 여신에 대한 신앙은 당연히 쇠퇴할 수밖에 없었다. 여기에 임진왜란과 병자호란 등의 전란을 겪으면서 백성을 보호해주지 못한 신에 대한 비판과 풍자도 활기를 띄었을 것이다.

둘째, 조선후기 서민문학의 성장을 그 원인으로 들 수 있다. 전란 이후 주자학적 지배 질서에 균열이 오고 서민의식이 발달하면서 서민이 문학 담당층에서 차지하는 비중이 커질 뿐만 아니라, 이제껏 폄하되었던 인물들이 주인공이 되는 작품이 부각되거나 새롭게 만들어졌다. 여신 할미에 바탕을 두는 여성 인물의 등장도 이러한 맥락에서 파악할 수 있다.

셋째, 근대 의식의 발아를 들 수 있다. 중세의 억압에서 벗어나 인간적인 삶을 지향하는 분위기가 형성되면서, 당대 사람들에게 할미가 지닌 본연의 욕망은 새롭게 재인식되었을 것이다. 이 글에서 논한 작품 외에도 〈심청가〉의 뺑덕어미, 〈춘향가〉의 월매, 〈복선화음가〉의 이씨 부인 등의 인물들은 과도한 욕망을 부려 패가망신하지만 결코 미워할 수 없는 존재들이다. 그 이유는 이들 여성성의 뿌리가 인간의 자연스러운 욕망, 바로 여신 할미의 욕망에 맞닿아 있기 때문이다.

이처럼 할미 서사는 그 원천을 여신 신화에 두고, 오랜 시간 전승되고 변형되어 왔다는 점에서 상당한 의의를 가진다. 이제까지 문학의 원류를 주로 남성 신화를 바탕으로 하는 영웅의 일대기적 구조에서 찾은 데 비해, 여신 할미의 신화에서 그 원천을 찾는 것은 이후 문학을 폭넓게 논할 수 있는 새로운 잣대가 될 것이다.

2. 할미의 성격 변화와 담당층의 관련성

할미 서사를 바탕으로 하는 작품들은 창작 시기를 명확하게 알 수 없고, 발생순서도 일정하게 규정할 수 없다. 그러나 이들이 조선후기 특히 19세기에 함께 공존했다는 점에서 공시적인 관점에서 비교가 가능하다. 이 시기 할미의 놀이와 서사는 장르, 담당층의 성별과 관계에 따라 다양하게 변형된다.

먼저 문학의 장르에 따라 나타나는 할미 서사의 특징을 살펴보면, 민속극은 농경 또는 어로시기에 연행되거나 마을의 제의와 함께 거행하면서 여신 할미의 서사가 농후하게 계승되었다. 할미와 영감의 만남과 이별의 반복을 통해 보여주는 질서의 창조와 혼란의 반복, 극대화된 욕망의 거침없는 발양과 풍요다산, 그리고 죽은 이후 무당굿이나 상례를 통해 재생을 도모하는 것은 그러한 예가 된다. 물론 민속극 중에서도 매체나 연희 상황에 따라 이러한 특성이 나타나는 농도는 달라진다.

그나마 가면극이 할미 서사의 특징을 제대로 계승한 반면, 인형을 매체로 하는 꼭두각시거리에서는 주인공의 욕망 표출이 세간에 집중되고, 죽음과 재생의 과정도 구체적으로 표현되어 있지 않다. 한편 어촌 지역에서 주기적으로 연행되는 〈탈굿〉에서는 주인공의 성욕만이 극단적으로 표현되며, 극은 갈등을 내재한 춤마당으로 끝맺는다.

할미의 서사가 의례와 동떨어져 확장되면서 여신의 특징도 급격하게 변형된다. 여신의 창조와 파괴는 주인공의 정착과 유랑으로 나타나며, 민속극에서 볼 수 있었던 주인공의 무속적인 모습은 자취를 감추고, 무속은 다만 문제해결의 수단이 된다. 특히 여신의 욕망과 죽음 및 재생은 서사 장르에 따라 다른 양상을 보여준다. 먼저 욕망을 살펴보면, 민요의 꼬댁각시는 당시 젊은 여성들의 희생양이 되어 욕망을 거세당하고, 판소리의 옹녀는 성적 욕망만이 극대화되는 불균형의 모습을 보이며, 소설의 고독각시는 여성의 자연스러운 욕망이 억압된 자리에 유교적 부덕이 이식되는 모습을 보여준다. 한편 죽음과 재생은 현실의 상황을 극복하여 새로운 삶을 살 수 있는가에 초점이 맞춰진다. 꼬댁각시는 고난으로 가득 찬 서사에서는 죽음으로 끝나고 놀이에서 재생할 뿐이고, 서사 속에서 신이 되지 못했기에 놀이의 시·공간에서만 위력을 발휘한다. 옹녀는 거듭되는 상부(喪夫)와 재가(再嫁)로 인해 사회적으로 배척되면서 결국 공동체 속에서 가정을 이루고 사는 재생의 기회를 얻지 못한다. 다만 〈로처녀 고독각시〉의 주인공은 처녀시절에는 할미와 같은 서민적 발랄함을 보여주지만 혼인 이후에는 유교적 부덕의 전범을 보여줌으로써 윤리적으로 재생하고 있다.

담당층의 성별에 따라서도 할미의 원형이 나타나는 양상은 다르다. 남성이 주도적인 역할을 한 것으로 가면극 할미과장, 〈꼭두각시놀음〉의 꼭두각시거리, 그리고 판소리 〈변강쇠가〉를 들 수 있다. 담당층과 관객 모두 주로 남성이 차지했던 가면극은 남성 중심의 관점에서 할미를 놀이했다. 할미는 비속화되고 그 욕망은 풍자되며, 결국 죽음으로써 희생된다. 애초 여신의 풍요를 의미했던 할미의 성욕과 식욕, 물욕은 해학적으로 표현되며, 곡물의 발아를 의미했던 자식의 죽음은 신화적 의미를 상실한 채 오로지 할미의 탓으로만 돌려진다. 여기에 처첩의 갈등까지 겹치면서 할미는 영감에게 죽임을 당한다. 인형극 〈꼭두각시놀음〉의 꼭두각시 또한 할미와 비슷하다. 다만 꼭두각시는 유랑예인집단인 남사당패에 의해 연희되면서 죽음보다는 반복되는 가출을 통해 삶의 허무함을 나타내고 있다. 가출과 근거지를 상실한 유랑은 바로 남사당패의 삶을 반영한 것이기도 하다. 남성 광대가 연행한[430] 〈변강쇠가〉는 향촌 사회에 편입되지 못하고 떠돌아다닐 수밖에 없는 하층 여성의 삶을 옹녀를 통해 반영하고

---

430) 판소리 광대에는 기생 출신의 여성 광대가 있었다. 그러나 〈변강쇠가〉의 내용과 사회적 분위기로 보건대, 그들이 〈변강쇠가〉를 연행했을 가능성은 희박하다.

있다. 당대 여성에게는 혼인만이 가정에 정착하고 사회에 귀속될 수 있는 방편이었음에도, 옹녀는 거듭된 상부로 귀속될 근거지조차 마련하지 못하고 유랑하게 된다. 이는 담당층인 광대 및 이들과 인접 한 거리에 있었던 사당패 등의 유랑광대의 삶을 반영한 것이며, 옹녀의 삶이 상부살의 저주에서 벗어나지 못하는 것 또한 천민 광대들의 삶에 대한 자조적 회한의 표출로 보인다. 한편 옹녀의 색욕이 강조되고 강쇠와의 결합이 노골적으로 표현되는 것 또한 담당층의 성에 대한 자유로운 의식과 무관하지 않을 것이다.

담당층 내에서 여성이 주도적인 역할을 한 경우는 앞서와 다른 양상을 띠게 된다. 〈탈굿〉의 경우 여성인 무당이 주관하는 굿이므로 여성 의식이 두드러지게 반영되어 있다. 가면극의 할미과장처럼 할미가 죽지 않는 것은 무당에 의해 지모신의 위력이 계승되었기 때문이다. 한편 〈꼬댁각시〉처럼 담당층이 오로지 삶의 변화를 앞둔 젊은 여성들만으로 구성될 때, 할미는 그들을 위한 희생양이 되어야 했다. 여성들은 〈꼬댁각시〉에 그들이 겪을 수 있는 모든 불행의 양상을 담아 불렀고, 주인공 꼬댁각시는 이야기의 공간에서 죽고 놀이의 공간에서 신이 되어 불안하고 고단한 삶을 위로했다. 언젠가는 혈육을 떠나야 하는 처녀들, 낯선 시집살이와 끝없는 노동에 시달렸던 부녀자들에게 꼬댁각시는 모든 것을 보듬어주고 풀어주는 그들만의 여신이었던 것이다.

할미의 원형은 연행자와 관객의 관계에 따라서도 그 양상이 다르게 나타난다. 〈탈굿〉의 연행에는 남자 무당인 잽이가 참여하지만, 관객의 대다수는 여성이다. 놀이 속의 풍부한 육담과 할미의 노골적인 성행위 모사는 여신의 욕망을 드러내면서, 한편으로 소박한 어촌 여성들의 내밀한 곳에 은폐된, 성에 대한 관심을 양지로 끌어내어 재미를 준다. 특히 〈탈굿〉에서 영감이 쓰러지지만 곧 소생하고 뒤이어 모두가 어우러지는 춤판이 벌어지는 데는, 굿이 가진 화해의 원리와 어촌 사회 여성들이 지향하는 화합과 공생을 통한 풍요의 바램이 반영되어 있다.

천민광대가 연희하고 양반과 평민 모두가 향유하는 판소리의 특성상 〈변강 쇠가〉의 옹녀는 모순된 면을 가지게 된다. 그녀는 거듭되는 상부에도 불구하고 지속적으로 개가를 단행함으로써 일부종사의 유교적 질서에 저항하지만, 한편 으로는 결국 그러한 반복의 틀에 갇혀 그녀의 삶은 구제받지 못하고 불행은 심 화된다. 뿐만 아니라 〈변강쇠가〉의 연희층인 남성광대와 관객은 수차례 재가 를 감행하는 옹녀를 향촌사회의 질서를 어긴 여성, 남성을 오입에 빠뜨리는 부 도덕한 패륜녀, 자식을 생산하지 못하는 불모의 여성으로 만들고 있다.

〈로처녀 고독각시〉의 담당층은 보수적 성향을 지닌 지식인으로 보인다. 그 들은 여성들을 계몽할 의도로 당시 흥행하던 민속극의 인물과 사설 등을 차용 하고 여기에 유교적 가치관을 입혀 이 소설을 창작했을 것이다. 고독각시라는 인물은 민요 〈꼬댁각시〉의 삶의 내력과 민속극 할미의 성격을 두루 갖춘 인물 로, 비속하고 활달한 서민여성이다. 그러나 혼인 후 유교적 덕목에 충실한 삶 을 살아 가정을 화목하게 하고 가문을 일으킨다.

이처럼 공시적인 관점에서 살펴본 할미 서사는 조선후기 성행한 민속극과 서 사문학에 나타난 서민여성에 대한 당대 사람들의 다양한 인식의 층위를 보여주 고 있다. 결국 여신 할미의 서사는 그것이 지니고 있는 창조와 풍요와 생명의 가치에도 불구하고 서사가 만나는 장르, 서사를 바라보는 담당층의 시각, 그리 고 서사가 수용되는 상황에 따라 다각적으로 변형되는 것이다.

현재 우리도 다양한 여성 서사, 남성 서사를 가지고 있다. 조선후기가 그랬 듯이, 개인 또는 집단의 경험과 시대적 가치관 및 구체적인 상황에 따라, 이들 서사를 만들거나 비판하는 우리의 시각도 다양할 수밖에 없다. 그러나 편협한 관점을 가지게 되면, 할미 서사가 그랬듯이 본질을 잃은 채 비틀리고 왜곡된 경우가 발생한다. 서사를 바라보는 우리가 진정 견지해야 할 것은 사건의 본질과 의미를 바로 알려는 자세이다. 그러기 위해서 우리가 추구해야 할 덕목은 공존과 공생과 풍요일 것이다.

여신 할미의 서사가 우리 문학 속에서 어떻게 전승되고 변형되었는가가 중요한 것은, 그것이 '여신'의 서사여서가 아니라 인간이 추구해야 할 가장 가치 있는 것, 창조와 풍요, 삶의 순환을 이야기하고 있기 때문이다.

참고문헌

1. 자료

≪고려사≫, 신서원, 1991.

≪로처녀 고도각시≫, 광명서관, 1916.

≪로처녀의 비밀≫, 영창서관, 1927.

≪수교정례·율례요람≫, 법제처, 1970.

≪신증동국여지승람≫, 경인문화사, 2005.

≪조선왕조실록≫ http://sillok.history.go.kr http://db.itkc.or.kr

≪증보문헌비고≫ 101권 악고12

〈신한민보〉, 1914년 9월 10일.

강한영 교주, 『신재효판소리사설집』, 민중서관, 1971.

김태곤, 『한국무가집』4, 집문당, 1980.

나손본, 「쑥쏙각씨젼 호록권지단」, 『필사본고전소설자료총서』, 보경문화사, 1991.

나손본, 「쏙독각시젼 단권」, 『필사본고전소설자료총서』, 보경문화사, 1991.

문화방송, 『한국민요대전-충북편』, 1995.

문화재관리국, 『무형문화재조사보고서』18집 제162호 풍어제, 1977.

삼척군, 『삼척군지』, 1984.

예문인서관, 『교정강희자전』, 1973.

이두현, 『한국가면극선』, 교문사, 1997.

이재호, 『삼국유사』, 솔, 1997.

임석재, 『한국구전설화』1~9, 평민사, 1987~1992.

전경욱, 『민속극』, 고려대 민족문화연구소, 1993.

진성기, 『신화와 전설』, 제주민속연구소, 1959.

한국사사료연구소편, 『삼국사기』, 한글과 컴퓨터, 1996.

한국학중앙연구소, 『구비문학대계』, 1980~1988.

현용준, 『제주도 신화』, 서문당, 1996.

2. 국내저서

1)단행본

강길운, 『비교언어학적 어원사전』, 한국문화사, 2010.

경산문화원, 『자인단오』, 1998.

고혜경, 『태초에 할망이 있었다』, 한겨레출판, 2010.

권태효, 『한국의 거인설화』, 역락, 2002.

김선풍, 『남해안별신굿』, 박이정, 1997.

김승찬, 『민속학 산고』, 제일문화사, 1980.

김승찬 외, 『부산민요집성』, 세종출판사, 2002.

김영진, 『한국자연신앙연구』, 민속원, 1985.

김재철, 『조선연극사』, 조선어문학회, 1933(동문선, 2003 재발행)

김형준, 『이야기 인도신화』, 청아출판사, 1994.

김화경, 『신화에 그려진 여신들』, 열린시선, 2009.

동아시아고대학회, 『동아시아 여성신화』, 집문당, 2003.

두산동아, 『문학상징사전』, 1992.

두창구, 『한국강릉지역의 설화』, 국학자료원, 1999.

박재연, 『고어ᄉ뎐 – 낙선재 번역소설 필사본을 중심으로』, 선문대학교중
　　　　한번역문헌연구소, 2001.

박진태, 『한국가면극 연구』, 새문사, 1985.

_____, 『탈놀이의 기원과 구조』, 새문사, 1990.

_____, 『한국 민속극 연구』, 새문사, 1998.

_____, 『한국고전희곡의 역사』, 민속원, 2001.

_____, 『전환기의 탈놀이 접근법』, 민속원, 2004.

박용태 · 양근수, 『박첨지가 전하는 남사당놀이』, 엠에드, 2008.

박일용, 『조선시대의 애정소설』, 집문당, 1993.

사진실, 『공연문화의 전통』, 태학사, 2002.

서대석 외, 『전통구비문학과 근대공연예술』자료편, 서울대출판부, 2006.

서연호, 『꼭두각시놀음의 역사와 원리』, 연극과 인간, 2001.

_____, 『한국 가면극 연구』, 월인, 2002.

서영숙, 『우리민요의 세계』, 역락, 2002.

서종문, 『판소리 사설연구』, 형설출판사, 1984.

손태도, 『광대의 가창문화』, 집문당, 2003.

송석하, 『한국민속고』 일신사, 1960.

심우성, 『남사당패연구』, 동문선, 1989.

양민종, 『샤먼이야기』, 정신세계사, 2003.

윤광봉, 『유랑예인과 꼭두각시놀음』, 밀알, 1994.

_____, 『한국연희시연구』, 박이정, 1997.

윤주필, 『한국의 방외인문학』, 집문당, 1999.

이강래 역, 『삼국사기』 I, 한길사, 1998.

이균옥, 『동해안 지역 무극 연구』, 박이정, 1998.

이능화, 『조선무속고』, 동문선, 1991.

이두현, 『한국가면극』, 문화재관리국, 1969.

_____, 『한국연극사』, 학연사, 1999.

이상구 역주, 『17세기 애정전기소설』, 월인, 1999.

이은봉, 『한국고대종교사상』, 집문당, 1999.

이헌홍, 『고전소설학습과 연구』, 신지서원, 2011.

이헌홍 외, 『한국 고전문학 강의』, 박이정, 2012.

임동권, 『한국민요연구』, 이우출판사, 1975.

임재해, 『꼭두각시놀음의 이해』, 한국학술정보(주), 2002.

전경욱, 『한국의 전통연희』, 학고재, 2004.

정상박, 『오광대와 들놀음 연구』, 집문당, 1989.

정충권, 『전통 구비문학과 근대 공연예술1』 연구편, 서울대출판부, 2006.

조동일, 『탈춤의 역사와 원리 신명풀이』, 지식산업사, 2006.

_____, 『탈춤의 역사와 원리』, 홍성사, 1979.

_____, 『한국문학통사』1, 지식산업사, 2005.

_____, 『한국문학통사』3, 지식산업사, 2005.

조철수, 『수메르 신화』, 서해문집, 2003.

조현설, 『우리 신화의 수수께끼』, 한겨레출판, 2006.

진성기, 『신화와 전설』, 제주민속연구소, 1959.

최길성, 『한국의 무당』, 열화당, 1981.

최상수, 『한국인형극의 연구』, 성문각, 1988.

최숙경·하현강, 『한국여성사』, 이대출판부, 1972.

퇴계원산대놀이보존회, 『퇴계원산대놀이』, 월인, 1999.

한국문학비평가협회, 『문학비평용어사전』, 국학자료원, 2006.

한국사상사연구회, 『조선유학의 개념들』, 예문서원, 2002.

허영순, 『우리 고대사회의 무속사상과 가요』, 세종출판사, 2007.

홍석모, 최대림 역해, 『동국세시기』, 홍신문화사, 1989.

황경숙, 『한국의 벽사의례와 연희문화』, 월인, 2000.

2) 논문

강진옥, 「마고할미에 나타난 여성신 관념」, 『한국민속학』25집, 한국민속학회, 1993.

_____, 「변강쇠가 연구 I −여성인물의 성격을 중심으로−」, 『새터강한영박사 팔순송수 기념논문집 동리연구』창간호, 동리연구회, 1993.

_____, 「변강쇠가 연구2−여성인물의 쫓겨남을 중심으로−」, 이화어문논집 13집, 이화여 대 이화어문학회, 1994.

_____, 「한국 민속에 나타난 여성상의 변모양상」, 『한국민속학』27집, 한국민속학회, 1995.

고혜경, 「상징해석을 통한 창세여신 설문대 할망 이미지 복원」, 『구비문학연구』28집, 한국구비문학회, 2009.

권태효, 「호국여산신설화의 상반된 신격 인식 양상 연구」, 『한국민속학』30집, 1998.

길진숙, 「뺑덕어미와 괴똥어미의 일탈과 그 성격」, 『한국고전연구』19집, 한국고전연구학 회, 2009.

김국희, 「꼭두각시전의 혼성텍스트적 성격연구」, 『한국문학논총』52집, 한국문학회, 2009.

_____, 「사서를 통해 본 노구의 특성과 변이양상」, 『어문연구』75, 어문연구학회, 2013.

_____, 「조선후기 애정소설 속 노구의 의미」, 『어문학』121, 한국어문학회, 2013.

_____, 「조선후기 야담에 나타나는 노구의 특징과 의미」, 『한국문학논총』70, 한국문학회, 2015.

김태식, 「신라 국모묘로서의 신궁」, 『한국고대사탐구』4집, 한국고대사탐구학회, 2010.

김명준, 「〈영감·할미 과장〉의 지역적 변이 양상」, 『우리문학연구』16집, 우리문학회, 2003.

김승호, 「변강쇠가에 나타난 반 열녀담론의 성향」, 『국어국문학』152호, 국어국문학회, 2009.

김신효, 「동해안 탈굿의 변화양상과 요인」, 『한국무속학』16집, 한국무속학회, 2008.

_____, 「굿놀이와 탈놀이의 공통성과 독자성―동해안 탈굿과 가산오광대 할미·영감과장을 중심으로―」, 『한국무속학』21집, 한국무속학회, 2010.

김응환, 「꼭두각시전에 나타난 인물의 기능과 의미」, 『한국학논집』23집, 한양대 한국학연구소, 1993.

김정은, 「옹녀의 상부살풀이 과정으로 본 변강쇠가 연구」, 『겨레어문학』44집, 겨레어문학회, 2010.

김청자, 「한국 전통인형극의 새로운 접근」, 『한국연극학』2권1호, 1985.

김현영, 「〈꼭두각시전〉이본 연구」, 『청계논총』5·6합집, 한국학중앙연구원 한국학대학원, 2004.

박경주, 「여성문학의 시각에서 본 19세기 하층 여성의 실상과 의미」, 『국어교육』104호, 한국국어교육연구회, 2001.

박계홍, 「근세 무격의 사회적 기능에 대하여」, 『한국민속학』4집, 한국민속학회, 1971.

_____, 「어촌민속의 일고찰 ― 배서낭을 중심으로」, 『한국민속학』12집, 한국민속학회, 1980

박명희, 「고소설의 여성중심적 시각연구」, 이화여대 박사, 1990.

박은애, 「한국 고대 토착신앙의 담당자」, 『신라문화』38집, 동국대신라문화 연구소, 2011.

박종성, 「조선후기 탈춤의 부상과 향촌사회구조」, 『한국문화』20집, 서울대, 한국문화연구소, 1997.

_____, 「비교신화의 관점에서 본 설문대할망」, 『구비문학연구』31집, 한국구비문학회,

2010.

박진태, 「한국가면극의 발전원리(1)―현전 가면극의 할미마당의 경우―」, 『난대이응백박사화갑기념논문집』, 보진재, 1983.

_____, 「춘향가와 변강쇠가의 제의상관성」, 『판소리연구』2집, 판소리학회, 1991.

_____, 「초계 밤마리오광대의 유래·원형·위상」, 『구비문학연구』17집, 한국구비문학회, 2003.

_____, 「굿과 탈놀이의 관련 양상」, 『가면극의 종합적 고찰』, 박이정, 2010.

배인교, 「조선후기 무부군뢰 연구」, 『한국무속학』18집, 한국무속학회, 2009.

사진실·사성구, 「〈변강쇠가〉의 가면극 수용 양상과 연희사적 의미」, 『어문연구』55집, 어문학회, 2007.

사진실, 「조선시대 서울지역 연극의 공연상황 연구」, 서울대 박사, 1997.

서대석, 「구렁덩덩신선비의 신화적 성격」, 『고전문학연구』3집, 한국고전문학회, 1986.

서연호, 「꼭두각시 놀음의 전승 연구」, 『한국문화연구』1집, 경희대 민속학연구소, 1998.

서영대, 「한국 무속사의 시대구분」, 『한국무속학』10집, 한국무속학회, 2005.

서영숙, 「서사민요의 연행예술적 서술방식」, 『한국민요학』7집, 한국민요학회, 1999.

서유석, 「판소리 몸 담론 연구」, 경희대 박사, 2009.

서정범, 「어의와 샤머니즘에서 본 꼭두각시놀음」, 『종교연구』1집, 한국종교학회, 1972.

성병희, 「한국 가면극의 여역」, 『여성문제연구』8집, 대구효성카톨릭대학교 사회과학연구소, 1979.

손태도, 「조선 후기 지방의 산대희와 그에 따른 연희 현장들」, 『국어국문학』132호, 국어국문학회, 2002.

_____, 「민속연희연구의 현황과 과제」, 『구비문학연구』16집, 한국구비문학연구회, 2003.

_____, 「조선 후기의 무속」, 『한국민속학』17집, 2008.

_____, 「조선후기 탈춤의 주체」, 『실천문학연구』16집, 실천민속학회, 2010.

손태도·이자균, 「광대 집단에 대한 연구Ⅱ」, 『공연문화연구』2집, 공연문화학회, 2001.

송화섭, 「한국고대사회에서 성모와 노구」, 『백산학보』64호, 백산학회, 2002.

신경남, 「변강쇠가의 구조와 애정 양상」, 『한국고전여성문학연구』18집, 한국고전여성문학회, 2009.

신동흔, 「들놀음 할미마당의 극적 짜임새와 구조」, 『한국극예술연구』1집, 한국극예술학회, 1991.

신연우, 「삼국유사 거타지 설화의 신화적 속성」, 『논문집』48집, 서울산업대, 1998.

심상교, 「민속극에 나타난 비극적 특성 연구(Ⅱ)」, 『한국민속학』29호, 한국민속학회, 1997.

유민영, 「꼭두각시놀음의 유래」, 『예술원 논문집』14집, 예술원, 1975.

_____, 「한국전통연희에 나타난 한국인의 미의식」, 『도솔어문』1, 단국대 국어국문학과, 1985.

윤분희, 「변강쇠전에 나타난 여성인식」, 『판소리연구』9집, 판소리학회, 1998.

이미원, 「굿 속의 탈놀이:〈영산 할아밤 할맘굿〉과 〈탈굿〉」, 『한국연극학』40호, 한국연극학회, 2010.

이상택, 「고대소설의 세속화 과정 시론」, 『고전문학연구』1집, 한국고전문학회, 1971.

이은경, 「가면극의 주제의식과 연희집단의 상관성 연구」, 『한국연극연구』5집, 한국연극사학회, 2003.

이창식·최명준, 「다자구할머니 설화의 신화적 성격」, 『동아시아고대학』7집, 동아시아고대학회, 2003.

이필영, 「조선후기의 무당과 굿」, 『정신문화연구』53호, 한국학중앙연구원, 1993.

이현수, 「'꼬대각시요' 연구」, 『한국언어문학』33집, 한국언어문학회, 1994.

임재해, 「민속극의 전승집단과 영감 할미의 싸움」, 『여성문제연구』13집, 대구효성카톨릭대 사회과학연구소, 1984.

임학성, 「조선 후기 경상도 단성현 호적을 통해 본 무당의 존재 양태」, 『대동문화연구』47집, 성균관대 대동문화연구원, 2002.

_____, 「조선 후기 호적자료를 통해 본 경상도 무당의 '무업' 세습 양태」, 『한국무속학』9집, 한국무속학회, 2005.

전경욱, 「가면극 연구사」, 『한국학보』11집 3호, 일지사, 1995.

_____, 「한국 가면극의 계통을 보는 시각 재론」, 『한국민속학』50집, 한국민속학회, 2009.

_____, 「한국의 가두행렬과 전통연희」, 『공연문화연구』18집, 한국공연문화학회, 2009.

전신재, 「변강쇠가의 비극성」, 『선청어문』18집, 서울대 국어교육과, 1989.

_____, 「할미마당의 갈등구조와 할미의 인간상」, 『구비문학연구』9집, 한국구비문학회, 1999.

정미영, 「변강쇠가의 여주인공 옹녀의 삶과 왜곡된 성」, 『여성문학연구』13호, 한국여성문학회, 2005.

정승희, 「한국민속극 할미마당의 비교 연구」, 이화여대 석사, 1990.

정출헌, 「판소리에 나타난 하층 여성의 삶과 그 문학적 형상─변강쇠가의 여주인공 옹녀를 중심으로─」, 『구비문학연구』9집, 한국구비문학회, 1999.

정하영, 「〈변강쇠가〉 성담론의 기능과 의미」, 『고소설연구』19집, 한국고소설학회, 2005.

정형호, 「가면극에 나타난 '중'의 성격 고찰」, 『한국민속학』27집, 한국민속학회, 1995.

_____, 「'춘향이놀이'와 '꼬댁각시놀이'에 나타난 주술적 놀이적 성격과 여성의 의식」, 『중앙민속학』11집, 중앙대 한국문화유산연구소, 2006.

조동일, 「이규보가 본 꼭두각시놀음」, 『민속문화』13집, 동아대 한국민속문화연구소, 1981.

차가희, 「옹녀를 통해 본 변강쇠가의 신화성 고찰」, 『동남어문논집』10, 동남어문학회, 2000.

최광식, 「삼국사기 소재 노구의 성격」, 『사총』25집, 고대사학회, 1981.

_____, 「삼국유사 소재 노옹의 기원과 성격」, 『연구논문집』35집, 대구효성 카톨릭대학교, 1987.

최명자, 「1910년대 고소설의 대중화 실현양상 연구」, 아주대 박사, 2005.

최운식, 「죽령 산신당 당신화 '다자구 할머니'와 죽령 산신제」, 『한국민속학』39집, 한국민속학회, 2004.

최원식, 「가사의 소설화 경향과 봉건주의의 해체」, 『창작과 비평』46호, 1997 겨울.

최원오, 「조선후기 판소리 문학에 나타난 하층 여성의 삶과 그 이념화의 수준」, 『한국고전여성문학연구』6집, 한국고전여성문학회, 2003.

최자운, 「꼬댁각시노래의 유형과 의례」, 『한국민요학』18집, 한국민요학회, 2006.

최혜진, 「변강쇠가의 여성중심적 성격」, 『한국민속학』30집, 한국민속학회,1998.

편성철, 「해신당 여성원혼설화의 성격과 의미」, 『우리문학연구』, 우리문학회, 2017.

하성래, 「해학 속에 숨은 서민의 바램 」, 『문학사상』, 1980년 5월호.

허남춘, 「제주도 본풀이의 원시 · 고대 · 중세 서사시적 특징과 변모」, 『탐라문화』38호,

제주대 탐라문화연구소, 2011.

허용호, 「19세기 무속에 대한 반성적 연행의 성행과 그 민중문화적 의미」, 『한국무속학』19
집, 한국무속학회, 2009.

홍태한, 「서울굿을 통해 본 서울의 무속문화」, 『고전문학연구』35집, 한국고전문학회,
2009.

황루시, 「할미 영감놀이 연구」, 『이화어문논집』5집, 이화어문학회, 1982.

황루시, 「무당굿놀이 연구」, 이화여대 박사, 1986.

3. 번역서 및 국외 논저

니카자와 신이치, 김옥희 역, 『신화, 인류 최고의 철학』, 동아시아, 2001.

아카마츠 지성 · 아키바 다카시, 최석영 해제, 『조선무속의 연구』한국근대민속 · 인류학
자료대계 16, 민속원, 2008 영인.

요시다 아츠히코 · 후루카와 노리코, 양억관 역, 『일본의 신화』, 황금부엉이, 2005.

위앤커, 전인초 · 김선자 역, 『중국신화전설』1, 민음사, 1999.

일리야 N. 마다손, 양민종 역, 『바이칼의 게세르 신화』, 솔, 2008.

Jane Harrison, 오병남 · 김현희 공역, 『고대 예술과 제의』, 예전사, 1996.

J.G.Frazer, 박규태 역주, 『황금가지』, 을유문화사, 2005.

Johan Huizinga, 이종인 역, 『호모 루덴스』, 연암서가, 2010

Joseph Campbell, 이윤기 역, 『천의 얼굴을 가진 영웅』, 민음사, 1999

_____, 구학서 역, 『여신들』, 청아출판사, 2016.

Karen Armstrong, 이다희 역, 『신화의 역사』, 문학동네, 2005.

Marija Gimbutas, 고혜경 역, 『여신의 언어』, 한겨례출판, 2016.

Mircea Eliade, 이은봉 역, 『종교형태론』, 한길사, 1996.

_____, 이은봉 역, 『성과 속』, 한길사, 1998.

Reiner Tetzner, 성금숙 역, 『게르만 신화와 전설』, 범우사, 2002.

René Girard, 김진식 · 박무호 역, 『폭력과 성스러움』, 민음사, 1997.

Stith Thompsonm, *Motif-Index of Folk-Literrature* A, Indiana University Press,
1955.

Thomas Bulfinch, 최혁순 역, 『그리스·로마 신화』, 범우사, 1980.

Veronica Ions, 심재훈 역, 『이집트 신화』, 범우사, 2003.

Victor Turner, 이기우·김익두 역, 『제의에서 연극으로』, 현대미학사, 1996.

Vyāsa, 주해신 역, 『마하바라타』, 민족사, 1993.